»Keine Bedingung ist von Dauer;
auf keine Bedingung ist Verlass;
Nichts ist ein Ich.«

Der Buddha
(zitiert aus Stephan Batchelor: Buddhismus für Ungläubige
Fischer Taschenbuch 14026 4. Auflage 2000 S.35)

Für Antje

Herzlichen Dank für die selbstlose Unterstützung, ohne die auch der dritte Band der Reihe »Michael Kramer Kriminalromane« nie fertig geworden wäre:

Uta Conrad, Rudi Eppinger, Barbara Feuerstein-Weber, Ingrid und Franz Jesch, Rainer Rudoph, Christof Wessling, Erika und Georg Wessling, meinem langjährigen Friseur und vielen anderen.

Zu Autor und Buch

Der Autor ist Jahrgang 1941, in München geboren und verbrachte seine Kindheit und frühe Jugend in Niederbayern. Danach absolvierte er in München eine technische Ausbildung, arbeitete als Facharbeiter und holte über den zweiten Bildungsweg das Abitur nach. Anschließend studierte er in München und Göttingen und arbeitete über zwanzig Jahre als Lehrer für Deutsch, Geschichte und Sozialkunde an einem Gymnasium der Stadt München sowie in der politischen Bildung für Heranwachsende. In der letzten Dekade seiner beruflichen Laufbahn leitete er das städtische Münchner »Pädagogische Institut« für die Fortbildung von Lehrkräften und Erzieherinnen/Erzieher. München und Umgebung sind also seit seinem 15. Lebensjahr wieder sein zentraler Lebensmittelpunkt. Wie seine Romanfigur Michael Kramer besitzt er seit fast drei Jahrzehnten ein kleines Ferienhaus auf dem Peloponnes in Griechenland.

Im Jahr 2007 erschien der erste Michael-Kramer-Kriminalroman des Autors mit dem Titel »Number One in Niederbayern«. 2009 folgte der zweite Band der Reihe Michael Kramer Kriminalromane, betitelt »Wunderbares Griechenland«. Mit dem vorliegenden dritten Band bleibt Dietmar Gschrey seinem Vorhaben treu, sich wichtiger Stätten seiner Biografie – hier München und Umgebung – in Krimiform zu vergewissern. Dabei geht er zwar von realen Verhältnissen aus, nimmt sich aber das Recht, in einer fantasievollen Geschichte über Schauplätze und beteiligte Figuren frei zu verfügen. Natürlich sind dann auch etwaige Ähnlichkeiten mit real existierenden Personen ungewollt und wären rein zufällig.

Dietmar Gschrey

Rabenkrähe die letzte

Ein Michael-Kramer-Kriminalroman

Michael-Kramer-Kriminalromane Buch III

Bibliografische Information der Deutschen Nationalbibliothek:

Die Deutsche Nationalbibliothek verzeichnet diese Publikation in der Deutschen Nationalbibliografie; detaillierte bibliografische Daten sind im Internet über dnb.dnb.de abrufbar.

Copyright © 2016 Dietmar Gschrey
Klappentext: Barbara Feuerstein-Weber
Titelfoto: Caro / Buerger, Berlin
Covergestaltung, Layout und Satz: Christof Wessling
Herstellung und Verlag: BoD – Books on Demand, Norderstedt
Reihe: Michael-Kramer-Kriminalromane Buch III

ISBN: 9783743116474

Ein Vorwort, das vielleicht doch nicht überflüssig ist

Ein Friseur ist nach fast vierzig Jahren Dienstleistung an einer ständig schwindenden Haarpracht mehr als ein Friseur. Und manchmal kann er dabei sehr hilfreich sein. Vor Jahren erzählt er seinem Altkunden von einem zunächst äußerst befremdlichen Vorfall vom Vortage. Die Tür geht auf, ein sportlich gekleideter Mann um die Fünfzig mit Pistole in der Hand drückt sich rückwärts und nach außen sichernd in den Salon.

»Bitte nicht erschrecken! Ich bin der Oberstaatsanwalt, der bei Ihnen einen Termin hat!« Er steckt seine Pistole weg und während er einen Kurzhaarschnitt verpasst bekommt, folgt die Erläuterung seines seltsamen Auftritts. Der Oberstaatsanwalt hatte die Anklage geführt im Prozess gegen einen russischen Mafioso. Der Richter folgte der Forderung der Anklage und der Messerstecher musste für mehrere Jahre hinter Gitter. Da er offensichtlich eine aufsteigende Führungskraft innerhalb einer russischen Mafia war, konnte er dreist aus dem Gefängnis heraus ein hohes Kopfgeld auf den Staatsanwalt ausloben. Der Staatsanwalt wurde unter Polizeischutz gestellt und musste letztendlich mit seiner Frau in einen Tag und Nacht hochgradig gesicherten Bungalow auf einer Polizeikaserne ziehen. Den Friseurbesuch zusammen mit sechs Leibwächtern hatte er nach mehrfachem Antrag von seinem Dienstherrn genehmigt bekommen. Um das ersehnte Freiheitserlebnis wenigstens noch ein klein wenig zu steigern, durfte er die letzten dreihundert Meter seine Leibwächter verlassen und sich alleine bewegen. Was er dem Friseur als »berauschend« beschrieb!

Für den Autor – später wird das auch heißen »für das Steuerungssystem des Autors«, was noch im Vorwort erklärt wird – führte diese Schilderung zu einer Erlösung aus einem Monate dauernden Dilemma. Er hatte sich nach seiner Pensionierung nicht uneitel vorgenommen, auf das Schreiben von Memoiren zu verzichten. Dafür wollte er sich aber seinem Naturell gemäß in einer Reihe von drei Büchern wichtige Orte seiner Biografie durch eine Art Krimihandlungen sichern, festschreiben und, ja auch das, ausfabulieren oder wie manche sagen »ausspinnen«.

Das erste Buch mit Handlungszentrum in Niederbayern spielt in der Gegend seiner Kindheit und frühen Jugend. Ein reicher Schulfreund überredet die Hauptfigur Michael Kramer mit einem lukrativen Angebot, für ihn als Privatdetektiv den Mord an seinem Geschäftspartner aufzuklären. Diese Aufgabe führt den frisch pensionierten Exlehrer Kramer in eine Welt von Betrug und Gewalt, aus der er nur mit viel Glück und mit Hilfe der Polizei mit dem Leben davon kommt. Der in diese Verbrechen verwickelte Schulfreund hat in diesem vorliegenden letzten Band der Reihe noch einmal einen kurzen und schaurigen Auftritt. Sein Kumpan, der albanische Exgeheimdienstler und weltweit vernetzte Drogenhändler, der sich unter anderem Dr. G. nennt, konnte sich damals rechtzeitig absetzen. Obwohl Kramer im Auftrag des Kumpans des Dr. G. ermittelt hatte, macht der Albaner für das Scheitern des Verbrecherduos ab diesem Zeitpunkt allein Michael Kramer verantwortlich!

Dieser Albaner spielt im zweiten Buch wiederum eine wichtige Rolle. Übrigens finden Leserinnen und Leser eine kurze Beschreibung dieser ersten beiden Bücher am Ende des aktuellen Buches (oder E-books), das sie gerade in Händen halten. Dieses zweite Buch spielt in der Wahlheimat des Autors. Er besitzt seit Jahrzehnten ein kleines Ferienhaus in Griechenland. Auch dem »Helden« der Buchreihe, Michael Kramer, wird so ein Ferienhaus angedichtet. Und er gerät dort im zweiten Band wiederum ungewollt und von sich aus gesehen durch Zufall in Konflikt mit dem Albaner. Dieser betreibt einen Großteil seines Drogengeschäftes über ein buddhistisches Zentrum auf dem Peloponnes. Sein Kumpan ist diesmal der deutsche Leiter des Zentrums, der am Ende von seinem Orden zwangsweise nach Nordkorea in ein Strafkloster verschleppt wird. Wiederum kann der Albaner sich rechtzeitig absetzen, wiederum aber liegt sein »Geschäftsmodell« in Trümmern. Und wieder trifft in seinen Augen Michel Kramer alle Schuld.

Die Erzählung des Friseurs führt im Autorensystem endlich zu einer Einigung: Im dritten Band, dessen Handlung aufgrund der Biografie des Schreibers in München und Umgebung stattzufinden hatte, wird der Hauptfigur Kramer ein ähnliches Schicksal wie dem Staatsanwalt zu teil. Und zugleich wird der echte Staatsanwalt als Vorbild für eine wichtige Nebenfigur mit aufgenommen. Auch die russische Mafia erhält ihre Rolle. Und das Problem mit dem über drei Bände agierenden Hauptbösewicht Dr. G. sollte und wird in diesem letzten Band ja endlich auch gelöst werden.

Unter diesen Vorgaben und bei der Fabulierlust des Schreibers müssen Leserinnen und Leser sich also auf eine besondere Art eines Kriminalromans einlassen. Das Ergebnis könnte überraschen, wie übrigens auch die schon angedeutete Eigenart des Erzählens: An manchen Stellen treten Erzählergruppierungen auf, die sich einfach zu Wort melden, über heftige Auseinandersetzungen bzw. große Einigkeit »im System« oder »im Steuerungssystem des Autors« berichten oder sich in den Fortgang der Handlung einmischen. Umgekehrt sprechen Erzähler, die Hauptfigur oder gar der Autor oft von »wir«, wenn sie traditionell eigentlich »ich« sagen müssten. Da spielt der Autor in künstlerischer Freiheit mit Aussagen, Ergebnissen und Diskussionen der Hirnforschung – ohne behaupten zu wollen, dort alles bis aufs Letzte verstanden zu haben. Er nutzt auch die Ergebnisse der Evolutionsbiologie, die in schöner Eintracht mit der Hirnforschung das menschliche Gehirn als Weiterentwicklung früherer Gehirne »einfacherer« Lebewesen beschreibt. Berühmt das »Reptiliengehirn«, obwohl die Annahme, die verschiedenen Gehirnstufen seien praktisch aufeinandergetürmt und jede Stufe erfülle isoliert ihren Job, längst nicht mehr gilt. Die Hirnforschung hat mittlerweile eine ganze Reihe von Gehirnregionen ausgemacht, von denen sie mit neuesten Geräten und Experimenten nachweisen kann, wofür diese trotz aller Vernetzung vor allem zuständig sind. In seiner Fabulierlust teilt der Autor jene Gehirnteile, die beim Romanschreiben gebraucht werden, vereinfacht in zwei Gruppen: in die »Vielen oder Ursprünglichen« und – oft im Gegensatz zu diesen – die »Wenigen oder Zivilisatorischen«. Was unseres (!) Wissens so noch nicht zu lesen war. Die Leserinnen und Leser sollten sich diesen Kunstgriff merken oder beim Auftreten einer dieser Gruppierung im Vorwort nachlesen! Man könnte übrigens in diesen »Mitwirkenden« auch die verschiedenen »Ich-Zustände« oder gar »Ichs« sehen, die manche Hirnforscher mit ihren enorm weiter entwickelten Messmethoden festzustellen glauben. Dass übrigens manches Ergebnis der Hirnforschung unser Bild vom Menschen zu verändern droht, etwa in der Frage »Gibt es ein fixierbares nachweisbares Ich?« oder »Gibt es eine Willensfreiheit?«, steht bestimmt nicht im Zentrum dieses Erlebniskrimis. Das gehört nämlich in die Auseinandersetzung zwischen Philosophen, Theologen, Psychologen und anderen. Mehr als ein toller Einstieg dazu ist das Buch von Richard David Precht aus dem kleinen Literaturverzeichnis nach diesem Vorwort.

Schließlich gab es da noch wohlmeinende Kritik an den erwähnten beiden ersten Michael Kramer Bänden, die wir ernst nehmen wollen. Bei dem ersten Band wurde teilweise »mehr Action« vermisst und manchmal die allzu lineare Erzählweise angekreidet. Im zweiten Band dagegen fehlten manchen reiferen Damen wenigstens einige sexuelle oder erotische Abenteuer der Hauptfigur. Wir vom Steuerungssystem haben uns – z.T. unter heftigen Auseinandersetzungen – Mühe gegeben, diesen Wünschen gerecht zu werden. Wobei vor allem die Erfüllung des letzten Wunsches bei einer in die Jahre gekommenen Hauptfigur nicht immer einfach war.

Und der Titel des Buches? Stammt aus der Werkstatt der Filmemacher ...

Ein Hinweis auf wenige verwendete Bücher:

1. Richard David Precht: Wer bin ich und wenn ja wie viele? Eine philosophische Reise Goldmann 2007
2. Carsten Könneker (Hg): Wer erklärt den Menschen? Hirnforscher, Psychologen und Philosophen im Dialog Taschenbuch mit Originalartikeln aus der Zeitschrift Gehirn und Geist 2007
3. Roberto Saviano: Comorrha Reise in das Reich der Comorrha Deutscher Taschenbuch Verlag 2010
4. Richard Thiesss: Mordkommission Wenn das Grauen zum Alltag wird Deutscher Taschenbuch Verlag 2010
5. Josef H. Reichholf: Rabenschwarze Intelligenz Was wir von Krähen lernen können Herbig, München 2009
6. Cord Riechelmann: Krähen Ein Portrait von Cord Riechelmann Naturkunden 1 hrsg v. Judith Schalansky Berlin o.J.

Unfreiwillig und auf Umwegen in den fürsorglichen Polizeigewahrsam oder Ist es schon Wahnsinn so hat es doch Methode*

Die Polizei wird später in Begleitung einer Jugendfreundin der Mutter des Opfers ohne Probleme die wegnahe Waldlichtung finden. Da die Leichengrube allem Anschein nach in großer Hast und ohne Sorgfalt zugeschaufelt worden war, wird auch die Exhumierung des toten Mannes keinerlei Schwierigkeiten bereiten. Und weil es bis dahin feststeht, wer das halbnackte Opfer ist, wird alles trotz der vielen beteiligten Spezialkräfte in unaufgeregter Polizeiroutine über die Bühne gehen.

Im Augenblick aber liegt der gut siebzigjährige pensionierte Lehrer Michael Kramer gefesselt mit silbrigem Klebeband und einer zusätzlichen Wäscheleine in der fast zwei Meter tiefen, feuchten und kalten Grube und kämpft krampfhaft darum aufzuwachen. Als Erstes meldet sich ein stechender Schmerz aus Richtung Hinterkopf, er registriert benommen eine dicke gefühllose Zunge in einem trockenen Mund. Irgendwann wird ihm zunächst verschwommen bewusst, dass er sich nicht bewegen kann und dann stürzt er wieder in eine tiefe Dunkelheit. Als Nächstes nimmt er das helle unscharfe Rechteck über sich als Ausschnitt eines dämmrigen Himmels wahr. Er will seine offenbar schief sitzende Nickelbrille zurecht rücken und wird sich schlagartig bewusst, dass er an Armen und Beinen gefesselt ist. Blitzschnell setzen sich Kälte, Nässe und Erdgeruch zusammen zu der Erkenntnis, dass er in einer Art Grab liegt. Panik trifft ihn, er will sich aufbäumen, seine Muskeln gehorchen nicht, er will schreien, es wird nur ein jämmerliches Krächzen. Durch den Nebel von Betäubung, Panik und Erschöpfung hindurch hört er irgendwann zunächst undefinierbare Laute. Heftig atmend und mit tränennassem Gesicht versucht er sich darauf zu konzentrie-

---

*»Ist es schon Wahnsinn so hat es doch Methode«: Zitat aus Shakespeares Hamlet

ren. Die Laute werden zu einem seltsam abgehackten Singsang und zusammen mit den begleitenden Stampfgeräuschen erinnern sie Kramer in irgendeiner Ecke seines Gehirns an Beschwörungsgesänge von Medizinmännern, Schamanen oder dergleichen. Nur wird dieser Singsang immer wieder unterbrochen von fast hysterisch klingendem Gelächter ein und derselben Männerstimme. Unter qualvoller Anstrengung und immer wieder ausgebremst von Momenten kurzer Bewusstlosigkeit versucht er zu verstehen, was hier stampfend gesungen, belacht und fast geschrien wird. Und dann begreift er, dass es nur ein einziger Satz ist: »Whisky für die Königin!«. Wobei »Köööönigin« in die Länge gezogen und fast geschrien wird. Kramer erinnert sich dumpf, dass der Satz zu einem alten Schlager von Zarah Leander gehört, der von dieser Frau mit tiefer, fast männlicher Stimme gesungen wurde. Unkontrolliert beginnt Kramer plötzlich um Hilfe zu rufen, wobei sein Krächzen diesmal lauter ist als vorher. Der Singsang wird unterbrochen. Über dem Rand des Himmelrechteckes erscheint ein nackter Oberkörper und ein verzerrtes und aufgedunsenes Männergesicht mit Oberlippenbart, verschwindet wieder. Dann zeichnet sich der leicht verfettete Mann in voller Größe, bekleidet nur mit Unterhose, gegen den Himmel ab. Er lacht sein hysterisches Gelächter, streift sich die Unterhose nach unten und beginnt auf Kramer zu urinieren. Kramer schreit, das Schreien gelingt und wird, gespeist von Angst und Wut, zu einem gellenden: »Nein!!« Der Mann dreht sich weg, kommt wieder und trägt einen großen Feldstein über dem Kopf. Er beugt sich ins Hohlkreuz, um dem Wurf nach unten Wirkung zu geben, Kramer schreit noch lauter, der Mann reißt plötzlich die Hände nach oben, der Stein fällt nach hinten zu Boden, Blut spritzt ihm aus der Brust, er sinkt wie in Zeitlupe in die Knie und fällt dann schwer zu Kramer in das Erdloch. Der Exlehrer brüllt jetzt vor Entsetzen, Schmerz und Ekel, dann verlässt ihn seine Kraft und es bleibt nur ein leises Wimmern.

Über ihm, der Sicht Kramers entzogen, entsteht ein auf Italienisch geführtes Streitgespräch zwischen zwei Männern. Einer der beiden mischt deutsche oder besser Südtiroler Worte in seine Sätze. Offensichtlich haben sich beide bald geeinigt und es erscheinen zwei in schwarze Masken gehüllte Männerköpfe über dem Grubenrand.

»Herr Kramer, halten Sie durch, wir holen Sie hier raus!«, sagt der offensichtlich jüngere der beiden.

Kurz darauf wird ein Seil in die Grube gelassen, der Deutsch sprechende und sehr jung wirkende Maskierte seilt sich in die Grube ab, wuchtet so gut es geht den halbnackten Erschossenen auf die Seite. Bevor er Kramer das Seil unter den Achseln durchzieht, fährt er ihm begütigend über das Gesicht. Zug von oben. Beim Anheben und Nachhelfen beim Hochhieven des verschnürten Exlehrers verheddert sich die Sturmmaske des Deutsch-Sprechenden in Seil und Kleidungsstücken und wird ihm über denn Kopf gezogen. Ein langer und ärgerlicher italienischer Fluch von oben, Kramer blickt kurz in ein erschrockenes Gesicht eines Mannes um die Zwanzig. Hastig zieht sich der junge Mann seine Sturmmaske wieder über. Oben brüllt ihn der ältere Maskierte an und flucht weiter, während sie Kramer durch ein kurzes Stück Wald zu einem grauen Kombi tragen. Kramer wird auf dem Rücksitz verstaut. Der Ältere eilt immer noch fluchend davon. Kramer hat Schüttelfrost, Herzrasen und heult zunächst fast lautlos vor sich hin – und fällt urplötzlich wiederum in eine tiefe schwarze Bewusstlosigkeit. Der Arzt wird das später auf das benutzte Betäubungsmittel aus der Tiermedizin zurückführen. Gefunden wurde der verdreckte und längere Zeit nicht ansprechbare Exlehrer nach einem anonymen Anruf unmittelbar vor der Notaufnahme eines großen Krankenhauses im Osten Münchens. Um seinen Hals fand sich wie bei Angehörigen einer Armee eine Halskette mit Plakette und eingravierter Telefonnummer. Sie gehörte zu einer der fünf Mordkommissionen der Münchner Polizei. Die einzige Äußerung, zu der Kramer kaum verständlich lallend fähig war: »Verkacktes Karma!«

Gar nicht so lange vor diesem Ereignis in einem Waldstück in der Umgebung von München stürmt in einer mondlosen Nacht weit entfernt in einem Dreiländereck im Norden Südamerikas eine größere Gruppe bewaffneter und vermummter Männer und Frauen ein deutsch geführtes Hotel. Von der Wachmannschaft des Hotels werden zwei Familienväter erschossen. Ein junges Zimmermädchen, das offensichtlich einen der Vermummten erkannt hat und anspricht, verliert ebenfalls ihr Leben. Der deutsche Hotelbesitzer wird zusammengeschlagen, die etwa 20 verängstigten Hotelgäste aus aller Welt werden bis auf einen allem Anschein nach sehr reichen älteren Mann aus den Betten geholt und zusammen mit dem Hotelpersonal in einen Kellerraum gesperrt. Dieser hagere ältere Mann, der mit einem deutlichen Akzent Englisch spricht, wird von den zwei Anführern des Überfallkommandos mit sichtlichem Respekt behandelt. Er musste von der Aktion gewusst haben und hatte bereits aus seinem umfangreichen Gepäck das bereit gelegt, was mitgenommen werden sollte. Darunter war eine sehenswerte elektronische Ausrüstung, die weit über das hinausging, was der reiche Normaltourist mit sich zu führen pflegt. Bevor die Gruppe mit dem Hageren in den umliegenden Wäldern verschwindet, werden in seiner Suite sorgfältig Spuren verwischt, sein restlicher Besitz vor dem Hotel mit Benzin übergossen und angezündet.

Trotz des schwierigen Geländes bewegt sich die relativ große Gruppe erstaunlich schnell und fast lautlos durch das zunächst dschungelähnliche Gelände. Anfangs versucht der ältere Mann zu Fuß mit zu marschieren, ist aber bald kurzatmig und wird auf eine Art Verwundetentrage gelegt und von mehreren Bewaffneten abwechselnd transportiert. Die Gruppe wechselt mehrfach die Ländergrenzen, wobei sie dort jeweils von einer zusätzlichen »Schutztruppe« von einheimischen Polizisten, Militärs, Paramilitärs oder Rebellen abgesichert wird. Der Hagere sitzt jetzt auf einem Muli und scheint sich rasch erholt zu haben. Einer der Vermummten ist Arzt, hatte den reichen Mann kurz untersucht und mit Medikamenten versorgt. In Kolumbien mit seiner Pazifikküste wird das Gelände vorerst einfacher. Die Gruppe verbringt den Rest der Nacht lagernd auf einer Waldlichtung und wartet auf Militärfahrzeuge. Sie werden den langwierigen Transport zu dem in einer einsamen Bucht ankernden Schiff übernehmen.

Der Hagere verlangte nach Scheinwerfern, lässt eine zum Plakat vergrößerte Fotografie mit dem Konterfei eines Mannes an einem Baum befestigen und schießt mit Pfeilen und zuletzt mit einer extrem schallgedämpften Waffe auf das Plakat. Die Umstehenden, jetzt ohne Tarnmasken, sehen zum Großteil mit Verwunderung die erstaunlich flüssigen und professionellen Bewegungen ihres Schutzbefohlenen. Ein erkenntlich jüngerer Kämpfer schüttelt den Kopf und tippt sich mit dem Finger gegen die Stirn. Dafür erhält er von seinem Vorgesetzten einen unsanften Stoß mit dem Gewehrkolben in den Rücken.

Der »Comandante« faucht ihn an: »Du hast wohl vergessen, dass der Mann einer unserer wichtigsten Geldwäscher ist und zugleich ein zuverlässiger Verbindungsmann zur europäischen Mafia!?«

Der junge Mann, der sich den gut und regelmäßig zahlenden Rebellen hauptsächlich deswegen angeschlossen hat, damit er seine kleinbäuerliche Verwandtschaft in den Bergen unterstützen kann, begreift nicht ganz, was ihm sein Vorgesetzter da vermitteln will. Aber dafür begreift er den realen Schmerz in seinem Rücken und murmelt devot eine Entschuldigung.

Kurze Zeit später beendet der Hagere seine Vorstellung und verschwindet in dem für ihn bereitgestellten Zelt. Bei der Betrachtung der Ergebnisse seiner Schießübungen schlägt die herrschende Verwunderung in anerkennendes Raunen um. Alle Einschusslöcher befinden sich in der Stirn- oder Herzregion des älteren Herren, der – von der Taille aufwärts abgelichtet – freundlich von dem vergrößerten Foto lächelt.

»Unser Mann soll ein hohes Tier bei einem Geheimdienst

auf dem Balkan gewesen sein und zugleich für die Sowjetunion gearbeitet haben«, sagt der Arzt mit gedämpfter Stimme zu dem Comandante und deutet in Richtung Zelt.

Auch mit dieser Aussage können wiederum nur wenige der Umstehenden etwas anfangen. Hätte irgendeiner aus der Gruppe von der Existenz eines Michael Kramer im fernen Bayern gewusst und ihn gar einmal zu Gesicht bekommen, wäre ihnen allerdings die Übereinstimmung des Plakatfotos mit dem pensionierten Münchner Lehrer sicher nicht entgangen. So vernehmen sie lediglich ebenfalls mit Verwunderung die Information eines Mitstreiters, dass der Hagere einen ganzen Stoß dieser Plakate mit sich herumschleppe.

Stunden später nach dem Überfall auf das Hotel landet eine ganze Armada von Hubschraubern auf einer nahen Wiesenfläche. Die Truppe aus Militärs, Polizisten, Angehörigen von Geheimdiensten und Vertretern von Interpol kann im Grunde nur noch die eingeschlossenen und verängstigten Hotelgäste samt Personal befreien, den Hotelbetreiber in ein Krankenhaus transportieren lassen und die Leichen identifizieren. Die beiden erschossenen Polizisten waren übrigens Mitglieder der Sondereinsatztruppe gewesen und sollten die Einsatzleitung über die Lage vor dem Zugriff informieren.

~

[STEUERUNGSSYSTEM, DIE VIELEN: »Wir, die Gehirnregionen der Ursprünglichen und zugleich der Vielen im Steuerungssystem des Autors, sind zugegeben etwas stolz darauf, dass wir uns als Erste an das Lesepublikum wenden dürfen. Insgesamt aber ist diese Notwendigkeit alles andere als ein Ruhmesblatt. Wir haben uns, Pardon! gefetzt über die nächsten Kapitel. Die Wenigen, Zivilisatorischen und manchmal verdammt Hochnäsigen hatten in ihrem Teilkopf festgelegt, die nächsten Kapitel ›moderner‹ zu erzählen. Wohl eine Reaktion auf die vereinzelte

Kritik am ersten Band. Und dabei ist ihnen allerdings nichts Besseres eingefallen, als zeitlich in der mit Ereignissen prall vollen Handlung über ein halbes Jahr nach vorne zu springen. Und von dort aus die wichtigen Ereignisse der Zwischenzeit rückblickend aufzurollen. Wir überlegten zunächst, das ganze Projekt scheitern zu lassen. Nachdem aber unsere ach so intelligenten Teilhaber am Autorengehirn allem Anschein nach begannen sich selbst zu verwirren, fanden wir einen für uns akzeptablen Kompromiss. Wir dürfen als ›die Vielen‹, sobald es unübersichtlich wird, klärend eingreifen! Und so folgt jetzt sofort der erste Eingriff und der Leserkreis erhält zunächst eine Art groben Zeitraster: Die bereits bekannte ›Beinahe-Beerdigung‹ der Hauptfigur war im Oktober. Die gesamte Krimihandlung dieses dritten Bandes umfasst im Kern ziemlich genau ein Jahr. Das Kalenderjahr, in dem u.a. die Beinahe-Beerdigung spielt, wird auch gerne als ›Vorjahr‹ betitelt. Natürlich müssen wichtige Fakten davor ebenfalls geliefert werden. Das Treffen zwischen Kramer und dem Ersten Kriminalhauptkommissar als Rahmen der folgenden Kapitel findet im Juni des Folgejahres statt. Das Jahr wird in manchem Zusammenhang auch ›dieses Jahr‹ genannt. Genauere Zeitangaben dann, wenn es die Handlung erfordert.«]

[DIE VIELEN: »Juni des Folgejahres.«] Ich, Michael Kramer: »Je älter ich werde, um so schneller kommen mir meine Partnerinnen abhanden«. Das war mehr an mich gerichtet als an meinen Besucher, den Ersten Kriminalhauptkommissar (EKHK) Erwin Aichinger, der die größte Mordkommission in München leitet. Er war an einem Junitag dieses Jahres wieder einmal zu Besuch in meinem Polizeibungalow, der zugleich Teil seiner Dienststelle ist. »Es gab Zeiten, da verließen mich die Frauen, weil ihnen mein Leben zu langweilig erschien!«, räsonierte ich weiter. In der Tat könnte ein stärker zum Aberglauben neigender Mensch als ich die Zeit nach meiner Pensionierung als fluchbelastet betrachten. Seit mein größenwahnsinniger Schulfreund mich [DIE

VIELEN. »Wie im Vorwort kurz berichtet,«] unmittelbar nach dem Ende meiner pädagogischen Laufbahn in den Strudel von Verbrechen und Gewalt gezogen hat, ist kein Ende abzusehen. Aus dieser Zeit stammt auch die Freundschaft zu dem Ersten Kriminalhauptkommissar, dem Sohn meines besten Schulfreundes aus dem Dorf meiner Jugend in Niederbayern. Er war in meinem ersten »Fall« der zuständige Hauptkommissar in Passau. Und er war genau so enttäuscht wie ich, dass am Ende wie später in Griechenland der zweite Hauptbösewicht, der aus Albanien stammende Dr. G., entkommen konnte. Wir waren gerade dabei, wieder einmal meine und unsere gemeinsame Vergangenheit durchzuforsten nach Hinweisen, die uns in der heutigen Situation hilfreich sein könnten.

Allerdings hatte er mir zu meiner Überraschung eben erzählt, warum er zwischenzeitlich nach München gezogen war und dabei auf die angebotene Leitung aller fünf Mordkommissionen in der Landeshauptstadt einschließlich weiterer Beförderung verzichtet hatte. Und warum er jetzt für mich und meinen Schutz verantwortlich ist. Er hatte von sich aus nur die Leitung der Mordkommission 5 angestrebt. Denn er hatte erwartet, dass mein »Fall« noch eine weitere Fortsetzung erleben würde. Mit dem spektakulären Ausgang des ersten Falles in Passau hatte er sich hohes Ansehen erworben und konnte so nachträglich diese Schutzfunktion für seine Mordkommission 5 als eine der Sonderkonditionen verlangen. Der Polizeipräsident hatte zwar mit den Augen gerollt, wollte dann aber »seinem erfolgreichsten Ersten Kriminalhauptkommissar« diesen Wunsch nicht abschlagen. Ich erfuhr auch, dass Aichingers Frau die einsame Rolle der kinderlosen Polizistengattin gründlich satt hatte. Die Ehe wurde geschieden, was ihn in seinem Entschluss zum Ortswechsel bestärkte. »Außerdem, wo du bist, wird es dem zuständigen Polizisten garantiert nicht langweilig. Das hast du mir ja in letzter Zeit schon wieder mehr als hinreichend bewiesen!« Wir waren irgendwann bei einem Glas Wein zum Du übergegangen.

Diese doch sehr privaten Äußerungen des alles andere als redseligen Mannes überraschten mich. Zugleich war ich gerührt, dass er meinem Schutz bei seiner Karriere-Entscheidung einen so hohen Stellenwert eingeräumt hatte. Ich mochte die unaufgeregte, geradlinige Art des stämmigen Endvierzigers und seiner letzten Aussage konnte ich wirklich nicht widersprechen.

Die Fortsetzung der Gewaltspirale nach dem Niederbayerndrama spielte sich [DIE VIELEN: »Wie ebenfalls im Vorwort erwähnt,«] als nächstes in Griechenland ab. Trotzdem kam ich gerade noch mit dem Leben davon, ja ich war danach reicher, sogar mit griechischen Auszeichnungen geschmückt und hatte neue griechische Freunde. Und ich konnte auch meine Beziehung zur niederbayerischen Soziologin Helga retten. Sie hatte davor auf der Flucht vor der Gewalt in Griechenland die von ihrem langjährigen Fachkollegen und Bekannten angebotene Stelle als Privatdozentin in Cincinnati angenommen. Allerdings behielt sie auch nach der Wiederbelebung unserer Partnerschaft weiterhin ihre Privatdozentur in den USA. So musste sie die zurückliegenden gemeinsamen Jahre zwischen den Kontinenten hin und her pendeln.

Auch stellte sich heraus, dass wir – wohl auch als Ergebnis ihrer Scheidung – unterschiedliche Konzepte von Wohnen und Zweisamkeit bevorzugten. Ihre Erfolge als Verfasserin von populären Sachbüchern, ihre Herkunft aus dem niederbayerischen Großbürgertum und damit verbunden diverse Erbschaften machten sie absolut unabhängig. Im Endeffekt wohnte Helga in einer Stadtwohnung mit großer Dachterrasse in München. Mich dagegen zog es hinaus in ein eher einsames freistehendes kleines Haus mit altem Garten. Es lag in dörflicher Umgebung am Rande eines großen Forstes nordöstlich von München und war für mich ein Glücksfall. Sehr modern praktizierten wir also »LAT« (Living Apart Together, also getrennt zusammenleben), wie Helgas Soziologenzunft das nannte.

Da der immer noch blond gefärbte sportliche amerikanische Professor und Porschefahrer Helga offensichtlich zunehmend beeindruckte, durchlebten wir kurz so etwas wie eine erste selbst verursachte Beziehungskrise. Die sich aber zu meinen Gunsten zu entwickeln schien. Ich machte mich dabei allerdings ziemlich zum Affen und entdeckte in mir eine Angst vor der Trennung, die mich selbst überraschte. »Diese Heftigkeit hat ziemlich sicher mit dem frühen Verlust Ihrer Eltern zu tun!«, sagte mein Polizeipsychologe Dr. Dr. Arnold Wagner, den ich seit meinen erneuten schlimmen Griechenlanderfahrungen [DIE VIELEN: »März dieses Jahres«] in kürzeren Abständen regelmäßig in seiner Privatpraxis aufsuchte. »Klugschwätzer!«, empörte es sich in Teilen meines Systems wie immer, wenn er wieder einmal recht hatte. Unser – leider in der Zwischenzeit völlig überraschend verstorbener – griechischer Millionärsfreund hatte an der Universität in Athen eine auf Helga zugeschnittene Privatdozenten-Stelle gesponsert. Er wollte mich damals bei meinen Bemühungen unterstützen, Helga nach ihrer ersten Flucht vor der Gewalt nach Amerika zurück zu gewinnen. Zu meiner großen Freude hatte Helga im Herbst des Vorjahres [DIE VIELEN: »genauer anfangs September«] nun plötzlich den Wunsch geäußert, dieses Stellenangebot vor Ort zu begutachten. Und wir beide wollten sozusagen als Testlauf für unsere neu aufpolierte Partnerschaft in meinem Ferienhaus in Griechenland vorher noch an die wunderbare Zeit der ersten gemeinsamen Monate vor den damaligen Gewaltexzessen anknüpfen.

Mitten in den Vorbereitungen zu diesem aus meiner Sicht vielversprechenden Versuch kam dann nach Jahren des Schweigens [DIE VIELEN: »Ende September des Vorjahres«] ein erster Drohbrief des Albaners. Ich hatte diesen Verbrecher in den vergangenen Jahren einfach verdrängt und als erledigt abgespeichert. Die verfluchte Gewalt, die mir meine Pensionszeit zu zerstören drohte, meldete sich zurück:

Es ist noch nicht Zeit. Ich werde dich mit eigener rechte Hand umbringen. Muss noch organisieren. Mach nicht in Hose. Fahr nicht weg nach Griechenland und Niederbayern und auch nicht USA. Dr. G.

Als Begleitinszenierung waren spektakulär die Reifen meines parkenden Autos aufgeschlitzt und in die Seitentür ein kreisrundes Loch von ca. 10 Zentimeter Durchmesser geschnitten oder gefräst worden. Der Polizeipsychologe sah darin einen Hang zum Unterwerfen und Angsteinflößen, wobei ich ihm nicht widersprechen wollte. Bei unserer einzigen direkten Begegnung in Griechenland nannte der Briefschreiber sich u.a. Dr. Georgious. Wir wussten in der Zwischenzeit einiges über diesen Dr. G., der offensichtlich gerne bei größeren bis größten Drogenprojekten die Fäden zog, aber auch mit Lust selbst an der vordersten Drogenfront mitarbeitete. So war es in Niederbayern gewesen und so auch in Griechenland, und immer kam ich ihm ohne es zu wollen in die Quere. Und immer konnte er sich im letzten Moment wahrscheinlich nach Albanien absetzen. Wobei jedes Mal, wie er es bei der einzigen persönlichen Begegnung hinreichend befremdlich ausdrückte, seine »Existenzgrundlage« zerstört wurde.

Welch international einflussreicher Verbrecher mir jetzt wieder nach dem Leben trachtete, zeigen wenige Daten aus seiner Karriere. In den Neunzigern des letzten Jahrhunderts kontrollierte und steuerte er maßgeblich den Drogenhandel über Albanien nach Italien. Als Spitzenagent des Geheimdienstes damals wahrscheinlich unter Beteiligung seiner Regierung. Später bewahrte er mit seinen Millionen einen wichtigen Flügel der süditalienischen Mafia vor dem Absturz und kann seit dieser Zeit auf die bedingungslose Unterstützung dieses Verbrechersyndikates zählen. In den letzten Jahren hat er sich als Geldwäscher verschiedener südamerikanischer Mafiosi und z.T. der beteiligten Regierungen, Militärs oder auch Rebellen einen

Namen gemacht. Wobei ihm zusätzlich als ehemaligem Ostblockgeheimdienstler exzellente Beziehungen auch zur russischen Mafia nachgesagt werden. Mir stehen die Resthaare zu Berge, wenn ich nur daran denke, dass dieser Mann in einer Art »krankhafter Fixierung«, so Dr. Dr. A. Wagner, und völliger Überschätzung meiner damaligen Rolle als Ermittler mich plötzlich persönlich zu töten gedenkt.

Mein Pensionistenleben fährt also wieder einmal Achterbahn: Helga entscheidet, sich die angebotenen Stelle in Athen anzuschauen, Dr. G. verbietet mir das Reisen und kündigt an, mich persönlich zu töten, und dann wird versucht [DIE VIELEN: »Sie erinnern sich, im Oktober des Vorjahres«], mich bei lebendigem Leibe zu beerdigen.

Natürlich lag bei dem Beerdigungsversuch einerseits der Verdacht nahe, dass auch hier dieser irre Dr. G. nach seinem ersten Drohbrief seine Hände im Spiel gehabt haben könnte. Die seltsame Rettung aber durch zwei Maskierte wollte irgendwie nicht zu diesem Erklärungsversuch passen. Eine erste Teilklärung erhielten wir mit einem erneuten, also zweiten Brief [DIE VIELEN: »im Januar dieses Jahres«] des offenbar tief gestörten Albaners, der im Nachhinein wohl auch als Anfang vom Ende meiner Beziehung zu Helga gedeutet werden muss und meinem Pensionistenleben wieder eine neue und wahrscheinlich endgültige Wendung gab.

Es ist noch nicht Zeit. Ich hasse dich. Ich werde dich mit eigene rechte Hand umbringen. Organisieren ist fast fertig. Klein Katze wollte Löwe Maus wegnehmen. Löwe fressen Katze. Maus darf nicht weit weg laufen, damit Löwe kann aufpassen. Nicht nach Griechenland, nicht nach Niederbayern, nicht nach USA darf klein Maus. Sonst treibt Löwe Maus zu Polizei in Käfig. Irgendwann kommt Email an Polizei und Maus darf schnell Antwort sagen. Dr. G.

Die Münchner Polizei nahm diese beiden Morddrohungen per ungewöhnlicher Zustellungspraxis sehr ernst und bot mir sofort rund um die Uhr Polizeischutz oder aber polizeilich »betreutes« Wohnen an. Dies sei für wichtige (!) gefährdete Personen üblich, meinte mein zuständiger Erster Kriminalhauptkommissar. Alles in mir war dagegen. Ich hatte damals keinerlei Lust auf erneute Verwicklungen und wollte endlich wieder meine Beziehung zu Helga krisenfester gestalten. Und das angebotene Umfeld einer Polizeikaserne oder dergleichen war sicher nicht das, was für meine Privatdozentin in Frage kam. Dieser Dr. G. wurde mit mehrfachen internationalen Haftbefehlen gesucht und er konnte bereits einige Male nur knapp einer Verhaftung entgehen. In Europa werden ihm allein 23 Morde zur Last gelegt, kaum vorstellbar, dass sein Hass gegen mich groß genug ist, um deswegen das hohe Risiko einzugehen hinter Gittern zu landen.

Auf alle Fälle war nach dem zweiten Brief klar, wer mich aus den Fängen des hysterischen Sängers befreien und mein makabres Begräbnis durch einen offenbar selbsternannten Totengräber verhindern ließ. Aber zu welchem Preis und aus welch kranken Motiven hatte mein »Retter« gehandelt!

Übrigens die gescheiterte Beerdigung meiner Person war keineswegs so spurlos an mir oder besser uns vorübergegangen. Mein Steuerungssystem war völlig aus dem Tritt. Anfangs schlugen wir fast täglich in der Privatpraxis meines Polizeipsychologen Dr. Dr. Arnold Wagner auf. Der empfing mich jedes Mal mit dem gleichen Satz: »Herr Kramer, Sie finanzieren mir gerade meine nächste Afrikasafari!« Ich konnte nächtelang nicht schlafen, hatte Angstattacken und »unmotivierte« Schweißausbrüche. Und ich hatte Mühe, mich alleine auf die Straße zu wagen. Es wurde erst besser, als wir für Wochen bei Helga unterkriechen konnten. Allerdings besaßen wir bis dahin immerhin bereits ein ganzes Bündel neuer Wörter aus dem psychologisch-psychiatrischen Fachjargon wie »Temporäre Soziophobie« oder »Disruptive Launenfehlregulierungsstörung«. Zur Ehrenrettung von Dr. Dr. A. Wagner muss gesagt werde, dass er über viele dieser Krankheitsbegriffe selbst herzlich lachen musste. Helga entspannte sich zunehmend, als ich anfing, mir selbst neue psychiatrische Krankheitsbilder mit dazugehörigen Bezeichnungen auszudenken und vor allem täglich ihren Boxsack zu bearbeiten. Bis ich dann wegen akuter Gelenkschmerzen einen Orthopäden aufsuchen musste. Zu diesem Zeitpunkt rückte bereits der Termin, bis zu dem Helga den Amerikanern für die anstehende Verlängerung ihrer Privatdozentur zu- oder absagen sollte, bedenklich näher. Und wir mussten uns wohl oder übel darauf einigen, ob wir trotz der beiden Drohungen aus dem Off das Risiko einer Griechenlandfahrt eingehen wollten.

Und wie hatte Helga auf die neue Situation reagiert? Sie war schon durch den ersten Brief Ende September des Vorjahres wieder sehr verunsichert gewesen, wollte aber »um alles in der Welt« Klarheit über ihre und unsere Zukunft. Auch nach dem Anschlag auf mich im Oktober danach mit dem gescheiterten Beerdigungsversuch unterstützte sie mich hartnäckig in der Interpretation, dies könne in seiner stümperhaften Ausführung nicht von einem Verbrecher dieses Kalibers stammen. Nach dem zweiten Brief beruhigte sie sich anscheinend an meiner Idee, sobald der Albaner mir wie angekündigt die Chance bot, per Email zu antworten, mit ihm Helgas Stelle in Athen auszuhandeln. Ihr Wunsch nach Klarheit verdrängte alle Befürchtungen. Obwohl ihr die Angst ins Gesicht geschrieben stand!

Also nahm ich Verbindung zu meinen Freunden von der griechischen Polizei auf. Ich war, wie angedeutet, ohne mein Zutun vor Jahren in heftige griechische Turbulenzen verwickelt worden. Es ging unter anderem um Drogenhandel und sogar um einen – wenn auch stümperhaften – Staatsstreich rechter Kräfte. Die

Spitze der griechischen Polizei wurde damals im Zuge der Aufarbeitung dieser Ereignisse neu besetzt. Am Ende nahmen Beamte Spitzenpositionen ein, die mich seit meinen ersten kurzen laienhaften Ermittlungen im Zusammenhang mit meinem niederbayerischen »Fall« in Griechenland unterstützt hatten. So war ich also als pensionierter bayerischer Lehrer befreundet mit dem obersten Polizeipräsidenten Griechenlands, Herrn Dimitrios Mikrojannis. Besonders nah aber stand Helga und mir einer der ersten Männer in seinem Führungsstab, der relativ junge Jannis Konstantinos. Dieser verheimlichte mir aus was für Gründen auch immer seinen Titel. Später erfuhr ich dann, dass er oberster Korruptionsbeauftragter der Polizei war. Er bezeichnete sich mir gegenüber in den vielen freundschaftlichen Telefonaten vorerst nur als »gut bezahltes Männchen für alle Fälle«. Und so ein Fall schien mein Ansinnen zu sein, trotz der Drohungen des damals entkommenen mächtigen Drahtziehers zusammen mit Helga nach Griechenland zu fliegen und nach einer kurzen Zeit in meinem Ferienhaus auf dem Peloponnes die Helga angebotene Stelle an der Uni Athen zu begutachten.

Ich hatte meinen Freund Jannis als zupackend und vor allem auch zuverlässig erlebt und er sollte uns auch diesmal nicht enttäuschen. Schon nach wenigen Tagen erhielten wir, verbunden mit den besten Grüßen vom Polizeipräsidenten, der in der aktuellen Staats- und Finanzkrise mit ihren sozialen Verwerfungen alle Hände voll zu tun hatte, den ersehnten Rückruf. Für die Besprechung des Planes wechselte ich auf Anraten meines griechischen Polizeifreundes aus Vorsicht in eine Telefonzelle. Jannis und sein Team hielten einen Flug mit einer Linienmaschine für zu gefährlich:

»Dein und natürlich auch unser Feind ist unberechenbar und skrupellos!« Er bot uns an, mit einem etwas betagten griechischen Learjet aus der Regierungsflotte von München nach dem Provinzflughafen Araxos auf dem Peloponnes südlich von Patras zu fliegen.

Ich bestand darauf, die Kosten des Fluges aus dem Bestand meiner mit den griechischen Auszeichnungen verbundenen nicht unerheblichen Zuwendungen zu übernehmen. Nach einem kurzen Gefeilsche wurden wir uns einig. Wobei ich zustimmen musste, dass alle sonstigen Kosten für Bewachung, Transport etc. vom griechischen Staat getragen würden.

»Ihr seid ja sowieso der nicht ganz unbegründeten Meinung, dass wir zur Zeit nur von den Krediten der Europäischen Union leben!«, meinte er lachend.

Wenigstens ein Grieche, der trotz der aktuellen Banken- und Staatskrise und all der sozialen Probleme das Lachen nicht verlernt hatte.

Der Abgleich dieser Vereinbarung mit Helga erwies sich wie von mir befürchtet äußerst schwierig. Unendlich deprimiert fragte sie im Laufe des nächsten Tages genau das, wovor ich Angst hatte: »Michael, wie sollen wir unter diesen Umständen erfahren, ob ein gemeinsames Leben bis zu dem Zeitpunkt, zu dem der Irre dich erschießen will, überhaupt möglich ist?«

Ich hatte schlechte Karten, ich wusste das. Und ich konnte nur meine Idee wiederholen, sobald es möglich ist mit dem Albaner zu verhandeln. »Der Flug nach Athen dauert zwei Stunden. Das ist viel kürzer als deine Amerikareisen. Sollte das nicht klappen, ist dann eben unser letzter Versuch gescheitert.«

Helgas von mir so geliebter langer, fragend-zweifelnder und zugleich überraschter Blick. »Du weißt doch immer einen Ausweg – zumindest rhetorisch muss sich dein Bedroher auf einiges gefasst machen!«

Und wir kamen überein, diese neuerlichen Unwägbarkeiten zu ignorieren und spätestens Anfang März den ersten Teil des »vielleicht letzten Versuches« zu riskieren.

Der Erste Kriminalhauptkommissar hatte uns zunächst dringend ans Herz gelegt, diesen »irrsinnigen Ausflug« zu verschieben. Wahrscheinlich, weil er selbst erst Trennung erlebt hatte, war sein Widerstand allerdings nicht all zu groß gewesen. Meine klare Ansage, ich würde sonst Helga mit Sicherheit wieder an Amerika verlieren und meine Lebenszeit sei einfach absehbar begrenzt, führte zur erhofften Reaktion. Der EKHK sah mich lange an, atmete tief ein und sagte endlich: »Probiert es!«

∼

Mein bayerischer Polizeifreund kam übrigens relativ oft in meinen »Mausekäfig« auf dem Kasernengelände der Polizei. Und der Zweck und manchmal auch der vorgeschobene Grund waren meistens, das bisherige Geschehen immer wieder Revue passieren zu lassen. Es war eine Methode Aichingers, um in meinem Fall »am Ball zu bleiben«. Er wollte trotz der vielfältigen Herausforderungen in seinem Job als Leiter der größten Mordkommission »nichts übersehen«. An diesem Junitag standen die jüngsten Ereignisse unseres Ausfluges nach Griechenland und der endgültige Bruch meiner Partnerschaft mit Helga im Mittelpunkt. Der Erste Kriminalhauptkommissar Erwin Aichinger prüfte zum wiederholten Male, ob sein damaliges grünes Licht dafür, Helga und mich trotz Warnung aus dem Äther nach Griechenland fahren zu lassen, nicht ein Fehler gewesen sei. Damit wäre dann er der (Mit-)Schuldige am Ende meiner Beziehung gewesen. Ich konnte aus meiner Sicht keinen neuen Aspekt finden, der für seine These gesprochen hätte:

»Du weißt, wir wollten und vor allem Helga wollte herausfinden, ob wir überhaupt unter den gegebenen Umständen Zukunftschancen gehabt hätten. Meiner Meinung nach kam unsere Befehlsverweigerung für den selbst ernannten Kleingott Dr. G. gar nicht so ungelegen. Er konnte mich wie gesehen danach ohne größeren Widerstand im ›Polizeikäfig‹ parken. Zu deinem berechtigten Ärger glaubt er ja in seinen Allmachtsfantasien, seine Macht über mich dort geordneter und effektiver ausleben zu können. Was für ein Affront für die Polizei! Bedenke doch, dass er sicherlich schon lange vor Griechenland an seinem weltweiten Email-System gebastelt haben musste, das meine Kasernierung im Grunde voraussetzt. Das Revier der Maus wurde eingegrenzt, allein dies natürlich auch ein Triumph für seine Rachegelüste. Und seine schmatzende Befriedigung über das Zerstören meiner Beziehung lässt ahnen, dass auch dies sein krankes Hirn jauchzen lässt. Es war und ist erkenntlich Teil seiner Absicht, mich zu demütigen, zu bestrafen. Übrigens belegt dies auch sein schon vorher ausgesprochenes Verbot im ersten Brief, Helga unter keinen Umständen in Amerika zu besuchen. Ich muss aufpassen, dass ich nicht auf seine Spielchen hereinfalle und mich von ihm tatsächlich nach und nach zermürben und zerstören lasse. Ich bin mir nicht sicher, ob zuletzt in Griechenland bei mir nicht doch auch eine unbewusste Selbstmordabsicht mit beteiligt war. Das spätere Gerede von meiner Tapferkeit usw. schmeichelt zwar meinem Ego, ich will mich aber nie mehr von diesem seelischen Krüppel soweit beherrschen lassen. Und du musst mir bitte helfen dabei!«

»In der Gefangenschaft frei bleiben!? Hast du Nelson Mandela gelesen oder Gandhi oder ist das Michael Kramer?«, fragte Aichinger nicht ganz ernst zurück.

Wir waren mittlerweile in einem Maße vertraut, dass mich die leichte Ironie nicht störte. Der Mann war für mich ein Glücksfall und ich wollte auch selbst nicht dramatisieren. Das wäre wohl dann der erste wirklich große Fehler. Für mich war es daher von größter Dringlichkeit, meiner neuen Situation gegenüber eine zukunftsfähige Haltung zu entwickeln. Und in Griechenland war, wie gesagt, eine neue Phase meines Restlebens eingeläutet worden.

Meine Sitzung mit dem EKHK endete an diesem Frühsommertag in der langsam schwächer werdenden Junisonne auf einer Bank vor meinem Polizeibungalow. Ich saß zusammen mit meinem Polizistenfreund vor dieser vom Staat finanzierten Unterkunft, die auf dem Gelände einer Polizeikaserne in der Nähe von München steht. Mein unmittelbarer Nachbar, der getrennt durch Zäune und eine Buchsbaumhecke eine ähnliche Parzelle mit baugleichem Bungalow wie ich bewohnt, war vor seiner den Umständen geschuldeten frühzeitigen Pensionierung von Beruf Leitendender Oberstaatsanwalt und Ankläger in einem Mordprozess gegen russische Mafiosi gewesen. Er wird wie ich massiv bedroht. Übrigens wohnt er zusammen mit seiner sehr viel jüngeren, etwas dunkelhäutigen und sehr glutäugigen Gattin Shila, die mich offenbar schlicht für einen Proleten hält. Dies pflegt die Dame mir auch bei jeder Gelegenheit deutlich zu machen. Wer will und kann aber auch mithalten mit einer »indischen Prinzessin aus dem Königshaus«, wie sie mit Nachdruck zu betonen pflegt! Wir, also meine Ichs und die Katze, die mich anfangs gelegentlich besuchte, nennen sie daher im internen Sprachgebrauch nur »die Schnepfe«. Allerdings häufen sich in letzter Zeit die Anzeichen, dass sich unser Verhältnis entspannen könnte.

Ich kredenzte zum Ausklang unserer Sitzung mit einer gewissen Wehmut unseren Lieblingswein aus Griechenland, der auf den Klosterbergen des Athos gezogen wird. Aichinger hatte mit der unterschiedlich starken Verantwortung für den Schutz von zwei bedrohten Personen und ihrem Umfeld, sprich die indische Königstochter, auch ein kleines Büro mit Schlafgelegenheit in der Polizeikaserne erhalten. Sein Führerschein war also mitnichten gefährdet. Wir zwei genossen den Spätnachmittag und den heraufziehenden Juniabend und sagten immer weniger. Ein Vorbewohner des Bungalows hatte sich die Erlaubnis erbettelt, ein »Sichtfenster« in den oberen Rand der Buxbaum-Hecke zu schneiden, so dass wir durch den äußeren Sperrzaun freie Sicht hatten. Für die Nacht allerdings wurden zusätzlich zu Patrouillenfahrten der Polizei Bewegungsmelder, verbunden mit starken Scheinwerfern, als Schutz vor möglichen anschleichenden Gegnern aktiviert. Und mein »Sichtfenster« wird allnächtlich durch eine am Zaun hochfahrende schusssichere Metallwand abgedichtet.

Die Kasernenanlage lag in der Münchner Schotterebene südöstlich der Stadt. Linker Hand von uns aus erstreckten sich Wiesen und Felder, Kühe auf der Weide waren auszumachen. In nicht zu großer Entfernung grüßte ein Dorf, das, der Eiszeit und der Arbeit der Gletscher sei Dank, mit den welligen Hügeln einer Endmoräne ein inniges Verhältnis eingegangen war. Natürlich fehlten nicht die etwas groß geratene Kirche mit Zwiebelturm und auch nicht die typischen Alpenvorland-Wolken in Weiß vor tiefgründigem Himmelsblau. Darunter, heute eher schwach, ein paar blaugraue Bergsilhouetten aus dem Angebot der Alpen. Rechts von uns und von der Eingangsflanke des Kasernengeländes kommend zogen sich bis relativ nah an das Dorf die Ausläufer von mehreren Kilometer Wald. Dieser Wald machte mir viel Freude. Auf der nahegelegenen frisch gemähten und sogleich abgeräumten Wiese vor dem Gehölz konnte ich meine schon vertraute Familie von Rabenkrähen, Vater, Mutter und halbwüchsiger Sohn, bei der letzten Futtersuche des Tages ausmachen. Wahrscheinlich bleiben die drei mit etwas Glück noch einige Jahre zusammen und erhöhen dadurch ihre Chancen, Nest, Brutplatz und Revier nicht bald wieder zu verlieren. Die Lage des Polizeigeländes ähnelte doch sehr der Lage meines zerstörten Hauses. Die Reste meines aus der Sicht Helgas »Arme-Leute-Schlosses« lagen ja auch keine 20 Kilometer von hier entfernt ebenfalls an einem Forst.

Von der umtriebigen Nachbarin indischen Geblütes war gerade nichts zu hören. Der Erste Kriminalhauptkommissar und der pensionierte Lehrer Kramer, also ich, hingen beide ihren Gedanken nach. Im Augenblick jedenfalls war ich nicht nur der Getriebene und Verletzte, der sich nach dem Willen meines Dr. Gottähnlich wohl sein sollte. Ich untersagte mir strikt, an Helga zu denken. Sie war für unsere Beziehung bis an die Grenzen des ihr Möglichen gegangen, hatte jetzt hoffentlich ihren Ort gefunden und keiner trachtete ihr mehr nach dem Leben. Und Frau Oberwachtmeisterin Köchl wünscht ich alles Gute und ältere

Verbrecher sterben manchmal auch überraschend an Herzinfarkt oder werden von schleudernden Autos zerquetscht ... und der griechische Wein war doch verdammt gehaltvoll ...

∼

[STEUERUNGSSYSTEM, DIE WENIGEN: »Das Lesepublikum braucht keine Angst zu haben. Ganz bestimmt werden sich nicht den ganzen Roman hindurch in kurzen Abständen irgendwelche Gehirnregionen, Teil-Ichs oder dergleichen nervend in Szene setzen. Wir, die Wenigen und für den hoch entwickelten Menschen und vor allem für den Romanschreiber dringend notwendigen Zivilisatorischen, hatten uns aber tatsächlich im letzten Kapitel etwas verrannt. Wir danken hiermit ausdrücklich unseren Teilhabern von den Vielen für ihre klärenden Eingriffe.

Die Leserinnen und Leser dürften im Augenblick das erleben, was wir als ›Binnenspannung‹, allerdings im verträglichen Maße, durchaus auch weiterhin anstreben. Sie werden sicher genauer wissen wollen, warum Kramer jetzt im Juni auf dem Polizeigelände wohnt. Auch wo Helga abgeblieben ist, und was zum Teufel in Griechenland eigentlich wieder Dramatisches geschehen ist. Wir alle versprechen zügige Klärung.«]

Wir landeten Anfang Mai wie geplant auf dem Flughafen von Araxos südlich von Patras auf dem Peloponnes. Dieser Provinzflughafen besitzt übrigens zugleich auch einen militärisch genutzten Teil. So wunderte ich mich nur bedingt, dass wir seit dem Einfliegen in den griechischen Luftraum wie angekündigt von zwei griechischen Düsenjägern der Armee begleitet wurden.

Jannis in seiner Ankündigung: »Keine Angst, das Benzin bezahlt die Nato!«

Die Strategie für unseren Schutz am Boden war uns ebenfalls schon im Voraus von Jannis erläutert worden. Wir hatten uns trotz größeren Aufwandes für die Griechen auf seine Empfehlung hin gegen einen Hubschrauberflug und für eine Fahrt in einer gepanzerten Staatskarosse entschieden.

»Unseren Spätfrühling muss man möglichst hautnah erleben!«, so seine Worte. »Das Auto ist übrigens ein Geschenk der Amerikaner für eventuelle Besuche ihrer Politiker oder Diplomaten, also vom Feinsten! Davor und dahinter zwei Motorradpolizisten in Zivil aus der Schar unserer besten Bodyguards. Zwei bewaffnete griechische Nato-Helikopter kontrollieren den Luftraum. Es ist dafür gesorgt, dass sie zu keiner Zeit länger als drei bis fünf Minuten brauchen werden, um der Kleinkolonne mit ihren Staatsgästen (gemeint waren wir!) zu Hilfe zu eilen. Ankunft in euerem Ferienhaus, das zwischenzeitlich wieder in eine Festung verwandelt wurde und rund um die Uhr bewacht sein wird. Den weiteren Ablauf eures Besuches gibt es dann im Ferienhaus, wenn der Verlauf der Anreise analysiert worden ist. Übrigens das Auto wird von einem Profi gesteuert und der mitfahrende Polizist ist ebenfalls ein Profi und heißt Jannis Konstantinos, der sich wie verrückt auf ein Wiedersehen freut! Natürlich begleitet uns in gehörigem Abstand auch noch ein Krankenauto.«

Jannis hatte nicht zu viel versprochen. Er nahm uns nach einem wie ich fand wunderbaren Flug in relativ geringer Höhe in Araxos herzlich in Empfang. Er sah jünger aus als er wirklich war. Braun gebrannt und mit griechischem Charakterkopf, seinen schwarzen Haaren und fast immer ein Lächeln auf den Lippen war er laut Helga »die Verkörperung eines griechischen Herzensbrechers.« Ich hatte ihn bisher als überlegten, tapferen und humorigen Polizisten und Freund erlebt, der sich über Gott und die Welt Gedanken machte und vor allem sein Geschäft verstand. Ich mochte ihn und er schätzte uns ebenfalls, was seine vielen privaten Telefonanrufe in der Vergangenheit nahe legen.

Nach Umarmungen und intensivster Nachfrage nach unserem Befinden starteten in kürzester Zeit vom Militärflughafen aus zwei Hubschrauber und unsere Kolonne setzte sich in Bewegung. Helga hatte den ganzen Flug über kaum gesprochen und war zwischendurch offenbar den Tränen nahe gewesen. Sie blieb auch in der Sicherheitslimousine im Gegensatz zu Jannis und mir schweigsam und zerdrückte mir fast meine Hand. Ich war unendlich dankbar, dass sie sich dieser Herausforderung stellte und mir überdies Gelegenheit bot, nochmals auf griechischem Boden zu stehen oder im Augenblick zu fahren. Und das im Spätfrühling mit seinem gelben Blütenrausch an den Hängen, den violett auftrumpfenden Judasbäumen, den fast immer blühenden Oleanderbüschen, Pinien, Eukalyptusbäumen und im Gegensatz zum Sommer grünen Pflanzenteppichen zumindest auf dem Boden der Niederungen und manchen Hügeln. Und natürlich allgegenwärtig ein Mittelmeer, rebellischer und abwechslungsreicher als etwa im August. Wir reisten für mich in einer der schönsten Jahreszeiten durch mein Gastland. So versuchte ich durch die leider getönten Scheiben hindurch soviel an griechischer Landschaft zu erfassen wie irgend möglich war. Der bullige Fahrer, der quicklebendige, aufgekratzte und durchtrainierte Jannis neben ihm in der für mich in von früher gewohnten entspannten Haltung mit seinem Schnellfeuergewehr auf dem Schoß: Das alles verströmte für mich Sicherheit. Und das Gefühl, wirklich willkommen zu sein.

Nach nicht allzu langer Fahrzeit verließen wir gerade ein schütteres Pinienwäldchen auf der küstennahen Straße von Patras nach Süden. Ich suchte mit den Augen den steilen Hügel links vor uns nach einer malerischen Bergkapelle ab, die hier meiner Erinnerung nach ganz in der Nähe sein musste. Da blitzte wenige Meter unter der Hügelkuppe der Strahl eines Mündungsfeuers auf, der linke Motorradpolizist vor uns schleuderte quer auf die andere Straßenseite und flog mit seiner Maschine in das Gebüsch. Sein Kollege rechts vor unserem Auto schleuderte offensichtlich kontrolliert und rollte sich kopfüber von der Maschine in den hier relativ breiten Straßengraben auf seiner

Seite. Der Fahrer unserer Sicherheitslimousine umkurvte das auf der Straße Funken stiebend noch einige Meter dahinschlitternde Motorrad. Das Gelände bot unserem Fahrzeug wenig Deckung und der Fahrer stoppte so weit wie möglich auf der linken Straßenseite an einem flachen Hang. Jannis fluchte etwas über Selbstmörder und schrie einen Code in sein Funkgerät.

Als die ersten Schüsse in dumpfen Schlägen auf unser Auto trafen, fing Helga an zu schreien. »Im Auto sitzen bleiben!«, brüllte Jannis und wollte gerade offenbar weitere Durchsagen machen. Da riss Helga die Türe auf und stürzte hinaus – mitten auf die Straße. Sie wurde durch einen Streifschuss umgeworfen, schrie und strampelte am Boden liegend, während in ihrer unmittelbaren Nähe durch aufschlagende Gewehrkugeln Staubfontänen von der Straßenoberfläche hochfuhren. Jannis riss fluchend seine Beifahrertüre auf, rollte sich mit Gewehr auf den Straßenbelag, wurde offenbar ebenfalls getroffen, verlor seine Waffe und lag Deckung suchend im Straßengraben. Der Fahrer griff sich Jannis Funkgerät und sprach ruhig hinein. Etwa 50 Meter vor uns riss eine Explosion die halbe Straße weg, die Druckwelle brachte unser schweres Auto zum Schaukeln.

»Gerade ist mein Leben in die Luft geflogen!«, durchfuhr es mich noch und ich stieg ohne weiteren Zusatzgedanken aus der Tür hin zur schreienden Helga. Wobei ich als Erstes mit dem Fuß Jannis Gewehr zu ihm in den Straßengraben kickte.

»Geh in Deckung, um Himmels Willen!«, brüllte Jannis.

Ohne zu denken zog ich zuerst die schreiende Helga an den Füßen so gut es ging hinter das Auto. Sie blutete, soweit ich das erkennen konnte, nur leicht am Oberarm. Ich drehte mich um und ging mit erhobenen Händen in Richtung der Angreifer. »Ich bin die Opfermaus, ich bin die Opfermaus, ich bin die Opfermaus …«, murmelte ich vor mich hin.

Das Schießen hatte aufgehört. Nur ein Mann auf dem Hang verließ die Deckung, kniete nieder und zielte in meine Richtung. Fast gleichzeitig wurde ihm von einem anderen Angreifer hinter einem Felsbrocken heraus das Gewehr aus den Händen geschlagen und krachte unmittelbar neben mir ein Schuss. Der Mann auf dem Hang überschlug sich regelrecht, was ihm das Leben retten sollte. Einer der nachfolgenden Motorradpolizisten, der eigentlich von hinten hätte sichern sollen, hatte eingegriffen und gezielt geschossen. Auch Jannis Waffe bellte jetzt und dann kamen die Hubschrauber. Es gab eine erste kleinere und dann eine größere Explosion hinter der Hügelkuppe, offenbar wurde auch ein Fahrzeug der Angreifer getroffen. Es knatterten Maschinengewehre und eine Kleinrakete oder was immer flog ziellos gegen den Himmel.

Wenig später sprang der Fahrer aus dem Auto und schrie: »Aktion beendet, alle Angreifer tot bis auf einen, und der liegt schwer verletzt am Hang. Unser angeschossener Motorradpolizist meldet nur leichte Blessuren!«

Ich beugte mich über Helga, die nur noch wimmerte.

Sie krallte sich kreidebleich an mich und schluchzte: »Das ist zu viel für mich …, entschuldige mich … bitte … bitte … bitte … entschuldige mich, ich fliege von hier aus nach Amerika … das ist zu viel für mich. Ich kann nicht mehr!«

»Ich weiß«, würgte ich heraus und drückte sie an mich. Ich war wie versteinert. Es war wohl das letzte Mal, dass ich Helga an mich drücken konnte. Ab jetzt machte ich mir keine Illusionen mehr.

Zwei Tage darauf, ich wartete in Araxos auf meinen Rückflug in Begleitung eines griechischen Arztes. Jannis hatte einen Schulterverband, war für seine Verhältnisse noch bleich, hatte es sich aber nicht nehmen lassen, mich zu verabschieden. Helga war auf eigenen Wunsch in Athen in eine Privatklinik gebracht worden und sollte dort auch psychologisch unterstützt werden. Von Athen aus wollte Sie später nach Amerika fliegen. Der letzte Versuch war gescheitert, es war aus unserer Sicht alles getan und gesagt worden.

Jannis war sehr ernst und betroffen. »Es ist ungeheuerlich, wie zynisch, brutal und mit welchem Einsatz dieser Dr. G. sein Ziel verfolgt, dich seinem Willen zu unterwerfen. Der Überlebende aus der Söldnertruppe hat uns Einzelheiten geschildert. So waren jedem einzelnen für die Teilnahme an dieser Aktion bereits 10 000 Euro im Voraus bezahlt worden, nach der Aktion sollten die Männer jeder nochmals 20 000 Euro erhalten. Die Truppe hatte den Überfall am Tag zuvor mehrmals geübt. Beängstigend, wo und wie dieser Verbrecher die geheimen Daten über den Verlauf der Route, die Zeiten usw. in Erfahrung bringen konnte. Er wusste dann wahrscheinlich auch über unserer Vorkehrungen einschließlich des Einsatzes von Militärhubschraubern Bescheid. Er hat die angeworbene Truppe also höchst wahrscheinlich ohne zu zögern ins Verderben rennen lassen. Und du, Michael, hast durch deine wahnsinnige Tat einen weiteren Fakt bestätigt. Dein Todfeind setzt alles daran, dass du ihm bis zu deiner Hinrichtung durch ihn persönlich lebend und möglichst gesund erhalten bleibst. Der verletzte Söldner hat von sich aus bestätigt, dass jeder, der dich verletzt oder gar getötet hätte, erschossen worden wäre. Deine Rettung aus den Fängen des Wahnsinnigen, der dich begraben wollte, hatte das ja schon angedeutet. Dass du dich darauf verlassen hast und ohne zu zögern Helga und unser Team retten wolltest und Helga wahrscheinlich auch gerettet hast, dafür finde ich keine Worte. Ich werde das Bild wohl nie mehr aus meiner Erinnerung tilgen können. Wir in Griechenland, aber auch ihr in München müsst euch übrigens jetzt damit auseinandersetzen, dass dieser Typ dein Leben und auch deine Schutzmaßnahmen in einem Maße ausspähen konnte und wahrscheinlich weiter können wird, wie sonst nur große Geheimdienste dies fertig bringen. Hütet euch auch vor Maulwürfen in den eigenen Reihen!«

Ich wollte erwidern, dass ich gar nicht den Eindruck hatte, bewusst gehandelt zu haben, ich war aber zu müde und ausgebrannt und verschob diese Diskussion auf später.

Jannis hatte noch eine Neuigkeit und druckste erst ein wenig herum. »Vielleicht ist es am besten, du erfährst es gleich!«

»Jannis bitte, ich bin zu müde und zu erschlagen, mach es kurz!«

»Na ja, die Kollegen aus München haben uns angerufen. Dein Haus ist heute Nacht in die Luft geflogen. Erste Untersuchungen haben erbracht, dass am Gastank gezielt manipuliert wurde.«

»Überraschung«, murmelte ich. »Wahrscheinlich war es die Münchner Polizei, die schon lange will, dass ich zu der Truppe auf das Gelände der Polizeikaserne ziehe!«, versuchte ich diese neuerliche Hiobsbotschaft mit Ironie zu überspielen. Es war gerade alles irgendwie sinnlos ...

[DIE WENIGEN: »Es passt überhaupt nicht zum Ernst der Handlung und spricht gegen unsere Ankündigung, aber unsere Vielen waren nicht zu bremsen: ›Wir können auch James Bond!‹ Die peinlich berührten Zivilisatorischen«]

∼

[STEUERUNGSSYSTEM: EKHK Aichingers Notizbrief 1]

Polizeikaserne/Büro des Ersten KHK Erwin Aichingers im August des zweiten Jahres nach seiner Scheidung

Liebe Ursula – hoffentlich gelangt dieses Schreiben nie in deine Hände. Du würdest sicher einen deiner Wutausbrüche bekommen, und das zu Recht. Es stimmt, selbst meine Auseinandersetzung mit unserer Vergangenheit verbinde ich mit meinen aktuellen dienstlichen Problemen. Aber erinnere dich, zumindest das erste Jahrzehnt unserer Ehe habe ich dir bei schwierigen Kriminalfällen ganze Abende lang einfach erzählt, was bis zu diesem Zeitpunkt geschehen war. Ich vertraute nicht ohne Grund darauf, dass mir dies helfen könnte, wichtige Details zu entdecken. Es zeigt aber auch, ich weiß, wie wichtig mir mein Beruf und meine Aufgaben sind. »Zu wichtig!«, waren deine letzten Worte, die du mir zum Abschied sagtest. Ich habe verstanden und kann es leider, soweit bin ich in der Zwischenzeit gekommen, auch nicht ändern. Ich sitze übrigens viel mit dem pensionierten Lehrer Michael Kramer zusammen, der bei uns, wie er sagt, »wohlfühlkaserniert« ist. Ich bin sehr gespannt darauf, wie er seine Situation auf die Dauer meistern wird. Die Macht, die Rücksichtslosigkeit und das Krankhafte seines Verfolgers machen mir Sorgen. Ich halte das, was bisher geschehen ist und wahrscheinlich weiter versucht wird, für absolut einmalig in der Geschichte der Münchner Kriminalpolizei. Und daher muss ich immer und immer wieder das Vergangene durchkauen (Originalton Ursula Aichinger. »Wie eine Kuh ihr Futter!« Da ging es uns schon nicht mehr so glänzend). Ich glaube, Michael Kramer muss den Kopf stärker frei bekommen und sich bei uns in der neuen Gegenwart einrichten.

Wenn ich dich als erfundene Zuhörerin benutze, hat dies den Vorteil für mich, dass ich »nebenbei« mit dir wenigstens einseitig Kontakt aufnehmen kann. Ich weiß, wie hässlich das für dich klingt! »Derjenige, der aktiv aus der Ehe geht, hat es später leichter als derjenige, der gegangen worden ist«, meint Michael Kramer. Ich weiß aber nicht, wie es dir gerade geht. Mein schriftliches Nachdenken beginnt mit der Rückkehr Kramers von einem Griechenlandtrip, den er mit seiner Partnerin gegen den erklärten Willen seines Verfolgers unternommen hatte. Trotz der erstaunlichen Vorkehrungen der griechischen Kollegen ging das Experiment total in die Hosen. Seine Partnerin wäre um ein Haar getötet worden. Sie hat das Verhältnis endgültig beendet. Wir hatten alle den kranken Gangster und vor allem seine Möglichkeiten total unterschätzt. Vielleicht hat ja Michael recht, dass die Vorgehensweise des Mannes in Griechenland von Anfang an Teil des Planes war, seinen Verfolgten unter bayerischen Polizeischutz, das heißt in seiner Ausdrucksweise in den

»Polizeikäfig«, zu zwingen. Der Ganove fordert uns als Polizei und mich als Kommissariatsleiter heraus, wenn er findet, so könne er sein Opfer gezielter kontrollieren und später töten. Er verkehrt also unsere Schutzaufgabe in das Gegenteil. Michael plant, in »Verhandlungen« mit diesem Dr. G. seinen verbliebenen Freiraum möglichst so zu gestalten, dass er für ihn erträglich wird. Wir werden sehr aufpassen müssen, dass er dabei nicht wieder genau das macht, was sich der Täter für seine angekündigte Hinrichtung Michaels wünscht und ausgedacht hat. Aber jetzt der Reihe nach. Du bist schon immer leicht ärgerlich geworden, wenn ich »ausspintisierte«. Worin aber dann oftmals der Ertrag für die weitere kriminalistische Arbeit lag.

Michael wirkte nach der griechischen Pleite, dem voraussichtlich endgültigen Verlust seiner Partnerin und der Zerstörung seines Hauses deprimiert und mutlos. Ich überlegte schon, ihn Tag und Nacht beobachten zu lassen, da ich kurzfristig sogar eine Selbsttötung nicht ausschloss. Unser Polizeipsychologe, der seine Betreuung sofort intensivierte, winkte aber ab. Und die erste Email, die unsere Mordkommission von Dr. G. erreichte, bewirkte bei Michael dann eine Art vorübergehender Selbstheilung. Da ich dieses Schreiben an dich auch als Grundlage meiner von mir verlangten Berichte für die Polizeidirektion verwenden will, füge ich an dieser Stelle diesen Text bei:

Ich hasse Michael Kramer. Polizei, dies Mail lesen und schikken mit Computer an Kramer. Mag er mein Forderung nicht erfüllen, hat dann schlimme Folgen. Will er weiterleben, muss er zur Polizei wohnen gehen, so wie der Staatsanwalt mit seiner Frau macht. Ich erklär so ungefähr mein System mit Email, damit Polizei nicht vertrödelt Zeit und Geld und hat nichts davon. Soll lieber auf Kramer aufpassen. Irgendwo auf Welt, immer anderer Platz, erhält ein Freund von mir eMail. Sucht jungen fremden Mann mit modern Handy, zahlt Geld und lässt Text an anderes Ende von Wellt oder

ganz nah schicken. Dort sitzt Freund, sucht fremde Mann mit modern Handy und lässt Text an anderes Adresse auf Welt senden zu anderen Freund, z.B. Russland. Und das machen wir oft. Ist noch a bissl komplizierter manchmal. Endlich bekommt Polizei Mail und schickt sofort an Kramer. Kramer hat 12 Minuten Zeit, kann Antwort sagen und Mail senden an Adresse steht auf unser Mail immer anders. Mail bekommt fremder bezahlter Mann auf sein Handy und wir übernehmen danach Kontrolle, geht weiter an neuen fremden Mann woanders bis endlich bei mir. In genau 9 Tag start mein neues Email, Kramer wohnt ab diese Tag dann bei Polizei und kann Antwort sagen. Viel Freude für mich Kramer hat Freundin verloren. Soll nicht nur schön haben vor Tod. Kramer muß aufpassen. Sein Freundin kann was passieren auch in Amerika. Dr. G.

Michael reagierte mit Frust, aber vor allem mit Wut auf diese Botschaft. Am Ende siegte seine Wut. Diese Wut war es, die ihm neue Kraft verlieh. Er war ohne Probleme zu überzeugen, dass er jetzt in unseren Polizeibungalow ziehen musste. Er durfte aber auch, wie er sagte, sich »das Heft des Handelns nicht völlig aus der Hand nehmen lassen. Auch Opfermäuse können zurückbeißen!« Der diktierte Umzug mit Hilfe einer tüchtigen Polizeioberwachtmeisterin und einiger Polizeianwärter war für uns alle technisch kein großes Problem. Aus den Trümmern seines zerstörten Hauses konnte wenig gerettet werden, die Spurensicherung hatte alles bereits untersucht und frei gegeben. Einen einzigen polizeilich verwertbaren Hinweis gab es: im Umfeld des explodierten Hauses wurde in sicherer Entfernung vom Explosionsherd ein ungenutzter Kaugummistreifen eines italienischen Lizenzherstellers einer amerikanischen Marke gefunden. Dieser musste einem Brandstifter, der wahrscheinlich aus der Ferne über Funk das ausströmende Gas durch eine kleine Sprengladung gezündet hat, aus der Tasche gefallen sein. Die Kollegin von der Spurensicherung fand darauf genetisches Material, das übereinstimmte mit genetischem Material, das nach der »Rettung« von Michael vor einer geplanten Beerdigung durch einen Unbekannten auf seinen Kleidung sicher gestellt werden konnte. Es ist so gut wie sicher, dass es einer der italienisch sprechenden Männer mit Sturmmaske gewesen sein musste, von denen Michael damals berichtet hatte. Der Hinweis bestärkte uns in unserer Vermutung, dass Dr. G. sich im Fall Kramer von der süditalienischen Mafia helfen lässt. Aus seiner Sicht war das Geld, mit dem er das Verbrechersyndikat einst unterstützt hat, gut angelegt. Es konnten auch noch einige Fußabdrücke gesichert werden. Da wir aber den Tatort und die Täter-Leiche des grässlichen Beerdigungsversuches immer noch nicht finden konnten, waren diese Abdrücke derzeit wenig hilfreich.

Michael hatte übrigens seit geraumer Zeit nicht mehr ausgeschlossen, dass sein Haus zerstört werden und er im »Polizeikäfig« landen könnte. Er hatte aus den vorausgegangenen Methoden der Verbrecher bei den früheren Auseinandersetzungen seine Schlüsse gezogen: alle seine Papiere und die meisten Wertsachen wie auch Fotos von seiner Helga, hatte er in einem Schließfach gebunkert. Selbst ein Teil seiner Kleidung und anderes wichtiges Besitztum waren in einem Möbelstore eingelagert. Nach einer langen Orientierungs-Sitzung, die ich und Perikles Psarras, den du ja kennst, mit Michael abhielten, formulierte uns Michael seine nächsten »Handlungsschwerpunkte«, wie er das nannte. Ich schreibe seine Aussagen mit Unterstützung der Tonbandaufzeichnung der Sitzung nieder:

1. Ich muss unbedingt mit »Dr. Gottgleich« verhandeln. Zuerst will ich dabei durchsetzen, dass ich meinen Hinrichtungszeitraum rechtzeitig mitgeteilt bekomme. Vielleicht hilft ja ein Appell an die Ganovenehre! Danach werde ich mit euerer Hilfe versuchen, meinen Lebens- und Bewegungsraum bei diesen Verhandlungen groß genug zu halten, um mein »Restleben« lebenswert gestalten zu können. Ich nehme das auf meine Verantwortung, natürlich – und zwar schriftlich. Sollte ich tat-

sächlich deswegen getötet werden, findet sich die Münchner Polizei in meinem Testament von jeglicher Mitverantwortung frei gesprochen!

2. Ich muss unbedingt wissen, wer mich halblebendig beerdigen wollte. Nur so kann ich ausschließen, dass nicht ein weiterer Racheakt oder was immer das war, möglich ist. Dies würde meine Sicherheitslage sehr verschlechtern und meinen Freiraum noch mehr einschränken!

3. Ich brauche oder wir brauchen dringend mehr Infos über Dr. G. Vielleicht hat er ja irgendeinen Schwachpunkt, mit dem ich ihn z.B. zwingen kann, Helga aus dem Spiel zu nehmen. Und das muss noch vor meinem Einzug in euere Wohlfühl-Oase passieren. Danach sind ja meine Möglichkeiten noch weiter beschränkt.

4. Wir müssen, wie besprochen, das Informationssystem des Dr. G. so weit wie möglich auskundschaften. Irgendwer muss mich ja beobachten, irgendwer muss ja diese Beobachtungsmaschinerie organisieren und am Leben halten. Gibt es für ihn sonst noch Quellen? Hat er gar Informanten bei der Polizei oder dergleichen? Wichtig könnte sein, dass wir unsere Erkenntnisse nicht sofort verwenden. Dr. G. würde nur seine Auflagen verschärfen und ein neues System aufbauen – aber da misch ich mich wohl zu sehr in die Polizeiarbeit?

Michael ist in der Tat ein Bauchermittler geworden, der oft erstaunlich professionell wichtige und notwendige Schritte erkennt und sehr ideenreich reagieren kann. Ich habe das schon bei dem ersten Fall in Niederbayern erlebt und Ähnliches von den griechischen Kollegen erfahren. Nicht umsonst ist er ja zum Ehrenpolizisten von Passau und später auch von dem griechischen Bezirk Messenien ernannt worden. Michael hat noch vier Tage, bis er zu uns kommen wird. Übrigens, auch meine Ahnungen haben sich damit bestätigt. Ich weiß Ursula, der Kosenamen »Uschi« ist wohl nicht mehr erlaubt, du würdest mich zweifelnd ansehen und dahinter männliche Selbstüberschätzung vermuten. Hätten wir noch Kontakt, könntest du in der Mordkommission anrufen. Dort würdest Du erfahren, zu welchem Zeitpunkt ich die Renovierung des zweiten Bungalows auf dem Polizeigelände angeordnet habe.

Mein Appartement in München bewohne ich immer seltener. Es ist mir zu einsam. Und ob ich mich wie ein Weichei benehme, ist mir augenblicklich so was von egal!

EKHK Erwin Aichinger um kurz nach Mitternacht in seinem Ausweichbüro.

∼

Dr. G. hat also einen Etappensieg errungen. Ich, Michael Kramer, bin mitten in der Vorbereitung, alles was nach der Explosion meines Hauses von meiner Habe noch da ist, in den Polizeibungalow verfrachten zu lassen. Großzügig wie er nun einmal ist, hat mir Dr. Gottgleich dafür insgesamt neun Tage im Mai Zeit eingeräumt. Die ersten Tage besuchte mich mehrere Male der Erste Kriminalhauptkommissar Erwin Aichinger. Er schien erleichtert und stufte meinen Entschluss als »sehr überlegt und hilfreich« ein. In einer Nachmittagssitzung zusammen mit Hauptkommissar Perikles Psarras diskutierten wir ausführlich meine neue Situation. Kommissar Perikles Psarras ist für Kolleginnen und Kollegen, für seinen Leiter und über seine »Heimatmordkommission« hinaus für viele Polizistinnen und Polizisten einfach »der Peri«. Er hatte seine frühe Kindheit mit seinen Eltern in Saloniki/Griechenland verbracht, wo er auch geboren wurde. Irgendwann bekam sein Vater, ein Diplomingenieur, ein Stellenangebot aus Deutschland. Die Familie siedelte um, der Sohn besuchte in Passau eine weiterführende Schule. Nach einem erfolgreichen Abschluss wurde Perikles einer der eher seltenen bayerischen Polizisten mit »Migrationshintergrund«. In ungewöhnlich kurzer Zeit war er Mitarbeiter bei dem stellvertretenden Leiter der Mordkommission. Als dieser Beamte in den Ruhestand versetzt wurde, holte ihn der Leiter, damals Hauptkommissar Aichinger, als Mitarbeiter. Perikles hätte mit ein wenig Glück in wenigen Jahren selbst stellvertretender Leiter eines Kommissariats und damit der Passauer Mordkommission werden können. Als Aichinger aber nach München berufen wurde, ging Perikles einfach mit. Er war nicht verheiratet, voller Lebenslust und im Beruf unkonventionell und kreativ. Er begleitete seinen durchaus bayerisch gefärbten und dennoch auch erkennbar mit griechischem Akzent und Satzbau durchsetzten Redefluss mit typischen Gesten des Südländers. In Sitzungen stand dies in einem krassen Gegensatz zur eher sparsamen Gestik und im Vergleich zu dem Griechen auch sparsamen Mimik des Leitenden Hauptkommissars.

Aichinger arbeitete ersichtlich gerne mit dem griechischstämmigen Beamten zusammen. Dessen ausländische Herkunft konnte dem bayerischen Griechen in einer Großstadt wie München nur von Vorteil sein. Seine offene Art und die Fähigkeit, Menschen für sich einzunehmen, war ein zusätzliches Plus. Ich mochte ihn, die Tatsache seiner Herkunft aus Griechenland verfehlte ebenfalls nicht ihre Wirkung. Ich hatte meinen Freund Aichinger im Verdacht, dass meine Griechenlandbegeisterung mit dazu beigetragen hatte, Perikles Psarras die Zuständigkeit für den Fall Kramer mit zu übertragen. Rein formal hätte es näher gelegen, Kriminalhauptkommissar Weißhaupt als Dienstälteren damit zu beauftragen. War Perikles knapp über Vierzig, war Weißhaupt gute 1o Jahre älter, verschlossen bis verbissen, ehrgeizig und mit einer reichen Frau verheiratet. Diese hätte ihn lieber heute als morgen als Polizeipräsidenten Bayerns gesehen. »Fürchterlich korrekt, aber auch mit wenig Fantasie und kaum zu animieren, neue Wege zu gehen. Der geborene und sicher wertvolle Zweite hinter dem Zweiten«, wie es Aichinger einmal bei einem Glas Wein formulierte. Ich ahnte, dass Aichinger in einem guten Jahr, wenn der Stellvertreterposten wieder besetzt werden kann und muss, mächtige Probleme bekommen könnte. Ich hätte mich auch für den Griechen entschieden! Das Mindeste aber wird dann mit Sicherheit eine »Konkurrentenklage« Weißhaupts sein, dessen Bruder eine große Rechtsanwaltskanzlei für prominente und zahlungskräftige Kunden besitzt. Man sagt Weißhaupts Familie wahrscheinlich nicht zu Unrecht sowieso beste Verbindungen zu Politik und Wirtschaft nach. Und natürlich waren Kriminalhauptkommissar Weißhaupt und Gattin auch noch Mitglieder der bayerischen Partei, die seit Jahrzehnten in diesem Freistaat die Mehrheit der Wähler überzeugen kann.

Aichinger ließ Kriminalhauptkommissar Psarras ein Ergebnisprotokoll unserer Sitzungen schreiben, für mich der wichtigste und drängendste Punkt daraus war der Versuch, unser Wissen über Dr. G. zu erweitern. Ich brauchte dringend eine Handhabe, Dr. G. dazu zu bewegen, Helga ein für alle Mal in Ruhe zu lassen. Und zwar noch, bevor ich in meine Wohlfühlkaserne einrücken musste. Danach, so war zu befürchten, waren mir für Recherchen weitgehend die Hände gebunden. Somit verblieben mir also noch vier Tage, und ich hatte auch schon eine Idee. Ich bezweifelte aber, ob die Polizei diese Idee für gut befinden würde. Musste ich doch ein hohes Risiko eingehen und schon wieder in eine Gegend fahren, die von Dr. G. zum Sperrgebiet erklärt worden war: Niederbayern. Ich konnte also die Polizei und selbst meinen Freund Aichinger bestenfalls hinterher informieren. Das Niederbayernverbot, so dachte ich lange Zeit fälschlich, sollte mich nur kränken und einschränken. Der verquere Dr. G. wollte mir, so meine Wahrnehmung, wichtigen Sozialkontakt verbieten und mich in seinem Rachewahn auf diese Weise vereinsamen lassen. Bei meinem krampfhaften Nachdenken, wer denn in meinem Bekanntenkreis etwas bislang Unbekanntes über diesen Dr. G. wissen könnte, fiel mir nur mein Schulfreund aus alten Tagen Alfons Weinberger ein. Er war lange Zeit »Geschäftspartner« des Chemikers und Drogenhändlers Dr. G., damals meist Dr. Jaruslaus, gewesen.

Nach einigem Gekrame in meinen alten Unterlagen und Urkunden fand ich, was ich suchte. Ich meldete mich bei meinem an diesem Tag für mich zuständigen KHK Psarras für den nächsten Morgen zu einem Abschiedsbesuch der regionalen oberbayerischen Schönheit Wasserburg ab. Nur mit Mühe konnte ich den Polizisten davon abhalten, mir zwei Personenschützer zu stellen. Ich musste ihm eine Email schreiben und darin ausdrücklich formulieren, für meinen Ausflug ohne Personenschutz die persönliche Verantwortung zu übernehmen. Das Dumme an der Sache war, mein Schulfreund Alfons Weinberger war wegen Mordes und Drogenhandels zu 20 Jahren Gefängnis verurteilt worden. Allerdings wurde dieses Urteil in der Revision wegen schwerer Psychose und Persönlichkeitsstörung des Angeklagten umgewandelt in die Einweisung in eine psychiatrische Verwahranstalt für Schwerstkriminelle. Es galt also, sollte ich heil die Anstalt erreichen, auch noch die Leitung derselben zu überzeugen, zu dem Patienten vorgelassen zu werden. Nachdem ich die Polizei und damit eine eventuelle undichte Stelle vorerst aus meiner geplanten Aktion herauszuhalten gedachte, war ein möglicher Informationskanal für Dr. G. und/oder für das unbekannte und auf frühe Beerdigungen spezialisierte Böse deaktiviert. Blieb noch zu verhindern, dass ein Beobachterteam wie die Lebensretter von der Strumpfmaskenfraktion sich an meine Fersen heftete.

Ich besorgte mir die Telefonnummer eines Autoverleihs in Wasserburg. Danach setzte ich mich am späten Vormittag in ein Café in einem Vorort von München. Der Ort war nicht weit von meinem augenblicklichen Noch-Wohnsitz in einer Pension entfernt. Hier trafen sich Schul- oder wenigstens Teilunterrichtsschwänzer der weiterführenden Schulen des Ortes. Ich simulierte ein Versagen meines Handys, lieh mir gegen eine großzügige Kuchenspende ein Schülerhandy aus. Mit diesem Gerät telefonierte ich mit dem Autoverleih und ließ mir für den nächsten Tag einen Mittelklassewagen reservieren. Sollte mein eigenes

Handy abgehört werden, konnten wenigstens auf diesem Weg meine Pläne für den morgigen Tag nicht bekannt werden. Übrigens hatte ich weder bei der Anfahrt zum Café noch auf dem Weg zurück zu meiner Pension trotz einiger Tricks aus den Kisten meiner diversen Polizeifreunde irgendwelche Verfolger ausmachen können. Vielleicht war das ja der Anfang eines Verfolgungswahns von Michael Kramer. Ich musste aber bei mir trotz des ungewissen Ausgangs meines Planes für morgen eine gewisse Freude an diesem Agentengehabe registrieren.

Als ich nach einer eher unruhigen Nacht am nächsten Morgen ziemlich früh zu meinem Auto ging, glaubte ich zum ersten Mal zwei Männer in einem grauen Mazda auszumachen, die Zeitung lesend mich dennoch nicht aus den Augen ließen. Beim Vorbeifahren waren ihre Gesichter hinter ihren Zeitungen verborgen. Allerdings erhaschte ich dafür einen Blick auf eine Art italienischer Bildzeitung mit mächtigen Lettern. Na also! Ich fuhr ohne Hast Richtung Wasserburg, der graue Mazda folgte mir. Sehr gekonnt ließen sie immer ein bis zwei Autos zwischen uns. Es gelang mir sogar, die Fahrt zum Inntal intensiv zu erleben. Wer weiß, ob ich jemals wieder in der Lage sein würde, trotz allem so frei durch »meine Gegend« zu fahren. Das historische Wasserburg liegt im Inntal an einer Flussschleife, durch die sich der Inn fast wieder selbst begegnet. Von oben aus malerisch bis fast an die Schmerzgrenze. Dafür bekamen die Bewohner mehrmals im Jahr nasse Füße. Es war ein strahlender Frühsommertag und ich steuerte nicht ohne Adrenalinausstoß den langen und steilen Berg der Talflanke hinunter auf einen Parkplatz am Stadtrand. Hoffentlich waren meine nächsten Schritte von Erfolg gekrönt! Bewusst mied ich jeden Blick zu meinen Begleitern und schlenderte zunächst zu einem im Zentrum gelegenen Café für ein Frühstück im Freien. Diese Städte am Inn können ihre Verbundenheit mit dem Süden Europas nicht leugnen. Meine beiden Schutz- und Beobachtungsbefohlenen spazierten mit coolen Sonnenbrillen ausgestattet am

Rande des Platzes vorbei und ließen sich dann in Sichtweite in einem anderen Café am Platz nieder. Mir schlug das Herz bis zum Halse, es waren ohne Zweifel meine Lebensretter von der gescheiterten Frühbeerdigung. Am liebsten wäre ich ihnen um den Hals gefallen, was zugegeben ein fürchterlicher Blödsinn gewesen wäre. Ich musste mir nur in Erinnerung bringen, dass mein selbsterwählter Henker Dr. G. ihr Auftraggeber war, und meine Gefühlswallung schlug um ins Gegenteil.

Die nächsten Schritte hatte ich genau einstudiert. Nach dem Frühstück suchte ich den Herrenausstatter, an den ich mich zuhause in der Pension erinnert hatte. Sein Geschäft besaß zwei Zugänge. Ich ging schnurstracks und zielstrebig durch den Eingang von der einen Seite, erklärte aber dem auf mich zueilenden Begrüßungsonkel mit einem demonstrativen Griff in meine Jackentasche, dass mein Geldbeutel offenbar einsam im meinem Auto schlummere. Danach entwich ich durch den anderen Ausgang. Jetzt war eine Häuserzeile zwischen mir und den Sonnenbrillenträgern. Danach wiederholte ich nach etwa 100 Metern in einem Touristenladen die selbe Prozedur in umgekehrter Richtung. In fünf Minuten war ich unentdeckt beim Autoverleih und gute 10 Minuten später saß ich in meinem Leihauto und fuhr leicht beflügelt in Richtung Donau zur nächsten Schwierigkeit.

Auf der Fahrt vermittelte mir das System Michael Kramer urplötzlich eine überraschende Botschaft. Genau genommen war ich gerade dabei, meinen Widersacher herauszufordern. Sollte er durch irgendwelche Kanäle erfahren, was ich hier trieb, könnte mich seine Rache diesmal direkt treffen. Es war ja kein anderer oder keine andere beteiligt! Aber mein System gab mir den Rat, genau genommen den Befehl, dies einfach zu ignorieren. Seit Tagen und Wochen fühlte ich mich zum ersten Mal wieder … ja was und wie denn eigentlich!? Ich fühlte mich einfach als Michael Kramer. Ich stand voll hinter mir! So ein blödes Bild, aber es gefiel mir. Ich blickte mit einer gewissen Dreistigkeit in die schon wieder wunderschöne bayerische Landschaft, ich atmete tiefer, ich saß aufrechter, nahm die Farben intensiver wahr ... die Sinnfrage, dieser lästige Mehltau über der Existenz eines fast verbrauchten Männerlebens, wie weggeblasen. Ich hatte gerade das Heft in der Hand. Ich werde mir das merken. Streifen am Horizont? ... Und noch etwas anderes wurde mir auf mein Erkenntnistablett gelegt. Dr. G. hatte auf seine Art, bewusst oder unbewusst, genau von diesem Nektar geschlürft. Schon wieder ein schiefes Bild, schon wieder total egal. Mensch Kramer, seine Rache, seine nicht nachvollziehbare Beschäftigung mit einem Harmlos wie dir, es ist sein Mehltaubekämpfungs-Programm! War er vielleicht krank? Mieden ihn trotz seines Reichtums die Frauen? Spürte er, welch unguten Geruch er verströmte, an den ich mich noch nach Jahren erinnern konnte? Musste er nachts das Licht brennen lassen, weil ihn sonst sein Sterben angrinste? Alles egal, aber in meiner augenblicklichen Verfassung schrumpfte er zum Bruder Adam. Ich verstand nicht ganz, was mir dieses letzte Bild vermitteln sollte. Endlich konnte ich mich wieder selbst überraschen. Und hätte beinahe die richtige Autobahnausfahrt verpasst.

Ich hatte lange sinniert, wie ich der Leitung dieser Anstalt, die schwer, grau und mauerumfriedet abweisend in der Gegend stand, wohl mein Anliegen am Erfolg versprechendsten nahe bringen konnte. Ich entschied mich für die Wahrheit. Mir fiel allerdings auch nichts Besseres ein. An der mit Panzerglas gesicherten Pforte legte ich dem kleinen Mann mit der über Lautsprecher verstärkten Stimme meinen Ausweis und die Ernennungsurkunde zum bayerischen Ehrenpolizisten in das vorgesehene Fach, das er mit einem Hebel nach innen entleeren konnte. Die Reaktion des Uniformierten voraussehbar. Er drehte die Urkunde mehrmals in seinen Händen und dann:

»Na und?«

Ich wünschte so bestimmt wie möglich das Gespräch mit

einer entscheidungsbefugten Leitungsperson, die 20 Minuten Zeit übrig habe.

»Können sie nicht genauer werden?«, ein Gebrummel über Lautsprecher.

Ich legte eine Kopie eines Zeitungsausschnittes von damals in die Empfangsschublade. Großes Bild von mir mit dem damaligen KHK Aichinger, großes Bild meines Schulfreundes Alfons Weinberger in Handschellen, flankiert von zwei Polizisten.

»Ja, der sitzt ein bei uns und zwar über meine Pensionierung hinaus!«, zumindest jetzt interessiert aus dem Lautsprecher. Und er telefonierte, mir fiel ein Stein vom Herzen.

Völlig entspannt war ich, als ich nach einer Leibesvisitation, mein Pflicht-Revolver lag im Auto, von einem Uniformierten in das Büro der Stellvertretenden Leitung, Frau Polizeidirektorin Dr. Else Hausmann, geführt wurde. Die Frau zwischen 50 und 60 hatte, außer einer Reihe von Sternen auf ihrer Uniformjacke, nichts Bedrohliches an sich. Sie erinnerte sich dank des Zeitungsartikels an den Kriminalfall Weinberger, jetzt auch dunkel an meine damalige Rolle. Und sie nahm sich Zeit und ich hatte sie nach einer halben Stunde überzeugt.

»Herr Kramer, wir müssen Ihnen aber leider einen Beamten in Zivil zu dem Gespräch mitgeben. Der Patient Weinberger unterliegt heftigen Stimmungsschwankungen und kann urplötzlich sehr aggressiv werden. Der Beamte Paul Fuhrmann ist so etwas wie die wichtigste Bezugsperson im Haus für diesen Patienten. Ich wünsche Ihnen viel Erfolg für ihr Gespräch. Und wir sehen uns danach bitte noch einmal kurz in meinem Büro.«

Mein Begleitungsbeamter Paul Fuhrmann meldete sich in wenigen Minuten bei seiner Chefin. Er wirkte wie ein freundlicher Streifenpolizist um die Dreißig, der mit Bedacht seine Uniformjacke im Auto gelassen hatte. Er erinnerte aus der Ferne an den Sohn des verurteilten Schulfreundes, was einiges zu erklären schien. Wir wanderten, ich nicht ohne wieder steigendes Nervenflattern, den Hauptgang entlang. Während wir an einer der sechs Schleusen in Gestalt von schweren Türen warten mussten, bis der dort Wachhabende ein Telefongespräch beendet hatte, setzte ich Paul Fuhrmann über meine Beziehung zu Alfons Weinberger ins Bild.

»Aha«, meinte dieser, »Sie sind also der Glückliche, der dem sicheren und verdienten Schaufeltod durch einen gemeinen und hinterhältigen Polizistenschuss entkommen ist! So bastelt sich der Patient nämlich seine Vergangenheit zurecht. Sie haben Glück, er hat heute keinen seiner bösen Tage. Sonst hätte ich mich geweigert, Sie mitzunehmen. Weinberger muss an solchen Tagen so stark ruhig gestellt werden, dass er ab 9 Uhr morgens nur noch vor sich hin dämmert. Ohne diese Maßnahme müsste sogar ich auf der Hut sein!« Damit hatte ich nun nicht gerechnet.

»Erzählt er denn an guten Tagen auch etwas über einen Albaner, der Chemiker ist und unter anderem griechisch spricht?«, hakte ich nach.

»Und ob! Aus seiner Sicht war und ist das sein einziger Freund, der ihn eines Tages hier herauskaufen wird. In Weinbergers Welt kann nämlich mit Geld alles gelöst werden.«

»Bitte denken Sie genau nach, ich muss soviel wie möglich wissen über diesen noch frei herumlaufenden Schwerverbrecher, der allein in Europa wegen 23 Morden gesucht wird!«

Der freundliche Paul Fuhrmann legte überrascht seine Beamtenstirn in Falten. »Hoppla, das klingt bei Weinberger aber ganz anders. Für ihn ist das ein edler und äußerst schlauer Held, über den er nur Gutes zu berichten weiß. Eine Art Robin Hood!«

»Hat er je irgendwas Privates über seinen Helden erzählt?«

»Warten Sie einmal. Ja doch! Der Mann soll kein Glück mit Frauen haben, er habe ziemlich komisch ›gestunken‹, wie Weinberger das ausdrückt. Und auch die einzige wichtige Frau in seinem Leben sei ihm weggelaufen und habe das gemeinsame und später behinderte Kind mitgenommen«.

»Dieser Albaner hat ein behindertes Kind?!«

Ich bat Paul Fuhrmann, uns gemeinsam kurz auf die festgeschraubten Stühle zu setzen, die in Abständen zwischen den Türen zu verschiedenen Ärztezimmern an der Wand des hohen Ganges aufgereiht waren. Plötzlich war da etwas, das genau zu dem werden könnte, was ich gesucht habe.

»Bitte wissen Sie noch etwas über das Schicksal der Frau und des behinderten Kindes?« Mein laienhaftes aber im Laufe der letzten Jahre doch sehr in neuen Bereichen gefordertes Lehrergehirn arbeitete auf Hochtouren.

»Nicht sehr viel. Der Frau sei das nicht gut bekommen, sagte Weinberger einmal und der neue Freund sei ihr kurz darauf nachgefolgt. Und das Mädchen sei in einem Behindertenheim und bis ans Lebensende durch ihren Vater versorgt.«

»War irgendwann in diesem Zusammenhang von einem Ort oder von Orten die Rede?«, wollte ich noch wissen, aber Fuhrmann konnte sich nicht daran erinnern. Das einzige, was ich zu diesem Thema noch erfuhr war, dass die Frau als Bedienung gearbeitet hatte und Kathie, also Katharina, hieß. Das Kind dagegen habe einen griechischen Namen erhalten, der aber Weinberger nicht mehr »erinnerlich« war, wie Fuhrmann das ausdrückte. Auch bei meiner Frage nach irgendwelchen Zeitangaben musste der freundliche Mensch passen.

Meine angedachte Strategie für das Gespräch zerbröselte mir gerade und meine Teileinheiten feilten bereits an einer neuen, verlangten aber noch nach Zusatzinformationen.

»Wie verhält sich Alfons Weinberger gegenüber seinen Verwandten? Erkennt er seinen Sohn oder seine Frau oder seine Schwiegertochter?«

»Der Sohn ist nach Weinberger ein Warmduscher und Versager, der sich aus Unfähigkeit zusammen mit seiner Hure, so nennt er seine Schwiegertochter, nach Namibia abgesetzt habe. Weinberger wollte ihn aber schon vorher nicht mehr sehen. Und die Frau habe von nichts eine Ahnung und stecke mit dem Sohn unter einer Decke. Also Fehlanzeige auf der ganzen Linie. Und von seinen alten Freunden aus dem Umfeld hat kein einziger ihn je besucht. Weinberger hatte allerdings damit gedroht, jeden einzelnen hinaus zu prügeln, sie seien ja wie früher schon nur hinter seinem Geld her.«

Meine Gehirnabteilungen lieferten einen neuen Strategievorschlag und ich besprach diesen mit dem Beamten, der wegen seiner Ähnlichkeit mit dem verstoßenen Sohn zum Vertrauten der lichten Zeitabschnitte meines Exschulfreundes aufgestiegen war.

Er wiegte bedächtig seinen Kopf, kam aber dann auch zu diesem Ergebnis. »Wenn überhaupt, dann so!«

Also ging Paul Fuhrmann voraus und kündigte mich wie versprochen bei dem Patienten an als »alten Schulfreund Michael Kramer, der im Auftrag eines Albaners Weinberger besuchen möchte«. Und kurz darauf kam er an die Tür und bat mich, in das Reich Alfons Weinbergers einzutreten. Einzutreten also in das Zimmer eines Mannes, der mich vor ein paar Jahren unter anderem mit einer Schaufel erschlagen wollte. Der erste Eindruck meines ehemaligen Schulkameraden, des erfolgreichen Ex-Unternehmers, Mörders und »versuchten Totschlägers« war ein Schock. Er stand in einer Ecke seines karg eingerichteten Raumes mit vergitterten Fenstern und starrte mir entgegen. Seine Gesichtszüge wirkten verzerrt. Sein einst geradezu athletischer Körper aufgedunsen, wirres halblanges und total ergrautes Haar. Der Kopf mit den stechenden Augen saß tief und nach vorne geschoben auf den breiten Schultern. Der rechte Arm hing kraftlos und mit krallig eingezogenen Fingern nach unten, die Folge des Pistolenschusses meines Polizeifreundes Aichinger. Den linken Arm angewinkelt und mit geballter Faust auf Magenhöhe. Wie ein lauernder Stier im Anblick des Toreros, schoss es mir durch den Kopf. Aus den Augenwinkeln sah ich, wie der Beamte neben mir seinen Funkpiepser aus der Tasche nahm und sich anspannte.

»Hallo Alfons, ich bin nicht freiwillig hier!«, sagte ich so ruhig wie möglich. »Dein albanischer Freund hat mir gedroht, mein Haus in die Luft sprengen zu lassen, wenn ich dich nicht besuche!«

Ein Ruck ging durch den lauernden Mann, er entspannte sich ein wenig und kurz die Andeutung eines verzerrten Lächelns mit hängenden Mundwinkeln.

»Ich soll dir erklären, warum er sich nicht anders melden kann und du sollst mir ein paar Sachen sagen, damit ich tun kann, was er noch von mir verlangt.«

Weinberger blickte kurz und fragend zu dem Beamten Fuhrmann, der nickte und meinte: »Setzen wir uns doch hin. Das ist spannend, was dir Herr Kramer zu berichten weiß!«

Der Patient brummte etwas, richtete sich auf, ging zu dem klobigen Tisch. Er zog mit dem gesunden Arm einen Stuhl heraus und deutete mir schweigend an, mich zu setzen. Er setzte sich an die Stirnseite, Fuhrmann sich mir gegenüber.

Der erste ganze Satz Weinbergers in einer Höhenlage, die gar nicht zu dem ehemaligen besten Bass-Sänger unseres Kirchenchores passen wollte: »Ich versteh nix!«

Weinberger roch übrigens stark nach Chemie. Ich erklärte ihm, dass sein albanischer Freund weltweit von der Polizei gesucht werde und seine Telefongespräche oder Mails sofort rückverfolgt würden. Deswegen rufe er mich von verschiedensten Orten immer nur kurz an und erteilt mir Befehle. »Wer kontrolliert, ob ich die ausführe, weiß ich nicht. Einmal habe ich mich geweigert und prompt ist mein Auto in die Luft geflogen!«

Weinberger grinste jetzt fast glücklich. »So ein Hundling! Und was sollst du mir sagen?« Wir waren dort, wo ich hin wollte.

»Also Alfons, pass auf! Er arbeitet an deinem Freikauf, es ist aber nicht ganz einfach. Irgendwann aber wird es ganz schnell gehen und du sollst das Zeug bereithalten, das du mitnehmen willst!«

Jetzt ein breites Grinsen auf dem verzerrten Gesicht und eine Spur dieser Überheblichkeit, die sich im Laufe seines Lebens immer stärker gezeigt hatte. Er stand auf, ging zu dem einzigen

Schrank im Raum, öffnete die Türe und zeigte auf eine prall gefüllte größere Plastiktüte. »Ich bin doch nicht blöd!«

Fuhrmann verstärkte durch Lächeln und Kopfnicken.

Weinberger kam zurück, jetzt unverhohlen neugierig. »Das ist gut, und was noch?«

»Das versteh ich nicht und ich hoffe, du kannst mir wirklich helfen: Ich soll auf das Grab der Frau einen großen Strauß Blumen legen und zwar alle vier Wochen, ich soll auf das Grab des Mannes Unkrautvernichtung kippen, und zwar so viel, dass nie mehr Blumen darauf wachsen. Und ich soll das Mädchen besuchen und genau feststellen, wie es ihm geht. So, und ich soll dich besuchen und mir sagen lassen, was damit gemeint ist!«

Weinberger musste jetzt richtig – und schaurig – lachen. »So ein Gauner, so ein Gauner, der Jorgo. So ein gescheiter Mann!«.

Da war es wieder und war, wenn ernst gemeint, die höchste Auszeichnung aus Alfons Munde. Und dann erfuhr ich alles, was ich wissen wollte einschließlich der Bestätigung von zwei weiteren Morden, die auf das Konto des Dr. G. gingen. Ich hatte die Lage des Grabes von der Freundin des Albaners, Katharina Baumann, auf dem Friedhof in Pfarrkirchen in Niederbayern, »die unerwartet früh der Herr zurückgeholt hatte«, wie Alfons unter Lachtränen aus der Inschrift des Grabsteines zitierte. Auch wusste ich, wo das Grab des »durch einen tragischen Unfall aus dem jungen Leben gerissenen« Sebastian Eders, dem ebenfalls ermordeten Freund der toten Katharina Baumann, auf dem Friedhof in Peterskirchen lag. Und natürlich kannte ich auch die Adresse des Behindertenheims der Armen Schulschwestern in Neuötting. Dort wurde die Tochter der Katharina, Iphigenie Baumann, laut Alfons hingebungsvoll gepflegt.

»Jorgo finanziert glaube ich das ganze Heim!«, wie er nicht ohne Stolz über seinen stinkreichen Freund mitteilte.

Ein letzter Versuch noch: »Alfons, kannst du dir vorstellen, warum die Polizei die beiden Todesfälle nicht als Morde erkannte?«

Und prompt: »Einmal Gift vom Geheimdienst in Albanien und einmal für den Mann haben sie an seinem uralten Auto herumgeschraubt. Und nach dem Unfall noch ein bisschen nachgeholfen. Der Mann kam aus dem Wirtshaus und war ziemlich angesoffen!«

Das dürfte der Polizei aber die Arbeit bei der Aufklärung dieser weiteren Morde des Dr. G. sehr erleichtern.

Ziemlich plötzlich fiel die Energie von Alfons Weinberger in sich zusammen, er begann, nur noch vor sich hin zu starren. Geistesabwesend nickte er nur, als wir uns auf Initiative des freundlichen Beamten erhoben und uns verabschiedeten. Wobei mich Fuhrmann regelrecht zur Türe hinausschob und diese zweimal absperrte.

»Könnte ein Aggressionsschub werden, der arme Mensch!«, sagte er auf dem Weg zur seiner Vorgesetzten. Er versprach, sollte er Neues erfahren, seine Chefin zu informieren und ansonsten mit keiner Seele von meinem Besuch und seinen Ergebnissen zu sprechen. Er hatte verstanden. Ebenso Frau Dr. Else Hausmann, die zusätzlich in Aussicht stellte, für den Patienten vorsorglich die nächste Zeit eine höhere Sicherheitsstufe anzuordnen.

»Was ich von Ihnen über diesen Dr. G. erfahren habe, lässt mich schaudern! Ich wünsche Ihnen viel Glück und die Stärke, die nächste Zeit unbeschadet zu überstehen.«

Konnte ich brauchen. Immerhin hatte sich bis dato das Risiko gelohnt und ich fuhr, immer wieder nach möglichen Rächern der kranken Dr. G. Ausschau haltend, ohne irgendwelche Vorfälle nach Wasserburg zurück. Ich war erleichtert, dass ich wirklich Neues und wahrscheinlich für meinen Zweck Wichtiges erfahren hatte. Aber das Bild des kranken Schulfreundes verfolgte mich.

Als ich dann in Wasserburg auf dem Parkplatz wieder in mein eigenes Auto stieg, waren sie wieder oder noch immer da, die beiden von der Schutz- und Beobachtungstruppe. Ich bewunderte ihre Ausdauer, konnte ihnen das aber schlecht vermitteln.

Von meinem aktuellen Wohnsitz in einer Pension aus rief ich den EKHK Aichinger an und lud ihn für den nächsten Tag zum Frühstück in das beste und teuerste Café unserer Gegend ein. Er hatte in der Zwischenzeit Gespür dafür entwickelt, wann es für mich von Bedeutung war und sagte sofort zu.

~

In der Mordkommission 5 hatte es nach dem morgendlichen Anruf des Ersten Zoff gegeben. Kriminalhauptkommissar Heinrich Weißhaupt bekam nach allgemeiner Einschätzung einen für ihn fulminanten Wutausbruch. Warum nennt ihn denn bei uns weit und breit keiner wie sonst üblich Heini?, dachte sein Kollege Psarras. Wahrscheinlich, weil er so untypisch ist für einen Bayern. Oder weil er jeden spüren lässt, dass er etwas Besseres ist. Vielleicht sogar, weil er immer die neuesten und größten Autos der bayerischen Edelmarke fahren muss. Oder weil seine Frau, sollte sie sich einmal in die Dienststelle ihres Mannes verirren, für alle außer dem EKHK maximal ein leichtes, gnädiges Kopfnicken übrig hat. Als Kollegen allerdings schätzte Kriminalhauptkommissar Perikles Psarras den Älteren durchaus. Er betrachtete ihn mit seiner Zuverlässigkeit, seiner Bedächtigkeit und seiner Genauigkeit als eine Art Korrektiv zu seiner eigenen Arbeitsweise und zu seinem eigenen Charakter. So suchte er immer wieder das Gespräch bei seinen eigenen Fällen und behandelte Weißhaupt in einer Art Respekt auf Abstand. So war er jetzt auch echt interessiert, warum bei seinem sonst so zurückhaltenden Kollegen heute die Nerven plötzlich blank lagen. Er ging zu Weißhaupt in dessen Büro.

»Heinrich sag, was ist denn los?«, versuchte er sich vorsichtig einzuklinken.

»Ich kann so schlecht arbeiten!«, polterte Weißhaupt los. »Ich brauche eine Entscheidung vom Chef, und was macht der?! Geht mit seinem Busenfreund Kramer ins Kaffeehaus zum Frühstücken! Wenn das so weiter geht, werden wir bald das langsamste und schlechteste Kommissariat in München sein. Mir graut davor, mir graut wirklich davor, wenn Kramer jetzt in unsere blöde Außenstelle in der Polizeikaserne einzieht. Warum betreiben wir nicht auch noch einen Supermarkt? So eine Schnapsidee, so ein Unsinn! Warum in aller Welt muss eine Mordkommission für Mord und Gewaltverbrechen die Schutzverwahrung von gefährdeten Personen übernehmen? Als Hobby eines neuen Chefs, der vor Jahren einmal einen großen Fall lösen konnte? Als Dank dafür, dass ein wild gewordener pensionierter Lehrer ihm angeblich dabei geholfen hat? Wenn wir zukünftig alle gefährdeten Privatermittler bei uns aufnehmen, müssen wir bald eine Siedlung für pensionierte Privatdetektive anlegen. Ich bin sauer. Und ich habe Angst um unsere Mordkommission und ihren Ruf!!«

Perikles Psarras musste sich ein Lächeln verkneifen. Das war es, was den Kollegen verwirrte. Dieser Ausbruch aus der Routine, dieses gelegentliche Arbeiten ohne Netz, auch der neue Führungsstil des Ersten, verunsicherten ihn. Er versuchte seinem Kollegen dabei zu helfen Dampf abzulassen. »Heinrich, wir sind doch erst unter Aichinger zum besten Kommissariat geworden! Hast du vergessen, dieser Mann spielt nicht den Allmächtigen. Und du kannst ihn zu jeder Zeit anrufen und er garantiert uns, in den meisten Fällen in spätestens 10 Minuten zurückzurufen. Hat er uns nicht eingebläut, dass wir auch den Mut haben sollten, auf unserer Ebene gemeinsam ohne Chef zu entscheiden. Du erinnerst dich doch noch, wie wir zwei in einer Totschlagsache den Mist mit dem Verdächtigen gebaut haben und ihn zu früh wieder haben laufen lassen? Hast du ein Wort der Kritik vom Chef gehört? Wir sind die Entscheidung später zu dritt durchgegangen und haben versucht, daraus zu lernen. Ich fand das gut! Also Heinrich, wenn du magst, gehen wir dein Problem durch und entscheiden danach gemeinsam, wenn wir können. Und wenn uns die Sache zu groß ist, rufen wir unseren Chef beim Edelfrühstück an!«

Fünfzehn Minuten später kehrte wieder eine Art emsiger

Gelassenheit in der Mordkommission ein. Und der Anruf bei dem Ersten Kriminalhauptkommissar fand nicht statt.

Dieser saß gerade mit Kramer bei dem ultimativen Frühstück im sehr modern und daher eher unbequem eingerichteten Café im östlichen München. Er schlürfte, aus Protest mit gespreiztem Kleinfinger, seinen »Café au Lait«. Hatte er doch einen halb ernsten Streit mit der schnöseligen Bedienung hinter sich, weil er gewagt hatte, einen zweiten »Milchkaffee« zu bestellen. Was gemessen an ihrer Reaktion diese fast als Beleidigung empfunden haben muss. Jetzt schüttelte der EKHK mehrmals den Kopf.

»Du bist so was von stur. Aber wahrscheinlich hätte ich dich tatsächlich ohne Personenschutz nicht fahren lassen. Und der Erfolg gibt dir ja recht, wenn mich auch dein Misstrauen gegenüber der Polizei schon trifft. Aber dass irgendwo ein Leck sein könnte, kann ich seit der Pleite in Griechenland auch nicht mehr ausschließen. Ich habe Perikles darauf angesetzt herauszufinden, wer eigentlich bei uns von euerem Abflug Bescheid wusste. Es waren nicht wenige, wir werden deinen Fall zukünftig als höchste Geheimsache führen. Zuerst eine Frage zu einem Randproblem: Wie gehen wir mit den Männern um, die dir gefolgt sind? Es wäre offensichtlich ein Leichtes, ihnen mit dir als Köder eine Falle zu stellen, beide zu verhaften und den Schützen von deiner Beinahe-Beerdigung vor Gericht zu stellen«.

»Ich weiß schon, damit sich Dr. Gottähnlich eine neue Schikane ausdenkt und 10 Teams anstellt, die dauernd wechseln. Wenn du wenigstens warten kannst, bis wir wissen, ob von diesem unbekannten Bösen, das mich zwangsbeerdigen wollte, noch eine Gefahr ausgeht!? Im Augenblick sehe ich solchen zusätzlichen Schutz gar nicht so ungern. Und wenn ich dem verrückten Dr. G. ein Gebiet außerhalb der Polizeikaserne als meinen Auslauf abtrotzen kann, dann darf er als Dank für seine Großzügigkeit dafür die zwei als Park-Ranger anstellen und spart euch auch noch Ärger und Kosten. Vielleicht kann ich ihm ja höflich beibringen, dass er meinen Lebensretter austauscht. Dann kann hinterher keiner sagen, die Polizei hätte wissentlich mit einem Todesschützen zusammengearbeitet.«

»Mann, du kostest mir noch meine Pension. Und mein Hauptkommissar Heinrich Weißhaupt würde garantiert einen Schlaganfall bekommen, sollte er irgendwann von diesem Deal erfahren. Jedenfalls warten wir die weitere Entwicklung ab, es weiß ja bisher keiner, dass du auf deiner Fahrt die beiden enttarnen konntest!«

»Zum Dankeschön für deine Großzügigkeit stell ich dir die beiden vor. Sie sitzen mit ihren völlig unauffälligen Sonnenbrillen auf der anderen Seite der Straße vor dem dortigen Café und produzieren gerade Spesen!«

»Wird Zeit, dass du den Abmarsch in die Polizeikaserne machst, du drohst mir zu entgleiten!« Ein angedeutetes Lächeln, Perikles Psarras wäre nach so einer Entdeckung wahrscheinlich aufgesprungen und hätte beide verhaftet.

»Lass uns jetzt deine Erkenntnisse aus deinem Besuch bei Alfons Weinberger auswerten«, fuhr der Erste, wie ihn seine Leute im Kommissariat nannten, fort. »Ich habe nicht vergessen, dass du auf der Suche nach Informationen warst, mit denen du Dr. G. auf immer abhalten kannst, deine Exfreundin zu bedrohen. Ich ahne deinen Plan, aber lass ihn mich wissen!«

Es wurde ein längeres Gespräch. Die Ergebnisse waren, dass die dort zuständige Polizei auf Bitten der Münchner so schnell wie möglich das Behindertenheim in Neuötting unter einen nicht zu übersehenden Polizeischutz stellen sollte. Und noch am selben Tag wurde ein Antrag auf Exhumierung der Überreste von Kathi Baumann und die ihres Freundes Sebastian Eder eingereicht. Sollten die Andeutungen von Kramers Exschulfreund Weinberger nicht bloß eine Ausgeburt seines kranken Geistes sein, könnten durch die Hinweise aus München und die Arbeit der Forensiker nach Jahren auf alle Fälle zwei weitere Gewalttaten des Dr. G. aufgeklärt werden. »Und da ich die zuständigen

Kollegen alle kenne, würde unser Anteil bei der Aufklärung sicher auch in unsere Statistik wandern. So könnte dann Heinrich Weißhaupt sich entspannen und müsste nicht befürchten, dass wir unsere Spitzenstellung verlieren könnten. Und andere Kritiker an unserer Beschäftigung mit diesem alten Fall wären eines Besseren belehrt. Du lohnst dich allmählich für uns!«, sagte mein Polizeifreund nicht ganz ernst. »Ob allerdings deine geplante Gegenerpressung des Albaners gelingt, müssen wir noch abwarten!«

Ich war sehr interessiert gewesen, vor meiner »Einlieferung« auch noch das Behindertenheim in Neuötting zu besuchen. Aber der Erste riet mir dringend ab. Dr. G. sollte so lange wie möglich nicht erfahren und nicht vermuten, dass ich wesentlich zur Aufklärung dieser Fakten beigetragen hatte. »Überlass diesen Aufklärungserfolg der tüchtigen Polizei in München, die bei ihren Nachforschungen über denjenigen, der dich zu ermorden droht, auf diese Hinweise gestoßen ist!« Das war schon beinahe griechisch, aber er hatte recht mit seiner Begründung. »Und nun kümmere dich um deinen Umzug. In drei Tagen musst du in deinem renovierten Bungalow wohnen und vor allem deine Antwort-Mail an Dr. G. fertig gestellt haben. Ich weiß, das ist kaum zu schaffen. Wenigstens beim Umzug kann ich dir helfen lassen. In der Polizeikaserne arbeitet eine Ausbilderin, die Polizeiobermeisterin Renate Köchl. Sie hat eine Versetzung nach Nürnberg beantragt. Ihr Mann ist vor drei Jahren gestorben und sie will näher zu ihren alten Eltern ziehen. Ihre Nachfolgerin hat schon den Dienst angetreten. Für den Übergang wohnt Frau Köchl aber noch wenige Wochen in der Kaserne. Sie hat mich gefragt, ob wir für sie die nächsten Tage eine Beschäftigung hätten. Die Frau ist zupackend, nett und tüchtig, wir könnten gleich anschließend zur Kaserne fahren und mit ihr sprechen. Wenn sie eingearbeitet ist und dein Umzug sollte bis zu dem von dir geforderten Dienstantritt in den Polizeigewahrsam noch nicht abgeschlossen sein, könnte sie die Aufgabe für dich zu

Ende bringen.«

»Du bist fast wie eine Mutter zu mir, lass uns in Ruhe fertig frühstücken und dann fahren!« Mir fiel gerade ein Stein vom Herzen. Wenn ich mich irgendwo blöd anstelle, dann ganz bestimmt bei einem Umzug und dem gefürchteten nachfolgenden Einräumen. Hoffentlich ist die Dame Polizeioberwachtmeisterin nicht ein all zu großer Ordnungsfreak. Nachdem Helga wieder und wohl endgültig vor der Gewalt geflüchtet war und mein Haus sich genau durch diese Gewalt fast in Atome aufgelöst hatte, wäre ich in Sachen Ordnung und Umzug auf mich allein gestellt gewesen. Diese Frau schickte mir außer dem Ersten Kriminalhauptkommissar auch der Himmel, wenn er solche Dinge zu steuern vermag.

∼

Polizeioberwachtmeisterin Köchl war auf ihrem Zimmer. Als der Erste sie anrief und zu einem Gespräch bat, antwortete sie lachend.

»Gerne, aber sie müssen bitte auf mein Zimmer kommen. Ich sortiere gerade mein Hab und Gut aus und befürchte, ich finde nicht so schnell etwas Passendes zum Anziehen!«

Das klang für mich wie Musik in den Ohren, mit der befürchteten übertriebenen Ordnungsliebe der Dame schien es doch nicht so weit her zu sein. Als wir dann vor der blonden Frau im Trainingsanzug standen, war allerdings auch nicht der Ausdruck Chaos angebracht. Ihre Herkunft aus Franken war sprachlich sofort zu orten. Frau Köchl war wohl in den Vierzigern und hatte in der Tat fast den ganzen Inhalt ihrer Schränke und Schubladen im Zimmer verteilt. Allerdings offensichtlich mit System und was die Kleidung anbetraf ordentlich gefaltet. Wenn ich an meinen Verhau im Pensionszimmer dachte! Die blonde Frau mit ihrem Pagenschnitt wirkte unkompliziert, auch sehr sportlich und der Vorschlag des Ersten zauberte ein Strahlen auf ihr Gesicht.

»Ich bin Ihnen wirklich dankbar für das Angebot. Mir fällt die Decke auf den Kopf und ich sortiere meinen Krempel (fränkisch: ›Grembel‹) zum dritten Mal. Dabei habe ich noch über zwei Wochen bis zu meinem Abmarsch nach Nürnberg, meine Eltern sind gerade auf Urlaub in der Türkei und die Tochter studiert in Erfurt. Lassen Sie mich allein, ich bin in einer halben Stunde an der Pforte. Mann ist das schön, gebraucht zu werden! Ich hab das früher gar nicht so sehen können!«

Ich wollte sie auf keinen Fall enttäuschen und sah mich ob des bei mir herrschenden Chaos zu einer Vorwarnung genötigt. Frau Köchl konnte wirklich erfrischend lachen.

»Ich glaube nicht, dass Sie dabei meinen verstorbenen Mann übertreffen können. Das ist bisher noch niemandem gelungen!«

Aichinger bat sie noch, sich so zu kleiden, dass sie als Polizistin erkennbar sei. »Und bitte die Waffe nicht vergessen. Ich regle das in der Zwischenzeit mit Ihrem Vorgesetzten! Herr Kramer wird ihnen seine Situation und ihr Arbeitsfeld auf der Fahrt näher erklären. Danke! Und wenn Sie Verstärkung brauchen, organisiere ich Polizeianwärter.«

Pünktlich eine halbe Stunde später kam Frau Köchl in Polizeiarbeitsuniform an die Pforte, gefolgt von zwei Polizeianwärtern mit jeweils einem Stoß gefalteter Umzugskartons. Während der EKHK zu der Führung der Polizeikaserne enteilte, machte ich mich gefolgt von zwei Personenschützern mit meinem Himmelsgeschenk auf in Richtung Pension. Allerdings nicht, ohne auf Geheiß von Frau Köchl noch meinen zukünftigen und wenn es nach Dr. G. ginge letzten Wohnsitz auf dem Gelände der Polizeikaserne zu inspizieren.

»Ich will verhindern, dass wir unnötige Dinge mitnehmen, die wir hier nicht unterkriegen!«, meinte die tüchtige Frau mit einem fragenden Blick in meine Richtung. Wobei sie sichtlich ein Lächeln unterdrücken musste.

Wieso hatte diese Dame mich so schnell durchschaut? Fast war ich für einen Augenblick lang froh über die Explosion meines alten Wohnsitzes samt Inhalt. Allerdings lagerte noch genügend Besitz in den gemieteten Depots. Helga, von der die Anregung gekommen war, hatte wohl vor der Griechenlandfahrt schon eine gewisse Vorahnung. Meine augenblickliche Vorahnung sagte mir, dass ich wieder einmal um einen Teil meines »Restgrembels« werde kämpfen müssen.

Ich war dann auf der Fahrt der einzige, der die beiden Sonnenbrillenträger entdeckte, die uns in gebührendem Abstand folgten. Ich behielt aber meine Entdeckung für mich. Die Begleiterin bekam von mir einen gerafften Überblick meiner Vorgeschichte, die mich in die gegenwärtige Situation gebracht hatte. Sie nahm das weitgehend kommentarlos zur Kenntnis, legte mir aber abschließend mitfühlend kurz ihre linke Hand auf meine Rechte am Steuer, was ich als wohltuend empfand. Umgekehrt erfuhr ich auf meine Nachfrage hin, dass sie noch immer massiv unter dem Tod ihres Mannes litt. Sie mache einen Teil ihrer augenblicklichen Überaktivität als Bewältigungsstrategie aus und leide streckenweise sehr unter Einsamkeit. Es werde aber besser und vom Wohnortwechsel versprach sie sich nochmals einen Sprung nach vorne. Dazu hatte sich auch noch ein Jugendfreund gemeldet, den sie zu »inspizieren« gedachte. Es lag dann an mir, soweit die Fahrerei es zuließ, meine rechte Hand kurz mitfühlend und aufmunternd auf ihre Linke zu legen.

Wir machten auf Wunsch von Frau Polizeioberwachtmeisterin Köchl einen Umweg zu meinen Möbel-Depots. Sie beäugte schweigend die vielen Stapel und die zahlreichen Kartons. Ich musste ihr noch beichten, dass ich auch noch einige Bankfächer mit meinen Papieren und »Wertsachen« gefüllt hatte.

»Das wird unbesehen zum neuen Bungalow transportiert. Ich kann aber auch ganz gut Papiere und Wertsachen ordnen. Wenn Sie wollen, kann ich das anschließend auch noch übernehmen.«

Ich musste mich zusammenreißen, um die blonde Praktikerin nicht zu umarmen. Ich hatte noch gar nicht erfasst, wie sehr mir der Verlust meiner Partnerin Helga auch in dieser Hinsicht Angst gemacht hatte. »Wahrscheinlich wärest du in kürzester Zeit zum Messi geworden«, feixte es in meinem System. Das half gegen die lauernde Verzweiflung im Hintergrund. Der Rest verlief generalstabsmäßig. Wir sammelten den Inhalt der zahlreichen Schließfächer ein und verstauten alles in dem Polizeikombi der Personenschützer. In der zugegeben etwas vollgestopften Pensions-Suite durchforsteten wir nach und nach die Fächer der Schränke und der Kommoden und stopften »Unnödiges« in große Müllsäcke. Frau Köchl hatte auch diese nicht vergessen. Mit einer längeren Mittagspause arbeiteten wir danach bis zum späten Nachmittag daran, Wichtiges von »unnödigem Grembel« zu unterscheiden. Frau Köchl half mir dann noch, einen Koffer für die erste Nacht »im neuen Heim« zu packen. Danach begleiteten mich meine Personenschützer zurück zur Kaserne, halfen mir beim Ausladen des Inhalts der Schließfächer, gingen sichtlich erfreut in den frühen Feierabend. Eigentlich wollte ich danach damit beginnen, mein Antwortschreiben an den abartigen Dr. G. zu entwerfen. Da mich aber die Situation in der fast leeren Bleibe und der Beginn des bewachten Aufenthaltes zu überfordern drohte, kroch ich in dem einsamen Schlafzimmer in meinen mitgebrachten Schlafsack und wartete auf Frau Köchl, die mit einem Polizeitransporter und vier kräftigen Polizeianwärtern mein übriggebliebenes Hab und Gut aus der Pensions-Suite antransportieren würde. Darüber schlief ich dann ein. Und war dann doch etwas verlegen, als mich die fürsorgliche Frau offenbar gespeist aus vergangener Eheroutine durch einen Kuss auf die Stirn wieder in die Realität zurückholte. Wobei der Grund für meine Verlegenheit das Gegrinse der jugendlichen Polizeianwärter war.

Nach einer heftigen Einräumerei, kurzfristig verstärkt durch weitere Polizeianwärter männlichen und weiblichen Geschlechts, begann sich der Bungalow und vor allem der Wohnraum allmählich zu füllen. Renate, Frau Köchl fand das »Du« für unsere doch längerfristiger angelegte Arbeitsbeziehung als »praktischer«, war unübersehbar in ihrem Element. Bald waren Arbeitszimmer und Gästezimmer Abstellräume für Kartons und Kisten, Wohn- und Schlafzimmer jedoch wenigstens annähernd gebrauchsfertig. Nach dem Abzug der Nachwuchspolizisten, ausgestattet mit einem größeren Etat für ein Grillfest, bestellten wir uns beide bei einem Partyservice ein wie ich fand angemessenes Abendessen einschließlich der gekühlten Getränke. Renate lehnte es ab, ihr als Ausgleich für ihren Einsatz beim Aufräumen ihres »Grembels« helfen zu dürfen. Bevor sie zum »Frischmachen« auf ihre »Bude« ging, druckste ich herum und kam dann mit einer Bitte, für die ich mich fast schämte. Ich hatte schlicht und einfach Angst, allein zu sein. Wie bei einer Einlieferung in ein Internat! Und der kleine Kramer in mir greinte nach Mama. Allerdings waren die paar zusätzlichen Lebensjahre anscheinend doch nicht ganz umsonst gewesen. Ich konnte alles etwas besser verpacken:

»Renate, mir geht's wie Adam nach der Vertreibung aus dem Paradies!«

»He?«

»Der hat Eva gefragt, ob sie wenigstens nicht die erste Nacht bei ihm bleiben könnte. Draußen sei alles so unparadiesisch und er wolle brav im Gästezimmer schlafen. Er würde sich sofort das dortige Bett frei räumen!«

Renate starrte mich an und dann war ein Lachanfall angesagt. »Das hab ich so auch noch nicht erlebt – sehr originell!«

»Ich hab einfach schlicht Angst vor dem Alleinsein!«

»Du rennst bei mir offene Türen ein. Mir graut auch vor der verwüsteten Bude. Und wer in welchem Zimmer schläft, diskutieren wir später!« Sprachs und rauschte ab.

Wir saßen an diesem Abend lange zusammen, das Essen war gut, das Besteck noch lückenhaft, der Fernseher nicht vorhanden und Bettwäsche für Gäste ebenso wenig. Renate holte ihre Bettwäsche aus ihrer Bude und machte eine lange Liste darüber, was sie die nächsten Tage alles besorgen wollte. Wir besaßen ein Radio und Renate hatte zu meinem Glück kein Parfüm aufgetragen. Die ganze Zeit unseres Zusammenseins über war ich mir bewusst gewesen, wie gut diese Frau roch. Oder besser duftete. Irgendwann am frühen Abend rief Aichinger an, erkundigte sich nach dem Stand der Dinge und beauftragte Renate, mich am nächsten Tag in die »Gepflogenheiten des Hauses« einzuführen. Sie hatten Großeinsatz in einem neuen Mordfall. Er erinnerte mich daran, ja meine Antwort an Dr. G. für übermorgen fertig zu stellen, meinem ersten offiziellen Tag in »Polizeigewahrsam«. Übrigens sei das Pflegeheim in Neuötting ab jetzt sichtbar von der Polizei bewacht.

Ich setzte mich spätabends durch und schlief im Gästezimmer. Renate und ich hätten nicht abschließend noch einmal über meine Situation sprechen sollen. Mir war dabei ein versuchter Scherz verunglückt: »Für eine Todeszelle ist meine Situation doch sehr komfortabel!« Wir waren beide sehr erschrocken und Renate hatte mir einfach den Mund zugehalten. Prompt träumte ich von einer Todeszelle und einer Stimme aus dem Off mit der Botschaft, dass die Giftspritze gerade nicht auffindbar sei. Schweißüberströmt wachte ich auf. Als ich nach einer Stunde immer noch nicht über den Traum hinweg war, griff ich mein Bettzeug und schleppte mich zu Renate ins Schlafzimmer. Sie murmelte etwas, was durchaus nicht unfreundlich klang, machte mir Platz und bot die Geborgenheit einer animalisch gut riechenden Achselhöhle. Der kleine Kramer in mir fing langsam an sich zu entspannen.

∽

An Dr. G. (wie gottgleich?)
Seit wann spielt ein Löwe mit einer Maus? Der Löwe muss wahrscheinlich ziemlich am Ende sein. Ich verstehe Ihre Handlungen nicht. Habe mich der Gewalt gefügt und wohne

ab jetzt auf dem Gelände der Polizeikaserne. Ich rechne damit, dass Sie mir im Ernstfall einen genauen Zeitraum von höchstens ein bis zwei Monaten nennen, in dem Sie mich töten wollen. Sonst sind Sie kein Löwe, sondern ein feiger Hund, der sich anschleicht. Ich brauche von Ihnen noch weitere Zusagen: Bestätigen Sie mir, von mir aus bei Ihrer gruslichen Ehre, ab jetzt meine ehemalige Partnerin in Amerika in Ruhe zu lassen! Die Polizei hat Ihr Umfeld in Niederbayern nochmals untersucht. Wir wissen jetzt durch Zufall, dass Sie eine Tochter haben. Die Versorgung Ihrer Tochter ist das einzig Ehrenhafte, das ich bisher von Ihnen kenne. Sie lassen Frau Helga Hocheder in Amerika aus Ihren kranken Spielen, die Polizeibewachung des Behindertenheimes in Neuötting wird aufgehoben, die dazu gehörige Stiftung nicht kontrolliert. Sie wissen, dass Ihre Tochter einen Ortswechsel nicht überleben würde. Sie würde sich zu Tode schreien, das ist Teil der Behinderung. Diese Sprache müssten Sie eigentlich verstehen. Ich erwarte eine klare Aussage! Weiter: Sie wollen sicher nicht ein depressives und unbewegliches Opfer (Maus) töten. Passt nicht zu Ihrer altalbanischen Männerehre! Ich brauche einen Raum um die Polizeikaserne herum, in dem ich mich bewegen kann. Zu Fuß oder mit dem Fahrrad. Der gewünschte Raum ist im Anhang skizziert, das Gelände als Übungsbereich für die Polizeischüler ist für Sie leicht zu kontrollieren. Und ich bleibe wenigstens fit für den Endkampf, der Ihnen offenbar vorschwebt. Übrigens: Wenn ich weiß, wer die »Katze« war, die mich töten wollte, verzichte ich in meinem Auslaufgebiet auf Polizeischutz. Allerdings nicht mehr in dem Zeitraum vor meiner geplanten Hinrichtung, den Sie mir nennen werden. Wenn Sie etwas wissen über den Mann, der mich halblebendig beerdigen wollte, bin ich dankbar für diese Information. Ein Letztes: Mit Polizeischutz will ich einmal im Monat einen Stadtbummel in München mit Besuch eines Kaufhauses, eines Buchladens, eines Cafés oder etwas Ähnlichem machen können. Insgesamt

muss ich mich erst einleben. Ich hasse Sie nicht, Sie tun mir nur leid! Michael Kramer

Es war für Michael Kramer nicht ganz leicht gewesen, den Erstentwurf dieses Textes von dem Ersten Kriminalhauptkommissar genehmigt zu bekommen. Die Idee mit dem Auslauf, also einem räumlich begrenzten Freigang, fand Aichinger zuerst auch dann für zu gefährlich, wenn der gescheiterte Totengräber und seine Motive gefunden würden. Perikles Psarras verwies aber darauf, dass das begrenzte Areal von Wäldern und Wiesen rund um die Polizeikaserne durch Pachtverträge mit den Besitzern als Ausbildungs- und Übungsgebiet für den Polizeinachwuchs ausgewiesen war und damit mit etwas Fantasie durchaus zu überwachen sei. Nach einem Telefonat mit der Kasernenleitung und dem zuständigen Ministerialbeauftragten stimmte Aichinger zu. »Aber nur, wenn der perverse Dr. G. bereit war, den genaueren Zeitraum für deine Hinrichtung zu nennen!« Kramer erhielt eine Datei der Gebietskarte mit den eingezeichneten Grenzen des Übungsgeländes, die er seiner Email an Dr. G. anhängen konnte. Und die er sich sofort ausdruckte, von der Verwaltung der Kaserne laminieren ließ und als ersten Wandschmuck im Wohnzimmer anbrachte. Auch der gewünschte Stadtbummel fand wegen »beinahe völliger Unkontrollierbarkeit« nicht ungeteilte Zustimmung. Kramer verwies auf die im Text enthaltenen Einschränkungen und erklärte, die möglichen Konsequenzen auf die eigene Kappe zu nehmen. Die Gegenerpressung mit der behinderten Tochter des Bedrohers wurde gründlich diskutiert. Die Polizisten fanden die Zusage, die Stiftung nicht zu kontrollieren, rechtlich riskant. Kramer: »Das Ganze dient zum Schutz von Frau Hocheder. Sollte ich den Dr. G. beim großen Finale töten, erübrigen sich weitere Nachforschungen. Sollte er mich töten, hindert die Polizei außer der Rücksicht auf die Behinderte nichts und niemand mehr, ihre Vorgehensweise radikal zu ändern!« Psarras fand die Argumentation grinsend wieder einmal »fast griechisch« – Kramers

Text jedenfalls wurde genehmigt. Unterstützung gab es auch noch von dem Polizeipsychologen Dr. Dr. Arnold Wagner, der mit Kramer nach dem Ende der Besprechung des Textes mit der Polizeiführung seine »Gesprächstherapie« fortsetzen wollte. Er war nach einem Telefongespräch mit Kramer »zufällig« eher aufgetaucht und fand die Mischung aus Gehorsam und Forderungen als Einstieg in die zukünftige Bedroher-Opfer-Beziehung der Situation auch aus fachlicher Sicht »angemessen«.

Der Erste und sein Mitarbeiter waren übrigens gleichzeitig erschöpft und aufgekratzt. Sie hatten letzte Nacht eine Gruppe von vier steckbrieflich gesuchten rumänischen Auftragskillern gestellt und zwar wegen akuter Fluchtgefahr noch bevor die angeforderte Sondereinsatztruppe eingetroffen war. Die vier Kriminaler waren den hochgerüsteten Ganoven waffentechnisch unterlegen und brachten sich damit auf einem Parkplatz im Westen der Stadt in arge Bedrängnis. Es gelang den Killern mit ihren Schnellfeuerwaffen, den Leitenden leicht und einen Mitarbeiter mittelschwer zu verwunden, in ihren Kombi zu springen und mit quietschenden Reifen loszufahren. Perikles hatte allerdings während der Ausspähungsphase das Auto wieder erkannt und vorsorglich, aber nicht ganz vorschriftsgemäß, darin durch die gewaltsam geöffnete Heckklappe eine Tränengasbombe mit Fernzündung platziert. Sie stammte aus dem Waffenarsenal eines festgesetzten Kriminellen. Alle vier Verbrecher wurden eskortiert durch die eintreffende Sondereinsatztruppe in Krankenwagen in eine Klinik gebracht. Der Polizeidirektor musste zwar ob der Vorgehensweise seiner Truppe die Stirne runzeln, konnte aber seine Freude über den Fang nur schwer verheimlichen. »Wir haben auf einen Schlag mit großer Sicherheit die Täter in acht Fällen von Mord und Totschlag gefasst. Wir werden uns für den Rest des Jahres in Kramers Garten setzen und auf ihn aufpassen. Nur Kollege Weißhaupt wird in seinem Büro bleiben und weiter ermitteln!«, feixte der polizeiliche Quotenimmigrant Psarras. Aichingers Streifschuss am Oberschenkel verursachte Schmerzen und die notwendige Feier über den nächtlichen Erfolg wurde verschoben.

Die Gesprächstherapie mit Dr. Dr. Arnold Wagner verlief kurz. Als Kramer ihm seinen gestrigen Tag und den Verlauf der ersten Nacht in der Polizeikaserne geschildert hatte, meinte er lapidar: »Gegen den Einsatz einer gut riechenden und noch dazu in der Tendenz mütterlichen Frau ist eine Gesprächstherapie wie Trockenschwimmen. Lassen Sie diese Dame keinen Tag früher als unbedingt nötig wieder ziehen!« Er traf damit exakt die Vorstellung, die sich in der Zwischenzeit auch in Kramers Kopf festgesetzt hatte.

»Die Macht der Gewohnheit, aber dies mit Inbrunst!«, sagte Polizeioberwachtmeisterin Renate Köchl, als sie Michael Kramer mit einem Stirnkuss aus seinem Mittagsschlaf holte. Sie war schon längst wieder in ihrem Element. Bereits frühzeitig am Morgen hatte sie ihre Bude fertig aufgeräumt und dabei einen beachtlichen Karton »Grembel« in den Mülltonnen entsorgt. Sie seufzte erleichtert. Danach wurde Kramers Restbesitz aus den Möbelstores mit Hilfe von Polizeijungvolk zur Kaserne verfrachtet und während der Sitzung der Herren in einem Besprechungsraum der Kaserne in Kramers Polizeibungalow eingeräumt. Kramer schien sich zu freuen, als er Renate Köchl wieder sah. Und er strahlte, als sie lapidar feststellte: »Heute von Anfang an die gleiche Prozedur wie gestern. Es war schön, nicht allein schlafen zu müssen!« Für die Lücken in seiner neuen Wohnung hatte Kramer relativ genaue Vorstellungen. Sie fuhren unter Polizeischutz und in Begleitung zweier Freiwilliger aus dem Nachwuchs in die Stadt. Kramer kaufte sofort lieferbare Nachbildungen von Bauhausmöbeln, moderne Metallleuchten, eine rote moderne Ledercouch und als Kontrast einen bequemen Sessel und einen wunderschönen alten Bauernschrank. Musste bis zum Endkampf reichen! Renate Köchl war von dem Einkauf und vor allem von dem Schrank ganz begeistert. »Sollte mich der irre Albaner erschießen, gehört der ganze Grembel dir!«, meinte Kramer und Renate Köchl hielt ihm wieder einmal den Mund zu. Ein mittelgroßer Fernseher mit eingebautem CD- und Sonst-was-Player und eine kleine Stereoanlage rundeten den Einkauf ab. Die meisten der dazu erstandenen Musik-CDs sagten Frau Köchl wenig. Sie entdeckte aber einige alte Bluesaufnahmen im Sortiment. Gegen 18 Uhr war der gesamte Einkauf geliefert. »Rekordverdächtig!«, wie die weibliche Begleitung fand.

Der nächste Vormittag am ersten Pflichttag im Polizeigewahrsam war zunächst für den Email-Austausch zwischen Dr. G. und Kramer reserviert. Weiter standen Aufstellen und Einräumen der gekauften Möbel auf dem Programm. Am späten Nachmittag war dann die Einführung in die Örtlichkeiten der Kaserne und die Gepflogenheiten der Einrichtung durch die Polizeioberwachtmeisterin geplant.

Zuvor aber wurde am Abend gemeinsam der Lebensmitteleinkauf verkocht und der Rotwein aus Chile auf seine Verträglichkeit getestet. Man ging gemeinsam zu Bette, Kramer entschuldigte sich im Voraus: »Sollte es zu schlimm werden, flüchte ich in das Gästezimmer!« Die Situation trat ein, Kramer verzog sich gegen Mitternacht seufzend in das Gästezimmer. Renate Köchl folgte ihm in einer halben Stunde nach. Ohne Uniform und alles. »Sind wir blöd oder was!?«, meinte die Oberwachtmeisterin. Vor allem Kramer war es am nächsten Morgen anzusehen, dass er für seine Verhältnisse wenig geschlafen hatte.

Trotz der überraschend schönen Nacht war Kramer zwischen Schlafen und Wachwerden dann von einer bedrückenden Erinnerung heimgesucht worden. Er lag in einem in den Fels im griechischen Taigetosgebirge geschlagenen Raum eingesperrt durch die zwei Drogenhändler, von denen einer sich jetzt Dr. G. nannte. Für die beiden Saubermänner hatte sich Dr. G. einen genialen Plan ausgedacht, um Kramer zu beseitigen. Er hatte einen Berufskiller bestellt, der am folgenden Nachmittag Kramer auf einem arrangierten Spaziergang »hinrichten« sollte. Um ihre eigene Anstiftung zu dieser Tat zu vertuschen, sollten die Wachmänner dann den Killer »auf frischer Tat ertappen und dabei erschießen, Motiv des Killers im Dunkeln!« Damals durchkreuzte im letzten Moment ein buddhistischer Mönch, Lehrer, Ordenskämpfer und späterer Freund mit seiner Truppe diesen Plan und ermöglichte Kramer die Flucht. Da war er also wieder, der narzisstische, neurotische, satanische Dr. G. und mischte sich grinsend, grimassierend und übel riechend in Kramers intimstes Privatleben. Der alte Mann Kramer hatte danach einen irrsinnigen Drang verspürt, sich in die wohlriechende Achselhöhle der nackten und entspannt schlafenden Frau an seiner Seite zu verkriechen. Er konnte es aber nicht übers Herz bringen, Frau Oberwachtmeisterin aus ihren Träumen zu reißen. Er imitierte daher nur ihre Eheroutine und küsste sie sanft auf die Stirn.

Kannst du bis in 12 Minuten antworten. Erzähl nicht Scheiß. Ich hasse dich! Bald kommt mein Antwort Dr. G.

Schon am Vormittag des nächsten Tages erschien diese Email auf Kramers Bildschirm. Natürlich hatte die Mordkommission alles unternommen, um über diese Mail an den Absender Dr. G. zu gelangen. Einigen Personen in der Dienststelle, allen voran Perikles Psarras, hatte diese Vorbereitung den letzten Nerv geraubt. Die Bundespolizei winkte sofort nach der Anfrage ab, empfahl den Verfassungsschutz und eventuell den Bundeswehr-Abschirmdienst. Der Verfassungsschutz war zunächst empört über dieses Ansinnen. Offenbar hatte der zuständige Beamte aber dann doch einen Blick in die Akten riskiert und einen, wenn auch schwachen Hinweis auf den Mord an mehreren deutschen Agenten unter der kommunistischen Regierung Albaniens herausgelesen. Nach stundenlangen Verhandlungen dann das Versprechen, mit Hilfe einer befreundeten Großmacht »einmalig« den Versuch zu unternehmen, den Ursprung der Emails aufzudecken. Schon am Nachmittag nach der ersten Mail kam dann ein negatives Ergebnis. Der letzte Absender der Mail steckte irgendwo in einer Favela in einer südbrasilianischen Millionenstadt. Der Geheimdienst der »befreundeten Großmacht«, der übrigens nur Hilfe leistete, weil auch er in der Vorzeit Agenten in Albanien verloren hatte, sah keine Chance zu einer weiteren Aufklärung. Er kam noch in einem zweiten Schritt bis Jalta, da war dann Ende der Fahnenstange. Wahrscheinlich, so vermuten die Fachleute, werden einige der Schritte direkt von Kurieren übernommen und damit ist die Spur der Mail, auch der Antwort, verloren. Erfahrungsgemäß werden bei solchen Kettenabsicherungen auch die benutzten Geräte sofort zerstört.

Der Organisator musste Wissen über die aktuellen technischen Möglichkeiten von Geheimdiensten besitzen. Ab 20 Minuten zwischen Absenden und Empfangen steige die reale Chance einer erfolgreicheren Ortung des Absenders oder dann zumindest des letzten Empfängers der Mail, bevor ein Kurier mit dem Text in ein Flugzeug, Auto, Schiff oder Zug. steigt.

»Die schlagen ganz schön auf die Verputzung!«, kommentierte Hauptkommissar Perikles Psarras, der immer noch mit deutschen Redewendungen so seine Probleme hatte.

»Du meinst wohl, sie hauen auf den Putz!«, korrigierte ihn leicht pikiert Kollege Weißhaupt.

Kramer setzte mit Unterstützung von Renate Köchl termingerecht und erfolgreich seine vorbereitete Antwort samt Anhang ab. Ihr gemeinsames Frühstück hatten sie »in innigem Schweigen« zelebriert, wie Kramer das für sich benannte. Nach dem erfolgreichen Email-Versand wurden Möbel verschoben, über die sinnvolle Verteilung von Kramers Hab und Gut diskutiert und entschieden. Wobei die Oberwachtmeisterin meist den Sieg davon trug. Sie verweigerte auch erfolgreich einen gemeinsamen Mittagschlaf. Während der alte Mann sein Schlafdefizit abbaute, war die Dynamikerin damit beschäftigt, Kramers Papiere geordnet und übersichtlich beschriftet in neuen Ordnern aus dem Polizeifundus abzulegen. Nach dem pünktlichen Aufwachen per Stirnkuss schrieb Kramer als erste Handlung eine testamentarische Verfügung über die Überlassung seines Grembels aus dem Polizeibungalow nach seinem Tode an die gute Fee. Belohnung, falls gewünscht, wurde im Gegenzug für die folgende Nacht angekündigt. Und dann war Zeit für Erkundung von Örtlichkeit und Verhältnissen in Kramers neuem Lebensraum unter vorsorglichem Polizeigewahrsam.

∽

Zwei baugleiche Bungalows waren derzeit sozusagen Zugabe für zwei Mordkommissionen, die dort bedrohte Zeugen, Richter, Staatsanwälte oder Kramers geschützt und auf Staatskosten wohnen lassen konnten. Unterstützt wurden sie dabei von einer weiteren Abteilung, die neben der Organisation von Schutzhaft auch eine größere Zahl geschützter Dauergäste verwahrte. Nur Schutzsuchende, deren Fälle in irgendeiner Weise noch in Bewegung und wichtig genug waren, konnten noch bei einem zuständigen Kommissariat oder einer Mordkommission bleiben. Das galt außer für Kramer noch für den schon erwähnten, in Bungalow Nummer 1 wohnenden, Leitenden Oberstaatsanwalt und seine wesentlich jüngere indischstämmige Frau. Der von ihm angeklagte unbequeme Gefangene residierte in der Justizstrafanstalt wie ein König. Die anderen einsitzenden russischen Mafiamitglieder hielten große Stücke auf ihn und rechneten offensichtlich mit einem späteren Karriereschub des Messerstechers. Sie organisierten sogar eine Geldsammelaktion für den Verbrecher, wie sich später bei einem anderen Münchner Mafiaprozess herausstellte. Der unbequeme Gefangene wurde schon nach sechs Jahren in sein Heimatland Russland abgeschoben. Er engagierte sich dort vor allem im Drogenhandel und stieg bis zum Paten dieser kriminellen Vereinigung auf. Dabei war er bisher sehr nachtragend gewesen und hatte in schöner Regelmäßigkeit das Kopfgeld auf »seinen« Staatsanwalt alle zwei Jahre erhöht.

Da seine Organisation im Konkurrenzkampf mit anderen kriminellen Einrichtungen dieser Art vor einiger Zeit in Russland einen herben Rückschlag hinnehmen musste, keimte bei dem Oberstaatsanwalt und seinen Betreuern Hoffnung auf eine größere Nachgiebigkeit des Bedrohers auf. Deswegen befand sich das Ehepaar augenblicklich im Gästehaus der russischen diplomatischen Vertretung, um mit Hilfe der Diplomaten Kontakt aufzunehmen. Die Verhandlungen liefen noch, laut EKHK Aichinger waren aber die ersten Signale aus dem Umfeld des Exsträflings »nicht besonders ermutigend« gewesen. Der Erste rechne damit, dass der Herr Staatsanwalt und seine kapriziöse Gattin demnächst in ihre beschützte Wagenburg zurückkehren werden. So pervers das klingen mag, Kramer freute sich auf einen Nachbarn, der ein ähnliches Schicksal erleiden musste wie er selbst. Er war voller Neugierde, wie der Jurist und seine Frau mit ihrer schon Jahre dauernden Situation zu Rande kamen.

Der Ausblick auf Wald und Flur und das nicht allzu weit entfernte oberbayrische Voralpendorf hatte wie schon beschrieben von beiden Staatswohnungen aus Postkartenqualität. Beide Grundstücke waren mit elektronisch codegesteuerten Sicherheitstoren hin zum Inneren des Kasernengeländes noch einmal abgesichert. Dieses Kasernengelände war von außen nur durch das doppelt bewachte Eingangstor erreichbar. Nach einer Schranke ragten noch versenkbare spießbewehrte Hindernisse aus dem Boden, die alles was Reifen hatte sicher stoppen konnten. Die beiden Bungalows trennte ebenfalls ein Zaun mit jeweils einer Hecke davor, etwas niedriger als der Außenzahn, aber ein perfekter Sichtschutz. Auf dem insgesamt mit dem hohen Schutzzaun umfriedeten Gelände stand ein großes u-förmiges Kasernengebäude, zweistöckig mit Walmdach und vielen Fenstern. Kramer vermutete als Erbauungszeit die Zeit zwischen den beiden Weltkriegen, der Zustand der Gebäude war gepflegt und die letzte Renovierung wahrscheinlich erst einige Jahre her. Nach der Auffahrt und einem Parkplatz waren im ersten Flügel vor allem Schul- und Übungsräume, Sporthalle, Medienräume, ein Schwimmbad und Fitnessräume untergebracht. Das Verbindungsgebäude beherbergte unter anderem den Wirtschaftstrakt mit Küche und Speiseraum, im ersten Stock residierten die Verwaltung und die Leitung. Ebenso gab es dort einen Abschnitt für die Unterkünfte der zivilen Angestellten. Der linke Flügel bot Unterkunftsräume für männliche und weibliche Polizeischüler, die Wachmannschaft und in einem Extraabschnitt für das Lehrpersonal. Dort befand sich auch die »Bude« der Frau Oberwachtmeisterin Renate Köchl, die in ihrer ruhigen und bestimmten Art auftragsgemäß die Führung übernommen hatte. An der Eingangs- und der Rückseite reichte der Wald jeweils bis auf gute 100 Meter an den Umfriedungszaun heran. Kramer wurde auch der stellvertretenden Leitung, einer Frau Hauptkommissarin Angelika Vogt, vorgestellt. Sie war freundlich und legte Kramer nahe, bei Wünschen und Beschwerden sich an sie zu wenden. Der Leiter der Kaserne sei gerade wieder, wie so oft, auf einem Meeting in der Polizeizentrale. Die Mannschaft sollte gruppenweise erst in den nächsten Tagen während des Unterrichts Kramer kennen lernen. Der Innenhof zeigte nur wenig Grün. Vorherrschend war ein großes rötlich asphaltiertes Rund. Dies diente nach Auskunft von Renate Köchl hin und wieder als eine Art Exerzierplatz zum Antreten. Auch das musste gelernt werden. Hinter diesem Gebäudeflügel befanden sich ein großer Sportplatz, ein Tennis- bzw. Badmintonplatz und eine Grünanlage mit Sitznischen, kleinen Teichen und Sonnenliegen. »Das Rekreationsareal – und jetzt reicht es fürs Erste!«, beschied Frau Köchl. Kramer hatte wirklich nichts dagegen. Ihm war aufgefallen, dass sie nur wenige Personen zu

Gesicht bekommen hatten. Es war gerade Zeit für das Abendessen. Kramer freute sich ebenfalls auf gemeinsames Kochen und Abendessen, einen entspannten Fernsehabend und so es sein durfte auf die versprochene Belohnung. Er bewunderte die ruhige Selbstsicherheit und Offenheit dieser Frau, die er erst seit wenigen Tagen kannte. Er überlegte, wo er zum Dank für diese Begegnung eine Kerze spendieren könnte und entschied sich dann doch wieder für eine Spende an »Ärzte ohne Grenzen«.

Am nächsten Morgen, Kramer und Renate Köchl saßen noch beim innig beschwiegenen Frühstück, stürmte ob seiner Schussverletzung humpelnd, aber erkennbar aufgekratzt, der Erste Hauptkommissar in den Bungalow. Er vergaß seine angeborene Zurückhaltung und umarmte Kramer:

»Das erste Ergebnis der Exhumierung liegt vor. Bei beiden menschlichen Überresten konnte eindeutig nachgewiesen werden, dass sowohl die Exfreundin von Dr. G. als auch ihr späterer Freund durch Fremdeinwirkung ums Leben kamen. Mensch Kramer, das ist ein Ding und tut unserer Mordkommission gut. Ich frage mich, ob wir auch in deinem Fall daraus irgendetwas machen können?«

»Bitte mit keinem Wort, auch nicht intern, dass ich den Tipp bei einem Besuch von meinem psychisch abgestürzten Schulfreund erfahren habe«, erwiderte Kramer sofort.

Die Polizeiobermeisterin hatte dann einen weiterführenden Vorschlag. »Sie könnten doch eine Pressekampagne starten, worin Sie von einem Tipp aus Passauer Polizeikreisen sprechen. Und die Bevölkerung um Mithilfe bitten, ob sich irgendwer an irgendetwas erinnern kann. Auch ein Foto vom mutmaßlichen Täter könnten Sie veröffentlichen. Alles das würde diesem blöden Dr. G. doch die Einreise und damit den angekündigten Mord an Michael Kramer erschweren, oder?«

Die beiden Männer fanden das eine tolle Idee. »Es muss nur sicher sein, dass kein Hinweis auf die behinderte Tochter erfolgt!«, stellte Kramer zusätzlich noch klar.

Beim Frühstück zu dritt wurde dann der Vorschlag von Frau Köchl noch im Detail ausgesponnen und danach hatte es der Erste eilig. Und für Kramer wurde es Zeit, sein Laptop anzuschalten und auf die Antwort aus dem All zu warten. Ein Kuss auf die Stirn der Frau Oberwachtmeisterin war aber noch drin!

∼

[KLÄRENDER EINGRIFF DER VIELEN: »Was als Nächstes kommt, ereignete sich einige Tage vor dem zuletzt geschilderten Kuss auf die Stirn der Frau Oberwachtmeisterin!«]

In einem der kleineren asiatischen Nachfolgestaaten aus der früheren Sowjetunion kommt es vor dem mit großem Aufwand bewachten Gästehaus der Regierung zu einer Schießerei zwischen einer größeren Zahl von paramilitärisch ausgestatteten Mitgliedern zweier russischer Mafiaorganisationen. Kenner der Region betonen immer wieder, dass dieser Nachfolgestaat bestenfalls ein halb-selbstständiges, also semiautonomes Gebilde von Gnaden der russischen Regierung sei. Die wenigen Bodenschätze würden von russischen Unternehmen ausgebeutet, die Landeswährung sei eng an den Rubel gekettet und die größten Einnahmen des gebirgigen Zwergstaates stammten aus dem russischen Drogenhandel, der von dort aus relativ ungestört planen, organisieren und operieren könne. Nicht von ungefähr ist ein Großteil der führenden Mafiosi Russlands auch mit Pässen dieses Zwergstaates ausgestattet.

Im Gästehaus residiert im Augenblick jener Mann, der unter anderem als Dr. G. Michael Kramer das Leben schwer macht. Die dünne Luft des hoch liegenden Regierungssitzes und seines Gästehauses machen dem ungesund wirkenden Mann Probleme. Er atmet streckenweise schwer und keuchend und muss seine Schießübungen auf das sattsam bekannte Plakat öfters unterbrechen. Die Kämpfe vor seinem Gebäude scheinen ihn wenig zu beunruhigen. Die Bilder der Überwachungskameras auf dem Platz vor dem Gästehaus hatte man auf seinen Wunsch hin auch auf den Bildschirm geschaltet, der auf seinem riesigen Schreibtisch steht. Mit einem Filzstift hatte er sich auf diesem Bildschirm Linien über das Bild von dem mächtigen und auch als Truppenübungsplatz für die Palastwache genutzten Kasernenhof gezeichnet. Als die eine Gruppe von Mafiakämpfern die Überhand zu gewinnen droht und rote Linien auf seinem Schirm überschreitet, greift er zum Telefon und macht auf russisch eindringliche Vorschläge. Kurz darauf ertönt aus allen Ecken des Kampfgeländes per Lautsprecher die Aufforderung, die Souveränität des Gastlandes zu achten und die Kämpfe einzustellen. Gejohle und Schüsse der siegessicheren Gruppe in Richtung der wenigen Soldaten, die hinter Erdwällen als Beobachtungsposten platziert sind. Da tauchen aus allen Richtungen gepanzerte Fahrzeuge auf, die auf diese Gruppe sofort das Feuer eröffnen, unterstützt durch ratternde Maschinengewehrschüsse und Handgranaten von der Palastmauer. Es dauert nur ein paar Minuten, bis dieser eben noch siegessichere Verband »aufgerieben« ist, wie das schiefe Sprachbild diesen Vorgang aus Zerfetzen, tierischem Gebrüll, bestialischem Blut-Gespritze, Gedonner und am Ende dampfender Verwüstung ausweichend benennt. Der Kommandant der militärischen Eingreiftrupppe und der Anführer der fast unterlegenen Mafiagruppe schütteln Hände, Lastwagen fahren auf, gemeinsam werden die Überreste der Beinahe-Sieger verladen. Überlebende gibt es nicht, zuletzt wird der Platz von der Armee gereinigt. Der Präsident des Landes telefoniert kurz mit Dr. G. und ruft danach die Nummer eines mächtigen Russen an. Er schildert, dass zwei Mafiagruppen offen Krieg vor seinem Palast geführt hätten, dass ein Schlichtungsversuch seiner nicht sehr feuerkräftigen Armee nicht gefruchtet habe und dann eine der kämpfenden Mafiagruppen regelrecht ausgelöscht worden sei. Der mächtige Mann aus Russland lacht ein trockenes Lachen, erkundigt sich nach dem Namen der unterlegenen Mafiaorganisation. Er sagt »Danke!«

und legt auf. Dies war ein wichtiger Schritt in der Verlagerung des Gewichtes zwischen zwei einflussreichen russischen Mafiagruppen. Dr. G. putzt säuberlich seinen Bildschirm. Und dann beginnt er die Antwort-Mail an die Münchner Mordkommission zu Händen von Michael Kramer zu entwerfen. Wobei er zwischendurch gestikulierend, fluchend oder heiser – meckernd lachend in seiner Gästesuite auf- und abläuft.

Ich hasse dich. Bist freche Maus, gefällt mir. Darfst nicht übertreiben. Das mit deiner Freundin und mein Tochter hast du gemacht fast so gut wie ich. Ich lasse Freundin in Ruhe. Weh du hältst dich nicht an Ausgemacht, ich zerquetsche dich. Hab noch viel tun, werde dir sagen, wenn für dich echte Gefahr kommt. Du musst üben, üben – sonst kein Chanc. Von mir aus kannst du auch durch den Platz um Polizei wie Plan sagt spazieren, laufen, oder mit Fahrrad fahren und einmal Monat mit Polizei Stadt gehen. Aber zu schön sollst du auch nicht haben. Wer dich in Erde stopfen wollte musst du selber finden. Warst doch vorher auch immer Klugscheißer. Hast uns Plan zerrissen. Ich hasse dich. Kannst du glauben, ich weiß alles. Hast du schon wieder Frau im Bett. Bist Mausschwein. Frau hat noch 10 Tage Zeit, weiß ich. Muss dann aber wirklich gehen. Sonst passiert was. Geh ja nicht nach Niederbayern, Griechenland oder USA oder zu dies neue Hure. Find dich überall auf Welt. Antwort kannst du sagen in vier Tagen, da kommt kurz Mail. Du schickst mit Antwort zurück. Hast 12 Minuten Zeit. Ich hasse dich und mach dich fertig. Wenn du Staatsanwalt sprechen, sag russische Freund findet gut, dass dummer Sohn ist wieder heim. Staatsanwalt muss noch Geduld haben. Dr. G.

Wiederum erschien die Mail des krankhaften Dr. G. pünktlich auf meinem Bildschirm. Bei den ersten Zeilen war mir ein Stein vom Herzen gefallen. Helga war aus dem Schneider und konnte jetzt wirklich ihr Leben mit dem blond gefärbten Mann passenden Alters nachhaltig gestalten. Erzwungener Abspann auf meiner Seite, oft nur mit Macht verwischte Erinnerungen. Und wenigstens und hoffentlich noch für zehn Tage eine tröstliche Achselhöhle. Einige Stunden später: Mir gegenüber im mittlerweile beinahe gemütlichen Wohnzimmer sitzen Dr. Dr. Wagner und der Erste Kriminalhauptkommissar. Letzterem ist anzumerken, wie lästig ihm die Behinderung durch die vom Arzt auferlegte Krückenpflicht fällt. Aichinger selbst hatte von sich aus den Psychologen hinzu gezogen. Beide gratulierten mir für den erkämpften Freiraum. Verwundert sind wir alle Drei über die »Großherzigkeit« des abartigen Albaners, mir den Zeitraum meiner Hinrichtung freiwillig mitzuteilen.

»Komme mir vor wie ein Patient, dem der Arzt mitteilt, dass sein Tod später eintreten würde als zunächst zu erwarten war.«

»Ihr Appell an die Ganovenehre des Verfolgers scheint gewirkt zu haben. Subjektiv fühlt sich dieser Typ im Recht, ohne Zweifel. Da konnte er nicht unehrenhaft nach den Maßstäben seiner Welt handeln. Gute Idee, Herr Kramer. Aus Ihnen wäre sicher kein schlechter Therapeut geworden!«, kommentiert der Herr Dr. Dr. Wagner. »Wie er Ihre neue Beziehung zu Frau Köchl aufnimmt, zeigt übrigens eine weitere faule Stelle im Persönlichkeitsbild dieses Dr. G.! Es ist für ihn eine narzisstische Kränkung, dass sein gehasster Feind offensichtlich im Umgang mit anderen und vor allem mit Frauen erfolgreicher ist als er. Natürlich muss die Frau dann eine Hure sein, sonst wäre das für ihn noch schwerer zu ertragen!«

Der Erste: »Haben Sie nicht gerade auch ein Motiv beschrieben für die zwei Morde, denen wir durch Herrn Kramers Alleingang auf die Spur gekommen sind?«

»Da bin ich mir sehr sicher! Ich gäbe ein Vermögen für ein profundes Wissen über die Kindheit dieser mehr als borderlinigen, also grenzwertigen Persönlichkeit. Wie werden Menschen so, wie sie sind? Warum handeln sie so, wie sie handeln? Ich arbeite nicht ohne Grund mit der Polizei zusammen. Da werden mir reihenweise Fälle zu diesen Fragen geliefert und ich werde auch noch bezahlt dafür! Übrigens: Ich bin in dieser Sache Dr. G. auch noch eigenaktiv geworden. Zufällig ist der behandelnde Psychiater der hochgradig seelisch kranken Tochter des Albaners der Ehemann einer Kollegin, die ich von der Universität her kenne. Ich habe lange mit ihm telefoniert. Die Tochter des Albaners ist kaum therapierbar, so tief reicht die Störung. Der Kollege hat es in einem Team auch mit Hypnose versucht. Soviel ist sicher, es muss ein geradezu furchtbares Erlebnis im Leben dieser Frau gegeben haben. Laut Krankenakte muss das um ihr drittes Lebensjahr herum gewesen sein. Und das war etwa auch der Zeitpunkt der Morde an ihrer Mutter und deren Freund!«

»Verdammt!«, entfährt es dem Polizisten in unserer Runde, »reicht ihrer Meinung nach nicht der bloße Verlust der Mutter für diese Störung aus?«

»Bei aller Vorsicht, ich kann mir das nicht vorstellen und die behandelnden Ärzte dort auch nicht. Ich fantasiere jetzt einmal etwas – Zeuge zu sein als Dreijährige, wie die Mutter zu Tode gequält wird, das würde reichen. Und aus den letzten Kriegen auf dem Balkan sind dutzende Fälle bekannt, die zu ähnlichen Symptomen bei den Betroffenen geführt haben!«

»Das wird ja immer gruseliger!«, stöhne ich. »Könnte ein exakteres Wissen über das Entstehen der Störung die Heilungschancen dieser unglücklichen Frau vergrößern?«

»Ich ahne, wo Sie hinauswollen. Es gibt keine Garantie, aber die behandelnden Kollegen könnten zielorientierter therapieren und ohne die Angst, durch falsche Annahmen die Situation noch zu verschlechtern.«

Aichinger an mich: »Mach bitte keinen Alleingang. Ich kann mir nicht vorstellen, dass der krankhafte Dr. G. soweit gehen würde, auch noch diese sadistischen Handlungen einzugestehen. Wenn sie denn stattgefunden haben!«

Dr. Dr. Arnold Wagner wiegt nur seinen Kopf, hat also zumindest Zweifel.

»Schade, dass er es nicht fertig bringt, uns Hinweise auf den gescheiterten Beerdigungsversuch zu geben!«, lenkt Aichinger über zum nächsten Thema.

»Er will unsere und meine Fähigkeiten testen und mir die Zeit hier in meinem Wohlfühl-Gewahrsam bei der Polizei erschweren. Übrigens ich hätte einen Vorschlag dazu, heute Nacht geboren!« Die ungeteilte Aufmerksamkeit ist mir sicher.

Der Psychologe kann es sich aber nicht verkneifen: »Erstaunlich, dass Sie dazu auch noch Zeit fanden!«

»Liegt hier auch eine narzisstische Kränkung vor, und das beim grünen Holze?«, mein Konter.

Aichinger mahnt mit einer unwirschen Handbewegung, beim Thema zu bleiben.

»Mir geht die Tatsache, dass der erschossene Täter den Refrain des Zarah-Leander-Schlagers gesungen hat, nicht aus dem Kopf«, fahre ich fort. »Das muss irgendeinen Bezug zu meinem und seinem Leben haben. Ich besitze ein Adressbuch, in dem ich mindestens die letzten 20 Jahre wichtige und unwichtige Adressen und Telefonnummern gesammelt habe. Es war mit in Griechenland und ist so nicht mit meinem Haus in die Luft geflogen. Ich könnte zusammen mit Frau Köchl daran gehen, möglichst alle anzurufen bzw. anzuschreiben. Einzige Frage: Ist dir/Ihnen in den letzten Jahren der Schlager von Zarah Leander ›Wodka für die Königin‹ im Zusammenhang mit mir, Michael Kramer, begegnet?«

Kurze Diskussion, Vorschläge zur Vereinfachung und dann grünes Licht.

»Da sind noch zwei, eigentlich drei wichtige Fragen offen«, stellt Aichinger fest. »Wie konnte Dr. G. wieder Einzelheiten aus der Kaserne kennen bis hin zur Dauer von Frau Kollegin Köchls Aufenthalt in ihrer alten Dienststelle? Und was bedeutet der Bezug auf den Nachbarn Kramers, den abwesenden Staatsanwalt? Wo zum Teufel ist da die Verbindung? Sobald das Ehepaar zurück ist, werden wir diese Frage zu klären versuchen. Wir haben in der Mordkommission übrigens schon diskutiert, wie denn die Informationen über Frau Köchl bei Dr. G. in seinen fernen Verstecken schon wieder bekannt werden konnten. Unsere Annahme: Das Verhältnis der ehemaligen Ausbilderin und Vorgesetzten zu dem neu eingezogenen gefährdeten Bewohner des Bungalows 2 war und ist natürlich ein Aufregerthema bei dem Polizeinachwuchs. Die Damen und Herren haben das untereinander und mit Personen außerhalb der Kaserne sicher besprochen. Wir könnten nun alle fragen, wo sie mit wem darüber gesprochen haben. Wir betrachten das aber nicht als zielführend, beobachten lieber und warten die weitere Entwicklung ab, so das Ergebnis der Sitzung in der Mordkommission. Ja und – leichtes Lächeln des Krückenträgers – in einer Hinsicht spricht mir Dr. G. trotz allem aus dem Herzen: Unser Ehrengast muss so bald wie möglich mit dem Schießtraining anfangen und sich körperlich fit machen. Da Frau Köchl für beide Bereiche einen Trainerschein besitzt, sind auch da die nächsten zehn Tage wohl geklärt!«

»Das ist aber nicht mehr Wellness, das schmeckt nach REHA und Krankenschein!«, mein Einwand.

Und dann macht sich die Männerrunde auf zu Kaffee und Kuchen im Garten des Bungalows Nr. 2. Renate Köchl war zurück gekommen, hatte eingekauft und übernimmt wie selbstverständlich die Rolle der Gastgeberin. Sie ist auch sichtlich stolz und wirkt tatsächlich glücklich, als ihr der EKHK die neuen Aufgaben aus der Besprechung erläutert.

Als die beiden Herren später gehen, meint sie ruhig aber verschmitzt. »Könnte sein, dass der große Vorgesetzte meine Aufgaben nicht vollständig aufgezählt hat?!«

Solchermaßen ermutigt bitte ich zur Aufwertung meines Nachmittagsschlafes um eine garantiert unschuldige Runde Achselhöhle und werde erhört.

»Ich werde aufpassen müssen, dass ich mich nicht heftig in die aktuelle Mitbewohnerin meines aufgedrängten neuen Wohnsitzes verknalle. Trennungsschmerz mit todsicherem zukünftigen Trennungsschmerz zu neutralisieren – eine seltsame Therapie, in die ich da hineinschlittere!«, denke ich zwei Tage später unter Gemeckere eines Teils meines Steuerungssystems. Das Wohnzimmer ist seit dem Vortag in ein Büro verwandelt worden. Renate Köchl bearbeitet ihr Dienstlaptop und telefoniert öfters auf einem zweiten Apparat mit dem Zentralbüro der Kaserne und anderen Dienststellen. Unterstützt wird sie dabei von einer Polizeianwärterin, die von der Ausbildungsleitung freundlicherweise dafür abgeordnet wurde. Die »Such-Soko« bearbeitet ihren Auftrag: »Findet über das Zarah Leander Lied Hinweise auf den erschossenen Täter und sein Umfeld, damit Kramer sich hoffentlich bald ohne Angst und Polizeischutz in seinem abgesteckten Freiraum bewegen kann«, mit großem Einsatz. Die im Umgang mit dem PC und der Suche nach Adressen kundige Oberwachtmeisterin arbeitet gerade mit ihrer Assistentin an einer Rundmail an all jene Adressen, deren Email-Anschrift durch meine Unterlagen entweder bekannt oder zu finden waren. Klingt einfacher als es in der Praxis war. Ich selbst hatte mich auf den direkten Telefonkontakt zu konzentrieren und telefonierte gerade weiter eine Liste jener Bekannten und Freunde ab, die nach einem über 70jährigen Leben noch übriggeblieben waren. Wobei eine ganze Reihe auf Anhieb nicht zu erreichen sind. Gegen Mittag des zweiten Tages harter Arbeit beschließt die Such-Soko erschöpft und auch etwas entmutigt für den Nachmittag eine Pause. Die Hoffnung auf Erfolg liegt jetzt allein darin, dass sich Angeschriebene oder über Anrufbeantworter um Rückruf Gebetene melden könnten.

Mitten in der Diskussion darüber, wie der ältere Teilnehmer an diesem Tag seinen Nachmittagsschlaf verbringen könnte, macht die Klingel des Bungalows Radau. Auf dem Bildschirm der Eingangsüberwachung erscheint der Erste KHK, ohne Krücken, in Begleitung eines ernsten älteren Mannes und einer jüngeren Frau mit etwas dunkler getöntem Teint, die sich anscheinend langweilt. Die Nachbarn waren also zurückgekehrt.

Aichinger macht uns und den Oberstaatsanwalt Dr. Raimers mit seiner erheblich jüngeren Frau gegenseitig bekannt, wozu die indische Prinzessin nur etwas blasiert und sehr gnädig nickt. Der Erste will dann, kaum hatten wir Sitzplätze für die Gäste freigeräumt, gleich mit der Tür ins Haus fallen. Allerdings gelingt es Renate Köchl noch, Kaffee oder Tee anzubieten und dazu Kuchen aus dem Bestand der Soko. Kaum war die Oberwachtmeisterin in der Küche, platzt es aus Frau Shila heraus:

»Was macht denn diese Frau hier? Können Sie sich vielleicht eine Hilfskraft leisten?!«

Ich beruhige die Nachbarin, während der Staatsanwalt eher etwas verlegen lächelt:

»Frau Oberwachtmeisterin Renate Köchl hilft mir in einer für mich unter Umständen lebenswichtigen Angelegenheit, die ich Ihnen gerne später erläutern werde. Und zugleich lebe ich mit ihr seit meinem Einzug hier in einer verdammt wilden Ehe – leider nur begrenzt auf weitere 10 Tage!«

Aus irgendeinem Grund rollt die Staatsanwaltsgattin nur ihre zugegeben beeindruckenden Augen. Ihr Mann dagegen entspannt sich. Aichinger zügelt seinen Vorwärtsdrang und erkundigt sich entschuldigend doch nach dem Stand der Soko-Suchaktion. Ich muss ihn auf später vertrösten und gebe Aichinger damit die Zügel frei, um endlich auf die Botschaft des Dr. G. für den Staatsanwalt kommen zu können. Der Jurist ist wie vom Donner gerührt, schüttelt den Kopf und fragt dann den EKHK:

»Verstehen Sie, was das heißt? Wer ist denn Dr. G.? Wieso nennt er den Vater des doofen Jungen einen Freund? Worauf muss ich geduldig warten? Kommt irgendwie Bewegung in meine blöde Situation?«

Der Mann ist mir jedenfalls nicht unsympathisch.

»Herr Oberstaatsanwalt, bitte erzählen Sie uns zuerst, was dies mit dem ›doofen‹ russischen Jungen auf sich hat. Danach können wir vielleicht etwas Genaueres dazu sagen«, antwortet Aichinger.

Wir erfahren daraufhin, dass vor einem halben Jahr der »etwas einfach gestrickte« Sohn eines russischen Mafioso unter Alkoholeinfluss wieder in einer Münchner Bar randaliert und dabei beträchtlichen Schaden angerichtet hatte. Zudem hatte er bei seiner ersten Randale vor einigen Jahren einem Mann vom Sicherheitsdienst, der den reichen Gast beruhigen wollte, einen Teil seiner Nase abgebissen. Da unser Staatsanwalt damals Ankläger in dem Prozess gegen diesen eher tollpatschigen Typen nach dessen erster Randale gewesen war, wurde er nach der zweiten Randale als eine Art Sachverständiger berufen. Beim ersten Prozess war genau überprüft worden, ob denn dieser Wladimir in Sachen Mafia unterwegs war. Das Ergebnis war absolut negativ gewesen, noch dazu war sein Vater damals »nur« ein aufsteigender Mann in einem kleineren Syndikat, das von der dominierenden russischen Mafia von Deutschland möglichst fern gehalten wurde. Da der Barbesitzer damals von einer Anzeige absah und der Sicherheitsmann nach einer großen Entschädigung aus Russland ebenfalls die Anzeige zurückzogen hatte, blieb es bei einer Geldstrafe, einer einjährigen Einreisesperre nach Deutschland und einer sofortigen Abschiebung nach Russland. »Wie dieser harmlose Schnösel tickt, zeigt die Tatsache, dass er nach der Urteilsverkündung beim ersten Prozess geheult hat wie ein Schlosshund und mir als Ankläger partout die Füße küssen wollte!«, schließt der Oberstaatsanwalt.

Auch der zweite Prozess verlief nach diesem Schema. Der neue Staatsanwalt verzichtete aufgrund der Erläuterung von Herrn Dr. Raimers auf eine langwierige Überprüfung des Schlägers hinsichtlich Mafiazugehörigkeit. Es gab wieder Kostenübernahme und Entschädigungen für die Betroffenen vom Papa aus Russland. Ebenso eine Geldstrafe und sofortige Abschiebung mit diesmal zweijähriger Einreisesperre nach Deutschland.

Bevor Wladimir Harmlos erneut die Füße unseres Staatsanwaltes zu küssen versuchte, hatte dieser nach eigenen Angaben zusammen mit seinen Leibwächtern fluchtartig den Gerichtssaal verlassen.

Der Erste Kriminalhauptkommissar wiegt nachdenklich sein Beamtenhaupt. »Da scheint an den Vermutungen der Geheimdienste und der russischen Vertretung doch etwas dran zu sein. Dieser Dr. G., wie er sich uns gegenüber nennt, ist ein ehemaliger hoher Geheimdienstler aus dem kommunistischen Albanien und ein erfolgreicher und einflussreicher Drogenhändler. Er wird mittlerweile mit internationalem Haftbefehl fast weltweit gesucht, hat aber gewichtige Freunde – unter anderem in Russland. Michael Kramer kam diesem Verbrecher und seinen Geschäften mehrmals mehr oder weniger unbeabsichtigt in die Quere und hat ihm aus dessen Sicht immensen Schaden zugefügt. Die neuen Nachbarn werden sicher Zeit finden, um darüber ausführlich Informationen auszutauschen. Jedenfalls hat dieser hochkarätige Gangster Dr. G. vorausgesagt, dass er Herrn Kramer demnächst eigenhändig töten will. Dazu hat er ihm bestimmte Reiseverbote auferlegt und bei Verstößen massiv reagiert. Und, was für eine Frechheit, er hat seinen Aufenthalt im schützenden Polizeigewahrsam regelrecht erzwungen, weil ihm dann sein Opfer nicht mehr weglaufen könne! Die Gerüchte in den angesprochenen Kreisen mehren sich, dass sich in der russischen Mafialandschaft Veränderungen andeuten. Anscheinend ist das ehemals kleinere Syndikat auf dem besten Weg, der bisherigen Verbrecherorganisation Nummer eins den Rang streitig zu machen. Etwas Ähnliches ist vor längerer Zeit in Süditalien passiert und der abartige Dr. G. hatte damals den Emporkömmling mit unvorstellbaren Summen unterstützt. Dafür kann er jetzt in jeder Lebenslage auf diese Italiener zählen. Da der russische Mafioso, der das Kopfgeld auf Sie, Herr Oberstaatsanwalt, ausgesetzt hat, zur Führung der alten Mafia zählt, dürfte Dr. G. das Spielchen wiederholen wollen und den russischen Emporkömmling unterstützen. Ein gewagtes Spiel in diesem Riesenreich und sicher noch eines mit ungewissem Ausgang. Sollte das von Dr. G. geförderte Syndikat siegen, so interpretiere ich die Botschaft, können Sie als früherer Staatsanwalt und jetzt als Zeuge auf Belohnung für die aus russischer Sicht offenbar überraschend gerechte und vorurteilslose Behandlung des ›doofen‹ Sohnes rechnen. Was wohl nur heißen kann, dass dann das Kopfgeld ausgesetzt wird und Sie einen Wellness-Urlaub auf der Krim erhalten. Ich finde, Herr Kramer hat Ihnen ein schönes Einstandsgeschenk mitgebracht – zumindest einen Anlass für neue Hoffnungen!«

Der Nachbar Oberstaatsanwalt ist sichtbar geplättet, die Prinzessin erwacht aus ihrer zur Schau gestellten Langeweile und leistet einen überraschenden Beitrag:

»Ich will aber nicht auf die Krim, ich möchte schon lange nach Spanien!« Bevor irgendwer darauf antworten kann, klingelt unser neues Telefon …

∼

Mountainbike ist gewöhnungsbedürftig, besonders der Sattel. Michael Kramer, »verkabelt wie ein Laboraffe«, so Renate Köchl, ihres Zeichens jetzt auch noch Personalfitness-Trainerin vor der Abfahrt der beiden, radelte in der Morgenstunde etwas außer Atem hinter diesem Energiebündel von Frau her. Zum Glück machte sie relativ häufig Halt, um die Geräte am Körper des Pensionisten abzulesen. »Da du nicht mehr taufrisch bist, müssen wir vorsichtig beginnen. Wenn du mir tot vom Rad fällst, bekomme ich Ärger mit deinem Dr. G.!« Kramers System mochte im Augenblick sowieso alles an dieser Frau. Auch ihren manchmal etwas herben Charme. Alles an ihm speicherte diese Begegnung als Glücksfall mit äußerst kurzem Verfallsdatum, daher um so intensiver. Zugleich war diese erste Trainingseinheit auch der erste Ausflug in seinen »genehmigten Auslauf«. Mit Erleichterung stellte Kramer fest, wie abwechslungsreich dieses zu über zwei Drittel bewaldete Areal war. Trotz Münchner Schotterebene gab es Hügel, einen Richtung Dorf mäandernden relativ tief eingeschnittenen Bachlauf, kleinere Wiesenflächen und um eine aufgelassene Kiesgrube sogar Buschland. Die Wege waren dank der Intensivpflege durch die Polizei alle auch für Radfahrer und Fußgänger geeignet. »Möge der dumme Dr. G. vom Blitz getroffen werden und die Frau vor mir bei der nächsten Geräteüberprüfung eine Schmusepause machen – alles Träume!« Kramers System registrierte an ihm eine etwas verzweifelte Sammelleidenschaft für Zärtlichkeiten und zeigte Verständnis.

Dabei war auch dieser Tag mehr als ausgefüllt. Trotz seiner anstrengenden körperlichen Ertüchtigung war der Exlehrer gerade auch noch im Suchmodus. Er hielt heimlich Ausschau nach bestimmten menschlichen Lebewesen, d. h. er hatte den Drang zum Beobachten seiner Beobachter. Und er hatte Erfolg. Auf einer kurzen, aber kurvenreichen Teilstrecke aufwärts steigerte Renate Köchl das Tempo und verschwand hinter einer Kurve. Als Kramer heftig atmend die Kurve erreichte und damit den Scheitelpunkt des kleinen Hügels, findet er darauf eine Bank mit Ausblick und darauf den kleineren und jüngeren der beiden Sonnenbrillenträger, diesmal »getarnt« als Wanderer mit Rucksack. Kramer steigt vor dem verdutzten Mann von seinem Sportgerät, zieht einen etwas zerknautschen Zettel aus seiner Polizei-Trainingsanzugs-Jacke und drückt ihn dem Wanderer in die Hand. Und dann erklimmt er wieder eilig sein Mountainbike und radelt hinter seinem Sehnsuchtsobjekt her. Er wollte auf keinen Fall, dass Renate und seine Polizeifreunde Wind bekamen von seiner Aktion, zu der er sich nur mit erheblichen Bedenken durchgerungen hatte. Auf dem Zettel stand nur eine kurze Botschaft: »Die Polizei findet heute die Leiche des Mannes, der mich erschlagen und begraben wollte. Der Schütze und Brandstifter sollte Deutschland verlassen. Zettel sofort vernichten!«

Hoffentlich war dieser Mafioso, den er damit strafverhindernd vorgewarnt hatte, nicht ein mehrfacher Mörder, Vergewaltiger oder dergleichen. Es war keineswegs nur reine Dankbarkeit über seine Lebensrettung, die Kramer zu diesem Schritt getrieben hatte. Ein Schritt, der zugleich als eine Art Verrat an seinen an Vorschriften gebundenen Polizeifreunden gesehen werden konnte. Kramer wollte vor allem auch verhindern, dass nach dem Fund der Leiche die Polizei und sein Freund Aichinger bei den dann notwendigen Ermittlungen den Mann verhaften mussten und damit das gesamte mühsam aufgebaute System der Schwächung und des Parierens des Dr. G.schen Gewaltsystems in sich zusammenbrach. So konnte gegen einen unbekannten und nicht auffindbaren lebensrettenden Mörder und Brandstifter Anklage erhoben werden und was nach Kramers Tod kam … Glücklicherweise musste die ein paar Kurven weiter unten wartende Renate Köchl wieder Werte ablesen und kam von sich aus auf die Idee, dies mit einem kurzen Zwischendurch-Geschmuse zu verbinden.

Der Tag zuvor hatte mit dem Telefonanruf am Spätnachmittag überraschend die Lösung der Aufgabe gebracht, die sich die Such-Soko gestellt hatte. Die Soko wurde danach aufgelöst und die Mordkommission unter Leitung von Perikles Psarras übernahm die weiteren Ermittlungen. Am Apparat war eine ehemalige Schülerin gewesen, über die Fünfzig und tapfere Organisatorin von jährlichen »Klassentreffen«. Kramer war in der Zwischenzeit fast der einzige ehemalige Lehrer, der diese Treffen der gestandenen Frauen besuchen konnte. Nicht, weil er so beliebt war, sondern weil er damals einer der jüngsten Lehrer der Schule und deshalb jetzt noch einigermaßen einsatzfähig war. Er hatte allerdings ein sehr intensives Verhältnis zu dieser Mädchenklasse entwickelt und zählte ihre heutige Sprecherin schon damals zu jenen Menschenkindern, die bereits als Säuglinge beginnen vernünftig zu sein und um die Bedürftigkeit auch der anderen zu wissen. Kramer hatte im Rahmen seiner

Aufgabe in der Such-Soko auch die freie Musiklehrerin um Rückruf gebeten und den Grund dafür auf ihrem Anrufbeantworter erläutert. Ihr Bericht löste für ihn das Rätsel »Beerdigungsversuch«, bevor der Tote gefunden und der Verdacht endgültig erhärtet war.

Es gab zur Kramers Zeiten als Junglehrer eine Mitschülerin in der Klasse der jetzigen freien Musiklehrerin, die wahrscheinlich ererbte große psychische Probleme hatte. Und dieses Mädchen fixierte sich mit beginnender Pubertät rückhaltlos auf den Lehrer Kramer. Er bekam bei Tag und Nacht Anrufe, wobei dann oft nur ein Atmen oder Schluchzen zu hören war. Ein andermal passte das Mädchen das morgendliche Erscheinen ihres Lehrers ab und schluckte eine Überdosis Schlaftabletten, um dann nur noch halb bei Bewusstsein – unklar ob simuliert oder echt, jedenfalls sehr dramatisch – die Treppe hinab in die Arme des Pädagogen zu fallen. Es drohte lallend mit weiteren Selbstmordversuchen, die Schule bestand auf Einlieferung in ein Krankenhaus. Kramer scheiterte im Gespräch mit den Eltern, die dringend selbst therapiebedürftig wirkten. Er vermittelte die Schülerin in Absprache mit der Schulleitung zu einem Verein, der anonym selbstmordgefährdete Jugendliche betreute und wurde von den Eltern, allerdings ohne Erfolg, deswegen verklagt. Irgendwann wechselte die Schülerin an eine andere Schule. Sie hatte mit Hilfe des Jugendamtes eine gute Therapeutin gefunden und schien auf dem Weg zur Besserung.

Die ganze Zeit über hatte sich die spätere Musiklehrerin rührend um diese Mitschülerin gekümmert und den Kontakt bis hinein in das Erwachsenenleben, ja bis in die letzten Jahre, aufrecht erhalten. Die ehemals schwierige Schülerin studierte nach dem Abitur Jura, bekam von einem ihrer Professoren ein Kind, brach das Studium ab und wurde später Gehilfin in einem Notariat. Ihr fast unnormal auf die Mutter fixierte Sohn Wilhelm studierte Tiermedizin. Die Mutter bekam Alkoholprobleme (Wodka!), verlor ihre Arbeit und stürzte mehr und mehr ab. Und sie erzählte jedem voller Hass, dass der Lehrer Kramer ihr Leben zerstört habe. War sie betrunken, grölte sie stundenlang den Refrain des Zarah-Leander-Schlagers »Wodka für die Köööönigin!« Die gestörte Frau war, wie der Sohn der Freundin seiner Mutter erzählt hatte, erst durch den Schlager auf das Wodkatrinken gekommen. Vor zwei Jahren setzte die Exschülerin dann ihrem Leben mit Schlaftabletten ein Ende. Der verzweifelte Sohn schien ins Ausland gegangen zu sein. Kramer fand es schade, dass er der Anruferin nicht um den Hals fallen konnte. Er erhielt Adresse der Wohnung, den Namen und sogar eine erste Beschreibung des Tierarztes Dr. Wilhelm Lechner, die mit seinen eigenen flüchtigen Eindrücken während der gruseligen Beerdigungsszene im Wald übereinstimmten. Ebenso konnte die Musiklehrerin die Telefonnummer seines Arbeitsplatzes an einem tierärztlichen Institut an der Hochschule in München nennen. Sie hatte im Zusammenhang mit dem Selbstmord seiner Mutter einige Male mit ihm telefoniert. Selbst die Frage, ob Mutter und Sohn denn einen Lieblingsplatz in einem Wald gehabt hätten, vermochte die gute Fee positiv zu beantworten. In einem Wald bei Taufkirchen besaßen die beiden ein ererbtes Waldgrundstück, worauf sie in den geeigneten Jahreszeiten fast ihre ganze Freizeit verbracht hätten. Zeitweise stand sogar ein Wohnwagen auf dem Grundstück. Die spätere Musiklehrerin war zwar als Klassenkameradin einige Male auf dem Grundstück gewesen, konnte aber den Weg dahin nicht mehr beschreiben. Das kleinste Problem. Der Abschied war mehr als herzlich.

Wäre nicht sein Wohnzimmer voller Besuch gewesen, Kramer hätte laut geschrien vor Begeisterung. Er verabschiedete das verdutzte Ehepaar Oberstaatsanwalt und vertröstete es auf die nächsten Tage. Und saß dann noch eine gute Stunde mit Aichinger und Renate Köchl zusammen. Sie bastelten in aller Freundschaft eine Liste für all das, was der Erste KHK in diesem Fall als Nächstes alles tun und veranlassen musste. Der zog sich danach in Kramers Arbeitszimmer zurück und regelte alles, was schon geregelt werden konnte. Später wurden dann Frau Köchls gelungenes Abendessen und der griechische Klosterwein genossen und die erste Ertüchtigungsstunde Kramers in Sachen Fitness und Schießkunst für den nächsten Morgen vereinbart.

»Wir lösen gerade mehr Fälle ganz oder teilweise, als unser Büro verarbeiten kann«, sagte Aichinger lächelnd, als er sich verabschiedete. »Und in zwei Tagen ist die Antwort an Dr. G. fällig, damit hier nicht der Schlendrian einreißt! Und ich hätte gerne, dass du von deinem unpraktischen Revolver auf eine moderne Pistole umstellst!«

»Du kannst dich noch so anstrengen, es wird dir nicht gelingen, mir diesen Abend zu verderben!«, antwortea Kramer und in seinem System tobte der Entscheidungskampf, ob er diesen Freund morgen hintergehen durfte.

Zur Schlafenszeit überraschte ihn Renate Köchl dann mit einem unerwarteten Wunsch. Sie wollte, dass er ihr vor dem Einschlafen aus ihrem sehr zerlesenen Märchenbuch das Märchen von den Sterntalern vorlese. Noch während des Vorlesens schlief sie selig lächelnd ein. Am nächsten Morgen unterbrach sie dann das rituelle innige Schweigen und erklärte: »Das Märchen hat mir immer mein Großvater vorgelesen!«

Als Kramers System sich anschickte, dies irgendwie mit seinem eigenen fortgeschrittenen Alter in Verbindung zu bringen, schob die nach Dr. Dr. A. Wagner erotische und zugleich mütterliche Frau nach:

»Und der war bis vor Kurzem(!) der liebste Mensch, den ich kennen lernen dufte!«

Aus einer Gehirnecke Kramers: »Wow!«

∼

An Dr. G.
Wir alle haben Angst vor dem Sterben, wenn wir auch noch so schnoddrig daran vorbeireden oder vorbeihandeln. Irgend-

was ist los mit Ihnen. Sie verbeißen sich in Ihren Hass auf mich, nicht besonders originell, eher kleinkariert und schäbig. Ihre Entscheidung! Sie haben anscheinend nichts Besseres. Das mit meiner Freundin in den USA und Ihrer Tochter im Heim wird von meiner Seite eingehalten. Die Polizei hatte nach einem Tipp von Passauer Ermittlern schon vorher Ihr altes Umfeld in Niederbayern untersucht. Auch die Journalisten der niederbayerischen Zeitungen haben den alten Fall ausgegraben und viele Leute befragt. Die Polizei weiß jetzt, dass die Mutter Ihrer Tochter und deren Freund beide ermordet worden sind. Sie hat Sie in Verdacht. Sie werden nun wegen 25 Morden in Europa gesucht, was Sie wahrscheinlich alles wissen. Die Zeitungsberichte haben auch die Ärzte gelesen, die Ihre Tochter behandeln. Sie haben sich Hilfe suchend an die Polizei gewandt. Ihre Tochter muss, soweit sind die Ärzte gekommen, etwa zum Zeitpunkt des Todes ihrer Mutter etwas Schreckliches erlebt haben. Sie sind fest davon überzeugt, dass sie als Mediziner das Leiden Ihrer Tochter wenigstens abmildern könnten, wenn sie wüssten, was genau Ihrer Tochter widerfahren ist. Sollten Sie etwas darüber wissen und haben Sie Interesse daran, dass Ihr einziges Kind diese Chance bekommt, senden Sie doch diese Informationen anonym an die Leitung des Ärzteteams des Kinderkrankenhauses in Neuötting. Sie haben ja größte Erfahrung in Sachen Geheimhaltung. Sie wissen auch, dass die Ärzte dort absolute Schweigepflicht haben. Machen Sie, was Sie wollen, aber machen Sie das Richtige!

Ich weiß zu schätzen, dass Sie mir mitteilen werden, wenn der Zeitpunkt unseres »Endkampfes« nahe sein wird. Ich werde meine Zeit bis dahin nutzen. Die Polizei trainiert mich im Umgang mit der Pistole und versucht meine altersschwache Kondition zu verbessern. Ich hoffe doch, Sie schießen im Erstfall nicht mit einer ferngelenkten Rakete oder mit einer Panzerfaust auf mich. Ich halte nicht sehr viel von Ihnen, aber ein Feigling sind Sie allem Anschein nach nicht.

Übrigens der Zufall hat mir geholfen. Ich weiß jetzt, wer mich lebendig begraben wollte. Wenn ich diese Mail absende, wird wohl die Leiche bereits geborgen sein. Der Vorfall hat mit meiner alten Lehrerrolle zu tun. Sie wissen ja sowieso alles, Sie werden sich auch darüber informieren können.

Der Oberstaatsanwalt freut sich über Ihren Hinweis und hat Geduld gelernt. Er setzt seine Hoffnung auf Sie. Dass ein deutscher Justizbeamter, der von Berufs wegen Verbrechen zu verfolgen hat, sich von Ihnen etwas erhofft, ist irgendwie verrückt. Aber Sie haben ja auch mir das Leben retten lassen, wenn auch das Motiv dafür ebenfalls mehr als verrückt war.

Ich wünsche mir, möglichst lange nichts von Ihnen zu hören. Ich hätte auch nichts dagegen, wenn ich mich nie mehr mit Ihnen auseinandersetzen müsste! Michael Kramer

∽

Natürlich musste mein Entwurf des nächsten Antwortschreibens an den krankhaften Dr. G. noch durch wichtige Personen aus meinem aktuellen Umfeld gegengelesen werden. Neben dem Ersten Kriminalhauptkommissar und dem Sachverständigen Dr. Dr. A. Wagner wurde auch mein neuer Nachbar, der Oberstaatsanwalt im erzwungenen Ruhestand Dr. Bernd Raimers, eingeladen. War er ja, kaum wieder im Polizeigewahrsam angekommen, in meine Geschichte verwickelt worden. Seine Frau wurde offensichtlich nicht benötigt. Dr. Dr. Wagner umgab wie immer außer dem Nimbus von Fachkompetenz auch eine fast greifbare Mischung aus Düften sicher teurer Körperpflegemittel und einer unverwüstlichen guten Laune. Passte meist vortrefflich zu dem eher mäßig großen und doch, wie er zu sagen pflegte, »sehr fleischlich inkarnierten«, also korpulenten Manne. Seine tiefe sonore Stimme und das scheinbar völlige Fehlen jeglicher Sentimentalität wusste ich ebenfalls zu schätzen. »Schön, dass ich Sie schon wieder sehe! Sollte es zum Endkampf kommen, blasen Sie bitte diesem Idioten den Schädel weg. Ich mag Sie nämlich!«, so die aktuelle Begrüßung. Die Besprechung des Textes dauerte nicht lange. Mein psychologischer Betreuer fand nur lobende Worte. Er stufte den Ansatz, dem »schickanösen Menschen mit seiner Verknechtungstendenz« durch Ratschläge und unerfreuliche Analysen Wind aus den Segeln zu nehmen, als »gelungen« ein. »Kramer verweigert eine Unterwerfung, was Dr. G. Probleme bereiten wird und seinen offensichtlichen Plan durchkreuzen dürfte!«

Der Oberstaatsanwalt wollte auf eine sehr unaufgeregte Art wissen, wer alles dieses Schreiben lese, bevor es auf den Weg geschickt werde. Der EKHK konnte ihm versichern, dass er allein die Verantwortung trage und jederzeit die Absicht dieser Zeilen über den Oberstaatsanwalt erläutern könne und werde. Sie dienten beiden Fällen: Der Weg hin zu einer möglichen Befreiung des Staatsanwalts-Ehepaares aus dem Polizeischutz wird gefördert und zugleich der Täter G. in eine Kommunikation mit Herrn Kramer hineingezogen. In einer Nachfrage wollte mein neuer Nachbar noch wissen, ob der Rest der Anwesenden diesen Dr. G. tatsächlich verdächtige, in seiner Wut auf seine trennungswillige Partnerin seiner damals kleinen Tochter etwas angetan zu haben.

»Wir wissen es nicht und die Ärzte sind in diesem Fall tatsächlich sehr auf Informationen angewiesen. Und Kramer demonstriert mit dieser sehr neutral gehaltenen Anfrage, dass auch er viel über Dr. G. in Erfahrung bringen kann. Somit wäre dann wenigstens ein Stück Waffengleichheit hergestellt. Bei allem, was wir übe Dr. G. wissen, halte ich persönlich eine solche Tat durchaus vorstellbar!«, schloss der Erste KHK und Dr. Dr. Wagner nickte zustimmend.

Damit war der Text freigegeben. Meine fachlich legitimierte Unterstützung verließ augenzwinkernd, Aichinger eher müde und humpelnd meinen Bungalow. Er arbeitete sich erkenntlich immer noch an der Trennung von seiner Frau ab. Und die Schusswunde heilte wohl aus seiner Sicht wesentlich langsamer als erwartet.

Aus der Küche strömte verlockender Duft. Die Allroundfrau Renate Köchl bereitete ein »kleines Mittagessen«, danach war Mittagsschlaf und dann Schießtraining angesagt bis ca. 16.30 Uhr.

»Und was machen Sie dann?«, der Oberstaatsanwalt. »Ich bin ab 17 Uhr ohne Bleibe. Meine Frau erwartet ihren Männerbesuch und ich bin frühestens um 20 Uhr wieder erwünscht. Ich würde Ihnen das gerne erklären, wenn Sie mich netter Weise einladen könnten«.

Ich war über diese Äußerung doch etwas überrascht, war aber durch die ersten Kontakte noch neugieriger auf Leben und Person dieses seit über fünf Jahren hier festgesetzten Mannes geworden. Renate erkundigte sich nach dem Kuchenwunsch des Nachbarn. Apfelkuchen war auch ganz nach meinem Geschmack. Und dann fügte die lebenskluge Frau noch hinzu, dass sie schon lange für den heutigen späten Nachmittag einen Besuch einer langjährigen Kollegin auf deren Bude geplant habe. Mir ging es gerade nicht schlecht!

Nach dem einsamen Mittagsschlaf, Renate musste und wollte ja Apfelkuchen backen, bereitete mir die Umstellung von meinem Revolver auf die Pistole doch erhebliche Probleme. Renate hatte sich bei dem Ersten dafür eingesetzt, dass ich ein leichtes und bewährtes Modell zugewiesen bekam. Ich nannte übrigens seit dem Beginn meiner Aufrüstung mit Sondergenehmigung durch das bayerische Innenministerium längst einen offiziellen Waffenschein mein eigen. Das Gerät in meinen Händen war ein österreichisches Modell, das sich massenweise diesseits und jenseits der Gesetzesgrenzen bewähren konnte. Dazu gab es ein schlichtes und relativ schlankes Schulterhalfter. Besonders gepriesen wurde von meiner Trainerin Renate die mögliche Schnellschussfunktion. Damit konnte fast ohne Pause ein ganzes Magazin »verfeuert« werden. »In deiner Situation eventuell lebensrettend – und jetzt verschling mich nicht mit deinen Lehreraugen und konzentrier dich auf die Waffe!« Sie hatte ja recht, aber ich konnte meine Abneigung gegenüber Waffen und die Zuneigung zu diesem gelungenen Glücksfall in schwarzer Sondereinheits-Polizeikleidung kaum in Einklang bringen. Nach einer Stunde war Renate für den Anfang zufrieden. Und ich hatte Schulter- und Gelenkschmerzen, dafür aber das Versprechen, vor dem Einschlafen diese neuen Leiden mit einer Massage gelindert zu bekommen. Ich konnte mir kaum vorstellen, dass all diese, die Lebensqualität steigernden Maßnahmen bald nicht mehr möglich sein sollten. Wie immer in solchen Notsituationen überkam mich eine gewisse Frömmigkeit. Sie endete auch wie immer mit der Auslobung einer größeren Spende an »Ärzte ohne Grenzen«, sollte das sich abzeichnende Unheil nicht eintreten. Auch meine Vorfahren waren einmal Steinzeitmenschen, denen bekanntlich Beschwörungsrituale nicht fremd gewesen waren.

∼

Der Oberstaatsanwalt kam pünktlich und anscheinend gut gelaunt mit einer Flasche süditalienischem Rotwein aus meiner Lieblingstraube, die nur dort so einen charaktervollen Wein ergab. Wahrscheinlich hatte mein Freund Aichinger gepetzt! Ich bat den Gast um Erlaubnis, die Flasche vorerst zu bunkern und ihn vorweg meinen griechischen Klosterwein probieren zu lassen. Der durchschnittliche Rotweinkenner in unserem Land kann sich kaum vorstellen, dass Griechenland Spitzenweine produzieren könnte. Doch das erwartungsvolle Entsetzen in den Augen des Nachbarn wich ganz schnell einer hoffentlich nicht nur gespielten Begeisterung. Schon bei Kaffee und Kuchen fing der Oberstaatsanwalt zu erzählen an. Ich konnte auf Anhieb keine Spur von Frust oder Verbitterung ausmachen, was nicht nur an der gemeinsamen Begeisterung für Renates Apfelkuchen liegen konnte.

»Als Erstes muss ich Ihnen wohl erklären, warum ich entspannt mit Ihnen Kaffee trinke, während meine Frau sich mit einem anderen in ihrem Zimmer im Bett vergnügt. Ein allgemeines Vorwort sei trotzdem erlaubt. Ich wohne hier über fünf Jahre in diesem mehr oder weniger goldenen Käfig. Ich habe Sehnsucht nach anspruchsvolleren Gesprächen, für die ich bisher noch nicht den richtigen Partner gefunden habe. Ich werde Sie also nicht schonen können und Sie testen, ob das bei uns beiden möglich sein wird. Noch dazu, wo wir so eine Art Landser im zugegeben komfortablen Schützengraben sind und es jeden von uns jederzeit treffen könnte. Keine Lust also auf gesellschaftliches Rollenspiel, kein Reden um den Brei herum. Wir sollten uns auch nichts beweisen wollen. Wir sehen spätestens als Erschossene, wie wir wohl beide ahnen, ganz bestimmt nicht als Krone der Schöpfung aus!«

Ich hob einfach zustimmend meinen rechten Daumen, auch um den Gast bei seiner Aufwärmarbeit nicht zu unterbrechen.

»Und jetzt die Erläuterung meiner aktuellen Situation. Als ich vor über fünf Jahren von dem Kopfgeld erfuhr, das der inhaftierte Mafiaaufsteiger auf meine Ermordung ausgesetzt hatte, schlitterte ich zunächst in eine veritable Krisensituation. Vier Jahre davor war meine Frau überraschend an einer Sepsis gestorben, die Ehe war mindestens Durchschnitt gewesen, also nicht schlecht. Belastet wurden wir beide durch das Schicksal unseres einzigen Sohnes, der sich mit 16 Jahren zu seinem Schwulsein bekannt hatte. Ohne mein Zutun wollte er ebenfalls Jurist werden, obwohl er ebenso gut einen künstlerischen Beruf hätte ergreifen können. Als er sich mit 21 Jahren von einem psychisch labilen Partner trennen wollte, erschoss ihn dieser aus verletzter Eitelkeit und aus Eifersucht. In der folgenden Zeit stürzte ich mich verstärkt in die Arbeit. Meine Frau verfuhr auf ähnliche Weise und schaffte es bis in die Führungsebene einer großen karitativen Einrichtung. Monate vor der Auslobung des Kopfgeldes schien sich für mich eine neue positive Beziehung zu einer verwitweten Kollegin anzubahnen. Sie hatte ähnliche Interessen wie ich, und wir kamen etwa aus ähnlichen Verhältnissen. Sie war nur wenige Jahre jünger als ich. Da sie erst vor zwei Jahren ihren Mann verloren hatte, vereinbarten wir uns Zeit zu lassen. Da sich bald abzeichnete, dass der rund um die Uhr notwendige Personenschutz schlimmstenfalls über fast ein Jahrzehnt dem Staat zu teuer kommen würde und ein erster Anschlagversuch einem Personenschützer auch noch das Leben gekostet hatte, wurden Frühpensionierung und polizeilich betreutes Wohnen immer wahrscheinlicher. Für den Übergang bezog ich zuerst eine Wohnung in einem großen Gefängnis und beschränkte mich auf die Mitarbeit in einer Kommission für Reformentwürfe in einem bestimmten Bereich des Strafvollzuges. Ich musste einsehen, dass eine neue Partnerschaft unter diesen Umständen keine großen Erfolgsaussichten hatte und wir trennten uns schweren Herzens. Um ehrlich zu sein, ich litt wie ein Hund.

Als ich endlich einwilligte, Wohnsitz auf Polizeigelände zu nehmen, durfte ich als Abschiedsgeschenk noch drei Wochen lang Vorträge vor hohen Polizeibeamten, Staatsanwälten und sogar Rechtsanwälten in ganz Bayern halten. Meine Reisen und Aufenthaltsorte waren abgesichert wie bei einem wichtigen Staatsbesuch. Ich bekam einen Vorgeschmack, so glaubte ich wenigstens damals, was mich in Zukunft unter Totalüberwachung erwartete. Und mich, der gerade wieder anfing, Interesse am anderen Geschlecht zu finden, befiel eine unbeschreibliche Panik, Sehnsucht, Wut. Sie müssten das ja auch kennen. Der trockene Jurist in mir wollte aber sehr schnell dieser Situation entfliehen und eine möglichst rationale, tragfähige Lösung wenigstes bis zum Umzug in die Polizeikaserne finden, wenn es denn eine zu finden gab. Ein Freund aus Studentenzeiten, den ich zufällig traf, schlug mir vor, wenigstens für diese dreiwöchige Vortragsreise einen Hostess-Service in Anspruch zu nehmen. Und er versorgte mich auch gleich mit einer Adresse, die er aus eigener Erfahrung empfehlen konnte. Ich folgte in meiner Panik seinem Rat, wählte irgendwie trotzig aus einem Katalog eine der jüngeren Damen ›mit garantiert guten Manieren‹ und ›atemberaubend in ihrer leicht exotischen Erscheinung‹. Es war meine jetzige Frau Shila Neumeier, Kind eines deutschen Diplomaten und einer indischen Prinzessin, von denen es in Indien ziemlich viele gibt. Die Eltern verunglückten bei einem Flugzeugabsturz in Pakistan, das 10 jährige Mädchen wuchs weiter bei ihren Großeltern väterlicherseits auf: Sehr evangelisch geprägte Kleinunternehmer in einer Kleinstadt in Niedersachsen. Vereinfacht gesagt mehr Schein als Sein, größter Wert auf gutes Benehmen und Reputation. Die Firma ging nach einigen Jahren pleite.

Shila musste nicht ohne Erleichterung das teure Internat verlassen, das sie zum Abitur führen sollte. Sie beendete ihre Schullaufbahn an einer normalen Realschule, arbeitete danach als Fotomodell, hatte auffallend viele Beziehungen mit verschiedenen Männern und landete dann in dieser angeblich seriösen Hostessvermittlung der gehobenen Klasse. Sie hatte und hat in der Tat ein tolles Auftreten, hat mich bei öffentlichen, ich betone öffentlichen Auftritten nie blamiert und viele Männer, denen wir auf meiner Vortragsreise begegneten, beneideten mich rückhaltlos. Sie bot ungefragt wunderbaren Sex. Andererseits war es mir nicht entgangen, dass sie etwas einfach gestrickt war und die tolle Form wenig Inhalt hatte. Auch hielt sich ihr Ehrgeiz in Grenzen. Ich gab mir größte Mühe, diese junge Frau und ihre Situation so gut wie möglich zu begreifen. Ihre Träume vom Leben liefen vor allem auf den Wunsch hinaus, ein eigens Haus mit Garten, Hunde und Katzen und einen Mann zu bekommen, der ihr alle Freiheit der Welt ließ. Und sie wollte weg von dieser honorigen Hostessagentur. Es war für mich ein Leichtes, ihr dabei zu helfen. Der Vertrag verstieß nicht nur gegen die guten Sitten.

In mir keimte ein auf den ersten Blick verwegener Plan auf, dessen Umsetzung und Ergebnisse Sie hier erleben. Ich bot Shila an, sie aus ihrem Arbeitsvertrag zu befreien. Zusätzlich schlug ich ihr vor, in eine kleine Einliegerwohnung in meinem Bungalow auf dem Polizeigelände zu ziehen. Im Gegenzug wollte ich ihr nach zwei Jahren eines meiner fünf Häuser schenken und zwar einen fast neuen Bungalow nahe der oberbayerischen Stadt Rosenheim mit Alpenblick und Pool. Ich hatte das Pech oder auch finanziell gesehen das Glück, der letzte Spross eines einst zahlenmäßig großen Stammes zu sein und erbte laufend Gebäude und andere Vermögen. Ab sofort versprach ich ihr noch die Miete des Rosenheimer Anwesens zu überlassen und auch die Steuer dafür zu zahlen. Sex war erwünscht, wurde aber nicht vorausgesetzt. Schon allein aus steuerlichen Gründen und wenn sie Wert auf die damit verbundene gesellschaftliche Anerkennung legen sollte, bot ich an, sie auch zu heiraten. Auch stellte ich in Aussicht, gegen eine Auflösung dieser Verbindung später nichts einzuwenden. Natürlich würde im Falle eines Falles ein korrekter Ehevertrag geschlossen und zwar über eine gemeinsam ausgesuchte angesehene Kanzlei.

Shila telefonierte zwei Tage mit Gott und der Welt, fragte immer wieder nach und sprach dann sichtlich hin und her gerissen das für sie wichtigste Problem an. Sie brauche einfach wenigstens einmal im Monat Sex auch mit einem möglichst jeweils anderen Manne, auf keinen Fall mit einem, der ihr nahe stand. Sie war dazu auch bereits in Therapie gewesen. Letztlich bekam sie die Empfehlung, ihr Leben so einzurichten, dass sie dieses Bedürfnis befriedigen konnte. Wenn dies organisiert werde könnte, würde sie gerne auf meinen Vorschlag eingehen. Sie würde mich gerne heiraten und ein größeres Zimmer in meinem Haus wäre ausreichend. Ihre sonstigen Ansprüche müssten sich, wie sie damals verlegen meinte, mit dem Aufenthalt in dem bewachten Gelände wohl vereinbaren lassen. Jetzt war es an mir, viel zu telefonieren. Und am Ende stand dann der Pakt, zu dem ich selbst nach fünf Jahren noch stehen kann. Das Problem fremder Männer lösten und lösen wir meist mit Callboys. Shila hat mit dazu beigetragen, dass ich diese fünf Jahre einigermaßen gut überstanden habe. Ich bin ihr dafür unendlich dankbar. Nebenbei betreibe ich übrigens Homearbeit. Ich erarbeite für

Gerichte Empfehlungen und kläre auch für Betriebe und Konzerne knifflige juristische Probleme. Wobei ich mich dank meiner Finanzen in keiner Weise verbiegen muss. Und jetzt will ich aber ihren Klosterwein genießen!«, schloss der Jurist.

»Das war jetzt ganz schön viel Holz auf einmal, ich danke für den Vertrauensvorschuss. Wirkt alles vielversprechend!«, war meine erste Reaktion.

Nach kurzer Zeit hatten wir auch schon ein erstes Feld gefunden, auf dem wir uns gemeinsam tummeln konnten. Wir stimmten überein, dass angesichts eines möglichen baldigen Endes plötzlich für jeden von uns eine ganze Menge ungeklärter Fragen zu Gott und der Welt drängend im Raum standen. Da ich aufgefordert wurde, mit einer Nennung zu beginnen, startete ich leicht verlegen mit der Heisenbergschen Unschärferelation, die wie ich wusste irgendwie mit der Quantentheorie zusammenhängt. Nicht ohne mich sofort zu entschuldigen. Ich war unlängst regelrecht über sie gestolpert und musste mir eingestehen, dass ich bisher nichts, aber auch gar nichts davon verstanden hatte. Mich interessierte dabei auch nicht so sehr die Theorie selbst, sondern ob und wie dieser Erkenntnisschritt unser Weltbild verändert hat. Musste ich irgendwelche Gewissheiten wieder einmal über Bord werfen? Sagt sie etwas aus über Grenzen oder Weiten menschlichen Denkvermögens usw.?

Dr. Bernd Raimers machte große Augen und wiegte seinen Juristenkopf. Da er jetzt am Zuge war, präsentierte er das Gerechtigkeitsproblem und damit die Zukunft des existierenden Kapitalismus als sein Topthema. Hat dieses System grundsätzliche Schwächen? Zeigen sich Alternativen? Zerstört es wirklich unsere Lebensgrundlagen? Wir nahmen uns vor, uns zunächst einfach kurz zu vergewissern, was wir schon zu den beiden Themen wussten. Bei der Unschärferelation hatten wir beide Einsteins anfängliche Zweifel und die Begründung dafür in

Erinnerung: »Gott würfelt nicht!« Das Gerechtigkeits- und Kapitalismusthema präsentierte sich in unüberschaubarer Vielfalt. Fast jeder Tag brachte in den Medien dazu neue Thesen, Buchbesprechungen, Berichte über Tagungen – und die Reichen wurden immer reicher und die Armen immer ärmer … Wir mussten dringend kleinere Brötchen backen und mein Vorschlag wurde angenommen: Jeder von uns sollte zu seinem Thema ein Buch, eine Abhandlung im Internet etc. suchen, an dem oder der an entlang wir uns schlauer machen werden. Und wir versprachen uns gegenseitig, uns zukünftig davor zu hüten, Welträtsel lösen zu wollen. Trotzdem wollten wir auf diese Weise beginnen, gaben uns eine Woche Zeit, eine entsprechende »Quelle« zu finden, um dann wieder ein paar Tage später mit der Denkarbeit zu beginnen. Wir waren beide aufgedreht wie Jugendliche, die einen Streich ausgeheckt hatten.

Als Renate zurückkam, war sie ebenfalls aufgedreht, allerdings lag das zu einem großen Teil an dem Prosecco ihrer Freundin. Wir alberten zu dritt noch ein wenig herum, bis Shila aus dem Nachbarhaus anrief und ihren Ehemann nachhause bat.

Zum Abschied seufzte dieser: »Ach Einstein!«, und ich zurück:

»Ach Gott!«

So verabschieden sich eben werdende Philosophen. Der Mann war für mich wie es aussah ein Volltreffer. Renate forderte Aufklärung und wir zwei lagen an diesem Abend noch lange wach. Und ich kämpfte schon zum zweiten Mal innerhalb weniger Stunden mit einer aufkeimenden Wehmut. Spät in der Nacht erhöhte ich dann noch einmal die ausgelobte Spende an »Ärzte ohne Grenzen«, sollte dieser Zustand doch länger dauern dürfen als die geplanten wenigen Tage!

[STEUERUNGSSYSTEM: EKHK Aichingers Notizbrief 2]

Polizeikaserne/Büro des EKHK Erwin Aichingers, der zumindest im privaten Bereich nicht schlauer geworden ist, im Juli und im zweiten Jahr seiner Scheidung.

Liebe Ursula, wieder ein Schreiben an dich ohne die Absicht, es dir je zukommen zu lassen. In unserer Beziehung bin ich wie gesagt nicht schlauer geworden. Ich wundere mich, dass der Ortswechsel, die Zeit und die auf- und anregende Arbeit hier so wenig bewegt. Immer noch will ich dich nicht verlieren und will gleichzeitig dabei mein Engagement im Beruf beibehalten können. Ich benutze dich also diesmal wieder, um für mich und auch für Perikles Psarras zu klären, wo wir augenblicklich im Fall Michael Kramer stehen. Beide haben wir so unsere Probleme. Der Grieche muss zusehen, wie sein einziger Bruder dem Krebstod entgegen leidet. Wahrscheinlich opfert Peri für Spezialklinik und sagenhaft teure Medikamente gerade sein ganzes Vermögen. Die Ärzte können ihm aber keine Hoffnung machen. Er war gerade einige Tage in Athen und kam erst vor kurzem zurück. Er ist ziemlich durch den Wind und hat nachvollziehbar einen großen Teil seiner Fröhlichkeit eingebüßt. Auch geht er bei gefährlichen Einsätzen noch größere Risiken ein als bisher. Ein erstes Gespräch brachte außer einem zustimmenden Nicken von seiner Seite wenig Veränderung. Ich selbst habe mir bei einer Schießerei mit Ganoven aus dem früheren Ostblock einen Streifschuss am Oberschenkel eingefangen. Du weißt ja, wie ungeduldig ich auf solche Behinderungen reagiere. Mir fehlt richtig die Standpauke, die ich von dir mit Sicherheit erhalten hätte. Mein Chef hat mich zwar auch gerügt, aber uns hinterher eine Auszeichnung organisiert.

Michael Kramer hat sich, soweit man das in der Situation überhaupt sagen kann, zwischenzeitlich gut bei uns eingelebt. Er reagiert zum Teil raffiniert auf die Drohungen und Forderungen dieses von Rachegedanken zerfressenen Albaners, der ihn in diese Isolation gezwungen hat. Dieser Mensch will mit aller Macht Michael vor dem angekündigten Duell psychisch zermürben. Michael hat bei seiner Gegenstrategie eine seelisch kranke Tochter des Verbrechers gefunden und zwei weitere Morde des Verbrechers aufgedeckt. Wir haben über die behandelnden Ärzte herausgefunden, dass die Traumata der kranken Tochter etwa vom Zeitpunkt der Ermordung ihrer Mutter herrühren. Wir vermuten, dass der Albaner nicht nur seine Geliebte ermordet hat. Er hat wohl auch dem gemeinsamen Kind Gewalt angetan. Michael hat diese Vermutung etwas verklausuliert den Täter wissen lassen.

Der Freiraum, den er seit dem Eintritt in seine »Fürsorgliche Verwahrung« (Kramer) durch die Polizei mit seiner Methode erkämpft hat, kann mittelfristig allerdings auch dem Bedroher nutzen. Dessen Zusage, Michael rechtzeitig vor dem blöden Duell über die beginnende Endphase zu informieren, könnte von dem Verbrecher benutzt werden, um sein Hassobjekt früher als angekündigt möglichst ungeschützt durch die Polizei zu stellen und zu töten. Das bereitet mir große Sorge. Michael aber baut in seiner letzten Mail dieser Möglichkeit auf seine Art vor. Er appelliert eher nebenbei an die Verbrecher-Ehre des Albaners. Da er schriftlich die Verantwortung für die eventuell drastischen Folgen seines Handelns übernommen hat, sind mir die Hände gebunden. Allerdings sehe ich mit Respekt, wie dieser Mann um möglichst viel Selbstbestimmung kämpft und dabei Risiken nicht scheut.

Belastend ist für uns, dass wir nicht abschätzen können, was dieser Neurotiker von Exgeheimdienstler über die Situation unseres Schutzbefohlenen alles ausspähen kann. Kollege Psarras, der seit der Pleite mit der Griechenlandfahrt darauf angesetzt ist, nach undichten Stellen in unserem System zu suchen, konnte bisher nach eigener Aussage nichts finden. Technisch und personell reizen wir auf der Suche nach Informationsquellen des Albaners alle Möglichkeiten aus, die wir haben. In unregelmäßigen, aber kurzen Abständen lassen wir von unseren Fachleuten – übrigens in beiden Bungalows und sogar in meinem Ausweichbüro in der Polizeikaserne – nach Abhöranlagen absuchen. Natürlich wird auch der Telefonverkehr so gut wir können abgesichert. Das Reinigungspersonal wird fast peinlich überprüft. Auch den Außenbereich lassen wir immer wieder nach Ausspäheinrichtungen absuchen, wobei uns hier der Ausbildungsbereich des Verfassungsschutzes dank persönlicher Beziehung des Kollegen Weißhaupt kräftig unterstützt. Bisher konnten wir aber nur ganz am Beginn von Kramers Einzug ein größeres, eher stümperhaft an einem hohen Baum montiertes Richtmikrofon finden.

Im Zentrum unserer Bemühungen steht natürlich die persönliche Sicherheit unserer »Schutzverwahrten«. Wir entwerfen ständig verbesserte Szenarien, wie wir den angekündigten Angriff auf Kramer wenigstens auf unserem Polizeigelände verhindern und abwehren können. Auch dabei ist das Scheitern der Griechenlandfahrt trotz des hohen Aufwandes der dortigen Behörden alles andere als ermutigend. Ärgerlich ist für uns die Ignoranz manch anderer deutscher Sicherheitsbehörden, die uns ziemlich alleine lassen. Es macht auf mich manchmal den Eindruck, einige dieser Behörden unterstellten uns schlicht Wichtigtuerei. Wir haben auf dem Gelände der Kaserne sogar einen unterirdischen alten Schutzraum aus der Zeit des letzten Weltkrieges wieder aktiviert. Bei der ganztägig Bewachung und Kontrolle der näheren Umgebung der Kaserne gehen wir bis an die Grenzen unserer Möglichkeit. Peri konnte sogar erreichen, dass ein Polizeihubschrauber mit Wärmekamera und anderer technischer Ausrüstung auf seinen Trainingsflügen auch Kreise über das Übungsgelände zieht.

Es gäbe zu diesen Vorkehrungen noch mehr zu sagen. Um die

Geduld meiner Exfrau nicht zu sehr zu strapazieren, wechsle ich aber besser das Thema. Mit Bewunderung konnte ich verfolgen, wie Kramer die zwei Wochen Zusammenleben mit der Oberwachtmeisterin Renate Köchl gemeinsam mit dieser tüchtigen Frau gestaltete. Es half ihm, wie er wusste, wenigstens für kurze Zeit, die erzwungene Trennung von seiner Lebensgefährtin Helga zu meistern. Ich verstehe nicht recht, wie es dem doch älteren Manne gelingt, einen solchen Eindruck auf Frauen zu machen. Zählt aber auch nicht zu meinen Dienstpflichten. Allerdings war die erneute zwangsweise Trennung dieser offensichtlich von beiderseitiger Zuneigung gekennzeichneten Beziehung nicht nur für Michael Kramer ein harter Brocken. Die nach Kramer »lebenskluge Frau« löste diese Situation auf ihre Weise. Sie verließ überraschend klammheimlich einen Tag früher als geplant unsere Kaserne. Für Michael hinterließ sie lediglich ein altes zerlesenes Märchenbuch, was ihm Tränen in die Augen trieb. Er verfügte postwendend, dass zu all dem, was er nach seinem Tod Frau Köchl vererben wollte, auch dieses Buch gehören sollte.

Welche Routine er nach Jahren der meist erzwungenen Detektivarbeit auf diesem Gebiet entwickelt hat, zeigt auch sein Beitrag zur Lösung des Mordanschlages auf seine Person, bei dem er mehr oder weniger lebendig begraben werden sollte. Wir alle sind froh, dass dies nicht auch noch auf das Konto des Albaners geht. Die Exhumierung des Tierarztes war danach kein Problem mehr. Zur Identifizierung wurde außer Michael auch noch eine seiner Exschülerinnen, heute als Musiklehrerin tätig, herangezogen. Beide konnten den Toten eindeutig erkennen, beide mussten sich hinterher übergeben. Auftraggeber für die Über- und Bewachung von Michael Kramer war zu diesem Zeitpunkt der Albaner, der Schütze wurde mit an Sicherheit grenzender Wahrscheinlichkeit von der süditalienischen Mafia gestellt. Sobald es die Zeit und das Personal erlauben, werden in dieser Richtung vertiefte Ermittlungen eingeleitet.

Völlig überraschend hat sich eine Verflechtung der beiden Schutzverwahrungsfälle auf dem Polizeigelände ergeben. Der Albaner hat in einer Mail an Kramer nebenbei auf den Fall des Oberstaatsanwaltes und seiner Frau hingewiesen. Dabei hat er den Juristen um Geduld gebeten und eine Besserung der Situation für die Zukunft nicht ausgeschlossen. Es ist ein Horror, über welche Beziehungen und damit Möglichkeiten dieser Mensch verfügt.

Erfreulich aus unserer Sicht ist das auf Anhieb gute Verhältnis zwischen Kramer und dem Oberstaatsanwalt, die sich gegenseitig stärken. Als Erstes haben Sie Gesprächsabende zu »offenen Fragen an die Welt und das Leben« organisiert, wobei sie gerade bei »Umgang mit Tod und Sterben« angelangt sind. Dazu war auch ich einmal eingeladen, aber auch der Polizeipsychologe und ein anderes Mal eine Journalistin, die unter vielen anderen, ein Buch darüber geschrieben hat.

Michael Kramer trainiert weiterhin anerkennenswert hart an seiner Ausbildung mit der Pistole und absolviert auch auf dem vom Albaner zugestandenen Gebiet rund um die Kaserne schweißtreibende begleitete Radtouren. Nach Auskunft seines privaten Fitnesstrainers ist seine Kondition trotz seiner gesundheitlichen Handicaps zufriedenstellend. Allerdings hindert ihn seine Arthrose in den Knien am Laufen. Davonlaufen müssen wir also aus unseren Überfall-Abwehrplänen streichen!

Seit der Mordanschlag auf ihn aufgeklärt ist, pflegt Kramer auch eines seiner Hobbys und beobachtet auf Pirschgängen die hier offenbar zahlreichen Rabenkrähen. Wenn es irgendwie geht, lasse ich ihn von Peri begleiten. Beide kommen dann fast aufgekratzt nachhause und selbst der deutsche Grieche findet für kurze Zeit zu seiner alten Form zurück. Es beunruhigt mich allerdings ungemein, dass Kramer auch alleine durch sein

»Michael-Kramer-Schutz-Reservat« streift. Sein Vertrauen auf das Wort des Verbrechers kann ich nicht nachvollziehen. Ich setze dann immer wenigstens die Bereitschaftsgruppe zur Sicherung von Gebäuden und Übungsgelände in erhöhte Alarmbereitschaft. Übrigens ohne dass Kramer davon erfährt, das leiste ich mir! Da Michael diese »Mini-Expeditionen« ebenfalls eigenverantwortlich unternimmt, sind mir ansonsten auch hier die Hände gebunden. Der Oberstaatsanwalt und seine Frau beneiden ihn um diese ertrotzten Freiheiten. Allerdings könnten die ihm wie gesagt nach meiner Meinung einmal das Leben kosten. Trotzdem verstehe ich sehr gut, dass diese »Freilandhaltung«, wie er das in Anlehnung an die Eierproduktion nennt, für ihn enorm wichtig ist.

Übrigens haben Michaels ironische Benennungen seiner neuen Verhältnisse und Situationen, wie mir der Polizeipsychologe erklärt hat, durchaus einen Sinn für ihn: »Diese ironische oder auch beschwörende Klassifizierung nimmt dem jeweils Benannten einen Teil seines Schreckens. Wenn ich wie die alten Griechen ein Meer, in dem wegen seiner Unberechenbarkeit Hunderte von Seefahrern ertrinken, als ›Liebliche See‹ oder ähnlich bezeichne, finde ich eher den Mut, es erneut zu befahren und Handel zu treiben und die Situation auszuhalten.« Die Psychologen, so habe ich erkennen müssen, können doch sehr kluge Beiträge zur Erklärung von Mensch und Welt leisten. Verheiratet möchte ich allerdings nicht unbedingt mit einer Frau mit diesem Beruf sein. Ich käme mir gläsern vor, wobei eine Psychologin für diese meine Angst auch schon wieder eine Erklärung hätte. Da lebte ich in meiner gescheiterten Ehe trotz allem eher angstfrei, was dich, liebe Exfrau, wohl kaum interessieren dürfte!

EKHK Erwin Aichinger um kurz nach Mitternacht in seinem Ausweichbüro innerhalb der Polizeikaserne. Irgendwie ist mein Umgang mit meiner Exfrau und der Trennung, merke ich gerade, doch etwas distanzierter geworden. Die Zeit, das Verhältnis wieder zu kitten, wird knapper!

∼

Im Goldenen Käfig mit Zwang, Gewalt und versuchter Gegenwehr oder Vom richtigen Leben im falschen*

Shila, die amtlich dokumentierte Frau des kasernierten Oberstaatsanwaltes Dr. Bernd Raimers mit nach seinen Worten toller Form und nicht ganz so tollen Inhalten, lag seit Stunden wach. Eigentlich mochte sie, so wurde ihr wieder einmal klar, den ruhig atmenden älteren Mann neben ihr im Bett recht gern.

Trotz der Enge dieses Kasernenlebens, unterbrochen nur durch einige vom Oberstaatsanwalt finanzierte kürzere Ferienaufenthalte mit gepanzerten Autos und etwa einem Dutzend Leibwächtern, hatte er es fertig gebracht, in ihrem Leben ein »Zuhausegefühl« aufkommen zu lassen. Sie musste lächeln, als sie an einen Vorfall aus dem letzten dieser Ferienaufenthalte dachte. Sie spürte damals, dass es bald Zeit sein würde für ihren nächsten »Kurzausflug«, wie das Ehepaar das zu nennen pflegte. Und sie erkundigte sich bei ihrem Mann, wie sie diesen in dieser bewachten Urlaubssituation organisieren sollte. Ihr Partner lächelte nur: »Ich nehme an, unter diesen Leibwächtern und dem Hotelpersonal dürfte kein Mann dabei sein, der den gehobenen Ansprüchen meiner Frau genügen könnte. Ich habe daher vorgesorgt!« Und er holte zwischen seinen Akten, von denen er auch im Urlaub immer einige dabei hatte, einen Stapel Computer-Ausdrucke mit »Männerangeboten« aus der Region hervor. Worauf sie ihm damals versprochen hatte, wieder zuhause sofort seine Lieblingsspeise zu kochen. Auch jetzt im Bett spürte sie, dass es sie bald wieder überkommen werde. Und ihr Mann hatte es gern, wenn er von ihr wenigstens Hinweise bekam, in welcher Richtung er nach passenden Angeboten suchen sollte. Sie wusste allerdings auch, dass ihr diese Überlegungen noch einige schlaflose Nächte kosten werde. Wenn sie

---

*»Vom richtigen Leben im falschen«: abgeleitet aus Minima Moralia von Theodor W. Adorno

aber ehrlich zu sich war, waren diese Nächte nicht die schlechtesten. »Eine Art Vorspeise«, lächelte sie, als in gar nicht so weiter Entfernung außerhalb der hochgezogenen Eisenplatte ein Gebrüll aufkam, die ersten Schüsse fielen, bald darauf Polizeisirenen aufheulten und fast gleichzeitig die Warnlichter an der Schlafzimmerwand aufgescheucht rot zu blinken begannen.

Ihr Mann stand schon neben dem Bett. »Wenn das eine Übung ist um zwei Uhr Mitternacht, bring ich sie um!«, fluchte er, zog sie aus dem Bett, da sie noch nie schnell aufstehen konnte und warf ihr eine Decke über. Auf dem Gang gab er in ein unscheinbares Kästchen Zahlen ein, zog den Teppich beiseite und öffnete die Luke. Sie stiegen eine beleuchtete Treppe nach unten, sperrten mit einem Schlüssel, der hinter einem Rauchverbotsschild verborgen war, eine Metalltüre auf und waren in ihrem Schutzraum. Sie zogen dort ihre immer bereit liegende Reservekleidung über, als die zweite Metalltür aufgesperrt wurde und Michael Kramer in Shorts hereinstolperte.

»Der alte Typ schläft halb nackt!«, registrierte Shila, während Kramer sich nach kurzer Begrüßung ebenfalls einkleidete. Er zog zuletzt eine Jeans über, was Shila affig fand. Sie hatte die letzte Jeans mit 14 Jahren getragen! Im Schutzraum leuchtete ein nicht so aufdringliches rotes Dauerlicht. Bevor ein Gespräch aufkommen konnte, meldete sich eine diensthabende Beamtin aus der Zentrale.

»Diesmal ist es ein Ernstfall. Wir wissen noch nicht, was ungefähr an der südlichen Grenze des Übungsgeländes vorgefallen ist. Bitte bleiben Sie im Schutzraum. Wir informieren Sie sofort, wenn wir mehr wissen. Ende!«

Die beiden Männer zuckten fast synchron mit den Schultern. Der Oberstaatsanwalt verkündete, auf der kleinen Kochstelle Kaffee oder Tee kochen zu wollen. Sein Angebot an Shila, die, wie Kramer fand, auch verwuschelt noch eine tolle Form hatte, sich in eines der Notbetten zu legen, lehnte diese ab. Sie übernahm dagegen persönlich die Herstellung der Heißgetränke.

Die beiden Männer rätselten über das, was da außerhalb der Kaserne vorgefallen sein mag, als sich die Diensthabende wieder meldete.

»In etwas weiterer Entfernung wieder Schüsse und schreiende Männerstimmen, wir haben die Alarmstufe erhöht und zusätzliche Sondereinsatzkräfte angefordert. Es könnte länger dauern. Die Notverpflegung finden Sie im Hängeschrank. Sie können bei Bedarf die Gegensprechanlage in die Zentrale benutzen. Ich werde Sie weiter informieren. Ende!«

Shila servierte Heißgetränke, nach den ersten Ansätzen zu Gesprächen zwischen den Männern sagte sie: »Bitte keine Philosophie oder Politik mitten in der Nacht!«.

Daraufhin zog Kramer sich in sein Notbett am anderen Ende des Raumes zurück. Er hatte am Tag vorher einen kraftzehrenden Fitnesseinsatz hinter sich gebracht. Erst nach gut drei Stunden meldete sich die Diensthabende wieder, erklärte was vorgefallen war und bat Michel Kramer, wegen einer Identifizierung eines Toten in einer halben Stunde angezogen zur Pforte zu kommen. Dort werde er abgeholt und zu dem Ersten Kriminalhauptkommissar an einen der Tatorte gebracht. Kramer versprach den Nachbarn, hinterher zu berichten und wankte schlaftrunken zurück zu seinem Bungalow.

Ein Kramer bekannter Polizist aus Aichingers Mordkommission fuhr ihn nach der vereinbarten halben Stunde flott mit Blaulicht in Richtung Süden. Er referierte dabei kurz den bisher bekannten Sachverhalt, damit Kramer sich am ersten Tatort direkt an der Grenze des Übungsgeländes leichter zurechtfinden konnte. Es waren dort drei männliche Leichen gefunden worden. Eine davon trug eine schwarze Sturmmaske. Alle waren durch Schüsse aus relativer Nähe getötet worden, jedoch mit Waffen unterschiedlicher Kaliber. Die zwei nicht vermummten Toten starben mit großer Wahrscheinlichkeit durch die Faustwaffe des Maskierten. Der Maskierte wiederum war mit einer Schnellfeuerwaffe zweimal in den Rücken geschossen worden. Dieser angenommene Ablauf der Verbrechen wurde später auch durch die routinemäßigen Aufnahmen zweier Überwachungskameras erhärtet, die zwar aus dieser Entfernung keine Bilder mehr lieferten, aber immerhin aus der Entfernung Tonaufzeichnungen geleistet hatten. Am zweiten Tatort nahe des Dorfes fand sich ein zerschossenes Auto mit zwei weiteren Toten. Die Toten waren ähnlich gekleidet und bewaffnet wie die beiden unmaskierten Getöteten vom ersten Tatort. Im Auto entdeckte die Polizei eine batteriebetriebene Drohne. Am Fluggerät befestigt war eine auf den ersten Blick äußerst wirksame Bombe. Zum Glück war der Zünder noch nicht aktiviert und konnte im zerschossenen Auto zusammen mit dem dazugehörigen Steuergerät für die Drohne sichergestellt werden. Die Täter aus dem zweiten Tatort waren offenbar mit ihrem Auto geflohen, eine sehr schnell einsetzende Fahndung durch die Polizei blieb trotz Hubschrauberunterstützung bislang erfolglos.

»Das Weitere und vor allem ihre Aufgabe bei den Ermittlungen erklärt Ihnen jetzt sofort der Erste höchst persönlich, der Sie offenbar dringend erwartet hat!«, ließ der Kriminalpolizist den Exlehrer wissen, als sie an dem hell erleuchteten ersten Tatort ankamen. Und in der Tat lief Aichinger auf den Streifenwagen zu und zog Kramer fast aus dem Gefährt.

»Mensch Michael, was für ein Verhau. Das hätte verdammt schief gehen können. Du kennst bereits in groben Zügen den Stand der Dinge?! Wir müssen davon ausgehen, dass die alte Russenmafia versucht hat, Dr. Raimers und seine Frau mit ihrer Drohnenbombe in die Luft zu sprengen. Soweit das im Augenblick abzuschätzen ist, wärest du ebenfalls mitsamt deinem Bungalow gleich mitgeflogen. Wie groß der Schaden auf dem Kasernengelände gewesen wäre, lässt sich erst nach gründlicher Untersuchung sagen. Was kommt denn noch alles, Himmel noch mal!«

»Wenigstens können wir ausschließen, dass mein Dr. G. hinter dem Anschlag steckt und auch nicht jene Russenmafia, die der Albaner ja offensichtlich unterstützt«, war meine Überlegung.

Ein langer Blick Aichingers auf den noch etwas unausgeschlafen wirkenden Kramer. »Wenn du uns bestätigst, dass der maskierte Tote derjenige ist, der den unsäglichen Tierarzt erschossen hat, um dich zu retten, dann hat er dir zum zweiten Mal das Leben gerettet!«, der Hauptkommissar.

»Bitte lass uns das mit dem Toten sofort erledigen«, bat Kramer, der schon zu diesem Zeitpunkt anfing blass zu werden. Aichinger orderte von einem Uniformierten heißen Tee mit viel Zucker. Kramer erkannte ohne Zweifel, der Erschossene war derjenige, der ihn damals gerettet hatte. Er hatte ihn ja auch auf seiner verbotenen Fahrt nach Wasserburg und später noch einige Male ohne Maske gesehen. Natürlich musste sich der Exlehrer danach übergeben. Wald und Wiesen für sein Bedürfnis gab es aber ringsum in Hülle und Fülle.

»Vielleicht ganz gut, dass du Lehrer und nicht Polizist geworden bist, sonst wärest du am Ende in der Schreibstube gelandet«, meinte Erwin Aichinger, als sie nach der Identifizierung etwas abseits am Rande des Tatortes den Rest ihres heißen Tees mit viel Zucker schlürften.

»Wir wissen also bereits eine Menge über dieses erste Blutbad, nur schade, dass wir keinen Zeugen haben. Wir haben ja bisher unser gemeinsames Wissen über deine Schutzbewachung durch italienische Mafiosi auf deinen nachvollziehbaren Wunsch hin für uns behalten!« Aichinger mit gesenkter Lautstärke.

Kramer verzog trotz seiner zittrigen Knie und noch immer rumorenden Eingeweiden sein Gesicht zu einem etwas missglückten Grinsen. »Wenn du einen Zeugen willst, könnte ich dir vielleicht einen liefern. Allerdings müsstest du für einen guten Zweck die Wahrheit unter Umständen wieder etwas beschneiden!«

»Du hättest mit Leichtigkeit Lügenberater werden können oder Pressesprecher bei der Polizei!«

Kramer erläuterte seine Idee und ausführlich auch jene Stelle daraus, bei der die Wahrheit durch Verschweigen etwas geschönt werden sollte. Aichinger atmete vernehmlich tief durch und gab dann seinem noch etwas wackligen Gegenüber einen vorsichtigen Klaps auf die Lehrerschulter. Dann ging er zu einem der Beamten, der bei Großeinsätzen vor Ort für die Verbindung aller anwesenden Polizeikräfte untereinander zuständig war. »Kommiko« wurde dieser im Polizeijargon genannt, eine Abkürzung für »Kommunikationskoordinator«. Bald ertönte aus allen Ecken des Übungsgeländes die gleiche Durchsage per Megafon: »Der junge Mann, der den erschossenen italienischen Kollegen begleitet hat, melde sich bitte bei einem der anwesenden Polizeibeamten. Wir brauchen Sie bitte als Zeugen!«

Vorsorglich wurde auch in der näheren Umgebung nach einem parkenden Auto, aufgrund der Beobachtungen Kramers auf der Fahrt nach Wasserburg eventuell einem dunklen Mazda-Kombi, gesucht und auch ein solcher tatsächlich etwa 500 Meter von der Übungsgeländegrenze entfernt gefunden. Aichinger und Kramer klatschten zum Befremden der umstehenden Beamten ab wie zwei Jugendliche, als die Überprüfung des Kennzeichens gemeldet wurde. Das Auto war auf ein mittelgroßes Überwachungsunternehmen in München zugelassen. »Wenn wir den jungen Mann finden sollten, brauchen wir (!) tatsächlich nichts mehr zu erfinden, dürfen nur nicht alles erzählen!«, strahlte der Erste. Und der junge Mann wurde gefunden. Er gab zwar nicht selbst seine Deckung auf. Ein kurzer Anruf bei dem Überwachungsunternehmer aber hatte genügt und nach etwa 10 Minuten kam ein sichtlich verstörter junger Mann in Outdoor-Look aus dem Unterholz zum ersten Tatort geschlurft.

»Warum nur wolltest du diesen Jüngling unbedingt schützen?«, Frage Aichinger an Kramer.

»Er hat, als er mich damals aus der Grube holte, beruhigend und tröstend über mein Gesicht gestrichelt. Das machen Verbrecher eher selten!«

Der junge Mann namens Carlo wurde kurz von einem Polizeisanitäter in Augenschein genommen und erhielt danach ebenfalls einen süßen heißen Tee. Er wurde in einen Einsatzwagen auf den Rücksitz gebeten, der Leitende setzte sich auf den Beifahrersitz und Kramer zu Carlos auf den Rücksitz.

Bevor Aichinger seine Türe schließen konnte, beschwerte sich ein Beamter aus dem Umfeld des Hauptkommissars Weißhaupt, der übrigens den zweiten Tatorteinsatz nahe des Dorfes leitete:
»Darf jetzt der Exlehrer unsere Befragungen durchführen oder was!?«

Aichinger ziemlich streng: »Einmal ist dieser junge Mann derjenige, der Herrn Kramer bei dem Überfall bei Taufkirchen aus der Grube gezogen hat. Es besteht also zwischen beiden bereits ein positives Verhältnis. Zum Zweiten hat dieser Exlehrer den Vorschlag gemacht, nach dem jungen Mann und seinem Auto zu suchen und bitte genau registrieren: der EKHK sitzt drittens mit im Auto!«

Der Kriminalbeamte fühlte sich bemüßigt, eine Entschuldigung zu murmeln. Aichinger nickte nur und schloss erstaunlich sanft die Beifahrertür.

»Übrigens, wir waren in weniger als fünf Minuten bei der Überwachungsfirma und haben uns die Akte ›Schutzüberwachung Michael Kramer‹ vorlegen lassen. Auf den ersten Blick nichts Ungesetzliches, wie Peri gemeldet hat. Der Mafioso wird als zusätzliche Überwachungskraft eines anderen Unternehmens bezeichnet, der auf Wunsch des anonymen Auftraggebers hinzugezogen wurde. Nur die Ereignisse um den Überfall auf dich bei Taufkirchen sind wohl etwas geschönt. Es gibt einen Brief des ›anderen Unternehmens‹, einer ›Watch und Care Überwachungsfirma‹ mit Sitz in Rom. Natürlich eine Briefkastenfirma. Darin steht, dass der Vorfall im Stillen mit der Polizei geregelt werden musste, da ›sonst die Gefährdung des Schutzbefohlenen noch steigen‹ würde«, informierte mich mein Polizeifreund.

»Das passt gut in unser Konzept. Wir wollten sowieso meinen Zusatz-Schutz auf dem Polizeiübungsgelände bis auf weiteres auf meine Kosten einer Privatfirma übertragen«, antwortete Kramer und wandte sich an den jungen Mann Carlos: »Carlos, sind Sie bei der Münchner Überwachungsfirma fest angestellt?«, war seine erste Frage.

»Nur Zeitverträge auf jeweils zwei Monate!«, kam zögerlich zurück.

Kramer versprach ihm, sollte sich seine bisherige Firma als unbescholten herausstellen, dass diese Verträge weiterlaufen würden. Sollte diese Firma geschlossen werden, werde er bei der Firma unterkommen, die den neuen Auftrag bekäme. Das war ein wunderbarer Eisbrecher. Carlos entspannte sich zunehmend und erzählte dann dem Ersten alles haarklein, was er wusste. Der Zeuge war gefunden und das Wissen um die Vorfälle am Tatort Nummer eins erhärtet. Ab einem bestimmten Zeitpunkt hatte Aichinger den Beschwerdeführer von vorher mit ins Auto gerufen. Er wurde geadelt und zugleich diszipliniert, indem er den Entwurf des vorläufigen Vernehmungsprotokolls notieren durfte und so gleichzeitig auf dem Laufenden blieb. Carlos wurde zu einer ärztlichen Untersuchung gefahren. Er willigte ein, dass er bis zur weiteren Klärung der Vorfälle in Schutzhaft genommen wurde und in einem bewachten Hotel wohnte. Hauptkommissar Weißhaupt wurde ins Bild gesetzt und der Quotenimmigrant Peri, der im Kommissariat die Fäden zusammenhielt, ebenfalls.

Bevor Kramer zurück in sein bewachtes Wohnen gebracht wurde, setzte sich der Erste nochmals kurz zu ihm in das Dienstfahrzeug. »Die Medien sind im Anmarsch, ich muss mich kurz fassen. Wie hat es Peri übrigens geschafft, sie uns so lange vom Hals zu halten!? Wir haben also den Versuch, Dr. Bernd Raimers und seine Frau mit einer Drohnenbombe ohne Rücksicht auf Schäden anderer zu töten. Als Urheber ist die alte russische Mafia, die Dr. Raimers seit Jahren bedroht, so gut wie sicher. Gestört und abgehalten wurden sie dabei durch einen bewaffneten italienischen Mafioso, der zusammen mit einem Angestellten einer Münchner Sicherheitsfirma namens Carlos für deinen Schutz und Erhalt zu sorgen hatte. Dass diese Aufgabe nur dazu diente, dich als später zu tötendes Opfer am Leben zu halten, war der Überwachungsfirma wahrscheinlich nicht bekannt. Wir werden das noch genau überprüfen. Auftraggeber dieser Schutzmaßnahme ist aber mit Sicherheit dein Racheengel Dr. G. Der italienische Gangster erschießt zwei aus der russischen Drohnentruppe und wird von den Kumpanen der Getöteten selbst erschossen. Er rettet damit dir wiederum das Leben und verhindert für uns eine Katastrophe!

Die beiden anderen Männer aus der Drohnengruppe flüchten und geraten kurz vor dem Dorf in einen Hinterhalt. Diese Täter des zweiten Tatortes benutzen ebenfalls typische Mafiawaffen und könnten zu der neuen russischen Mafia gehören, die nach Andeutungen des Dr. G. das alte Syndikat ablösen will. Diese Täter sind noch flüchtig. Der russische interne Mafiakrieg ist also sehr wahrscheinlich jetzt in Deutschland angekommen. Zusätzlich dürfen wir nicht annehmen, dass die Süditaliener die Erschießung ihres Mitgliedes so einfach hinnehmen werden. Und deinen Dr. G. gibt es ja auch noch. Wir gehen also rosigen Zeiten entgegen! Die einzigen, für die in den Vorfällen auch Chancen liegen, sind diejenigen, die ausgelöscht werden sollten: Dr. Raimers und seine Frau. Ich kann jetzt hier noch einige Zeit nicht weg. Könntest du die beiden nicht kurz informieren? Ich habe sie angerufen und sie erwarten dich mit einem nach Frau Raimers wunderbaren Frühstück. Bis später, du warst wieder einmal eine große Hilfe!«

Kramer hatte riesigen Hunger und es stellte sich heraus, dass diese Shila nicht nur eine tolle Form hatte, sondern auch wunderbar kochen konnte. Und er ließ zu, dass sein System große Wehmut in Erinnerung an Renate Köchl und ohne rechte Konturen auch an Helga produzierte. Der Oberstaatsanwalt erfasste sofort, welcher Gefahr die Bewohner beider Bungalows die vergangene Nacht ausgesetzt waren und holte eine Flasche Champagner aus seinem Depot. Und Kramer merkte deutlich, wie mit Unterstützung dieses Getränkes auch die Hoffnung, die für den Oberstaatsanwalt und seine Frau in den Vorfällen lag, von dem Juristen zunehmend Besitz ergreifen konnte.

Und genau für diese Hoffnung entdeckte Kramer einige Tage später bei der frühmorgendlichen Zeitungslektüre einen weiteren Hinweis in der Tageszeitung. Unter der Überschrift »Mord an Mafia-Paten« wurde die Ermordung jenes russischen Mafiabosses gemeldet, den mein Nachbar angeklagt hatte und der dann für Jahre in einem Münchner Gefängnis einsaß. Und der ein Kopfgeld auf Dr. Raimers ausgesetzt, mehrere Anschläge auf ihn und wahrscheinlich auch noch den gescheiterten Drohnenanschlag von vor einigen Tagen zu verantworten hatte. Kramer besaß schon immer eine rege Fantasie. Da die Nachbarn zur Langschläferfraktion gehörten, hatte er Zeit, auf der Basis der wenigen Fakten aus der einen Zeitungsspalte das Geschehen auszuspinnen:

Der Pate kommt weit nach Mitternacht sichtlich angetrunken und laut polternd aus seiner Bar. Es ist, wenn man die kleinen Seitenstraßen außer Acht lässt, ein eher vornehmeres Viertel Moskaus. Die Bar gehört dem Paten und die Preise sind horrend. Er ist verschwitzt, stinkt nach Wodka, wird gestützt von zwei stark geschminkten wasserstoffblonden Frauen. Die an seiner rechten Seite, nennen wir sie mit Kramer Olga, ist wohl stark über 30 und ebenso stark betrunken. Sie ist mehr als mollig und nennt einen großen Busen ihr Eigen. Sie lacht hemmungslos und laut, als der Pate stoppt und vergebens versucht, von hinten gehalten von der linken Begleiterin und umringt von Bodyguards, diesen Busen aus seiner Zwangslage zu befreien. Der Mafiaboss tätschelt ihr abschließend die Wangen, sie leckt ihm – echt oder gespielt? – lüstern die Finger. Der schwere und schwankende Riese, schief sitzende Krawatte, Rolex, Goldkette, scheucht jetzt die nervösen Personenschützer auf der Suche nach seiner linken Begleitdame zur Seite. Das Geschehen verlagert sich auf die Mitte des breiten Gehsteiges an der selbst zu dieser Uhrzeit schon ordentlich befahrenen breiten Moskauer Ausfallstraße. Die Gesuchte ist noch recht jung, eher untypisch schlank und ihre Trunkenheit und Ausgelassenheit wirken eher gespielt. Nennen wir sie mit Kramer Natascha.

Natascha hofft, dass im Verlauf dieses Morgens ihr Gönner nicht nur die sicheren Schläge, sondern auch seine berühmten Bündel Devisen an seine Begleiterinnen verteilt. Sie will sich mit ihrem Kind zu fernen Verwandten absetzen. Ist er großzügig genug, kann heute die anvisierte Summe dafür erreicht werden. Vorerst aber schubst wie gesagt der Besoffene die Mafiakiller um sich herum beiseite und fährt ihr ohne alle Hemmungen unter den Rock. Natascha versteift sich, er brüllt vor Lachen und lallt etwas wie »Sei bloß nicht zickig!« Am Ende hat er ihren schwarzen Sexslipper mit Rüschen in seinen Pranken, hebt ihn triumphierend gegen den Moskauer Morgenhimmel. Dabei torkelt er unter dem Applaus seiner Mannen eine kleine Ehrenrunde. Dann nimmt er die schwarze Beute zwischen seine Zähne, greift schwankend in die Innentasche seines Designermantels und beschenkt seine Begleitdamen mit Bündeln von Geldscheinen. Wieder Applaus, er schwankt gefährlich nach hinten, Natascha übernimmt endgültig die Abstützung, ihr graut vor dem, was sie in dem riesigen Mercedes erwarten wird. Ihre neue Position rettet ihr das Leben.

Ein Motorrad, darauf zwei Schwarzbehelmte mit geschlossenen Visieren, hatte in zweiter Reihe hinter einem kleinen Lieferwagen sich der Szenen genähert. Das Motorrad hatte fast auf gleicher Höhe wie das Getümmel auf dem Gehsteig den Blinker in Richtung Gehsteig gesetzt. Eine Lücke von zwei Autolängen reichte den Profis. Zwei Salven aus einer automatischen Waffe, eine Blendgranate und eine Handgranate sind genug, um den

Mafiapaten, seine Begleitung, darunter außer der Schutztruppe wichtige Führungsmänner der alten Mafia und die arme Olga, auszulöschen. Die gute Natascha darf in Gutmensch-Kramers Fantasie natürlich unter dem zerfetzten Körper des Oberschurken blutüberströmt und finanziell gut ausgestattet überleben. Der Fahrer des Motorrads gibt Gas und biegt in die nächste abzweigende Straße ein, der Stellvertreter des Paten und ein weiteres Auto voller bewaffneter Mafiosi, die bereits in ihren Autos auf das Ende des Straßentheaters ihres Chefs gewartet hatten, folgen ihm mit quietschenden Reifen. Nach einigen hundert Metern rollt ein führerloses Auto quer über die enge und schmutzige Straße voller Gerümpel und blockiert den Weg der Verfolger. Und es folgt ein weiteres Blutbad. Wieder sind Schnellfeuerwaffen im Einsatz, es fliegen Handgranaten aus den Fenstern und unter dem schwer gepanzerten Auto des Stellvertreters geht eine Bombe hoch.

Und dann beginnt in ganz Russland das Nämliche, das vor Jahren bei der Machtübernahme der jetzt ihrer Führung beraubten alten Mafia geschehen ist. Eine Reihe der Provinzfürsten sind bestochen und signalisieren nun offen die Anerkennung der neuen Führung. Die größere Zahl der alten Führung aber fällt den »Säuberungen« zum Opfer, in einigen wenigen fernen Provinzen entbrennt ein Mafiakrieg. Die Machtübernahme war offenbar von langer Hand gut vorbereitet worden, die Widerständler aus der alten Mafia haben keine reelle Chance mehr. Wobei sich bei ihrer Bekämpfung eine Reihe von führenden ehemaligen Mafiakollegen der alten Mafia besonders hervortun. Es ist ihr Eintrittsbillett in den neuen Verein. Der Drogenkrieg in Russland war in der heißen Phase, die Chancen und Hoffnung der Nachbarn Michael Kramers wieder ein Stück größer geworden. Michael Kramer hatte ihnen den Vorfall samt seinen eigenen Fantasien in der Art eines orientalischen Märchenerzählers vorgetragen. Diesmal wurde für den Erbringer der guten Nachricht ein Abendessen mit mehreren Gängen daraus, zu dem auch der Erste sich eine Stunde Zeit nahm. Er wollte die neue Lage mit den Betroffenen besprechen. Für das Ehepaar Raimers, so war man sich einig, war es trotz gestiegener Hoffnung auf ein positives Ende noch zu früh, um Entwarnung zu geben.

∼

Da war er also wieder! Dr. G. aus dem Off. Er ging mir unsagbar auf die Nerven mit seinen postpubertären Rachespielchen. Auch Dr. Dr. A. Wagner, mein psychologischer Berater, war letztlich trotz allem Interesse an »psychisch deformierten Persönlichkeiten« angewidert von dieser Mischung aus weltweitem kriminellen Einfluss und kleinkarierter Verfolgungsneurose mit ihrer unbegreiflichen Besessenheit. »Der Typ ist wahrscheinlich unheilbar und sein angemessener Platz wäre eine geschlossene Anstalt!« Zu dieser Einschätzung bräuchte es nicht unbedingt ein Psychologiestudium, sie tat mir aber trotzdem gut. Ich war auch deswegen angefressen, weil ich wegen dieser erneuten Email Perikles absagen musste. Wir hatten endlich wieder einen Termin gefunden, um gemeinsam unsere Rabenkrähen zu beobachten. Der Grieche feierte Überstunden ab. Er bot als Ersatz an, vorbei zu kommen und zusammen mit dem Psychologen die neue Email zu begutachten. Es freute mich, dass Perikles wieder von sich aus aktiv wurde und ging gerne auf dieses Angebot ein. Aichinger war für einige Tage im Krankenhaus und ließ auf dringenden ärztlichen Rat dort seine Schusswunde nachbehandeln. Der diensthabende Hauptkommissar Weißhaupt zeigte demonstratives Desinteresse an allem, was mit mir und meinem Fall zusammenhing. Sein Kommentar bei der Ankündigung der bei der Polizei eingegangenen Mail: »Jetzt ist es dann bald aus mit den Spielchen!«, verriet mir seinen Frust über die herrschende Situation und zugleich befürchtete ich das Schlimmste auf mich zukommen. Der Text der Email gab mir recht:

Du blödes Mausschwein leider hab noch kein Zeit dich jetzt schon umbringen. Hör auf dich in mein Sach einzumischen. Ich pfeif auf dein Rat du Lehreraff. Geh doch deine blöden Vögel anschauen. Freut mich das Hure weg und sucht andern Mann. Geht Berg hinunter mit Klugscheißer. Ich hass dich. Mein best Kameraden hast du vernicht. Der eine hockt in Narrenheim und ist blöd geworden. Der andre ist in Korea von Klostermauer gesprungen, 400 Meter tief hinunter und du bist schuld. Ich hass dich. In drei Tag kommt Email mit Adress. Hast 12 Minuten Zeit. Denk dir was aus und mach nicht in Hose, hilft nix. Sag Staatsanwalt muss noch Geduld haben. Gibt noch Männlein von alter Gruppe. Hast gemerkt vor deiner Haustür wie geht ihnen an Kragen. Gibt jetzt Vertrag zwischen Italienmafia und neue Russenmafia. Hab geholfen. Sind beide Freund von mir. Die Sach läuft gut. Bald gehts dir an Kragen du Mistfink. Denk in ungefähr 3 Monat. Sag aber noch genau Auskunft. Dr. G.

Die letzten drei Sätze der Mail waren es dann, die mich wie eine Keule trafen. Sie gaben mir erstmals einen konkreteren Hinweis, wie lange ich aus der Sicht dieses Psychopathen noch zu leben hatte. Ich versuchte mich zu beruhigen. Drei Monate waren länger, als ich erwarten durfte. Und innerhalb von drei Monaten konnte noch viel passieren. Zum ersten Mal in meinem gar nicht so kurzen Leben wünschte ich einem anderen Menschen den baldmöglichsten Tod. Und ich war mir gar nicht so sicher, ob dies ein gnädiger sein sollte. Lange saß ich und starrte ein Loch in meine Wohnzimmerwand. Eigentlich war ich in einer besseren Situation als zum Beispiel Perikles Bruder und all die Millionen jung Verstorbenen im Laufe der Geschichte – zum Beispiel meine Eltern, die beide keine vierzig Jahre alt werden durften. Ich sollte mich wie Buddha einige Nächte in einen Friedhof setzen, um endlich ins Hirn zu bekommen, dass dieses Mysterium von Leben flüchtig und vergänglich ist. Mit Polizeischutz allerdings musste ich um den Effekt fürchten! Und dann plötzlich irrsinnige Sehnsucht nach meiner Oberwachtmeisterin Renate. Der kleine Michael in mir suchte bei rauer See nach dem Mütterchen und zugleich nach einer gut riechenden Achselhöhle. Sollte ich irgendwie aus meiner Zwangslage entkommen, werde ich Renate Köchl einen Besuch abstatten, soviel stand fest. Und ich werde natürlich für »Ärzte ohne Grenzen« eine große Summe spenden … Irgendwann muss ich dann auf meinem Traumsofa eingeschlafen sein. Das war dem gestrigen Konditionstraining geschuldet. Ich fuhr hoch, als meine Sicherheitsanlage und die Türglocke Radau machten.

Die beiden Begutachter der neuen Mail kamen gemeinsam. Bei Einritt Dr. Dr. Wagners hatte ich wie immer das Gefühl, mein Wohnzimmer habe sich gerade gefüllt. Perikles hingegen drückte sich eher etwas verlegen herein und bemühte sich tapfer, seinen aktuellen Zustand zu überspielen. Die Ärzte hatten für seinen Bruder jegliche Hoffnung aufgegeben. Soweit ich es sehen konnte, mobilisierte Perikles gerade die letzten Reste seines Vermögens, um die bestmöglichen Schmerzmittel zu finanzieren. Einige Wochen davor hatten zugelassene Cannabismedikamente Hoffnung geweckt. Als deren Wirkung nachließ, hatte der Polizist meiner Vermutung nach ohne Rücksicht auf seine Karriere auch illegale Wege nicht gescheut. Für einige Wochen hatte er wohl seinem Bruder das Rauchen von »echtem« Haschisch ermöglicht. Ich war damals in fürchterlicher Angst um ihn. Der nächste und wahrscheinlich letzte verzweifelte Schritt war dann, neue amerikanische Medikamente einzusetzen. Die Tagesdosis kostete, wie er mir auf einem unserer Ausflüge zu unseren Rabenkrähen gestand, über eintausend Euro. Mein Angebot, ihm aus meinem in den letzten Jahren als Nebeneffekt zur meiner nicht immer freiwilligen Detektivarbeit beträchtlich gestiegenem Vermögen zu helfen, wies der Grieche fast entsetzt zurück. War wieder einmal die kaum nachvollziehbare südländische »Ehre« der Grund dafür? Jedenfalls hatte ich vorsorglich bereits eine größere Summe für ihn zurückgelegt, die kein Geringerer als Dr. Dr. Wagner treuhänderisch verwaltete. Bei meinem aus der Sicht von Dr. G. »erfolgreichen« Ableben in »ungefähr drei Monat« sollte Perikles auf alle Fälle einen großen Betrag erben. Wobei wir wieder beim Anlass für unser Dreiertreffen wären.

Perikles wunderte sich zunächst, dass der neurotische Albaner so viele Umstände wegen des Zeitpunktes meiner geplanten Hinrichtung machte.

»Vielleicht«, so Dr. Dr. Wagner, »verfolgte er ein weltweites Hinrichtungsprogramm für all jene, die ihm irgendwann in die Quere gekommen waren und er kommt einfach nicht schneller über die Runden!«

Perikles fand das nicht besonders erhellend und befürchtete, plötzlich in Übereinstimmung mit dem Ersten Kriminalhauptkommissar, es könnte doch unter Umständen ein Täuschungsmanöver dahinter stecken. »Michael – halbgriechisch ›Mikael‹ – soll sich noch eine Zeit lang sicher fühlen und kann dadurch einfacher zum Beispiel bei seinen Pirschgängen zu den Rabenkrähen abgeknallt, in die Luft gesprengt oder mit dem Blasrohr um die Ecke gebracht werden!«

Ich selber hielt diese Diskussion bereits für entschieden. Sobald der Zeitpunkt von Dr. G. präzisiert wird, werde ich einen Monat vorher in »Sicherheitsverwahrung« gehen im Sinne des Planes, den irgendwelche Sicherheitsexperten zusammen mit meinem Polizeifreund Aichinger ausgeheckt hatten. Nach einem Plan übrigens, den nicht einmal ich kannte. »Irgendwie glaube ich immer noch, dass mein Appell an die Ganovenehre Dr. G. an seiner kruden Wertvorstellung getroffen hat. Auch seine Reaktionen deuten darauf hin. Wahrscheinlich verlangt auch sein Rachebedürfnis den offenen Kampf Mann gegen Mann, und darüber hinaus seine Großmannssucht den Sieg über die staatliche Ordnungsmacht. Da hat solch Hinterhältiges meiner Meinung nach wenig Platz. Und ich bleib dabei, ich will so lange wie möglich nicht noch mehr nach der Pfeife dieses Spinners tanzen!«

Im weiteren Verlauf musste ich für meine Berater wegen der Anspielung in der Email nochmals die Geschichte um den angeblichen Buddhisten und Leiter eines Buddhismuszentrums in der griechischen Bergeinsamkeit erzählen, der diese Situation zusammen mit Dr. G. für kriminelle Machenschaften missbraucht hatte. Und der von seinem Orden zwangsweise zu einem Kloster in einem Hochgebirge in Nordkorea verfrachtet worden war.

Die Kenntnisse über die Vorfälle um den geplanten Drohnenangriff, sein angedeuteter Einfluss auf die italienische und die neue russische Mafia machten uns vor allem auch deswegen betreten, weil sie wieder einmal seine Macht und seine Fähigkeit des fast zeitgleichen Ausspionierens von Vorgängen in meinem Umfeld verdeutlichten. Und natürlich ließ keinen von uns die Ankündigung des Zeitpunktes der geplanten Hinrichtung meiner Person kalt. Am wenigsten mich selbst, was ich aber vor meinen aktuellen Gästen nicht unbedingt offen zeigen wollte. Dr. Dr. Wagner: »Jetzt kommen Sie halt so oft wie möglich zu mir. Ich will in diesen drei Monaten nochmals so richtig absahnen!« Der Scherzkeks wusste genau, wie es um mich stand. Und hatte zugleich auf seine schnoddrige Art das Richtige gesagt. Ich vereinbare mit ihm einen Termin in einer knappen Woche.

Dem Vertreter der Polizei Perikles versprach ich für den nächsten Tag einen Entwurf für eine Antwort-Mail zu liefern. Mit dem Quotenimmigranten Perikles vereinbare ich dann doch noch einen abgekürzten Besuch bei unseren Rabenkrähen, Abmarsch in einer Stunde. Er wollte in der Zwischenzeit noch die Post des Ersten Kriminalhauptkommissars durchsehen und anschließend Wichtiges mit Kriminalhauptkommissar Weißhaupt besprechen. Dafür hatte er einen offiziellen Auftrag vom Chef, was wahrscheinlich dazu beigetragen hatte, dass Weißhaupts morgendliche Mitteilung so frostig und fast unverschämt ausgefallen war.

~

Ich kann es nicht abstreiten, ich habe ein Faible für Rabenvögel. In meiner Anfangszeit als Lehrer besaß ich ein fast erwachsenes und ausgemacht prächtiges Exemplar einer männlichen Rabenkrähe namens Sir Henry. Dieser Sir strotzte regelrecht vor Neugierde und Tatendrang. Sein über alles geliebter Spielgefährte war eine junge Katze unseres Nachbarn. Ich habe in der kurzen Zeit unseres Zusammenlebens viel über Rabenkrähen gelernt und wurde nicht nur ein Mal von ihrer Intelligenz überrascht. Leider hat sich nachts wahrscheinlich ein Marder gewaltsam Zutritt in die Voliere von Sir Henry verschafft. Übrig blieben ein paar Federn, wunderschöne Erinnerungen und eine lebenslange Prägung auf diesen Typ von Vogel. Allein der Gang der Rabenvögel und die damit verbundene Bewegung ihres Kopfes waren für mich faszinierend. Ich hatte in meinem Leben immer wieder Phasen, in denen ich Rabenkrähen in Freiheit gezielt beobachten konnte. Es gibt Paare mit Nestern und Revieren, die für Nachwuchs sorgen und ihr Revier mit allen Mitteln verteidigen. Manchmal bleibt ein flügge gewordener Sohn bei ihnen, der kräftig mithilft, diesen Lebensbereich zu verteidigen. Und der sich Chancen ausrechnen darf, später einmal selbst Chef in diesem Revier zu werden. Neben diesen arrivierten Revierbesitzern gibt es Gruppen von selbstständig gewordenen Jungvögeln, die dort häufig ihre Partner finden und dann versuchen, irgendein Revier zu erobern. Auch erwachsene unverpaarte Vögel oder aus ihren Nestern und Revieren vertriebene Paare schließen sich solchen Gruppen an. In Wintermonaten und außerhalb der Brut- und Aufzuchtzeit gesellen sich zu diesen Vogelkommunen manchmal auch Revierbesitzer. Ich spekuliere, dass in dieser Zeit das Nahrungsangebot in ihren Revieren nicht ausreicht. Oder ist es pure Abenteuerlust? Weniger direkte Erfahrungen besitze ich mit Rabenkrähen in Städten. Dafür aber habe ich einiges darüber gelesen und in Naturfilmen gesehen. Spannend, wie durch das hohe Nahrungsangebot vor allen Dingen durch Abfälle und Fütterungen die Stadtkrähen mit wesentlich kleineren Revieren auskommen als ihre Artgenossen in Wald und Flur.

Perikles wartete bereits an der Pförtnerschleuse am Ausgang der Kasernenanlage. Beide hatten wir unsere Ferngläser und unsere Waffen dabei. Das Tragen einer Waffe besonders bei meinen eingeschränkten Freigängen hatte ich Aichinger versprochen und es war für mich fast zur Routine geworden. Zusammen mit Peri übten wir, meist auf dem Heimweg von unseren Krähenbeobachtungen, öfter den Gebrauch der Pistole im Gelände. Was Peri allerdings über Funk anmelden musste. Wilde Schießereien würden unweigerlich Alarm auslösen. Für einen falschen Alarm mussten die Diensthabenden übrigens für die Einsatzgruppe jeweils einige Kisten Bier bezahlen. Ursache solcher Fehlalarme waren vor allem Jäger, die in der Nähe des Übungsgebietes auf Wild schossen. Auf dem doch beachtlichen Übungsgebiet war Jagd aus einsehbaren Gründen streng verboten. Vielleicht nisten ja deswegen so viele Krähenpaare auf dem Gelände. Unsere Rabenkrähen machten gerade Mittagspause. Der Nachwuchs war zwar seit etwa Juni ausgeflogen. Wir beobachteten jedoch in jüngster Zeit zunehmend Attacken von externen revierlosen Paaren auf Revierinhaber. Einmal wurden wir direkt Zeuge eines solchen Überfalls, der für den angegriffenen Rabenkrähenhahn tödlich endete und folglich zur Neubesetzung des Reviers führte. Die im Umkreis nistenden anderen Paare begleiteten den Kampf zwar mit lautem Getöse, griffen aber im Gegensatz zu manchen anderen Rabenvögel-Arten nicht ein. Der Kampf wurde übrigens mit äußerster Brutalität geführt. Der Sieg der Eroberer gelang auch deswegen, weil das Weibchen der Angreifer im Gegensatz zur Revierinhaberin mit in den Kampf eingriff.

Wir hofften wegen dieser unruhigen Zeit darauf, einige Paare aus Furcht vor solchen Überfällen in der Nähe ihrer Nester anzutreffen. Und wir hofften vor allem darauf, dabei auch unsere »Griechin« wiederzusehen. Diese Dame war nämlich für diese Gegend eine kleine Sensation. Sie trug im Gegensatz zu den schwarzen und leicht schimmernden Rabenkrähen als auffallendstes Merkmal ein modisches ärmelloses helles grau-bläuliches Kleid zum ansonsten schwarzen Gefieder. Mein Liebingskrähenforscher spricht sehr treffend von »Pullunder« (s. Literaturverzeichnis Nr.5). Unsere Griechin gehörte also zur Unterart der Nebelkrähen. Ich kannte diese Unterart flüchtig aus der nahen Großstadt München, wo relativ viele ihrer Art überwintern. Ihr Verbreitungsgebiet ist eigentlich von Deutschland aus gesehen der Osten und Südosten. Ich kannte sie daher auch aus Griechenland und wenn ich mich nicht irre, aus Istanbul. Ihr Verbreitungsgebiet trifft bei uns auf das der Rabenkrähen, wobei es zu Überschneidungen kommt. Und zwar, wie ich nachgelesen hatte, in einem schmalen Streifen von der Ostsee bis zum Mittelmeer. Es ist bekannt, dass beide Vogeltypen sich paaren können und fortpflanzungsfähigen Nachwuchs hervorbringen. Also werden außer den Rabenkrähen als Unterart auch die Nebelkrähen als Unterart geführt und beide in der Art »Aaskrähen« zusammengefasst.

Unsere »Griechin« war eines der seltenen Exemplare im Südosten von München in ländlicher Umgebung, das mit einem stolzen Rabenkrähenmann verheiratet war. Den Namen »Griechin« erhielt sie von Perikles. »Der geht es ähnlich wie mir bei der Polizei. Alibi-Immigrantin mit Seltenheitswert vor allem im ländlichen Raum. Und stolz wie eine Griechin ist sie auch!«

Wir kannten in der Zwischenzeit die Lage des Reviers unseres gemischten Paares und wollten ihnen als Erstes einen Besuch abstatten – da fiel der Schuss.

»Das war eindeutig ein Schrotgewehr und er könnte durchaus auf unserem Übungsgelände abgefeuert worden sein!«, rief

Perikles und lief in Richtung des Knalls.

Als ich ihn heftig atmend einholte, kniete er auf dem Boden und sprach in sein Diensthandy. Vor ihm lagen die Reste eines zerschossenen Rabennestes mit einem blutigen Etwas. Und dieses Etwas ließ sich ganz schnell anhand der darin vermischten Federn als der tote Körper unserer geliebten »Griechin« identifizieren.

»Das Nest liegt mindestens 50 Meter innerhalb der Grenze unseres Übungsgeländes. Hier darf nicht gejagt und geschossen werden! Was soll denn das?! Malaka, Scheißkerl, dich kriegen wir! Die Grenze des Übungsgeländes ist hier die Straße zur Kaserne und weiter zum Dorf. Da ist ein Parkplatz, komm, ela, ela, komm!«

Perikles rannte schon wieder los. Bei meinem etwas mühsamen Versuch ihm zu folgen hörte ich auf halber Strecke ein Auto mit durchdrehenden Reifen losfahren. Angekommen auf dem Parkplatz, gab Perikles gerade eine Autonummer per Handy weiter.

»Und jetzt könnt ihr zeigen, wie schnell ihr seid. Ich zahle die doppelte Menge Bier, wenn ihr den Mistkerl erwischt!« An mich gewandt: »Lass uns die Beweismittel sichern und eine kurze Skizze und ein Foto vom Tatort machen. Eigentlich wollten wir ja die Griechin in einem anderen Zustand fotografieren. Ist das deprimierend, verflucht noch mal.«

Auf dem Weg in die Kaserne kämpften wir beide dagegen an, uns nicht allzu sehr unserer Niedergeschlagenheit hinzugeben. Perikles erzählte mir, er habe bereits mit Aichinger telefoniert. Er werde nach dessen Rückkehr in ein paar Tagen nach Griechenland fliegen. Sein Bruder habe ihn wissen lassen, dass er nur noch auf seine, Perikles, Rückkehr warte. Danach, so sei er mit den Ärzten übereingekommen, werden alle lebensverlängernden Maßnahmen eingestellt. Die Metastasen in der Lunge machten ihm das Weiterleben unerträglich. Der Bruder wolle sich verabschieden und werde dann auf eigenen Wunsch in einen tiefen Schlaf versetzt. Die Ärzte gingen davon aus, dass er innerhalb weniger Tage sterben werde.

»So war er immer, stark und vernünftig. Ich werde ihn fürchterlich vermissen! Und dir geht es bestimmt auch nicht besonders gut, nehme ich an?!«

»Kann ich nicht leugnen, aber ich kann noch hoffen und kämpfen! Und vorerst möchte ich wissen, wer ein Interesse hat, uns die Freude mit unseren Rabenkrähen zu verderben!«

»Ich glaube, das weißt du bereits, oder?«

Eine Antwort erübrigte sich. In der Kaserne angekommen, wurden wir gebeten, in die Wache zu kommen. Am Parkplatz entdeckte Perry den grünen Landrover, der vor kurzer Zeit mit quietschenden Reifen den Parkplatz verlassen hatte. Der Aufkleber »Jagd ist Hege!« wirkte geradezu wie Hohn.

Bevor wir auf der Wache ankamen, konnte ich Perikles noch überreden, für das erfolgreiche Einsatzkommando das versprochenen Bier bezahlen zu dürfen. Perikles suchte zunächst die Truppe auf, gratulierte ihr und versprach das ausgelobte Bier. Abgang mit Applaus. Die Diensthabende in ihrer Uniform erinnerte mich stark an Renate Köchl, ich wollte ganz schnell weg. Hoffentlich entwickelt sich bei mir nicht gerade eine Phobie gegen weibliche Uniformierte, wenn sie nicht Köchl heißen. Ich wüsste nicht, wo ich mich da auf dem Gelände der Polizeikaserne verstecken könnte. Bevor wir mit dem mutmaßlichen Täter konfrontiert wurden, bekam Peri eine Mappe mit Unterlagen zu dem vermutlichen Straftäter, die ein Polizeieleve unter Zeitdruck zusammenstellen musste. »Gibt mindestens die Note Zwei«, lächelte die Köchl-Imitatorin. Wenigstens hatte sie keinen fränkischen, sondern eher einen schwäbischen Dialekteinschlag. Peri behandelte mich wie einen Kollegen, wenn das Kriminalhauptkommissar Weißhaupt wüsste! Er trug mir wie selbstverständlich die wichtigsten Daten aus der Akte vor:

»Name Hektor Demmel, 57 Jahre alt, Steuerberater aus einer nahen Stadtrandgemeinde. Aktenkundig, da sein einziger Sohn an einer Überdosis Heroin starb. Danach mehrmals Trunkenheit am Steuer und einmal nach einer Razzia bei einem illegalen Glücksspiel ertappt. Hausverbot bei mindestens drei Spielbanken, vor Jahren Konkurs angemeldet, da er sich trotz hoher Einkommen mit dubiosen Papieren verspekuliert hatte. Geschieden.«

Der Auszubildende zitierte dann noch eine Bleistiftbemerkung am Rande eines Vernehmungsprotokolls: »... nicht unbedingt ein Sympathieträger!«

»Ich hätte ihm auch mindestens eine Zwei zugestanden«, beendete Peri seinen Vortrag.

Der erste Eindruck des festgehaltenen ziemlich übergewichtigen Mannes in einer Art Kombination aus Jagdbekleidung und Trachtenanzug schien der Einschätzung des früheren Protokollanten recht zu geben. Grußlos brüllte er los, drohte mit Konsequenzen, Anzeige wegen Freiheitsberaubung und Beschwerde beim bayerischen Innenminister, mit dem er seit langem ausnehmend gut befreundet sei. Peri musste lächeln. Und dann typisch für dieses griechische Schlitzohr: »Ich muss noch einige dringende Dienstgespräche führen, und dann habe ich für Sie Zeit. Mein Vorgesetzter liegt im Krankenhaus. Ich habe Ihnen einen Zeugen mitgebracht, der Ihnen gerne erklärt, in welch hässliche Situation Sie geraten sind. Der Herr hier ist konkret mit dem Tode bedroht und soll in drei Monaten ermordet werden. Deswegen steht er unter Polizeischutz und lebt augenblicklich ebenso wie ein bedrohter Oberstaatsanwalt mit seiner Frau in dieser Polizeikaserne. Und Sie sind wie auch immer in diesen Fall mit hineingeraten. Wenn ich zurückkomme, erfahren Sie ihre Rechte, können ihren Anwalt anrufen und wir werden nach der Vernehmung entscheiden, wie es weiter geht. Sie entschuldigen mich bitte, bin bald zurück«. Und weg war er!

Ich musste tief durchatmen. Als ich mich gefangen hatte, bat ich Herrn Demmel, sich doch bitte zu setzen.

»Was redet denn dieser ausländische Polizist für Kacke! Wie kann man bloß Ausländer zu Polizisten machen, die hassen doch uns Deutsche!«

»Herr Demmel, ich erzähle Ihnen einfach, wie Sie wahrscheinlich auf die Idee gebracht wurden, genau diesen Vogel abzuknallen, obwohl das Jagen im staatlichen Übungsgebiet streng verboten ist. Sie haben von einem Unbekannten oder auch per Post oder Mail eine Anfrage erhalten, ob Sie nicht diese in diesem Gebiet überaus seltene Nebelkrähe abschießen könnten. Die dafür gebotene Prämie war überraschend hoch, wahrscheinlich zwischen 5 000 und 10 000 Euro. Und es wurde ein Vorschuss ausgelobt. Da Sie auf Grund Ihrer Spielsucht fast chronisch knapp bei Kasse sind, schien dies eine einfache Sache zu sein, ein Zubrot zu verdienen. Vielleicht hat man Ihnen aber auch gedroht?! Und so oder so ähnlich haben Sie sich zum Handlanger eines fast weltweit gesuchten Drogenhändlers und Mörders gemacht, der allein wegen 25 Morden in Europa gesucht wird. Wenn sie mehr wissen wollen, sagen Sie es mir. Wenn Sie etwas erzählen wollen, warten wir auf ihren Rechtsanwalt und den Kriminalhauptkommissar!«

Bei dem Wort »Drogenhändler« war dieser feiste Mann regelrecht zusammengezuckt. Wie zu vermuten war, hatte der Drogentod seines Sohnes ihn aus der Bahn geworfen. Es war anzunehmen, dass er alle Drogenhändler hasste. Er wollte mehr wissen und ich erzählte in Kurzform meine Geschichte mit Dr. G. und seinen Freunden. Herr Demmel schüttelte mehrfach im Verlauf meiner Erzählung den Kopf.

»Das ist ja unfassbar!«, entfuhr es ihm am Ende meines Berichtes.

Und ganz zufällig ging gerade jetzt die Tür auf und Hauptkommissar Perikles kam scheinbar in Eile in den Raum gestürzt. Natürlich hatte er mitgehört und wohl auch durch das sattsam bekannte Einwegfenster mit beobachtet. Kaum war Perikles am Verhörtisch, wurde er von Demmel angesprochen:

»Unglaublich! Herr Kriminalhauptkommissar, Sie müssen

mir glauben, ich hatte von all dem keine Ahnung! Ich brauchte wieder einmal Geld, das Angebot über eine Abschussprämie von 12 000 Euro fand ich im Briefkasten, einschließlich einer Skizze mit der Lage des Nestes. Ich kannte den Vogel schon, da er wie Herr Kramer richtig sagt als Nebelkrähe in unserer Gegend sehr selten ist. Ich wollte ihn damals unbedingt als Trophäe haben, der erste Schuss auf den fliegenden Vogel über meinem Revier ging daneben, seither mied dieses Miststück mein Jagdrevier. Die Unbekannten machten mir die Sache einfach. Sie versprachen in einem weiteren anonymen Schreiben, den Vogel an dem Tag, an dem ich ihn samt Nest herunterschießen sollte, zu vergiften oder zu betäuben und ins Nest zu legen. Meine Aufgabe war einfach. Ich erhielt einen Anruf am Morgen, ich solle mich bereit halten, und dann nochmals einen um die Mittagszeit, jetzt loszufahren und das Nest herunterzuschießen. Ich fand das gut geplant, da ja um die Mittagszeit kaum Polizisten auf dem Gelände übten. Das ist die Wahrheit. Die Hälfte des Geldes habe ich als Vorschuss erhalten, der Rest wird mir wohl jetzt durch die Lappen gehen?«

Mir wurde dieser Demmel durch die Art seines Geständnisses nicht sympathischer. Perikles war die Freundlichkeit in Person.

»Da dieser Kriminalfall von der Mordkommission 5 in München bearbeitet wird, müsste ich Sie und ihr Auto mit nach München nehmen, um ihre Aussagen zu überprüfen. Wir haben allerdings hier in der Kaserne ein Übungslabor, geleitet von Fachleuten zu Ausbildungszwecken, das genau so gültig diese Untersuchungen zur Abklärung Ihres Vorgehens anstellen kann. Sie müssen uns das nur unterschreiben. Ebenso das Protokoll des Gespräches, das gleich schriftlich angefertigt wird. Bitte halten Sie sich die nächsten Tage für uns zur Verfügung und hinterlassen Sie Telefonnummern, unter denen wir sie erreichen können. Sollen wir Ihren Rechtsanwalt noch verständigen? Er kann mich auch jederzeit anrufen, wenn Sie uns seinen Namen und seine Adresse geben, damit sich kein falscher Rechtsanwalt einmischt. Ein zuständiger Staatsanwalt wird entscheiden, ob gegen Sie Anzeige erhoben wird. Ich lasse Sie, nachdem Sie das Protokoll unterschrieben haben, nachhause bringen. Wir beeilen uns, damit Sie ihr Auto möglichst schnell wieder bekommen. Soll ich Ihnen noch einen Kaffee ins Wartezimmer bringen lassen oder ein anderes Getränk? Bitte geben Sie dem Polizisten, der Sie nachhause fährt, die anonymen Schreiben mit, soweit Sie die noch besitzen. Das würde Ihre Aussagen noch glaubhafter machen. Ich denke, Ihr Geständnis wird sich beim Staatsanwalt und eventuell später bei Gericht positiv auswirken. Ich werde ja als Polizist auch sicher als Zeuge aussagen müssen.«

Wir verabschiedeten uns von unserem Fang, der nun wirklich kein Sympathieträger war.

»Wir zwei sind zwar ein trauriger Haufen, aber wir sind gut!«, sagte Peri bei unserer Trennung und ich wollte ihm nicht widersprechen. Mein Verfolger wird immer kindischer und ich hatte jetzt richtig Hunger, allerdings auch absolut keine Lust auf Kochen.

∼

Michael Kramer, erschöpft, müde und eben auch hungrig, klingelt bei seinen Nachbarn. Seit er in letzter Zeit zumindest für den Oberstaatsanwalt und seine junge glutäugige Frau des Öfteren Hoffnungsvolles zu berichten hatte, wird er von Shila huldvoll empfangen. Beide haben sich allem Anschein nach mit der Anwesenheit des jeweils anderen mindestens arrangiert.

Seine Beziehung zu Dr. Raimers hingegen ist für den pensionierten Lehrer in seiner Situation überaus wichtig geworden. Sie treffen sich wie geplant regelmäßig und versuchen ernsthaft und öfters auch lustvoll für sie wichtige Fragen zu »bearbeiten«. Und immer häufiger sind noch andere Personen aus der Kasernen-WG dabei. Mit seiner Unschärferelation und ihrer Auswirkung auf unser Bild vom Menschen hatte sich Kramer aber schlicht übernommen. Dass Gott trotz Einstein dennoch anscheinend würfelt, brachte sie nicht wirklich weiter. Immerhin blieb bei Kramer ein ehrfürchtiges Staunen übrig. Wenn die Sichtweisen zweier sich wohlgesonnene Männer mit unterschiedlichen Werdegängen, Studien, Berufen, Erfahrungen und Persönlichkeiten aufeinanderprallen, kann das auch fruchtbar sein. Für Dr. Raimers, einem aufgeklärten Katholiken, ist der »Wink aus dem Überirdischen«, also der Glaube, so etwas wie der Anker seines Lebens. Und zwar unabhängig davon, was aus diesen »Offenbarungen« gemacht wird. Kramers »Altersweisheit« führte zu einer Verstärkung seines »Agnostizismus« mit dem Kern, dass bestimmte Fragen wenn überhaupt nur vorläufig oder solide gar nicht beantwortet werden können. Und dass selbst diese Aussage nicht stimmen muss. Das Leben also ein Mysterium bleibt.

Gemeinsam ist aber ihr Interesse an der Frage, was denn überhaupt zu erkennen sei. Damit stoßen sie immer wieder auch auf die Ergebnisse neuerer Hirnforschungen. Ihr augenblicklicher Stand dabei ist, dass diese enorm Wichtiges zu sagen haben, sich aber davor hüten müssen, sich zu überschätzen. Der Dämpfer aus der Sicht der beiden »Quasselphilosophen« (Shila) war die Frage, wie ich als Gehirnforscher sagen kann, dass unsere Erkenntnisse begrenzt und abhängig von unserer Gehirnstruktur sind – und daher auch natürlich menschengemäß subjektiv – und dann zugleich mit dem Brustton der Überzeugung der Meinung sein, diese Aussage selbst und viele der Ergebnisse dieser Forschung seien ohne Einschränkung »richtig«? Jedenfalls hatte zum Beispiel die Aussage, die Gottesvorstellung sei ebenfalls »nur« eine Gehirnleistung, vor allem Theologen auf die Palme gebracht. Als es den Neurowissenschaftlern dann auch noch gelingt, den Sitz des Religiösen im Gehirn zu lokalisieren und angeblich Erlebnisse wie Heiligenerscheinungen im Experiment zu erzeugen, war der Kommentar von Theologen, die Gehirnforscher hätten quasi nichts anderes gemacht als den Emailbriefkasten des Gottesprogramms ein Stück zu öffnen. Insgesamt aber hat sich allem Anschein nach die spannende

Diskussion zwischen den einzelnen Wissenschaften versachlicht und auch die meisten Hirnforscher wissen, dass es noch viel zu überprüfen und zu erforschen gibt.

Enorm beflügelt hat die Diskussion zwischen den »Quasselphilosophen« um den Exlehrer und den Exoberstaatsanwalt trotz allem die Theorie aus der Neurowissenschaft, unsere Erkenntnisse und unsere Weltsichten seien in der »Deutungsbedürftigkeit« unserer Menschengehirne begründet – und zwar, seit wir denken können. Besonders Kramer ist regelrecht fasziniert von diesem Denkansatz, der ihm zumindest »vorläufig« viele Erscheinungsformen in diesem Mysterium Leben für sich »deuten« lässt.

Völlig missverstanden fühlten sich beide aber, wenn – wie in einer Großgruppe der Quasselrunde geschehen – aus diesen ihren »Erkenntnissen« der Schluss gezogen wird, sie würden so weit alles in Frage stellen und relativieren, dass ihnen dabei »die Werte« verloren gingen. Sie einigten sich darauf, dass die geschichtliche Entwicklung, die Religionen, die Aufklärung und vieles andere einen enormen Bestand an Werten »produziert haben«. Und ständige Diskussionen notwendig seien, um zeitgemäße Werte zu festigen und unzeitgemäße zu überwinden. Ein weites Feld! Vor allem in ihrer wiederkehrenden Diskussion über Gerechtigkeit und ein menschengemäßes Wirtschaftssystem erlebten sie dieses am eigenen Leibe. Und waren ihre Ergebnisse auch des Öfteren eher banaler Mainstream, mehr war offenbar für sie augenblicklich nicht möglich. So gingen sie eben als banale, aber bekennende Mitteleuropäer befriedigt oder aber auch beunruhigt meist zur späten Nacht auseinander.

In den letzten Wochen ist auch Shila ab und an für ein bis zwei Stunden mit von der Partie. Sie stöbert meist in Kramers Büchern oder DVDs, in die sie kopfhörerbewaffnet hineinhört. Oder sie bringt ihre eigene Lektüre mit, meist Herz-Schmerz-

Unterhaltungsliteratur. Shila ist in der Tat ausnehmend hübsch und in ihrer nach Dr. Raimers »einfachen Stricke« in solchen Situationen trotz schrecklicher Rollenklischees irgendwie beruhigend. Sie versorgt die Männer mit Getränken, wobei für den Oberstaatsanwalt meist auch ein paar zärtliche Gesten abfallen. Die Gespräche selbst scheinen sie nicht zu berühren. Umso mehr ist Kramer überrascht, als sie ihn jetzt »um Rat fragen« will. Und zwar bis ihr Mann aus dem Zentralbüro der Kasernenanlage, wo er irgendeinen Verwaltungskram erledigt, wieder zurück komme. »Gerne Shila, wenn dabei auch ein Butterbrot oder irgendetwas Essbares für mich abfällt!« Die indische Prinzessin in norddeutscher Ausführung lächelt und serviert aus ihrer stets gewienerten Küche eine noch lauwarme Spinatquiche, übriggeblieben vom Mittagessen des Ehepaares. Für diesen täglichen Service beneidet Kramer den Oberstaatsanwalt von Herzen und er erweckt bei ihm die bekannten schmerzlichen Erinnerungen.

Zunächst will Shila wissen, ob Kramer von dem »doofen Albaner« Neuigkeiten habe. Er liest ihr als Antwort darauf aus der Kopie der letzten Mails vor, die er für eventuelle Nachfragen seines Freundes Perikles eingesteckt hatte. Shilas Reaktion:
»Der Affe mit seinen blöden Morddrohungen. Der will dich einfach quälen! Vergiss ihn! Schade, dass er nur quatscht und nicht herausrückt, wann wir endlich unser Zwangsquartier verlassen können. Was glaubst du denn, wie lange das noch dauern wird? Glaubst du daran, dass überhaupt ein Ende in Sicht ist? Vielleicht will er mit uns ja das gleiche Spielchen treiben wie mit dir?!« Und sie fängt urplötzlich an, hemmungslos zu weinen.

Kramer ist überrascht und berührt. Er hatte eher Freudenschreie erwartet. Guten Gewissens kann er Shila seine Überzeugung darlegen, warum das endgültige Ende der alten Russenmafia kurz bevorstehe. Ein Hinweis darauf sei für ihn zum Beispiel die Tatsache, dass diese Mafia-Restgruppe nicht einmal ihre Drohnen-Angriffspläne geheim halten konnte. Oder, wie

Perikles erzählt habe, dass der Polizei vor einigen Tagen anonym eine Liste von Personen mit Angaben wie Decknamen, Adressen, Beweise für Beteiligung an alten Mafiaverbrechen und zum Teil Fotos der Täter zugespielt worden seien.

»Die neuen Herren wollen um alles in der Welt den Konflikt mit der deutschen Polizei aus der Welt schaffen, um in Ruhe ihren dunklen Geschäften nachgehen zu können. Wahrscheinlich kannst du in drei Monaten schon als freie Prinzessin an meiner Beerdigung teilnehmen!«

Der letzte Satz kommt bei Shila dann doch nicht so gut an: »Bitte, bitte hör auf damit. Ich weiß nicht, fünf Jahre konnte ich das alles ganz gut ertragen. Seit ich weiß, dass es bald vorbei sein könnte, drehe ich halb durch. Gib mir doch einen Rat, ich will meinem Mann nicht auch noch zusätzlich das Leben schwer machen!«

In Kramer regt sich der Verdacht, dass er sich womöglich in dieser Frau etwas geirrt haben könnte. Er schlägt ihr vor, zusammen mit ihrem Mann als Erstes darüber zu entscheiden, was nach der Befreiung konkret geschehen soll. Und dann müssten sie nachdrücklich mit Planung und, soweit von hier aus möglich, auch mit der ersten Umsetzung beginnen. Und da ihr Mann auf sich warten lässt, erzählt Shila, dass sie bei Dr. Raimers bleiben und ihr Haus in der Nähe von Rosenheim gemeinsam mit ihm einrichten und bewohnen will. Wobei, wie sie immer schon geplant haben, Dr. Raimers seine große Stadtwohnung in München behalten soll. Diese habe auch Platz für ihren Besuch, wenn sie einmal Großstadtluft schnuppern wollte. Vor allem aber träumt sie davon, sich endlich Tiere anzuschaffen, wenigstens einen Hund, mehrere Katzen und eventuell später auch noch einen Papagei. Kramer findet, sie mache ihm die gestellte Aufgabe mehr als leicht.

»Wahrscheinlich wirst du dir einen Rassehund zulegen?«, fragt er die Prinzessin und sieht sie vor seinem geistigen Auge in Rosenheim mit einem magersüchtigen Afghanen in teuren

Feinkostgeschäften und edlen Boutiquen auf Einkaufstour.

»Ach Michael, was glaubst du von mir. Ich möchte einen Mischlingshund, der zu mir hält, das ist alles!«

Jetzt schämt sich Kramer fast ein wenig.

Sie vereinbaren, dass Shila zunächst noch einmal mit ihrem Mann die Planung der ersten Maßnahmen und Ziele für die Freiheit festlegen soll. Und für danach bietet der Exlehrer an, die nächste »philosophische Quasselrunde« zu missbrauchen und gemeinsam mit dem Ehepaar all das in die Wege zu leiten, was von der Polizeikaserne aus möglich ist. Shila wirkt schlagartig wie neu geboren, strahlt mit ihren großen dunklen Augen und redet wie ein Wasserfall. Bingo! Da Dr. Raimers anscheinend aufgehalten wird, gibt es dann noch einen Espresso und zum Abschied einen großen nachbarlichen Schmatz. Kramer findet, er habe nun genug für die Welt geleistet und leistet für sich danach pures Rentnerglück: einen Mittagsschlaf ohne Wecker! Kurz vor dem Einschlafen hat er dann noch eine Idee, wie er Shilas Lagerkoller vielleicht etwas mindern könnte.

∽

[Steuerungssystem: EKHK Aichingers Notizbrief 3]

Polizeikaserne/Büro des EKHK Erwin Aichingers, der hier mit Sondergenehmigung des Polizeipräsidenten nach seinem Krankenhausaufenthalt vorübergehend sein Hauptquartier aufgeschlagen hat. Sozusagen eine dienstliche Reha oder ein Rehadienst – Mitte September im zweiten Jahr seiner Scheidung:

Liebe Ursula, wieder Sammlung und zugleich Bestandsaufnahme im Falle Michael Kramer durch einen fingierten Brief an dich. Hast mich ganz schön verwirrt durch deine Email während meines zwangsweisen Aufenthaltes im Krankenhaus. »Lieber Ex, ich wünsch dir schnelle und gründliche Genesung. Möchte wissen, ob sie dich in Handschellen dazu überreden mussten, dich endlich behandeln zu lassen. Pass auf dich auf. Ursula« Habe den Text vor- und rückwärts gelesen und streng mich gerade mächtig an, nicht zu viel zu erwarten. Jedenfalls war es eine riesige Überraschung.

Peri ist übrigens in Athen, sein Bruder ist bereits verstorben. Er hilft seiner Schwägerin und den beiden Kindern, mit der Situation einigermaßen zurechtzukommen. Kollege Weißhaupt leitet das Büro in München. Ich selbst halte mich soweit es geht zurück, erhalte aber täglich von ihm einen Kurzbericht. Es war sein Wunsch und es klappt ganz gut. Er ist erschreckend bürokratisch, dafür aber zuverlässig und genau. Muss mich langsam entscheiden, wer mein Stellvertreter werden soll.

Im Falle Michael Kramer tut sich einiges. Der gestörte Albaner hat jetzt zum ersten Mal einen Zeitraum, nämlich drei Monate, genannt, nach dem er Michael persönlich töten will. Ein kranker und anmaßender Mensch. Er tut so, als ob unsere Maßnahmen für ihn Luft wären und erwartet von der Polizei eine Statistenrolle. Ginge es nach mir, würde ich Michael sofort aus dem Verkehr ziehen und die nächsten Monate an einem hochsicheren geheimen Ort verwahren. Ich kann aber Michael nicht davon überzeugen. Er vertraut auf die Zusagen dieses Schwerverbrechers, bald noch einen exakteren Termin für die angekündigte Hinrichtung zu nennen – Wahnsinn! Erst dann will er abtauchen. Natürlich weiß der Ganove trotz unserer Abschirmmaßnahmen davon. Diese Einsicht ist deprimierend. Wie er es anstellt, bleibt uns immer noch ein Rätsel. Wird der Albaner wortbrüchig, hätte er ein leichtes Spiel. Ich habe absolut kein gutes Gefühl. Michael dagegen wirkt hellwach. Er will, wie er sagt, aus der verbleibenden Zeit »so viel herausholen wie möglich«. Und er nutzt unverdrossen seine »Freilandhaltung«. Allerdings scheinen seine nächsten Runden im Übungsgelände einige Zeit ins Wasser zu fallen. Nicht weiter als in 30/40 Metern jenseits der

»Reservatsgrenze« fiel plötzlich schon wieder ein Schuss. Kramer warf sich instinktiv in Deckung und verriss sich dabei sein Kreuz. Er humpelt seit Tagen trotz ärztlicher Behandlung wie ich mit Krücken durch die Gegend. Weder seine Privatbewacher, noch die dann alarmierte Einsatztruppe konnten klären, wer geschossen hatte. Wir vermuten ein bewusstes Störmanöver. Der Revierjäger aber besitzt ein wasserdichtes Alibi und die Staatsanwaltschaft prüft gerade in einer anderen Sache, ob sie einen Prozess gegen ihn führen will. Davon später. Er fällt daher wahrscheinlich auch als Anstifter oder Organisator aus, obwohl er immer noch große Schulden hat.

Michaels Privatbewachung besteht übrigens aus einem jungen Südtiroler, der bei dem versuchten Drohnenangriff der alten russischen Mafia auf den Bungalow des Ehepaares Raimers aufgegriffen wurde. Er arbeitet für ein Detektivbüro in München. Dieses schickte regelmäßig Berichte an eine Briefkastenfirma in Italien über Kramers Verhalten, polizeilich begleitete Reisen und so weiter. Auf ähnliche Art und Weise übrigens, wie wir den Emailverkehr mit dem Albaner zähneknirschend abwickeln. Der Verrückte hat ein abartiges Verlangen, über die intimsten Bereiche seines Hassobjektes Bescheid zu wissen. Setzt das unter anderem als Demütigung und Verunsicherung Kramers ein. Die Hauptaufgabe der Privatbewachung aus Sicht des Albaners war es aber, wie wir wissen, Michael zu schützen, damit er als Opfer für die geplante Hinrichtung durch ihn »mit eigener rechter Hand« erhalten bleibt. Dies hat dann auch bei dem Überfall eines gestörten Tierarztes und Sohn einer ehemaligen Schülerin Kramers auf dessen Person funktioniert. Unterstützt wurde der junge Südtiroler damals von einem durch eine italienische Mafia gestellten und wohl auch finanzierten »Wachmann«. Der Mann ist bei der Verhinderung des Drohnenangriffes ums Leben gekommen. Diese Mafia steht in der Schuld des Albaners! Heute begleiten und unterstützen den Südtiroler abwechselnd zwei professionelle Personenschützer, die uns bekannt sind. Wir haben sie nach allen Regeln der Kunst durchleuchtet. Michael hat der weiteren Bewachung zugestimmt. Wir konnten dem Detektivbüro keine Straftaten nachweisen. Die eher harmlosen Berichte wurden natürlich eingestellt. Michael finanziert seit dem gescheiterten Drohnenangriff seine »Privatarmee« jetzt selbst. Soll verhindern, dass der Albaner für seine Freigänge wieder ein anderes Überwachungs- und vor allem Schutzsystem einführt! Alles sehr schräg und abnormal. In der Tat entlastet diese Truppe aber auch unseren Etat. Sie arbeitet offen mit uns zusammen. Der Bürokrat Weißhaupt hüpft im Quadrat, mir selbst ist auch nicht wohl dabei. Aber bisher hat das Ganze seinen Zweck erfüllt. Und was bitte ist bei diesem Fall schon normal?!

Verrückt ist auch, dass wir über den Emailverkehr mit dem Albaner erfahren, wie es um die bisherige russische Mafia steht, die den Oberstaatsanwalt bedroht. Jener Boss, der Kopfgeld auf Dr. Raimers ausgesetzt hatte, wurde von einer rivalisierenden anderen Mafia samt seiner Führungsgruppe in Moskau ausgelöscht. Die letzte Mitteilung des Albaners verspricht dem Ehepaar Raimers wieder eine baldige Freiheit. Sobald die Reste der alten Mafia auch in Deutschland entmachtet und vernichtet sind. Der gescheiterte Drohnenüberfall gibt Zeugnis von diesen Vorgängen. Die Frau des Staatsanwaltes hatte bisher tapfer die erzwungene Isolierung ertragen. Sie drohte aber angesichts einer versprochenen Befreiung plötzlich durchzudrehen. Michael erarbeitete mit dem Ehepaar einen Plan für die Zeit nach der Befreiung. Nach diesem wurde festgelegt, was bereits jetzt von der Polizeikaserne aus realisierbar ist. Oder wenigstens angestoßen werden kann. Da die junge Frau des Juristen von Haustieren träumte, besorgte Michael ihr mit meiner Genehmigung über seine Beziehungen zu einem Hundeschutzbund einen jungen griechischen Straßenhund. Ein Bombenerfolg! Dieser Sokrates ist ein schwarz-weiß geflecktes Unikum, unheimlich gut drauf, hat Dackl-Obeine, wird aber größer als ein Dackel und Kopf und Ohren haben nicht das Geringste mit dieser Hunderasse gemein. Unter dem Schutz von bewaffneten Anwärtern kann Frau Raimers mit ihrem Hund auf dem Gelände innerhalb des Kasernengebietes täglich eine längere Zeit flanieren. Das Tier ist schon eine Art Maskottchen der Kaserne geworden. Auf das Übungsgelände darf Frau Raimers mit ihrem geliebten neuen Freund allerdings nicht. Diese Aufgabe übernimmt kein anderer als Michael. Der fordert in der Tat sein Schicksal regelrecht heraus.

Der Exlehrer frönt übrigens einer ungewöhnlichen Leidenschaft: Er bewundert Rabenvögel und hat Peri damit angesteckt. Beide streifen so oft wie möglich mit ihren Feldstechern und Kameras durch unser Übungsgelände. Der krankhafte Albaner ließ den hoch verschuldeten Inhaber des angrenzenden Jagdreviers dazu anstiften, in unserem Übungsgelände trotz strengen Jagdverbotes eine hier seltene Krähe zu töten. Unsere beiden Vogelnarren waren an dem Tier sehr interessiert. Dafür hatte der gestörte Mann eine Prämie von sagenhaften 12 000 Euro versprechen lassen! Michael ist stocksauer über dieses hochgradig kindische Verhalten. Dr. G. will in seiner Rache wirklich alles zerstören, woran Kramer Freude haben könnte. Unser Psychologe musste sich sehr ins Zeug legen, damit die Antwort auf die zuletzt angekommene Mail des Albaners nicht in wüste Beschimpfungen ausgeartet ist. Damit hätte Michael gezeigt, wie sehr die Terrormethoden des Albaners wirken. Die abgeschickte Mail ist aus meiner Sicht aber gut gelungen und Michael bleibt wie gewohnt souverän:

Im Sandkasten haben mir vor langer Zeit andere kleine Kinder meine Sandburgen zerstört, die ich mühsam gebaut hatte. Diese Kinder waren zu dumm, um sich selber etwas Schönes zu schaffen. Ich hätte nie gedacht, dass ich ähnliches Verhalten auch von einem Erwachsenen erleben muss. Ich gehe davon aus, Sie hassen auch Tiere, wie Sie sich selber

hassen. Was müssen Sie für eine Kindheit gehabt haben und wie einsam müssen Sie sein! Sie tun mir leid! Ein wirklich erwachsener Mann ginge zum Psychiater, ein unreifer Mensch sucht sich Schuldige für seine verkorkste Gefühlswelt. Lassen Sie also weiter Krähen abschießen und träumen Sie davon, dass mit meiner Auslöschung Ihr gescheitertes Leben irgendeine Art von Sinn bekommt! Sie spüren wahrscheinlich selbst, wie primitiv ihr Verhalten ist. Schade, dass ich mit Ihnen zu tun haben muss. Bitte haben Sie Verständnis, ich kann Ihnen diese Wahrheiten nicht ersparen.

Der Oberstaatsanwalt hat sich gefreut, dass er bald wieder zusammen mit seiner Frau ein freier Mensch sein darf. Haben Sie bedacht, was geschieht, wenn ich Sie erschießen sollte? Ich nehme an, nach Ihrem Tod wird die neue russische Mafia andere Wege finden, um Dr. Raimers zu informieren?! Lassen Sie mich bald wissen, in welcher Woche genau Sie mich zu ermorden gedenken. Auch ich muss noch einiges erledigen. Michael Kramer

Ursula, vielleicht merkst du, warum ich an diesem Freund hänge und alles tun werde, um ihn vor seinem Bedroher zu schützen. Obwohl er es mir nicht besonders leicht macht. Auch deswegen hoffe ich, noch länger an dich Briefe schreiben zu können, die dich nie erreichen werden. Bin übrigens zur nächsten Sitzung der »Quasselphilosophen«, wie Dr. Raimers und Michael ihre Diskussionsabende nennen, wieder eingeladen. Diesmal haben sie sich ein Thema vorgenommen, über das ein bekannter neuerer Philosoph, der allerdings schon verstorben ist, einen Aufsatz geschrieben hat. Es geht darin über »das richtige Leben im falschen«. Kenne weder den Philosophen noch kann ich vorerst mit dem Thema viel anfangen. Es verspricht aber wieder einmal spannend zu werden!
Dein Ex

Die zwei Männer saßen trotz einsetzender Kühle in entsprechender Kleidung am späten Nachmittag auf der Bank vor Kramers Bungalow. Ihre Krücken lehnten jeweils im Duo links und rechts an der Bank, die eiserne Schutzplatte vor der Hecke war auf Wunsch des Ersten KHK so weit hochgefahren, dass sie von draußen kein leicht erkennbares Ziel abgaben. Aichinger traute dem Frieden nicht, der sich immer wieder über sie legte. Kurz vorher hatten sie allerdings eine heftige Debatte, ob der schutzverwahrte Kramer nicht doch jetzt schon untertauchen sollte. Um das Abhören zu erschweren, hatte Aichinger das Geheimnis um den anvisierten und im wahrsten Sinne des Wortes bombensicheren Ort der zukünftigen Unterbringung auf einen Zettel geschrieben, Kramer zum Lesen gegeben und dann das Papier mit dem Feuerzeug angezündet und verbrannt. Kramer sollte in einen Bunker des Geheimdienstes verfrachtet werden, auch jetzt gab es keine genauere Ortsangabe.

Kramers Antwort war knapp und eindeutig: »Ja, aber im Augenblick noch nicht!«. Aichinger hatte das erwartet, zog ein ausgefülltes Formular aus der Tasche und ließ es nach dessen Studium von ihm unterschreiben. Kramer übernahm damit die Verantwortung dafür, dass der Schutz seiner Person trotz dringender Empfehlung der Polizei derzeit noch nicht verschärft und ausgeweitet wurde.

Nach einer längeren Schweigepause Kramer: »Erwin, ich weiß gar nicht so genau, ob ich mich noch mehr verstecken soll. Aber leider ist ja der Psychopath, wie er in Griechenland gezeigt hat, ohne Rücksicht auf den Schaden anderer zu allem fähig. Wenn ich nicht euch, möglicherweise die ganze Polizeikaserne samt Bewohner und alle, die mir ans Herz gewachsen sind, damit einer unkalkulierbaren Gefahr aussetzen würde, wäre ich gerne wenigstens bis auf weiteres in meiner kleinen Freiheit verblieben. So ein Leben ist noch lebenswert. Wenn ich jetzt untertauche, werde ich bis zu meinem Tod oder dem des Albaners unter verschärftem Gewahrsam bleiben müssen. Ich weiß schon, auch wenn ich erst kurz vor dem angekündigten

Duell untertauche, bleibt mir das nicht erspart. Und vielleicht wirft der gestörte Mensch dann alle Rücksicht auf seine Tochter über Bord und benutzt wieder Helga für eine Erpressung oder bedroht Frau Köchl. Aber die paar Monate will ich noch, die brauch ich noch! Die Zukunft ist so düster, dass ich nicht einmal mehr sicher bin, ob ich diesem sinnlosen Duell überhaupt ausweichen soll. Ich habe übrigens Angst, selbst das Duell könnte weitere Opfer aus meinem Umfeld verursachen. Damit ich deine Nerven nicht zu sehr strapaziere, werde ich sobald ich die Krücken los bin, nur noch eine Woche meine Freigänge in euer Gehege wie gehabt ausnützen. Danach schränke ich sie in Absprache mit dir soweit ein, dass du die mir bisher verheimlichte Alarmbereitschaft deiner Truppe in eine wirksamere und finanzierbare Überwachung meiner kleinen Freiheit umwandeln kannst – zusammen mit meiner Privatarmee, die bisher auf meinen Wunsch sehr diskret und zurückhaltend ihren Dienst ausübt. Aber bitte nicht mehr Polizisten als Bäume! In der einen Woche der größtmöglichen Freizügigkeit will ich noch einmal fast ungehindert mit dem Dackelmix meiner Nachbarin durchs Gehege streichen. Sie hat es mir versprochen. Es ist kindisch, ich weiß es.«

Der Erste KHK umarmte seinen Schutzbefohlenen und da sie dazu aufstehen mussten und beide frösteltelten, verlegten sie ihr weiteres Treffen ins Innere des Bungalows. Dort reduzierten sie Kramers Bestand an griechischem Rotwein. Und da die beiden Zwangssingles keine Lust auf Polizei-Atzung hatten, bestellten sie Pizza. Danach spielten sie Darts, das herbeizitierte Nachbarehepaar samt Hund Sokrates machte mit. Es wurde erstaunlich laut. Zwischendurch bekam der Dackelverschnitt aus Übermut oder Müdigkeit einen Bellanfall, so dass ihm Aichinger, wie bei Beamten üblich, eine Abmahnung androhen musste. Shila ihrerseits legte einen züchtigen aber gekonnten Bauchtanz hin und versorgte die älteren Herren mit Musik aus der eigenen Sammlung. Als sie anfingen, mit ihren Wurfpfeilen öfter die Zielscheibe zu verfehlen, gab es noch einen Absacker, was

Sokrates auf Shilas Schoß für ein erstes Schläfchen nutzte.

»So etwas schafft der Geheimdienst nie!«, raunte Kramer seinem Polizeifreund ins Ohr. Der nickte und verließ als letzter Gast leicht schwankend Kramers Heim.

∼

Eine gute Woche später kam Perikles zurück und bat Kramer telefonisch noch vor seinem Dienstantritt um eine Krähenexpedition ins Übungsgelände. Kramer war zunächst gerührt, erschrak aber dann zutiefst, als er den griechischen Freund vor dem Kaserneneingang wiedersah. Peri wirkte fahrig und gehetzt, hatte abgenommen und tiefe Ringe unter den Augen. Auch konnte er Kramer kaum in die Augen sehen. Er stand offensichtlich kurz vor dem Heulen. Als Kramer ihn spontan umarmen wollte, versteifte sich der sonst so lebensfrohe Mann wie ein Brett und wehrte ab.

»Bitte lass uns gehen!«, presste er hervor und »Sag deinen beiden Wachmännern, sie sollen Abstand halten wie immer, wenn ich dabei bin!«.

Kramer ging voller Sorgen und etwas verwirrt zu den beiden Männern und informierte sie, dass heute ausnahmsweise noch die alte Regelung galt. Sie nickten nur, ihre Maschinenpistolen konnten sie allerdings auf die Schnelle nicht verbergen. Peri lief einfach voran, Kramer – dank seiner neuen genialen Physiotherapeutin seit kurzem ohne Krücken mit einem Gehstock ausgerüstet – folgte in einem größeren Abstand. Das Ziel des Polizisten war die Bank auf dem Hügel, auf der sie öfter am Ende eines Ausflugs nochmals ihre Beobachtungen ausgetauscht und die geschossenen Fotos ausgewählt hatten, die Peri in seine Dokumentation aufnehmen wollte. Diese »Reiseberichte« hatte dieser bisher mit großer Zuverlässigkeit und Hingabe gepflegt, was Kramer auch jetzt noch überraschte. Heute war er ohne Fernglas und Fotoapparat gekommen. Dafür hatte er eine rote Mappe bei sich, die er beim Gehen unnatürlich fest an seine

Brust drückte. Kaum saß auch Kramer auf der Bank, reichte ihm Perikles die Mappe. Dabei liefen ihm Tränen über die Wangen und er würgte mühsam hervor:

»Das ist das Ende unserer Freundschaft. Ich wollte dich vor meinem Vorgesetzten informieren. Ich werde mich selbst anzeigen und den Dienst quittieren!«

Das war aber jetzt ein Hammer! Kramer: »Was um Himmels willen ist passiert oder was hast du denn angestellt?«

»Ich habe wochenlang Berichte über deine Situation und deinen Zustand an den Albaner geschrieben!«

»Das ist jetzt nicht dein Ernst?!«

»Doch, das Geld für die Medizin!« Und Peri heulte los, noch im Weinen ein Grieche.

Kramer, jetzt ebenfalls verstört, aber schon als Lehrer ein fast begnadeter Tröster. Weinende Schüler liefen zuerst meistens zur mütterlichen Sekretärin und wurden dann in besonders hartnäckigen Fällen zu ihm weiter gereicht. »Peri komm, lauf 100 Meter den Weg entlang, mach Kniebeugen und dann kommst du wieder zurück. Ich lese mich in der Zwischenzeit kurz ein!«

Wie ein Schüler stand Peri brav auf und schlurfte mit hängenden Schultern und vernehmlichen Schluchzen den Hügel hinab.

»Sehr geehrter Herr Psarras, bitte verzeihen Sie unsere Aufdringlichkeit. Aber mein Auftraggeber weiß, dass Ihr Bruder in Griechenland gerade fürchterliche Schmerzen erleiden muss. Und dass nur teure Medizin ihm das Leben erleichtert. Mein Auftraggeber kann Ihnen helfen. Sie sind ein Freund von Michael Kramer und betreuen auch seinen Fall. Berichten Sie uns in wöchentlichem Abstand schriftlich, in welchem Zustand dieser Mann sich befindet. Hat er Angst oder ist er in Panik? Oder freut er sich am Leben, verliebt er sich wieder einmal? Was stellt er sonst noch an, um mit seiner Situation fertig zu werden? Was sollen die Besuche bei den Vögeln, bei denen Sie öfter dabei sind usw. Wir brauchen keine geheimen polizeilichen Daten von

Ihnen. Sie müssen keine Pläne und Maßnahmen verraten. Meinen Auftraggeber interessiert allein, wie seine Anstrengungen und Maßnahmen bei diesem Herrn Kramer ankommen. Sie haben große Schulden. Damit Sie uns glauben, dass wir großzügig sind, haben wir Ihr Konto durch eine größere Überweisung ausgeglichen. Ansonsten brauchen Sie in Ihren Berichten nur die angefallenen Kosten für die Medizin zu nennen, wir werden sie Ihnen umgehend erstatten. Sie dürfen auf keinen Fall bei Ihren Berichten lügen. Wir haben Mittel, dies zu überprüfen und Konsequenzen zu ziehen. Sollte Ihr Herr Bruder versterben, haben Sie nur noch einen einzigen Auftrag zu erledigen: Händigen Sie Herrn Kramer dieses Schreibens und eine Kopie aller Berichte aus. Damit hat sich dann unsere Zusammenarbeit erledigt. Herr Kramer wird uns in seinen Emails dann sicher den Erhalt bestätigen. Wir haben uns in der Klinik von Athen davon überzeugt, dass Ihr Herr Bruder fürchterliche Qualen zu ertragen hat. Helfen Sie ihm! Tragen Sie zukünftig einen Zettel mit sich, auf dem Datum, Ja oder Nein und Ihre Unterschrift stehen. Wir werden wieder Kontakt mit Ihnen aufnehmen.«

Als Perikles nach einer längeren Zeit zurückkam, hatte er wenigstens aufgehört zu weinen. Und auch Michael Kramer hatte sich in der Zwischenzeit weit genug gefangen, um nach dem ersten Schock nächste Schritte vorschlagen zu können.

»Peri komm, wir drehen um und gehen in meinen Bungalow. Wir brauen uns einen heißen griechischen Bergtee oder du trinkst ein Weißbier. Wenn du willst, kannst du auch einen Ouzo haben. Aber bitte nicht zu viele, wir brauchen einen klaren Kopf. Du kannst dich ins Gästebett legen oder dir sonst irgendwie die Zeit vertreiben. Ich werde alle Schreiben lesen und dann sehen wir weiter. Vorerst möchte ich dir endlich mein Beileid aussprechen zum Tode deines Bruders. Und der Albaner ist ein verdammtes Schwein!«

Kramer konnte dem Griechen ansehen, dass er sich überwinden musste, um das Kasernengelände zu betreten. Nach einem süßen heißen Tee und Schokokeksen, Kramers von einem griechischen Notarzt übernommenes Spezialrezept gegen alle Widrigkeiten des Lebens, und einem Ouzo zog sich sein verstörter Besucher mit gesenktem Blick und ohne ein Wort zu sagen ins Gästezimmer zurück. Kramer telefonierte kurz mit Dr. Dr. Wagner und bat um einen Noteinsatz für seinen Freund. Ohne größere Nachfragen versprach dieser, sofort nach dem Ende der Sprechstunde vorbei zu kommen. Als Kramer besorgt die Türe zu seinem Gästezimmer einen Spalt öffnete, hörte er zu seiner großen Beruhigung lautes Schnarchen. Die erste Stufe wäre geschafft! Wahrscheinlich hatte der aufgewühlte Peri schon mehrere Tage schlecht oder gar nicht geschlafen. Die rote Mappe enthielt außer dem »Anschreiben« insgesamt zehn jeweils mehrere Seiten lange Berichte aus der Feder des griechischen Polizisten. Sie waren nach Datum geordnet.

Der erste Bericht war kurz nach dem Drohnenanschlag verfasst und befasste sich eingehend mit Kramers Rolle und »Verfassung« bei der Verarbeitung des Vorfalles bei Polizei und dem besonders betroffenen Ehepaar Raimers. Beim Lesen entspannte sich Kramer zunehmend und konnte sich an manchen Stellen sogar ein Lächeln nicht verkneifen. Der Fuchs von Grieche zeichnete so etwas wie das Bild eines edlen und klugen Ritters, der zuerst den von dem Psychoalbaner bezahlten jungen Bewacher enttarnte und dann diesen so mitfühlend und nett behandelte, dass dieser am Ende sogar eine feste Anstellung erhielt. Weiter wurde betont sachlich gezeigt, wie hilfreich und klug dieser Exlehrer dem Ehepaar Raimers Mut machte und ihnen darlegte, welche Hoffnung auf baldige Befreiung für sie aus ihrer misslichen Situation in der Auseinandersetzung der beiden Mafiagruppen lag. Peri vergaß aber auch nicht von der »tiefen Traurigkeit« zu sprechen, gegen die der tapfere Exlehrer hat ankämpfen müssen, weil seine eigene Situation ihm dagegen so ausweglos erschien. Das war das »Zuckerl« für den Albaner.

Ähnlich verfuhr er fast in jedem Bericht. Besonders gelungen und auch taktisch klug bewältigte er seine lange Schilderung vom Sinn, Zweck und Schönheit der Krähenbeobachtung. Der Albaner musste sogar von dem jahrelangen dummen und ignoranten Verhalten der Jäger und der von diesen beeinflussten deutschen Gesetzgebung lesen, die im Gegensatz zu aller Erfahrung der Krähenforschung stand. Er rühmte die Intelligenz der Vögel, vergaß aber auch nicht die Härte der Auseinandersetzungen bei dem Krähenvolk und Kramers Freude an den Beobachtungen. Und zugleich auch dessen Geschick, dies ihm, Peri, zu vermitteln. Zugleich kam danach wieder der Hinweis, wie sehr Kramer die Freiheit vermisste, diese Beobachtungen überall und zu jeder Zeit frei anstellen zu können. Im letzten, nicht »abgesendeten«, Bericht kurz vor dem Tod seines Bruders war die Idee Kramers, Shila Raimers mit einem Hund vor einem Lagerkoller zu retten, in ähnlicher Weise verarbeitet und geschildert. Etwas aus der Distanz berichtete Peri unter anderem auch noch über die Runden der »Quasselphilosophen« und Kramers Leiden an der Tatsache, dass er diese nicht in Freiheit organisieren und erleben konnte. Kramer, ein pfiffiger und letztlich ungebrochener, wenn auch unter den Schikanen des Albaners kräftig leidender Mensch! Kramer lehnte sich zurück und war geneigt, sich auch einen Ouzo zu gönnen. Da er aber die diesem Genuss bald folgende Müdigkeit scheute, griff er lieber zu seinen eigentlich für ihn verbotenen Schokokeksen. Auch die zweite Stufe war geschafft!

Kurze Zeit, nachdem sich Kramer nochmals versichert hatte, dass Perikles noch immer seinen Erschöpfungsschlaf pflegte, kam Dr. Dr. Wagner und füllte das Wohnzimmer. Er konnte nicht verbergen, dass dieser Hilferuf aus der Polizeikaserne bei ihm eine gewisse Besorgnis ausgelöst hatte. Dies wärmte Kramer und war besser als ein Ouzo am frühen Nachmittag. Der schnoddrige, aber bei Bedarf sehr sachliche und auch erstaunlich einfühlsame Psychologe wurde ins Bild gesetzt. Und schon verfiel er in den »Jagdmodus«, wie Kramer dies für sich nannte. Sobald er einen »Fall« witterte, war der ganze Mann konzentriert und zielgerichtet wie ein Jagdhund oder ein guter Chirurg. Zwar ein blöder Vergleich, aber dennoch nicht ganz unpassend. Der kompetente Dr. Dr. Wagner saß an Kramers Schreibtisch und studierte den Fall, wobei er zwischendurch sichtlich genussvoll an Kramers Spezialwein nippte. Der verstörte Perikles schlief erschöpft im Gästezimmer und der sicherheitsverwahrte Exlehrer lag auf seiner Traumcouch und übte Tiefenentspannung. Fast schämte Kramer sich, aber er verspürte etwas Ähnliches wie Glück, solche Momente erleben zu dürfen.

Darüber dämmerte er weg, bis ihn Dr. Dr. Wagner zurückholte.

»Mensch Kramer, ist das spannend! Hoffentlich bleiben Sie mir noch lange erhalten! Und ihr armer griechischer Polizistenfreund ist ein Prachtkerl, aber das wissen sie ja selbst. Ich ahne, was Sie neben vielem anderen von mir erwarten. Ich soll ein Gutachten für Sie über Inhalt und Wirkung der Berichte schreiben, das Sie dann dem Ersten vorlegen wollen?! Wissen Sie was? Ich mach das gerne! Vielleicht können wir ja gemeinsam den Ersten Kriminalhauptkommissar davon überzeugen, wieder einmal seine Karriere aufs Spiel zu setzen! Ich schätze, dieser Grieche ist das wert. Und natürlich begleite ich die nächste Zeit auch Herrn Psarras, wenn er es will und Sie es zahlen!«.

»Lass dicke Freunde um mich sein, die nachts gut schlafen!«, zitierte Kramer für sich wahrscheinlich den alten Cäsar und musste sich bremsen, den Schnodderich nicht zu umarmen.

Und unvergleichlich Dr. Dr. Wagner: »Und wo und wie bitte bekommen wir die nächsten Stunden etwas Leckeres zu essen? Ich muss nämlich Herrn Psarras noch mindestens drei Stunden schlafen lassen und will ihn danach seelisch durchkneten, wenn er es erlaubt.«

Kramer übernahm die Essensbestellung bei »seinem Italiener« in einer benachbarten größeren Ortschaft, der ihn öfter vor allem mit hervorragenden frischen Fischgerichten belieferte. Er bestellte für den späten Nachmittag für sich und den Fischliebhaber Peri jeweils Meerbrasse mit Salat und als Vorspeise dazu eine kleine mediterrane Gemüseplatte. Der nach eigener Einschätzung »sehr fleischlich inkarnierte« Psychologe bevorzugte Ossobuco. Vorerst genehmigten sich die beiden Herren noch einen Espresso und teilten sich die von Shila gespendete Schokoladennachspeise vom Vortag. Dr. Dr. Wagner holte sich ein Buch aus Kramers Regal. Damit bewaffnet belegte er Kramers Traumcouch, während dieser in sein Schlafzimmer verschwand. Und wieder senkte sich Frieden über den Verwahrungsbungalow Nummer 2!

Kurz vor der Ankunft des bestellten Essens trafen sich der Psychologe und Kramer wieder im Wohnzimmer. Dr. Dr. A. Wagner: »Das gewünschte Gutachten habe ich in groben Zügen schon notiert. Das muss einer erst bringen können. Herr Psarras ist auch noch im ›Verrat‹ irgendwie moralisch sauber geblieben. Ich werde das herausarbeiten und der Erste Kriminalhauptkommissar wird verdammt ins Schwitzen kommen. Hoffentlich läuft der nicht auch zu mir und verlangt ein Gutachten darüber, wie er sich zu verhalten hat. Was mich übrigens mehr beunruhigt ist Ihr Verfolger Dr. G. So was von Beherrschungsobsession, von Vernichtungsfantasien und zugleich brennendem Neid auf einen besseren Lebensentwurf! Er will, er muss Sie demütigen und er muss Sie in jeder Hinsicht vernichten. Er hat offenbar sein Selbstbild und seine Selbstwertschätzung davon abhängig gemacht. Ein armseliger Größenwahnsinniger, wenn Sie mich fragen. Er verlangt von dem Polizisten, Ihnen die Berichte zu überreichen um zu demonstrieren, wie sehr er Sie in die Enge treiben kann, wie sehr er Sie beherrscht und wie sehr er Ihnen überlegen ist. Ich gäbe viel darum zu erfahren, wovor der Typ davonläuft und sich ablenkt. Ihre Existenz hilft ihm, so meine Vermutung, um Anderes, Belastendes oder gar Bedrohliches auszublenden! Ein schlechtes Gewissen allein scheint mir da nicht zu genügen!«

Kramer hatte viel zu gut geschlafen, um sich schon wieder beunruhigen zu lassen und war auch dazu noch gar nicht wach genug. Aber er fand instinktiv, dass sein Gegenüber gerade Wichtiges von sich gab und hatte automatisch auf dem Rand der herumliegenden Tageszeitung mit dem abgelegten Kugelschreiber des Psychologen mitgekritzelt. Dr. Dr. A. Wagner stutzte, grinste und wandelte sich flugs wieder zum Schnoddrig: »Der Typ klaut mir tatsächlich meine besten Gedanken, bevor ich darüber ein Buch schreiben kann! Ich will das wenigsten durchlesen und genehmigen, sonst gibt es ein gewaltiges juristisches Nachspiel!«

Der eintreffende Essensservice hinderte die beiden daran, dieses Thema weiter zu verfolgen. Sie fingen an, in freudiger Erwartung den Tisch zu decken, stellten sogar Kerzen auf. Kramer hatte vorher Perikles Psarras aus den Federn geholt und Richtung Dusche geschoben. Als dieser den gedeckten Tisch erblickte und den freundlich lächelnden Dr. Dr. Wagner dahinter, fiel er Kramer um den Hals. Die nächste Stufe war gezündet! Der Grieche hatte wahrscheinlich auch tagelang kaum etwas gegessen und daher einen riesigen Nachholbedarf. Er bekam von Kramer so nebenbei das Verbot auferlegt, sofort zum Ersten zu gehen und nahm auch das Angebot auf kostenlose psychologische Betreuung, beginnend nach dem Essen, dankend an. Höhepunkt des Gelages und wahrscheinlich bereits Teil der Therapie war dann der Versuch von Dr. Dr. Wagner, Perikles Psarras dazu zu bringen, über das aktuelle Ereignis gemeinsames Essen einen mündlichen Bericht für Dr. G. zu formulieren. Kramer befürchtete schon einen neuen Rückfall seines Freundes, der aber ging tatsächlich darauf ein und gemeinsam mussten sie darüber Tränen lachen. »Perikles, du machst aus mir eine Mutter Theresa der Polizeikaserne!«, kommentierte Kramer die Vorführung. »Ich wusste gar nicht, wie edel ich bin, das beschert aber dem Dr. G. bestimmt wieder eine schlaflose Nacht!«

Nach dem Essen übernahm Kramer die Aufräumarbeiten, während im benachbarten Arbeitszimmer eineinhalb Stunden Therapie über die Bühne gingen. Der pensionierte Lehrer konnte den Polizisten auch dazu überreden, wenigstens diese und nach Bedarf auch weitere Nächte als Gast im Verwahrungsbungalow zu verbringen. Perikles Psarras verkroch sich bereits um 8 Uhr abends ins Bett und schlief tief und fest bis nächsten Morgen um 10 Uhr. Der Psychologe verließ für seine Verhältnisse ebenfalls früh Kramers Bleibe. Er war ein Nachtarbeiter und kündigte »Gutachten samt Rechnung« als Email bereits für den nächsten Tag an. Kramer hatte Zeit und Muße, sich endlich auch wieder einem Buch zu widmen. Es war eine Biographie eines unschuldig in Stalins Gulag einsitzenden deutschen Kommunisten, der diese Freiheitsberaubung erstaunlich einfallsreich überstand. Und für die Strategien dieses Mannes interessierte sich Kramer verständlicher Weise brennend! »Vom richtigen Leben im falschen«, dies war ja nicht ohne Grund Kramers gerade aktuelles Hauptthema. Und er kritzelte sich wieder spontan Notizen, diesmal für die nächste Sitzung der »Quasselphilosophen«, auf den Zeitungsrand, bis ihm das Buch auf die Nase fiel.

Die letzte Stufe des Falles Psarras startete am nächsten Tag frühmorgens. Während der Grieche noch aus Erschöpfung schlief wie ein Murmeltier, überflog Kramer das eingetroffene Gutachten. Es kam auch, wie angekündigt, dazu eine »Rechnung«. Sie bestand aus einem Satz: »Die Rechnung für geleistete und zu leistende psychologische Arbeit im Falle Perikles Psarras besteht in dem Recht, nach Rücksprache an den Sitzungen der ›Quasselphilosophen‹ teilnehmen zu dürfen.«

Das Gutachten selbst enthielt übrigens nicht nur Bewertungen zu den Berichten des Griechen an Dr. G. und damit des Dienstvergehens des Polizisten. Zugleich wiederholte Dr. Dr. Wagner die Beurteilung des Verhaltens von Dr. G. und formulierte damit all das, was Kramer auf dem Zeitungsrand mitgekritzelt hatte. Kramer schien das auch in seiner geordneten Form sehr überzeugend. Hilfreich daran für die Beurteilung des Falles Psarras war, dass der Psychologe diese Erkenntnisse vor allem auch auf die heimliche Spitzeltätigkeit des Griechen für den Albaner und ihre schonungslose und bis ins kleinste Detail reichende Offenlegung durch den Polizisten sofort nach dem Tod des Bruders zurückführte.

Kramer hatte übrigens auch noch eine wichtige Entdeckung gemacht: Unter einer eingeschlagenen Lasche der roten Berichtsmappe fand sich eine eng beschriebene Aufstellung, die ihm am Tag zuvor entgangen war. Sie gab Auskunft über die finanzielle Situation des Griechen, bevor er auf das Angebot des Albaners eingegangen war. Perikles Psarras hatte für die schmerzlindernden Medikamente nicht nur sein Kreditvolumen ausgereizt. Er hatte auch seine Stereoanlage, seine Wertsachen einschließlich der teuren Armbanduhr und sein einziges Grundstück in Griechenland verkauft. Er schilderte auf diesem Blatt auch, was er sonst noch alles unternommen hatte, um an Geld zu kommen – und wie er einsehen musste, dass es keinen legalen Weg mehr gab, die Qualen seines Bruders zu lindern. Danach folgte eine genaue Übersicht über »Einnahmen und Ausgaben«, die belegte, dass das Geld aus dieser illegalen Tätigkeit bis auf den letzten Cent für die Schmerzlinderung seines krebskranken Bruders ausgegeben worden war.

Michael Kramer rief den Ersten Kriminalhauptkommissar an, der gerade mit dem Auto auf dem Weg zur Polizeikaserne war und bat dringend um einen Termin. Schon ein halbe Stunde später saßen sich die beiden Freunde gegenüber und Kramer schilderte ohne Umschweife das Verhalten des griechischen Polizisten und die Umstände, die diesen dazu bewegt hatten. Er erzählte den Ablauf des Vortages und gab an, dass der Grieche aktuell in Kramers Gästezimmer immer noch im Tiefschlaf lag.

Und er übergab die Berichtsmappe, das Gutachten und absichtlich zuletzt die Aufstellung über das geflossene Geld und seine Verwendung. Der Albaner hatte sich seinen Einblick in die Gemütslagen Kramers einschließlich der geplanten weiteren Demütigung Kramers über 35 000 Euro kosten lassen.

»Erwin, jetzt bist du am Zug. Nimm dir bitte Zeit, sowohl ich als auch der Psychologe sind den ganzen Tag über zu erreichen. Perikles konnten wir übrigens nur noch mit einer Reihe von Tricks davon abhalten, schon gestern zu dir zu laufen, eine Selbstanzeige zu machen und den Dienst zu quittieren. Er wartet in meinem Schutzverwahrungsbungalow auf deinen Anruf. Tut mir sehr leid, dass mein Fall solche Kreise zieht und solche Probleme macht!« Kramer konnte Aichinger anmerken, welche Wirkung die letzten 15 Minuten auf ihn hatten. Dem oftmals eher zurückhaltenden Mann hatte es diesmal regelrecht die Sprache verschlagen.

»Ich melde mich!«, war sein einziger Kommentar und dann schob er Kramer zur Tür hinaus.

Perikles Psarras war wach, hatte Kaffee gekocht und aus der Polizeikantine frische Brötchen organisiert. Er wirkte auf Kramer wesentlich ausgeglichener als tags zuvor. Kramer berichtete über den neuesten Stand.

Psarras: »Selbst wenn ich meinen Job verliere, du und der Psychologe habt mir dann bereits die schönste Abschiedsfeier organisiert, die ich mir denken kann. Und ihr habt mir unerwartet meine Ehre zurückgegeben. Der Psychologe hat recht, ich brauche mich für das, was ich getan habe, nicht zu schämen. Ich werde die Entscheidung der Vorgesetzten akzeptieren, aber wenn es sein muss erhobenen Hauptes gehen. Und heute lade ich dich bei dir zum Essen ein und der Psychologe hat auch zugesagt und bringt Wein mit. Dr. Wagner wünscht sich einen gebratenen Lammschlegel, ohne Knochen und dafür gefüllt mit Schafskäse, dazu Nudeln und Spitzkohl-Salat und für Knoblauchfans noch ein Tzatziki. Die Zutaten habe ich alle bereits bestellt, um sechs

Uhr gibt es Essen und danach griechischen Kaffee mit Honiggebäck. Und ich werde die Küche putzen und du legst dich ins Bett. Und wenn mein Chef Aichinger und seine Chefs bis dahin entschieden haben, wäre es schön, wenn ich auch den Ersten Kriminalhauptkommissar in deinen Räumen zum Essen begrüßen könnte. Ist das gut so?«

Kramer freute sich riesig für Perikles Psarras und drückte seinen Freund. Die letzte Stufe war so gut wie geschafft! »Und hoffentlich nehme ich nicht bei all den Gelagen noch ein Kilo zu!«, dachte Kramer noch.

Am frühen Nachmittag lud Aichinger den Psychologen, Kramer und Psarras zu einer Besprechung. Er machte ein ernstes Gesicht, kündigte eine Entscheidung der vorgesetzten Behörde im Falle Psarras an und las vor:

»Die Schutzverwahrung Michael Kramers findet unter schwierigsten Bedingungen und massiver Bedrohung durch einen ehemaligen albanischen Geheimdienstmitarbeiter, weltweiten Drogendealer, Mafia-Unterstützer und zigfachen Mörder statt. Kriminalhauptkommissar Perikles Psarras, der von diesem Verbrecher über dessen anonymen Helfer Angebote für eine Zusammenarbeit bekam, entschied sich für ein ungewöhnliches Vorgehen. Er ging, allerdings ohne Rücksprache mit seinen Vorgesetzten, auf diese Angebote ein. So konnte er im Laufe weniger Wochen viel über die Motive und die Strategien des Verbrechers erfahren und begreifen. Das gezahlte Bestechungsgeld der Verbrecher wurde nachweislich nur für soziale Zwecke verwendet. Es ist zu erwarten, dass unter Berücksichtigung dieser Erkenntnisse die Polizeiarbeit im Rahmen der Schutzverwahrung Michael Kramers profitieren kann. Dafür wird Herrn Kriminalhauptkommissar Psarras von seinen Vorgesetzten ein Lob erteilt. Für das Vorgehen im Alleingang ist er allerdings ausdrücklich zu rügen. Kriminalhauptkommissar Perikles Psarras wurde über diese Entscheidung in Kenntnis gesetzt.«

Es folgten Datum, mehrere Unterschriften von einem

Ministerialdirigenten bis zum Ersten Kriminalhauptkommissar Aichinger und natürlich mehrere Stempel. »Der Mann muss abartig gut vernetzt sein, um in so kurzer Zeit in einem bekannt bürokratischen Apparat eine solche Entscheidung zu erreichen. Und er ist von seinem Griechen rückhaltlos überzeugt!«, sagte sich Kramer. Das spätere »Gastmahl«, an dem nach anfänglichem Zögern auch Aichinger teilnahm, erinnerte Kramer entfernt an die Gelage bei Homer. Der Lammbraten war ein Gedicht, der Wein gut und die Stimmung hervorragend. Die Ansprache des Hauptkommissars Psarras war kurz:

»Ich danke allen Beteiligten für die großartige Unterstützung und Zuwendung, die ich erfahren durfte. Ich werde versuchen, weiterhin mein Bestes zu geben. Ich kann jetzt ungestört den Tod meines geliebten Bruders betrauern. Herr Dr. Dr. Wagner hat mir zugesagt, mir dabei zu helfen. Ich bin froh und dankbar auch dafür!«

Und natürlich brachte Kramer wie befürchtet nach diesen zwei Tagen am nächsten Morgen über ein Kilo mehr auf die Waage!

∼

Du frecher Dreck. Dreckige stinkige Maus will Löwe beißen. Was du mit Kindern in Sandkasten machst intressiert nix. Mein Zeit als Kind intressiert dich nix du Schweinmaus. Hass dich sonst gar nix und ich krieg dich. Genau Zeit geht noch nicht aber kommt, verlass dich. Hast dich geärgert wegen blöden Schwarzvogel. Und dass ich so viel weiß über dein Schiss und Wut, weil eingesperrt. So muß sein. Werd dich nicht in Ruhe lassen. Geht dir bissl zu gut. Werd dir zeigen was so passieren kann. Gehen dir ab Huren, ha? Selber verkorkst Lehreraff. Sag Staatsanwalt ist noch bisserl zu früh. Lauft noch kleine Gruppe alte Mafia herum. Komm ja nicht auf Idee, wenn ich sag Termin, haust du ab von Polizei. Find dich, auch wenn ich nicht mehr leb. Mein viel Geld soll

erben Leute die dich dann finden. Also kein blöd Plan mit weglaufen. Denk auch an dein Huren, die wolln auch leben. Was glaubst du denn? Wenn du mich totschießt, Staatsanwalt bekommt immer sagen, wenn ist frei. Bin schlau denk dran. Dr. G.

Der Erste Kriminalhauptkommissar verlor kurz seine Beherrschung. Einmal, weil sein Hauptkommissar Weißhaupt ein blödes Grinsen kaum verbergen konnte, als er ihm die neue Mail des Albaners übergab. Zum andern natürlich, weil der Inhalt der Mail seine Pläne mit Michael Kramer kolossal erschwerte. Es war genau das eingetreten, was Michael befürchtet hatte! Da er sich vor seinen Leuten nicht zum Affen machen wollte, warf er nichts an die Wand sondern schubste nur voller Zorn seine Krücken um. Sofort kam seine rührend besorgte Vorzimmerdame Frau Wanninger in sein Büro gestürzt. Ihre sichtbare Erleichterung darüber, dass die Krücken ohne ihren Chef umgefallen waren, tat ihm gut und half ihm, seine Gefühlswelt wieder unter Kontrolle zu bringen. Er erinnerte sich, dass er dieser Seele von weiblichem Wesen schon seit Tagen aus Dankbarkeit dazu verhelfen wollte, eine ihrer sympathischen Schwächen zu frönen. Sie liebte diese grässlichen amerikanischen Zuckerballen Marsh-Mellows, mit denen sie, wie er selbst gesehen hatte, in New Orleans für die Touristen die Krokodile anlockten. Da Frau Wanninger, die nächstes Jahr ihren Sechzigsten feiern wird, dank Sport und Fernwandern immer noch eine gute Figur hatte, war sein Geschenk mit einem Gutschein für den Besuch eines edlen Fitness-Studios verbunden. Ohne Hemmungen: »Sie sind ein toller Chef!«. Und das strahlende Gesicht der Frau versöhnte ihn etwas mit dem missglückten Einstieg in den neuen Arbeitstag. Er bat Frau Wanninger, ihn für den frühen Nachmittag zum Espresso bei Michael Kramer anzumelden – »Kuchen wird mitgebracht!« – und rückte von dem Plan ab, seinen Hauptkommissar Weißhaupt im Büro zu erschießen.

Michael Kramer seinerseits war dabei, mit dem aufgeweckten Dackelverschnitt Sokrates einen der letzten Streifzüge ohne Hochsicherheitsbewachung durch sein Freigehege zu unternehmen. Seine beiden Bodyguards waren natürlich mit von der Partie. Zu ihrem Leidwesen wieder einmal auf Abstand, aber natürlich aufgerüstet mit effektiver Bewaffnung.

»Wenigstens müssen wir nicht deinen Lehrer im Ernstfall mit Stricknadeln oder Steinschleudern verteidigen!«, stichelte der Ältere. Er wusste, dass der kleine Südtiroler nichts, aber auch gar nichts, auf diesen Michael Kramer kommen ließ. Und sich über jede Kritik an ihrem Schützling ärgerte.

Zum Streiten hatten sie aber keine Zeit. Michael Kramer hatte nämlich nicht den Mut, den pubertierenden Sokrates von der Leine zu lassen. Auch weil er Shila hoch und heilig versprochen hatte, dieses Experiment nicht zu wagen. Sokrates musste erst eine Ausbildung in einer Hundeschule über sich ergehen lassen, was bei seiner Willensstärke sicher nicht verkehrt war. Jetzt also genossen Herr und Hund auf ihre Art ihre Freiheiten: Kramer das Fehlen einer Horde von Polizisten, Sokrates mit Nase am Boden und Kramer hinter sich her schleppend ab über Stock und Stein und hinein ins Gebüsch.

»Ich hab ja immer schon gesagt, der spinnt der Alte!«, murrte Kurt der Bewachungsprofi.

Sie teilten sich und versuchten, so gut abzusichern, wie es eben ging. Ohne Vorwarnung erstarrte Sokrates, knurrte bei gesträubtem Nackenfell, und vor Kramer und Hund stand der zweifelhafte Sympathieträger von Jäger, auf dessen Konto die Zerstörung des Nests und des Kadavers der Griechin ging. Er hatte eine fürchterliche Fahne, einen irren Blick – und sein Gewehr im Anschlag.

»Geh weg, ich will dein Hundsvieh erschießen. Gibt 15 000!«, schrie der alkoholisierte Mann. »Ich brauch das Geld, ich muss auch wieder einmal spielen, verdammt noch mal!«

Kramer warf sich ohne zu denken über Sokrates, der das als

Aufforderung zu einem spielerischen Gerangel verstand und sich in Kramers Jacke verbiss.

Der angetrunkene Jäger, für die Bewacher bestimmt: »Kommt ja nicht näher, sonst erschieß ich eueren Lehrer!«

Kramer, mühsam den Hund unter sich haltend, laut: »Ihr könnt vorsichtig kommen. Der Herr ist zwar besoffen, aber weiß, dass ihn seine Auftraggeber vierteilen, wenn er mir nur das Geringste antut!«

»Geh endlich von dem Hundsvieh!«, brüllte jetzt der dicke Jäger und versucht Kramer durch einen unsanften Fußtritt von Sokrates zu stoßen.

»Könnte sein, dass der Idiot noch blöder ist als ich dachte?!«, schießt es Kramer durch den Kopf, aber die Situation ist im Nu bereinigt. Das Geschrei zeigt den Bewachern den Standort, die Büsche bieten eine ideale Gelegenheit, ungesehen an das Geschehen heran zu kommen und der Betrunkene ist kein echter Gegner. Er ist im Nu zu Boden gerissen. Er klammert sich noch verzweifelt an sein Gewehr, so dass sich erst ein Schuss in die Luft löst, bevor er entwaffnet ist. Dabei zeigt Sokrates seinen Charakter: er lässt ab von Kramer und verbeißt sich in einen Jagdstiefel des jetzt heulenden Jägers.

Kramers Puls dreht halb durch, die beiden Bewacher binden dem dicken Mann mit einer Art Kabelbinder die Hände zusammen und ziehen ihn samt Sokrates hinaus auf den Weg. Kramer muss sich setzen und nimmt ein paar Tropfen seiner Notfallmedizin, die er immer in seiner Tasche trägt. Der Bewachungsprofi gibt einen kurzen Bericht an die Einsatzleitung und teilt die genaue Position mit. Er erfährt, dass die Einsatztruppe schon unterwegs sei. Der Südtiroler gibt Kramer einen Schokokeks:

»Hab ich beim Drohnenüberfall von Ihnen gelernt!«, und zu dessen Überraschung sogar einen Schluck Tee aus einer Feldflasche an seinem Gürtel.

Kramer mochte diesen Bauernjungen. Der Mannschaftsjeep raste den Weg herauf, der Zugführer erhielt einen Bericht und das Versprechen, dass ein Protokoll des Vorfalles folgen wird. Und Kramer versprach, ab einer knappen Stunde jederzeit zur Verfügung zu stehen.

»Passt nur auf, dass euch der Fette nicht das Auto vollkotzt!«, schärfte der Zugführer seiner gemischten Mannschaft ein.

Jäger und Gewehr werden verladen. Der Sanitäter der Truppe horcht Kramer kurz ab und untersucht, ob der Fußtritt des Jägers eventuell eine Rippe Kramers beschädigt haben könnte. Er kann auf die Schnelle nichts feststellen und Kramer erhält eine Schmerztablette. Nach kurzer Besichtigung und Absperrung des Tatortes zieht die Truppe mit ihrem Festgenommenen ab. Kramer bedankt sich bei seinen Bewachern, bittet um einen kurzen abschließenden Spaziergang zur endgültigen Beruhigung seiner Nerven. Sokrates benimmt sich vorbildlich. Er spürt offenbar, dass sein Hundeführer etwas angeschlagen ist und geht, diesen immer wieder besorgt beäugend, »bei Fuß«.

An der Kaserne angekommen, gibt Kramer seinen Bodyguards für den Rest des Tages frei. Sie mussten vorher nur noch kurz zu der Wachstube, ihr Protokoll schreiben und für eventuelle Rückfragen zur Verfügung stehen. In seiner Bleibe angekommen, wird Sokrates seiner Herrin übergeben. Das Ehepaar Raimers bekommt einen kurzen Bericht. Shila hat wie fast immer etwas Gutes auf dem Herd und Kramer ergattert den Genuss eines kleinen, aber feinen Mittagessens. Fast schon Routine! Erschöpft aber gesättigt zieht sich der pensionierte Lehrer danach dankend zurück. Er erhält noch einen besorgten Anruf von Aichinger, der leidlich beruhigt nochmals persönlich sein kuchenbewaffnetes Kommen ankündigt. Kramer versucht sein pures Rentnerglück, der Mittagsschlaf gelingt aber nur bedingt.

Der Erste Kriminalhauptkommissar humpelt sichtlich unglücklich auf seinen Krücken in Kramers Wohnzimmer. Christine, Kramers neue Wunderwaffe gegen Rücken- und andere

Knochen- und Muskelschmerzen mit ihren »sehenden Händen«, hatte sich auch Aichingers angenommen und versprochen, dass auch er in wenigen Tagen auf seine Gehhilfen verzichten könne. Er sollte aber vorher mit seinem Arzt sprechen, was der Oberpolizist mit Sicherheit nicht tun wird. Kramer musste bald feststellen, dass Aichingers schlechte Laune diesmal nicht allein auf die hinderlichen Krücken zurückzuführen war. Kaum hatte er sich gesetzt, hielt er Kramer die neue Mail des kranken Albaners vor die Nase. »Lies, warum nur musst du schon wieder recht haben!« Kramer kam sehr schnell auch zu der Vermutung, dass der heutige Tag bisher nicht unbedingt berauschend verlief.

Er hätte sich liebend gerne diesmal geirrt. Aber im Grunde war zu erwarten, dass der Albaner mit seinem Untertauchen rechnen musste und er seine Trümpfe ausspielen würde. Und zwar ohne Rücksicht auf seine Tochter.

»Mensch Erwin, da war unser Niederbayernfall fast noch harmlos dagegen!«

»Du hast wohl vergessen, dass du unter anderem verbrannt werden solltest? Lass die Vergleiche und konzentrieren wir uns darauf, wie wir mit dieser neuen Situation umgehen können.«

»Meiner Meinung nach hat die Polizei nur zwei Möglichkeiten. Entweder bleib ich in der Kaserne im Bunker, wobei die Kaserne noch mehr als Festung ausgebaut werden müsste. Allerdings schreckt ja dieser Typ auch vor Bomben oder dergleichen nicht zurück. Der Polizei müsste es also gelingen, diesen Dr. G. in Deutschland zu fassen. Aber auch da wird der Albaner vorsorgen und seine Ersatzkiller auf mich ansetzen. Die zweite Möglichkeit: ich tauche unter wie geplant, dann müssten, solange ich im verstärkten Gewahrsam schmore, zumindest Helga in Amerika und Frau Köchl in Deutschland unter Schutz gestellt werden. Und wahrscheinlich auch du!«

Die dritte Möglichkeit, die Kramer noch spontan einfiel, schrieb er lieber auf einen Zettel: »Wenn ich mit euerer Hilfe die Identität wechsle und irgendwo in einem befreundeten Land untertauche? Aber dann sind Helga und Renate Köchl und wahrscheinlich auch du genau so bedroht!«

»Genau diese Möglichkeit prüfe ich gerade. Aber ich hab auch die gleichen Bedenken wie du. Wir stecken verdammt fest!«

Kramer versuchte einen Scherz, der aber nicht so recht zündete: »Na, dann erschieß ich den Albaner einfach, bleibt mir ja nichts anderes übrig!«

Aichinger, ungeduldig und müde: »Ja, Ja, Ja ! – lass uns erst einmal den Rest der Mail betrachten, bitte.«

Das geschah dann bei Espresso und Kuchen.

Die beiden befreundeten Männer waren sich einig, dass Kramers letzte Mail den Albaner durchaus getroffen haben musste. Kramers laienhafte psychologische Einlassungen hatten bei dem Verbrecher offensichtlich heftige und wütende Reaktion hervorgerufen, die kaum gespielt sein durften. Er will sich seine Rachegefühle nicht vermiesen lassen. Aichinger hatte offenbar von Dr. Dr. Wagner gelernt und fand bestätigt, dass Kramers Art des Umgangs mit Dr. G. den Exlehrer dagegen schützt, eine bloße Opferrolle spielen zu müssen. Und in seiner Empörung hatte sich der Albaner sogar hinreißen lassen zu verkünden, was er zu tun gedenke, sollte Kramer untertauchen.

Aichinger: »Keine frohe Botschaft für uns, aber wir können zumindest über Abwehrmaßnahmen nachdenken!«

Die Drohung des Albaners, Kramer quasi für dessen Frechheit und Aufmüpfigkeit bald »zu zeigen, was so passieren kann«, gehe in eine ähnliche Richtung.

Aichinger: »Wenn du das heil überstehst – und er will dich ja heil erhalten für sein geplantes Duell – dann kennen wir danach wieder einige Inhalte seiner Trickkiste.«

Kramer: »Diese ganze spinöse Racheaktion ist irgendwie alttestamentarisch: Auge um Auge, Zahn um Zahn. Oder könnte auch aus der Tradition der nordalbanischen Bergbewohner gespeist werden. Wenn ich mich nicht irre, galt dort noch vor gar nicht so langer Zeit die Blutrache und der Ehrenmord.«

Und dann noch ein Aha-Erlebnis bei dem Ersten: »Schau einer an. Der dumme Jäger war also so eine erste Botschaft. Aber diese Masche kennen wir schon von früheren Fällen, da muss schon was Neues kommen!«

∾

Und dieses Neue ließ dann gar nicht lange auf sich warten. Sie hatten sich gerade darauf geeinigt, dass wieder Kramer die Nachbarn über die neuen Hinweise in der Mail informieren sollte, als der Alarm ausgelöst wurde. Offenbar für die ganze Kaserne, da auch von außen die Sirenen zu hören waren. Der noch auf seine Krücken angewiesene Aichinger musste mit in den Schutzkeller der Bungalows. Von dort aus ließ er sich mit dem für solche Fälle vorgesehenen Krisenstab unter Leitung des Chefs der Kaserne und seiner Sicherheitsbeauftragten verbinden. Er gab seinen Aufenthaltsort bekannt und bat darum, aus dem Team regelmäßig auf den neuesten Stand gebracht zu werden und nach Möglichkeit den Funkverkehr zwischen dem gepanzerten Fahrzeug der Einsatztruppe und der Zentrale mithören zu können. Kramer und das Ehepaar Raimers einschließlich Hund Sokrates konnten also die Vorgänge draußen in Echtzeit akustisch verfolgen. Vom Süden her näherte sich auf der Straße innerhalb des Übungsgebietes eine Art fahrbarer Roboter ähnlich der Art, wie sie bei Sprengstoffeinsätzen in Gebrauch waren. Nur dass dieses Fahrzeug sich relativ flott bewegte und offenbar eine Art Kanone aus seiner Panzerung ragte. Der Panzerwagen bat um die Erlaubnis zum Angriff, die wurde gewährt. Die Insassen des Schutzkellers hörten über ihre Funkverbindung das Rattern des schweren Maschinengewehrs und danach einen dumpfen Knall. Aus dem Panzerwagen kam die Meldung, das bedrohliche Fahrzeug sei »unspektakulär« explodiert. Und dann gab es offenbar weit heftigere Explosionen, deren Erschütterungen selbst im Schutzkeller zu spüren waren.

Der Panzerwagen meldete aufgeregt, ein zweites, sehr niedriges Fahrzeug habe sich unentdeckt parallel zum ersten der Kaserne genähert und einige Schüsse auf die Eisenplatte vor dem Bungalow des Lehrers abgegeben. Aus der Ferne sei allerdings kein Schaden feststellbar. Das Fahrzeug stehe jetzt regungslos etwa einhundertfünfzig Meter vor der Umfriedung und den Eisenplatten. Der Panzerwagen bat um Auskunft, wie er sich verhalten solle. Aichinger schaltete sich ein und schlug dem Einsatzleiter vor, der Panzerwagen möge in sicherem Abstand das Objekt beobachten. Weitere Kräfte sollten vorsichtig und auf Fallen und verdächtige Personen achtend ausschwärmen und den Angreifer umzingeln. Der Einsatzleiter seinerseits ergänzte mit dem Plan, zusätzlich den eigenen Lehr-Roboter mit seinen Kameras vorsichtig an das Objekt heranfahren zu lassen und dann die gefunkten Bilder auszuwerten. So wurde es gemacht. Der Angreifer stand bewegungslos und stumm vor seinen Zielen. Der Polizeiroboter funkte keinen Hinweis auf irgendwelche Aktivitäten des wahrscheinlich ferngelenkten Gerätes. Nach etwa 15 Minuten landeten Sprengstoffexperten einer Sondereinheit mit einem Transporthubschrauber auf dem Kasernenhof. Sie werteten ebenfalls die gesendeten Bilder aus und beobachteten mit hochauflösenden Ferngläsern das Schießgerät. Nach wiederum einer Viertelstunde näherten sich zwei Spezialisten mit ihren silbrigen Mondfahreranzügen von verschiedenen Seiten dem Fahrzeug, studierten wahrscheinlich ohne die Maschine zu berühren ihre Konstruktion. Danach traten sie weit zurück, ein relativ großer Spezialroboter der Sondereinheit rüttelte das Gerät. Als nichts geschah, hebelte er es aus und drehte es sanft auf den Rücken. Danach kamen wieder die Mondanzüge, betrachteten wieder die Konstruktion, diesmal die Unterseite. Und dann stellte der Roboter das Ding wieder auf die Räder. Als erneut nichts passierte, wurde einer der Mondanzüge handgreiflich und entfernte einen Teil der Verkleidung. Danach gab er Entwarnung. Weitere Mondanzüge zerlegten Teil um Teil des Gerätes – es kam die Spurensicherung und die Einsatztruppe schwärmte weiträumig aus, um eventuelle Verdächtige zu finden. Im Endeffekt ergebnislos!

Der Erste hatte so bald wie möglich den Schutzraum verlassen, für Kramer und das Ehepaar Raimers sowie ihren Hund Sokrates galt es noch, auf die entsprechende Aufforderung zu warten. Als sie endlich aus dem Lautsprecher tönte, waren alle vier sehr erleichtert. Aber dann kam der nächste Alarm! Eine Art Minizeppelin steuerte auf die Kaserne zu. Die Mannschaft der »Flugabwehr«, die beim ersten Alarm schon Stellung bezogen hatte, feuerte wenig später auf das Fluggerät und schoss es ab. Die spätere Untersuchung ergab, dass es unbewaffnet war und nur der Ablenkung gedient hatte. Etwa gleichzeitig mit dem Abschuss wurde nämlich aus großer Höhe, wahrscheinlich aus einer Spezialdrohne, ein Sack mit roter Farbe genau auf den Kasernenhof abgeworfen und zerplatzte.

»Das gehört alles zu den in der Email angekündeten Zirkusnummern meines Verfolgers. Er will nur darauf hinweisen, wie mächtig er ist! Außerdem will er mir Angst machen, der Kindskopf, und mich soweit einschüchtern, dass ich bis zum Racheduell in der Kaserne bleibe. Auch die Polizei soll davor gewarnt werden, mich anderswo untertauchen zu lassen!«, erklärte Kramer seinen Mitbewohnern. Und da mit Sicherheit die Schutzverwahrten als Letzte zur Tagesordnung übergehen durften, legte sich Kramer in sein Notbett und strebte, diesmal erfolgreich, nach seinem puren Rentnerglück. Das Ehepaar Raimers schmiedete derweil Pläne, wie es nach der »Freilassung« die Münchner Wohnung neu einrichten werde. Sokrates dagegen nahm sich ein Vorbild an Kramer. Nachdem ihm dieser den Zugang in sein Notbett verwehrt hatte, machte er Shila glücklich und rollte sich in ihrem Schoß zusammen. Der Oberstaatsanwalt blickte dabei ab und an auf den schlafenden Kramer.

»Im Augenblick gelingt ihm gerade ein richtiges Leben im falschen!«, sagte er lächelnd zu seiner exotischen Frau. Diese sah ihn fragend an und schlug dann vor, in welchen Farben die Diele der Wohnung in München gestaltet werden sollte.

Nach etwa zwei Stunden im Schutzkeller, das Ehepaar hatte bereits die gesamte Münchner Wohnung gestaltet und einen großen Teil des Mobiliars ausgetauscht, meldete sich der Erste KHK. Er wollte wissen, wie die Stimmung im Verwahrungskeller war. Dr. Raimers schilderte zunächst das familiäre Unterhaltungsprogramm und auf die Nachfrage nach Kramer:

»Michael übt gerade das richtige Leben im falschen!«

Der Polizist hatte im Augenblick andere Sorgen und unter Stress gingen ihm seine kasernierten Bildungsbürger mit ihren Problemen fast auf die Nerven. »Geht's auch genauer?«

»Entschuldigung, der Exlehrer schläft seit fast drei Stunden!«

Aichinger war platt, und dann musste er lauthals lachen. »Können Sie nicht Fotos machen, ich will auch einmal genial sein. Ich möchte Michael gerne so ein Foto bei der nächsten Quasselrunde übergeben mit der Inschrift ›Vom richtigen Leben im falschen – während draußen die Farbbomben fliegen.‹ Langsam kapiere ich, warum euch dieser Philosoph so beschäftigt!«

Der Oberstaatsanwalt war überrascht von dem Polizisten und versprach zu liefern. Und dann rückte Aichinger mit einem weiteren Anliegen heraus und Dr. Raimers hatte Anlass, erneut überrascht zu sein.

»Perikles Psarras ist gerade mit einem Mord an einer Prostituierten beschäftigt und unterwegs, Hauptkommissar Weißhaupt ist mir dabei absolut keine Hilfe und meine zwei jungen Mitarbeiterinnen, die das könnten, sind dummer Weise beide im Urlaub. Meine Vorgesetzten verlangen von mir bis morgen 10 Uhr umfassende schriftliche Berichte über die Vorfälle von heute. Leider kann ich im Team einfach besser formulieren, und weil ich doch zu meiner Freude so eine hochkarätige Besatzung der beiden Verwahrungsbungalows vorweisen kann …!?«

Der Oberstaatsanwalt: »Der Honig ist angekommen … geht's etwas genauer?!«

Am Ende vereinbarten sie über Kramers Kopf hinweg, sich in zwei Stunden in Kramers Wohnzimmer zu treffen und gemeinsam die Berichte zu schreiben.

Kramer, der anscheinend genügend Schlaf nachgeholt hatte, aus dem Bett: »Aber bitte erst nach den Nachrichten im Fernseher. Und mein Weinkeller ist frisch aufgefüllt!«

»Morgen lesen wir in der Presse, dass die Polizeikaserne beschossen und bombardiert wurde und der Erste Kriminalhauptkommissar feierte derweil mit seinen Schutzbefohlenen Orgien!«, der Polizist, der mitgehört hatte.

Und Shila, die ansonsten gerade in Kochbücher vertieft war: »Ich werde für die Verpflegung sorgen!«

Abschließend der Polizist: »Bitte unbedingt den Hund mitbringen!«

Der Schutzkeller wurde wieder sich selbst überlassen, Kramer: »Diese Feierei ist typisch für die spätkapitalistische Spaßgesellschaft!«, und er freute sich auf den Abend. Um drei Uhr morgens waren dann alle Berichte geschrieben, die Stimmung friedlich, Shila schlief zusammen mit Sokrates auf einer Notmatratze in einer Wohnzimmerecke. Sie wollte nach den Vorfällen des Tages nicht allein sein und Hund und Prinzessin wirkten zufrieden. Was die neuen Machtdemonstrationen des kranken Albaners und vor allem die Konsequenzen daraus anging, herrschte allerdings von Ermüdung verschleierte Ratlosigkeit.

»Ich befürchte fast, mir wird der Fall Kramer entzogen und von anderen Behörden übernommen. Es werden ja auch übergelaufene Spione oder bedrohte Schriftsteller für den Rest ihres Lebens erfolgreich beschützt!«, resonierte Aichinger.

»Ich will mir den friedlichen Ausklang jetzt nicht damit verderben«, antwortet Kramer, »aber dann müssen auch Helga, Renate Köchl und wahrscheinlich auch du für den Rest meines Lebens untertauchen. Morgen ist auch noch ein Tag, hoffentlich können die Medien davon abgehalten werden, Bilder von uns Verwahrten zu bringen!«

»Der Appell der obersten Behörde an die Medien war bisher

eigentlich immer erfolgreich. Bitte Michael, verzichte die nächsten Tage auf deine Ausflüge!«.

Natürlich waren am Tage danach die Medien voll von Berichten über die Ereignisse in und um die Polizeikaserne. Um ihr Bedürfnis nach einer bildlichen Darstellung der Zielperson dieser Machtdemonstration zu befriedigen, hatte ein Polizeizeichner von einem Foto Michael Kramers eine wohl absichtlich wenig wirklichkeitsgetreue Zeichnung angefertigt, die von den Behörden freigegeben worden war. Der Erste Kriminalhauptkommissar war für Tage beschäftigt mit Interviews und vor allem Sitzungen und Berichten in verschiedenen Gremien bis hin zu einem Parlamentsausschuss. Gelobt sei Christine, ihre Zwischendurch-Behandlung ließ den ungeduldigen Polizisten seine Krücken zuhause lassen. Die Frage, wie weiter mit der Schutzverwahrung Michael Kramers verfahren werden sollte, war selbst nach einer Woche noch nicht entschieden. Auch Kramer kam zu keinem Ergebnis, das seine Situation und die der Mitbetroffenen befriedigend gelöst hätte.

∼

[STEUERUNGSSYSTEM: EKHK Aichingers Notizbrief 4]

Polizeikaserne/Büro des EKHK E. Aichingers usw. In Tagen der Hektik.

Liebe Ursula, meine Briefe ohne die Absicht, die Adressatin zu erreichen, kommen mir langsam albern vor. Sollte Michael Kramer auf Weisung von oben eine höhere Sicherheitsstufe erhalten und damit aus unserer Kaserne verlegt werden, werde ich dieses Unterfangen wahrscheinlich nicht weiter betreiben. Entweder wir treffen uns bald oder ich sehe schwarz für einen neuen Versuch. Sobald ich den Kopf etwas freier habe, werde ich dir einen echten Brief schreiben. Und abschicken.

Was los war im Falle Michael Kramer, hast du sicher aus Presse und Fernsehen erfahren. Vorsorglich lege ich diesem Schreiben Kopien der Zeitungsartikel bei, die mein Büro gesammelt hat. Die neuen Vorfälle haben wirklich die Situation verändert, der Spinner von Albaner hat demonstriert, wie er Kramer einschüchtern kann. Und wie er auch die Polizei bedrohen und überlisten kann. Stecken jetzt alle, meine Vorgesetzten, ich und auch Michael, gewaltig in der Sackgasse. Offenbar hat der ach so schlaue Gangster nicht so richtig gedacht dabei. Hat alles in Gefahr gebracht, was er früher durch massive Drohungen gegen Michael erreicht hat. Michael ist aus der Sicht nicht nur meiner Vorgesetzten nicht mehr sicher in unserer Kaserne. Und wir müssen selbst um die Sicherheit der weiteren Kasernenbewohner fürchten. Ich weiß nicht, ob dem Albaner nach seiner Show Bedenken gekommen sind. Oder ob er nur darauf hoffte, Michael endlich am Boden zerstört vorzufinden. Der nannte das Ganze von Anfang an eine »Zirkusnummer« seines Bedrohers. Ich glaube, er hat den Mann ziemlich gut durchschaut. Jedenfalls kam zwei Tage nach den Ereignissen von dem Albaner eine dürre Mail:

Wenn willst, kannst du Zwergerl in zwei Tag Antwort geben. Hast endlich bissl Hose voll, oder? Dr. G.

Kramers erste Reaktion. »Der verfasst seine Texte immer schlampiger. Als Lehrer muss ich sagen, eher zweifelhaft, ob das noch eine Fünf ergibt. Übrigens fällt auf, dass er sein Deutsch vor allen Dingen in Niederbayern gelernt hat.« Und dann schrieb Michael eine Antwort, die es nicht nur nach meiner Meinung in sich hatte:

Bisher habe ich Sie für einen Verbrecher ohne Moral, aber doch von erstaunlicher Intelligenz gehalten. Leider werden Ihre Handlungen in letzter Zeit immer blöder und kindi-

scher. Was ist bloß los mit Ihnen? Sie haben mich ja brutal und mit großem Aufwand unter den Schutz der Polizei gezwungen und sogar Leibwächter bezahlt, damit ich ihnen auf alle Fälle als Schlachtopfer erhalten bleibe. Wollen Sie mich jetzt aus der Kaserne vertreiben? Wollen Sie, dass ich so versteckt werde, dass Sie mich gewiss nicht finden? Vielleicht sind sie ja schon verwirrt, aber was glauben Sie, wie mein Staat auf Ihre Zirkusnummern reagieren wird? Sie haben gezeigt, Sie könnten jederzeit mit scharfen Waffen die Absperrung der Kaserne zerstören. Sie haben weiter gezeigt, dass Sie die gesamte Kaserne jederzeit aus der Luft beschädigen oder gar vernichten könnten. Wie wäre es mit Giftgas? Oder haben Sie noch wirkungsvollere Ideen? Woher sollen wir wissen, dass Sie nicht ganz verblöden und vergessen, was Sie eigentlich wollen? Ich glaube, Sie haben sich gerade selbst ins Knie geschossen. Irgendetwas zerfrisst Sie. Ihre idiotische Rache, ihre Bosheit, Ihr schlechtes Gewissen – oder sind sie unter die Terrorristen gegangen ?! Ich kann nur rätseln. Vielleicht erklären Sie genauer, was mit Ihnen los ist! Michael Kramer

Mir nötigt dieser Exlehrer immer wieder Respekt ab. Das Schlimmste für uns alle wäre, wenn die Behörden wirklich den Fall zu einer terroristischen Bedrohung erklären würden. Wenn es der Teufel will, dann kämen nicht nur Kramers Beziehungsfälle, sondern wahrscheinlich auch die bisher zuständigen Polizeibeamten in den Genuss dieser fürsorglichen Bewachung. Da bräuchte ich mir keine Gedanken mehr darüber zu machen, ob aus uns, immer noch sehr geschätzte Ursula, noch einmal ein Paar werden könnte. Die Mail Kramers an Dr. G. hat erstaunliche Wirkung gezeigt:

Du verdammta Lehreraff, du wirst immer frecher. Schad, dass ich dich nicht schon in nächsten Tagen umbringen kann mit eigener rechter Hand. Ich hab nix geändert. Ich hab nix

vergessen und ich bin nicht blöd im Kopf. Wollt dir nur ein bisserl Angst machen. Und ich hass Terrorist. Glauben können Welt besser machen. Sagen so, die Spinner. Und pfuschen in mein Geschäfte. Und ich hab nix gegen deine Polizei. Hat für Maus Nest gebaut. Kann Maus Party feiern noch. Sag Polizei, mich interessiert nix Kaserne und mach auch nix kaputt. Auch nicht später. Bleibt alles wie gesagt. Sag dir, in welch Woche ich dich erschieß. Soll also niemand Schiss oder Panik haben. Nur du, weil du mir hast zweimal mein Geschäft zerbrochen. Und lauf nicht weg, da werd ich dann richtig bös. Denk an deine Huren. Du mit dein blöden Quatsch wie Psycholog. Bald is ausgequatscht. Und für Staatsanwalt. Gibt noch kein 10 Leut von alter Mafia. Haben geschworn Rach. Spieln Räuber. Soll Zeitung lesen. Vor wenig Tag sind zwei in Donau geschwommen ersoffen. Dr. G.

Was soll ich jetzt machen? Ich muss heute wieder meinen Vorgesetzten berichten! Werde ihnen also den neuesten Mailverkehr zeigen. Und auf die Schulter klopfen und sagen: »Schaut her, der Mann will uns nichts Böses. Der will nur Kramer umbringen und dabei macht er uns nichts kaputt!« Wenigstens kümmert sich der Verfassungsschutz um den Terrorismusverdacht. Die erste Antwort: Absolut kein Hinweis, auch nicht bei anderen befreundeten Diensten. Selbst die Russen sollen abgewinkt haben. Weiter hat man uns versprochen, sich nochmals verstärkt um den Weg der Mails zu kümmern und auch Interpol Dampf zu machen. Es wäre ja zu schön, wenn sie diesen kranken Trottel doch noch erwischen würden. Übrigens bestärkt unser Psychologe den Verdacht Kramers, der Albaner sei merkwürdig unter Druck und wirke in seinen letzten Schreiben fast eine Spur gehetzt. Kramer und Dr. Dr. Wagner haben alle Mails sorgfältig miteinander verglichen und sahen sich bestätigt. Ich selbst freu mich schon auf die Frage meines Chefs:

»Herr Kollege, glauben Sie wirklich den Beteuerungen eines Schwerverbrechers, die Polizei und ihre Kaserne zukünftig zu schonen?!«

Und was werde ich dann sagen: »Der Mann ist offenbar so etwas von gestört, dass die Beteuerung tatsächlich stimmen könnte!«.

Darauf der Chef: »Und was sollen wir jetzt tun?«.

Und dann der geniale Leiter der Mordkommission 5: »????? – geben Sie uns etwas Zeit, bitte!«

Darauf der Chef: »Wenn das schief geht, sind wir beide dran«!

Halleluja Ursula, so geht's deinem Ex. Auch Kramer wirkt für seine Verhältnisse eher ruhig und bedrückt:

»Erwin«, zu mir, »hoffentlich ist das jetzt kein Schachmatt! Ich will einfach niemanden mehr aus meinem Umkreis in meine verkorkste Situation mit hinein ziehen.«

Ursula, ich muss jetzt zu meinen Vorgesetzten. Ich werde um Zeit bitten und darauf hoffen, dass der Albaner sein Wort wenigstens die nächsten Wochen hält. Du hättest in solchen Situation eine oder mehrere Kerzen gespendet, ich weiß. Pass auf dich auf, ich werde dir bald wirklich einen Brief schreiben.

Erster Kriminalhauptkommissar Aichinger Mordkommission 5 – ungewohnt ratlos.

P.S. Wenigstens einer Frau auf der Welt konnten wir mit dem Inhalt der Albaner-Mail eine Freude bereiten: Die Kollegin, die bisher bei der Bearbeitung der »Donaumorde« mit den beiden Toten aus der Donau bei Regensburg ziemlich im Drüben fischte, bekam von uns auf dem Silbertablett Motiv und Täterkreis sowie Herkunft der Opfer serviert!

[NACH LANGEM SCHWEIGEN MELDEN SICH DIE GRUPPIERUNGEN DES STEUERUNGSSYSTEMS WIEDER EINMAL ZU WORT: »Die nächsten Ereignisse könnten für Michael Kramer je nach Standpunkt der Leserin oder des Lesers peinlich werden. Bitte denken Sie daran, dass wir im Vorwort versprochen haben, aus der Kritik an Band zwei mit seinen erotischen Defiziten zu lernen. Wir empfehlen – nach einem internen Streit im Steuerungssystem – jenem Leserkreis mit Abneigung gegen Sexberichte älterer Männer, die folgenden wenigen Seiten einfach zu überblättern. Eigentlich hatten wir beschlossen, unserer Figur Kramer persönlich das Wort zu erteilen und hofften darauf, dass sie den richtigen Ton treffe. Es hat sich aber herausgestellt, dass Kramer in diesem Teil der Erzählung viel zu stark systemfremd beeinflusst war. Worauf wir leider wenig Einfluss nehmen konnten. Und außerdem erhielt die Fremdsteuerung bald heftige Unterstützung aus ganz alten Gehirnregionen in unserer Mitte.«]

Ohne Wenn und Aber, dem Exlehrer ging es so schlecht wie schon lange nicht mehr. Sein unsäglicher Gegner hatte ihm mit seinen hirnrissigen Aktionen nur noch die Möglichkeit gelassen, um andere nicht zu gefährden, in der Polizeikaserne auszuharren – und darauf zu warten, bis ihn der Albaner angekündigt auf irgendeine Weise stellt und mit großer Wahrscheinlichkeit erschießt. Der Mann war ein ausgebildeter Killer und Kramer musste aufpassen, im Ernstfall nicht sich selbst abzuschießen. Er hatte alles versucht, um aus diesem Tief zu entkommen. Er hatte seine laienhaften Einsichten aus der Gehirnforschung eingesetzt und in weiser Selbstdistanzierung nur noch von seinem »System« aus gedacht, aus seinen klugen Büchern erneut die »Kognitive Verhaltenstherapie« nachgelesen und damit experimentiert. Auch hat er seine Lehrernase wieder einmal in sein leicht zerfleddertes Buch über einen Buddhismus gesteckt, der keinen religiösen Glauben voraussetzt. Und er absolvierte intensive Sitzungen mit Dr. Dr. A. Wagner.

Die Welt- und Situationsbewältigung gelingt ihm aber erst wieder, seit er bei nachtschlafender Zeit jenen überraschenden

Besuch bekommen hat. Gegen 23 Uhr, er wollte gerade etwas frustriert ins Bett gehen, weil sein Schießtraining was Wunder heute schon wieder eher verkrampft und unbefriedigend abgelaufen war. Da meldet die gut bewachte Pforte seine Physiotherapeutin Christine. Sie könne ihren morgigen Termin nicht einhalten und da sie in der Nähe war, wolle sie die Behandlung vorziehen. Kramer wusste zwar weder etwas von einem morgigen Termin, noch hatte sich sein körperlicher Zustand erkenntlich verschlechtert. Christine, wahrscheinlich kaum über 30, Kennzeichen u.a. Pluderhose, Holz- und asiatischer Silberschmuck und dazu passender Duft, den Kramer sehr gerne mochte. Auf ihre Weise äußerst klug, anscheinend aber noch heftig auf Sinnsuche. Derzeit, wie er von ihr erfahren hatte, »Gastgläubige« in einer bibeltreuen Erweckungsgruppe mit einem »Guru« oder wie er sich nannte »Propheten« an der Spitze. Christine entledigt sich regelmäßig vor der Behandlung ihrer Schuhe. Und sie kommt also kurz vor Mitternacht strahlend und barfüßig in sein Wohnzimmer.

»Bitte Michael (Das Du war für sie und ihresgleichen selbstverständlich) nicht erschrecken, aber ich habe mich in dich verliebt!«

Die beiden hatten bisher recht interessante Gespräche geführt. Kramer verspürte so etwas wie eine angeborene Neigung zu ungewöhnlichen Menschen und die durften ruhig auch weiblich sein. Christine und er verstanden sich also gut. Und ihre Art der Behandlung übertraf alles, was er bisher in dieser Richtung erlebt hatte. Wahrscheinlich gab es dafür so etwas wie einen sechsten Sinn. Hatte er Schmerzen, fand sie immer sofort die dafür verantwortliche Stelle an oder in seinem Körper und nicht nur einmal war er nach einer Behandlung längere Zeit schmerzfrei. Er verehrte und bewunderte die junge Frau dafür rückhaltlos. Auch sie hatte ihm vor gar nicht so langer Zeit versichert, sie arbeite gerne in der Polizeikaserne und sowohl er als auch der EKHK seien angenehme und interessante Patienten. Um so perplexer war der Exlehrer über ihren heutigen Auftritt.

»Ach Christine, hör auf, mich auf den Arm zu nehmen! Du weißt, ich stecke in einer Zwickmühle und die Wahrscheinlichkeit, erschossen zu werden, wird immer größer!«

»Michael, ich meine das ernst, sehr ernst. Ich möchte heute noch mit dir schlafen!«

»Hast du Mitleid mit mir oder bist du lebensmüde oder beides? Ich habe dir doch erzählt, dass der blöde Albaner, der mich später erschießen will, meine bisherigen Partnerinnen immer wieder als Druckmittel benutzt und sie bedroht. Und außerdem überfährst du mich gerade. Lass uns wenigstens erst Freunde werden und dann eventuell ins Bett gehen!«

»Ich hab da eine bessere Idee. Lass uns erst ins Bett gehen und dann versuchen, Freunde zu werden!«

»Ich muss mich allmählich ernsthaft mit meinem denkbaren baldigen Sterben auseinandersetzen. Und dann läuft mir wieder so eine tolle Frau ins Bild! Ich habe damit eigentlich abgeschlossen. Dazu habe ich mir auch schon eine Art ernsthafte Abschieds-Performance vorbereitet, die ich dir gerne später zeige. Aber nur, wenn du dich nicht über mich lustig machst!«

Christine: »Ich glaub dir das alles nicht so recht. Aber wenn es dir lieber ist! Wenn ich schon da bin, dann lass uns doch jetzt wenigstens deine Physiotherapie abarbeiten, dann muss ich nicht noch einmal kommen.«

Kramer, längst auch in der Macht der schon angesprochenen recht alten Gehirnbereiche aus den »Vielen«: »Ok – Luder kleines!«

Der Exlehrer war einfach in seiner Situation solchen Frauen mit solchen Grübchen im Gesicht nicht gewachsen! Als Beamter will er sich aber nichts zu Schulden kommen lassen und so beschließt er später, diese Massage und das, was dann folgte, nicht über die Krankenkasse abzurechnen.

Beim gemeinsamen Frühstück am nächsten Morgen.

Kramer: »Schönen guten Morgen Christine, du Frau mit den gesegneten Händen und dem Jahrhundertpo. Jetzt müssen wir nur noch Freunde werden«.

Und die junge Frau: »Gerne, du junger alter Mann. Ich hoffe, du hilfst mir dabei!«.

»Verstehe einer die Jungen!«, denkt Kramer in bauch-warmer Resignation.

Christine legt noch eins drauf. »Ich sehe, deine Rücken- und Gelenkschmerzen haben sich bedrohlich verschlechtert. Als deine Physiotherapeutin verordne ich dir wenigstens zwei bis drei Tage Dauerbehandlung! Ich kann ja keusch auf der Couch schlafen.«

»Untersteh dich, ich würde dabei nie und nimmer gesund werden!«

»Ja wenn das so ist! Aber jetzt will ich deine angeblich bärenstarke Abschieds-Performance sehen!«

Kramer: »Christine, ich glaube, ich trau mich nicht mehr!«

»Sag einmal. Muss ich dich zu allem zwingen?«

Kramer, mit der Angst, es könnte peinlich werden, aber wie mehrfach gesagt längst in der Hand von sehr alten Gehirnregionen: »Na, diese Performance geht nur, wenn ich mich nackt ausziehe. Und ich weiß nicht, ob so ein Altmänner-Körper bei Tage nicht abschreckend …!«

»Jetzt reicht es aber!«, und eh sich Kramer versah, schubst sie ihn auf seiner Couch um und entwendet ihm in einem aufregenden Gerangel seine schicke »Wohlfühl-Freizeithose«, die Frau Köchl für ihn gekauft hatte. Das Oberteil opfert er dann freiwillig.

»Natürlich darf auch das geschätzte Publikum nicht bekleidet sein«, fällt ihm oder besser seinen alten Gehirnregionen noch ein und er zieht aus einer Küchenschublade einen ausziehbaren Zeigestock und ein batteriebetriebenes kleines Räucherfass. Ein Spaß-Geschenk von Dr. Dr. Wagner »für die Hand des modernen Esoterikers«. Und weil eine nackte, lächelnde Christine mit ihren exorbitanten Grübchen, ihrem Jahrhundertpo und ihrer ungezwungenen, aber nicht absichtslosen Performance ihre Wirkung nicht verfehlt, schiebt er noch nach: »Zur Einstimmung muss der Künstler unbedingt die schönste Frau im Raum noch kurz streicheln dürfen, damit er den Zustand der nötigen Ergriffenheit erlangen kann!«

Die nackte junge Frau hat sich offensichtlich Kramers Schwäche für bestimmte Regionen des Frauenkörpers gut eingeprägt. Sie baut sich mit geschlossenen Augen und erhobenen Armen vor ihm auf. Und als er andächtig die Linie vom erhobenen rechten hinteren Oberarm, durch eine vollkommene Achselhöhle und weiter am Busen entlang bis zum Bauchnabel erkundigt, ertastet und erreicht, muss Kramer mit seiner Atemfrequenz kämpfen.

Und Christine, noch mit geschlossenen Augen: »Du zärtlicher Lustgreis auf der Höhe deiner Kunst!«

»Meine Dame, öffnen Sie nun ihre rehbraunen Augen und bestaunen Sie ungeniert die Wirkung, die Ihre Person in ihrer fast unschuldigen Nacktheit auf den älteren Künstler ausübt. Schreiten wir jetzt weiter, ja tanzen wir weiter zum Kern der Performance.«

[»Wenn es die angegriffenen Gelenke dank der Kunst einer vollendeten Physiotherapeutin überhaupt schaffen!«, ätzt eine andere Gehirnregion, die sich gerade unterdrückt fühlt.]

Ab jetzt muss Kramer übrigens heftigst improvisieren: Ein nackter Kramer mit mehr oder weniger erigiertem Rentnerpenis bewegt sich, sein Spaß-Räucherfass schwingend, in einer Art Dreh- und Stampftanz Richtung Kleiderschrank. Am Spiegel vorbei schließt er einfach die Augen. Er will das Bild, das er gerade abgibt, gar nicht sehen. Er beräuchert die Türen, platziert sein Räucherfass am Boden vor der rechten Tür und öffnet unter rituellen Verbeugungen die linke. Christine kommt neugierig näher und blickt erstaunt auf eine Reihe von Pinup-Girls der besonderen Art. Unter der Überschrift »Das Ewig-Weibliche zieht uns hinan« finden sich offensichtlich aus Zeitschriften und Katalogen ausgeschnittene oder ausgerissenen Fotos von fünf

Frauen. Zwei von ihnen sind nackt, keineswegs aber in einer frivolen Pose. Und Kramer hebt an, bewaffnet mit dem jetzt ausgezogenen Zeigestock, die Überschrift und die einzelnen Bilder in übertriebener Gelehrtenpose zu besprechen. Nach jedem besprochenen Bild folgt eine Beräucherung und ein kurzer Beschwörungstanz, der bei jeder Tanzeinlage origineller und ehrlich gesagt auch anzüglicher wird. Christine fängt spätestens nach der zweiten Bildbesprechung an, sich zunehmend im Takt des Kramerschen Sing-Sangs zu bewegen. Sie erfährt, dass die Überschrift die Endverse von Goethes Faust II sind, dass Faust nach seinem Tod durch Gretchen, die heilige Maria und »dem Weiblichen« eine Art Himmelfahrt und damit Erhöhung erlebt. Was den Vortragenden entfernt an die Versprechungen des Korans und die wohl 72 Jungfrauen für die Märtyrer erinnert. Goethe allerdings bescheidener als der Koran.

Kramer: »Lassen wir, verehrtes Publikum, die Frage, warum gerader der sehr alte Goethe zu dieser Art der verklärenden und der Körperlichkeit entsagenden Haltung zu ›dem Weiblichen‹ kommt.«

Das erste Bild stellt übrigens eine junge Frau dar, gekleidet in alternativem Naturstrick, die über ihre Schulter blickend den Betrachter mit einem hintergründigen Lächeln betrachtet. Kramer faselt etwas über die reinigende Wirkung dieses Blickes, über den Anflug von Heiligem in den keuschen Mundwinkeln und Sommersprossen, die an den Himmel erinnern. Beifall und laszive Hüftbewegung von Christine.

Das zweite Bild zeigt eine sehr bekannte und auch altersmäßig sehr reife Schauspielerin, die sich nackt aber nach vorne zusammengekauert mit dem Gesicht auf den Knien hat ablichten lassen. Kramers Ausführung gipfelt in der These, nicht das Alter sei für eine Botschaft entscheidend. Ja gerade auch der ältere Körper sei bei einem gewissen Grad von Weisheit zu »heiligem Glühen« fähig, ja geradezu berufen. Fast frenetischer Beifall der jungen

Frau, der sich anschließende Kult-Tanz wird zum Paartanz. Das dritte Bild zeigt einen weiblichen Marmortorso aus der griechischen Kunst, der rechte nur halb vorhandene Arm erhoben, der linke unter dem Busen im Ansatz nach vorne weisend.

Die Bildbesprechung wird zum Hohen Lied auf »Gottes liebste Rutschbahn«, die weibliche Achselhöhle. Kramer erfindet spontan eine alte frühchristliche Sage keltischen Ursprungs, bei der Gott bei Betrachtung seiner Schöpfung die Idee hat, sich eine Art Achselhöhlenmuseum in seinem Himmel einzurichten. Und wenn ihn Zweifel an der Sinnhaftigkeit seiner Schöpfung plagen, zieht er sich in sein Museum zurück und fährt an seinen besten Stücken traumverloren die Linie von hinterem Oberarm durch die Achselhöhle bis hinab zum Bauchnabel nach. Und wenn ihn der Schalk überfällt, verwandelt er sich in einen kleinen grünen Käfer und rutscht jauchzend die Ideallinie an dem besten Teil seiner Schöpfung hinab.

Ab da greift Christine endgültig in die Performance ein. Sie entwindet beim Zwischentanz Kramer den Zeigestock, baut sich rhythmisch bewegt vor dem Pensionisten auf. Und sie hält ihrerseits einen halb gesungen, getanzten und »bewegten« Vortrag über die »unzweifelhafte Überlegenheit einer echten Achselhöhle über polierten Marmor«. Am Ende fordert sie ihr doch zunehmend erregtes Publikum mit vertieften Grübchen auf, sich davon im Schlafzimmer zu überzeugen. Und sie tanzt über die Schulter blickend vor Kramer her.

Einmal Lehrer, immer Lehrer. Christines vor ihm tanzender Jahrhundertpo lässt ihn trotz höchster Aufruhr in seinem Steuerungssystem an ein Ergebnis der Evolutionsbiologie denken. Bei anderen Entwicklungen im Tierreich haben sich die auseinanderentwickelten Zweige wieder rückgekreuzt, warum nicht bei den Vorfahren der späteren Affen und Menschen? Weil die aufrechtgehenden Menschenvorfahren andere und ausgeprägtere

Pomuskeln entwickelten als die poflachen Affenvorfahren mit ihrer Art der Fortbewegung. Und alle Menschen-Vorfahrenmännchen sind immer diesen tollen, schlüsselreizigen Pos nachgelaufen. Kramer fühlt sich gerade seinen Ururvätern aufs engste verbunden!

Um die Mittagszeit stehen beide in der Küche, Christine unterbricht ihre Kochkünste immer wieder durch Umarmungen und Drücken des wesentlich Älteren.

»Ich nehme an, deine Performance war wohl ganz anders gedacht als wir sie gerade umgesetzt haben?«

Kramer: »Ich hatte wirklich an ein ernstes Ritual gedacht. Ich wollte den erzwungenen Verzicht durch den albanischen Psychopaten durch ein ernstes und wahrscheinlich sehr männliches Ritual zu meinem eigenen Verzicht umprogrammieren. Aber da läuft mir diese tolle Frau ins Bild!«

Christine. »Mann Michael, war dieses Kasperltheater eine irre Erfahrung. Ich fühle mich wie mein verstorbener Vater, wenn er von seiner Arbeit zurückkam!«

»Versteh ich jetzt ehrlich gesagt nicht ganz. Was hat dein Vater denn gearbeitet?«.

»Er war Besitzer eines Wander-Kasperltheaters. Er zog von Schule zu Schule, von Verein zu Verein und hat einmal sogar auf einem europaweiten Wettbewerb eine Goldmedaille gewonnen. Und hatte er gerade kein Engagement, hat er öfter mit mir als Kind und oft mit meinen Freunden als Publikum neue Stücke ausprobiert. Am liebsten haben wir dann improvisiert. Und dabei konnte er strahlen vor Glück wie die Kinder vor der Bühne!«

Kramer: »Da kann ich ein wenig mitreden. Ich bin auf einem kleinen Bauernhof in Niederbayern aufgewachsen. An den Sonntagen kamen vor allen Dingen zu bestimmten Zeiten des Jahres Bäuerinnen, meist die Großmütter, aus der Umgebung zum gemeinsamen Spinnen der Schafwolle. Dabei brachten sie oft ihre Enkel mit. Und schätzungsweise ab meinem zwölften

Lebensjahr gehörte es zu meinem Pflichtprogramm, auf einer einfachen Bühne mit wenigen Figuren Kasperltheater zu spielen. Mit großem Vergnügen für mich selbst übrigens!«

Christine strahlte übers ganze Gesicht. »Bei einer alten Tante von mir lagern noch die kleine Probebühne meines Vaters und einige Figuren. Ich weiß das, ich wollte schon einmal die Figuren überholen lassen und habe sie einem Puppendoktor gezeigt. Leider hatte ich damals nicht das nötige Geld und war auch gerade auf dem Sprung nach Berlin. Michael, bitte, bitte, lass uns Kaspertheater spielen. Der Puppendoktor hatte damals gesagt, die Figuren wären aus der Zeit um 1900 und hätten einen gewissen Wert!«

So kam Kramer auf seine alten und vielleicht letzten Tage noch zum Kasperlspiel. Und er fand, dies war, gepaart mit Christine, nicht die schlechteste Art und Weise, diese seine womöglich letzte Zeit zu verbringen.

∽

Der Mann roch nach Parfüm. Michael Kramer erwachte wieder einmal aus einer Betäubung, für die er zunächst wieder einmal keine Erklärung hatte. Es war eng um ihn herum. Kramer unterdrückte seine Panik und sortierte. Er lag auf einer Art Pritsche, war in eine Decke gehüllt, es herrschte schummriges künstliches Licht. Es gab keine Fenster und es roch trotz Parfüm irgendwie muffig. Er konnte seine Finger und Zehen bewegen. Er war fast schlagartig aus einer unerklärbaren Dunkelheit erwacht. »Wie nach der letzten Magenspiegelung!«, schoss es ihm durch den Kopf. Wer in aller Welt hatte ihn narkotisiert und wie und wann und warum? Sein Erinnerungsvermögen war noch nicht aktiviert. Er musste daran arbeiten. Er wusste, wer er war. Er wusste, dass er ein kaserniertes Leben führte und sich einen beschützten Auslauf erstritten hatte. Er war mit einem Tross von Bewachern unterwegs. Und er hatte ihnen signalisiert, dass er kurz zum Pinkeln hinter den Büschen verschwinden werde. Vorher hatten sie zusammen gelacht, Christine und er, und sie hatten sich Handlungen für ein Kaspertheater ausgesponnen …

»Verdammt, Christine! Wo ist Christine geblieben?!« Kramer ließ alle Vorsicht fahren, hatte versucht, sich ruckartig aufzusetzen und die letzte Frage fast in den Raum geschrien. Der massige Parfümträger fasste ihn begütigend an den Schultern.

»Hallo, Herr Kramer, schön dass Sie wach sind. Ihrer jungen Freundin ist nichts passiert, sie wacht wahrscheinlich gerade in der Polizeikaserne auf und ist ähnlich verwirrt wie Sie. Sie verzeihen die Unannehmlichkeiten. Es wird auch Ihnen nichts passieren, versprochen. Nehmen Sie einen kleinen Schluck aus der Mineralwasserflasche, bleiben Sie noch liegen und ich erkläre Ihnen, was hier gerade abläuft. Mein Name ist Juri. Ich habe einen, na ja, sagen wir Unternehmer gefunden, der gegen hohe Bezahlung auch gescheiterte Mafiabosse sicher aus der EU zu schleusen angeboten hat. Aber alles der Reihe nach!«

Und der leidgeprüfte Exlehrer Kramer, der einmal von einer ruhigen und heiteren Pensionszeit mit hoher Lebenserwartung geträumt hatte, erfuhr über den nächsten Akt seines ganz speziellen Kaspertheaters, das sein Altenteil für ihn bereit hielt: Er war in die Fänge des letzten »Bereichsleiters Deutschland« jener russischen Mafia geraten, die den Oberstaatsanwalt Dr. Raimers samt Frau in die Polizeikaserne getrieben hatte. Und die offenbar mit kräftiger Unterstützung seines Peinigers Dr. G. von der Konkurrenz besiegt und nach und nach ausgelöscht worden war.

Dieser Juri war nach seiner Aussage jetzt das allerletzte Mitglied des deutschen Zweiges der alten Mafia und zugleich eine Art Konkursverwalter. Vorher hatte er noch den zunehmenden desaströsen Abwehrkampf gegen die neue Macht geführt und auch noch den, wie er sagte, »verzweifelten Drohnenangriff« auf die Polizeikaserne inszeniert. »Mit dem fast letzten Aufgebot!«. Er hatte zwischenzeitlich die Kapitulationsurkunde mit der Konkurrenz ausgehandelt und das nicht unbedeutende Restvermögen des deutschen Zweiges der alten Mafia an die neue kriminelle russische Vereinigung überschrieben. Seine »Altersversorgung« hatte er allerdings nicht angetastet, so dass er immer noch alles andere als »bettelarm« war.

»In wenigen Tagen werden Sie, Herr Kramer, wieder frei sein, eine Kopie des Auflösungs- oder Kapitulationsvertrages in Händen haben und eine schriftliche Bestätigung darüber, dass Kopfgeld und Bedrohung des Ehepaars Dr. Raimers der Vergangenheit angehören. Gäbe es nicht den Albaner Dr. G., der kräftig an unserer Vernichtung mitgearbeitet hat und sich in den Kopf gesetzt hat, Sie, Herr Kramer, eigenhändig auszulöschen, hätte ich nicht die Möglichkeit, mit Ihnen als Geisel hoffentlich unbeschädigt die EU zu verlassen. Der Dr. G. ist pikanter Weise mein Garant dafür, dass sich mein Vertragspartner russische Mafia Nr. 2 ganz sicher an die Abmachung hält, mich unbeschadet entkommen zu lassen. Für die neue Mafia hat es große Bedeutung, dass der Fall Oberstaatsanwalt bereinigt wird und die Polizei aufhört, sie beständig zu beobachten. Und selbst wenn die Polizei auf irgendeine Weise von meinem Fluchtweg erfährt, wird sie mit Ihnen als Geisel wahrscheinlich weniger gewaltsam gegen mich vorgehen. Ich habe jedenfalls alles getan, um letzteres zu verhindern.

Sie wollen sicher auch wissen, wo Sie sich gerade befinden. Nun, dies ist ein Bunker, der gut getarnt auf dem Polizeiübungsgelände (!) liegt. Den Auftrag dafür hat schon Jahre vor Ihrer Kasernierung unser später erschossener Boss aus dem deutschen Gefängnis heraus erteilt. Und wir haben Straßenbauarbeiten an der Kaserne entlang genutzt, um heimlich – und nach wenigen Stunden unterirdisch – diesen Auftrag auszuführen. Den Aushub konnten wir unbemerkt auf dem riesigen Erdhügel der Straßenbaustelle los werden. Der Bunker sollte helfen, den Oberstaatsanwalt, so wir ihn bei einem Transport oder bei seinen hoch geschützten Fahrten in den kurzen Urlaub gefangen hätten, fast direkt vor dem Eingang der Kaserne blitzschnell verschwinden zu lassen. Später dann sollten wir ihn auf vielen Umwegen nach Moskau bringen. Ein Glück für den Oberstaatsanwalt, dass wir keine Gelegenheit dazu fanden. Mein alter Boss war fast genau so gestört wie ihr Dr. G., den der Teufel holen soll.

Ein Witz, dass dieser Bunker nach Jahren jetzt mir hilft, Sie als Geisel auszuleihen. Und schön, dass Sie offensichtlich ein Gewohnheitsmensch sind und immer an der gleichen Stelle hinter die Büsche müssen. Der Albaner ist über meinen Vertragspartner neue Mafia informiert worden und höchst verärgert. Er will uns drei Tage Zeit geben. Missglückt mir die Flucht oder werden Sie verletzt oder gar getötet, ist mein Leben keinen Pfifferling mehr wert. Ich weiß das sehr genau. Vieles hängt davon ab, ob mein Ablenkungsmanöver kurz nach Ihrer Entführung die Polizei wirklich auf eine falsche Fährte gelenkt hat. Ich hatte zu unserem Blitzüberfall auf Sie und Ihre Freundin noch die letzten zwei greifbaren Mitglieder unserer alten Organisation dabei. Während ich Sie auf der Schulter die wenigen Meter zum gut getarnten Bunkereingang schleppte, haben die beiden einen mit Sägemehl gefüllten Jutesack hinter sich hergezogen, sind damit in Richtung ihres Autos gelaufen und einen Blitzstart in westliche Richtung hingelegt. Ich nehme an, dass fast das ganze Rudel Ihrer Bewacher die beiden verfolgt hat. Wahrscheinlich wurden auch Hubschrauber angefordert. Die beiden tapferen Krieger im Auto allerdings hatten, wie ich rechtzeitig erfahren konnte, die Absicht, sich fangen zu lassen. Sie wollte danach mich und unseren Aufenthalt verraten. Ihr Auto mit Inhalt flog deswegen rein zufällig nach ungefähr 1000 Metern in die Luft, was wiederum nicht ganz billig war. Ist die Polizei bis dahin auf den Trick hereingefallen, dürfte sie annehmen, dass dies auch das Ende von Michael Kramer war. Und bis sie ihren Irrtum nach gründlicher Tatortuntersuchung festgestellt hat, sind wir hoffentlich weit genug gekommen, um nicht mehr gestellt werden zu können. Und Sie können schon heute Nacht ihren Ersten Kriminalhauptkommissar anrufen und darüber informieren, dass er sich ihretwegen keine Sorgen machen muss. Und dass Sie mit den Vertragskopien ein wichtiges Geschenk mit nachhause bringen. So, und wir warten jetzt hier auf einen Möbeltransporter aus Regensburg, dessen Fahrer auf dem südlichen Parkplatz außerhalb des Übungsgebietes ebenfalls eine Pinkelpause einlegen wird und uns aufnimmt. Vom Bunker aus führt ein unterirdischer Gang etwa 50 Meter in diese Richtung. Den Rest müssen wir uns oberirdisch durch das Unterholz durchschlagen. Ich hoffe, Sie machen keine Dummheiten, Ihre Waffe und einige andere Gegenstände aus ihrem Besitz sind mit dem Auto in die Luft geflogen.

Am Ende des unterirdischen Ganges erwarten uns bewaffnete Mitglieder der Schleuser und geleiten uns zum LKW. Sie werden es kaum glauben, auch die neuen russischen Herren senden uns im Auftrag des wutentbrannten Albaners Begleitschutz, damit Ihnen ja nichts passieren wird. Ich weiß, die Mafiawelt hat ihre eigene Ehrvorstellung, die von außen kaum zu verstehen ist. Sie können jetzt noch einige Stunden lang Ihre Situation überdenken. Glauben Sie mir, ich würde Sie gerne am Ende der Aktion laufen lassen, aber damit würde ich mein eigenes Leben riskieren. Das Gleiche gilt wie gesagt, wenn Sie am Ende nicht unbeschadet in der Kaserne landen. Betrachten Sie das Ganze doch als eine Art Abenteuer!«

Kramer verschwieg, dass er die Schnauze voll hatte von derartigen Abenteuern und fügte sich in sein Schicksal. Der auf den ersten Eindruck als typischer russischer Mafiosi aus der Kaste der Handlanger wirkende Mann überraschte durch sein gutes Deutsch und seine eher gehobene Ausdrucksweise. Wenigstens konnte Kramer, wenn alles gut weiterlief, dem Ehepaar Raimers endlich die erlösende Botschaft überbringen, dass ihre Kasernierung jetzt aufgehoben werden könne. Und damit auch noch seine Polizeifreunde glücklich machen. Er überlegte kurz, ob er nicht doch eine Gelegenheit zur Flucht und zum Untertauchen suchen sollte. Natürlich funktionierte wieder die Zwickmühle, die der Albaner geschaffen hatte. Nur wenn er das Leben von seiner Expartnerin Helga, von Renate Köchl und wohl auch von Christine mit den wundertätigen Händen gefährden wollte, könnte er einen solchen Schritt in Erwägung ziehen. Und da war auch noch die fürsorgliche Belagerung durch die neue Russenmafia. Da er keinen Ausweg sah, gab Kramer sich seiner Postnarkose-Müdigkeit hin und verschlief die nächsten Stunden. Was Juri als »abgebrüht« missdeutete und deshalb Kramer ab diesem Zeitpunkt noch achtungsvoller behandelte.

Der Abtransport nach Stunden in der Dämmerung verlief wie geplant. Am Ende des Ganges empfing sie Simon der Schleuser aus Rumänien mit zwei sicher hochgerüsteten Aufpassern, im Lastwagen war hinter Möbeln ein Versteck für Juri und Kramer geschaffen. Nach etwa einer Stunde Fahrzeit gab es einen neuen Halt auf einem Autobahnparkplatz. Dort wechselten Kramer, Juri, Simon und seine Mannen in einen komfortablen Mercedes-Kleinbus mit der Aufschrift einer Rosenheimers Leasing-Firma und einer entsprechenden Autonummer. Simon der Rumäne übernahm das Steuer. Für Kramer lag für den Fall des Falles ein gefälschter Personalausweis bereit. Er war jetzt Werner Koska aus München und Teil eines Teams, das in der EU unterwegs war und für Investoren aus Deutschland kleine lohnende Unternehmen in EU-Ländern ausmachen sollte. Selbst an einen kleinen Reisekoffer mit einer Ausstattung für ihn als Mitarbeiter dieses leicht dubiosen Unternehmens war gedacht worden. Der bullige Juri, nach Kramers Pädagogen-Beurteilung ungeschlacht aber offensichtlich mit guter deutscher Schulbildung, saß neben seiner Geisel. Seine Schnellfeuerwaffe hatte er unter einer Decke verborgen und seine Füße darauf abgestellt. Hinter Kramer hatten Simons Mannen Platz genommen, mit zwei Längen Abstand hinter ihrem Kleinbus fuhr ein SUV mit Angehörigen der neuen russischen Mafia. »Weit hatte er es gebracht auf seine alten Tage, dieser Kramer!«, wurde dieser aus seinem System heraus angefeixt. Nach etwa acht Stunden Fahrt bei zunehmender Dunkelheit weckte Juri den schon wieder schlafenden Kramer auf, reichte ihm ein Handy. Juri instruierte ihn ganz genau, was er seinem Polizeifreund Aichinger alles sagen durfte und vor allem, was er nicht sagen durfte. Soweit Kramer es an den Schildern und Ortsnamen beurteilen konnte, fuhren sie auf polnischem Staatsgebiet.

Aichinger blieb kurz die Sprache weg, als Kramer sich meldete. Die Polizei war immer noch der Meinung, Kramer sei mit zwei Entführern in die Luft gesprengt worden. Im Eiltempo erläuterte ihm Kramer, wer ihn entführt hatte und was der Zweck dieser Veranstaltung sei. Er schilderte, welches »Geschenk« er für das Ehepaar Raimers und die Polizei mitbringen werde und warum er dem Mafioso glaube, dass dieser mit offenen Karten spiele. Bereits im Verlauf des morgigen Tages würde der Mafioso mit für Kramer unbekanntem Ziel die EU verlassen und er, Kramer, begleitet von russischer Mafia Nr. 2 und Angestellten der Schleuserorganisation, wieder auf dem Rückweg sein. Kramer bat den Polizeifreund, soweit wie möglich auf groß angelegte Fahndungen zu verzichten und die Medien vorerst hin zu halten. Abschließend der Wunsch, Christine und die Nachbarn zu informieren, aber dringend um Schweigen zu bitten. »Bis bald!«, auflegen. Juri wirft das Handy aus dem Fenster in einen kleinen Teich. Für den Hunger zwischendurch gab es auf der Fahrt Feinkost-Lunchpakete. Kramer hatte vorerst genug geschlafen und verwickelt Juri in ein längeres Gespräch. Stimmt nicht ganz. Es war Juri, der zuerst fragte, wie Kramer mit seiner angekündigten Hinrichtung zu Rande käme. Da saßen also ein sicher mehrfacher Mörder und zugleich jener Mann, der vor gar nicht so langer Zeit mit einer Drohnenbombe die halbe Polizeikaserne samt Kramer in die Luft sprengen wollte. Und ein pensionierter Lehrer Kramer, dessen Leben eine so ganz andere Richtung genommen hatte, als er sich hätte vorstellen können. Zusammen fuhren sie mit Auto samt Tross durch die polnische Nacht. Sie bewegten sich beide »am Rande des Todes entlang« – Juri, der zu überraschenden Bildern neigte – und versuchten, dem jeweils so ganz anderen ihre Befindlichkeiten zu erläutern.

Kramer: »Sagen Sie mir doch bitte zuerst, wie Sie mit ihrer

Vergangenheit aus Mord, Betrug und Hinterhältigkeit und dem totalen Verlust an dem, was herkömmlich Moral genannt wird, umgehen? Und warum Sie trotzdem so – na ja – so ›gebildet‹ wirken und so gut Deutsch sprechen?«

»Glauben Sie ja nicht, dass nur Lehrer über sich und ihr Leben nachdenken können. Ich denke, mir geht es zum Beispiel gerade wie einem gläubigen SS-Mann oder einem ebensolchen stalinistischen Geheimdienstmann nach dem Ende Ihrer jeweiligen Systeme, in denen sie gewirkt hatten. Ich hatte nie ein schlechtes Gewissen, meine Mafiafamilie war meine Heimat, dort wurde ich belohnt und anerkannt, dort ging es mir gut und ich konnte mich bewähren. Eigentlich hatte mich meine Organisation mehr für andere Aufgaben vorgesehen. Ich habe deutsches Fachabitur gemacht und sogar einige Semester in Berlin studiert. Aber dann fiel der Bereichsleiter Deutschland in Ungnade, das heißt, er wurde ausgelöscht, und ich erhielt den Ruf für seine Nachfolge. Und alle merkten, dass mir Führen, Planen und auch das Vernichten von Gegnern und Feinden noch besser von der Hand ging als Firmen zu übernehmen usw. Dann wurden Lügen, Betrügen und vor allem Gewalt zum Inhalt meines ›Berufes‹. Meine Ausbildung hatte mir die Möglichkeit verschafft, mich umzusehen, in welcher Welt ich lebte. Sie werden es nicht glauben, ich habe mich sehr mit den Verhältnissen in der Dritten Welt auseinander gesetzt und was wir als Industrieländern mit diesen Staaten anstellen. Und das, was ich da sah, bestärkte mich in dem, was ich tat. Ich wurde bis heute zum desillusionierten Zyniker, der bei sich die Überzeugung entwickelte, dieser Welt und diesen Systemen geschehe es ganz recht, was er darin anstellte. Und deswegen ist es auch normal, warum ich jetzt nur noch meine Haut retten will. Es gibt für mich absolut keinen Grund, warum ausgerechnet ich jetzt büßen oder warum ich alles Bisherige bereuen sollte. Und ich versteh auch nicht, wie Sie anscheinend so widerstandslos wieder zurück in Ihre Polizeikaserne gehen und auf Ihre Hinrichtung durch einen der vielen Spinner auf dieser Welt warten wollen!«

Kramer: »Ihre Lehrer wären stolz auf Sie, wenn sie hören könnten, wie exakt Sie Ihr Handeln und Ihre Befindlichkeit beschreiben und analysieren können. Wir haben durchaus Gemeinsamkeiten. Auch ich reibe mich zum Teil bis zur Verzweiflung an den Verhältnissen. Manchmal droht mir der Bissen im Halse stecken zu bleiben, wenn ich erfasse, wie andernorts die Menschen verhungern. Ich weigere mich aber, dies alles als selbstverständlich und unabänderlich hinzunehmen. Es gibt so viele kluge und rechtschaffene Menschen auf der Welt, die daran arbeiten, die herrschenden Zustände zu verändern. Wenigstens im Kleinen kann ich Beiträge dazu leisten. Sie fragen, warum ich so widerstandslos zurück in die Polizeikaserne gehen will. Würde ich untertauchen, gefährdete ich meine Freunde und die Frauen, die mir viel bedeuten. Der tiefst gestörte Albaner nutzt das natürlich schamlos aus. Würden alle Menschen Ihre, Juris, Konsequenzen ziehen, wäre das wirklich der Krieg aller gegen alle, es gäbe keinen Rechtsstaat, keine Rücksicht, kein Gutes – wozu auch! Die Geschichte der Menschen lässt nicht nur verzweifeln, sie birgt meiner Meinung nach auch jede Menge Hoffnungsvolles. Mir geht es einfach am besten, wenn ich auch etwas für andere tun kann. Wie kann ich im ›falschen Leben‹, das mir gerade aufgezwungen wird, ein ›richtiges Leben‹ führen und das heißt für mich immer auch, etwas für andere zu tun. In mir keimt gerade so eine Idee, und ich werde den Teufel tun, meine Freunde zu gefährden!«

Simon am Steuer sagte etwas auf Russisch zu Juri. Dieser bestätigte und antwortete dann Kramer:

»So ähnlich habe ich mir das vorgestellt. Ist das nicht Wahnsinn, welche unterschiedlichen Konsequenzen wir aus unseren Erfahrungen ziehen. Ich habe Respekt vor Ihnen, würde aber nicht zögern, Sie zu erschießen, wenn es um mich geht. Ich liebe solche Situationen wie die, in der wir beide gerade sind. Simon kennt hier in der Nähe ein Restaurant mit Bordell. Dort können wir uns frisch machen, Parfum auftragen, eine Kleinigkeit essen und – für Sie bewacht – uns die Füße vertreten. Sie können aber auch mit ins Bordell kommen, ich lade Sie dazu ein!«

»Danke Juri, ich verzichte. Tragen Sie vor dem Besuch der Dame nicht zu viel von ihrem Duftwasser auf, sonst fällt diese in Ohnmacht!«

Juri: »Da muss die durch!«, und ihr Auto bog von der Schnellstraße ab und stoppte nach wenigen Minuten auf dem Innenhof einer nicht gerade einladenden Anlage mit dem mehrsprachigen Hinweis, dass es hier gutes Essen gebe. Auch das rote Licht fehlte nicht. Kurz nach uns hielt auch noch ein diesmal grauer SUV mit polnischem Kennzeichen und vier russischen Mafiosi. Offensichtlich hatten an der Grenze Mannschaft und Auto gewechselt. Die Herren begrüßten sich kollegial, einer wurde Kramers Schleuserbewacher zugeteilt, alle zusammen gingen sie zum Duschen, dann zum – ausgezeichneten – polnischen Essen. Danach brach Kramer mit zwei Hochgerüsteten zu einem kurzen Rundgang auf. Juri, frisch eingeduftet, und zwei der Mafiosi verschwanden im Bordell, einer musste die Autos bewachen.

Etwas aufgekratzt und mit zusätzlicher Duftnote, nämlich nach Wodka, fragte Juri auf der Weiterfahrt hinein in die polnische Nacht seine Geisel.

»Und wie gedenkt unser Moralapostel die nächsten Wochen in der Polizeikaserne bis zu seiner Hinrichtung zu verbringen?«

Kramer: »Es gibt noch viel zu tun, vor allem werde ich zusammen mit der jungen Frau ein Kasperltheater entwickeln und wahrscheinlich sogar vor Polizeistudenten aufführen. Wir können gerne darüber reden, vorher aber muss ich Sie etwas für mich Wichtiges fragen: Sie haben im Verlauf ihrer Karriere anscheinend viel über den Albaner gehört. Ich habe mit ihm eine Vereinbarung getroffen, dass er mir die konkrete Woche meiner Hinrichtung mitteilen wird. Glauben Sie, dass er sich an seine Vereinbarung halten wird oder mich nur in dem Glauben lässt, um mich leichter irgendwann überraschend abzufangen und ›mit eigener rechter Hand‹, wie er das nennt, umzubringen?«

Juri musste nicht lange nachdenken: »Wenn er nicht durch irgendwelche Umstände dazu gezwungen wird, hält dieser Typ sich an das, was er vereinbart hat. Anderseits: Er wird Ihren Tod auf alle Fälle erreichen wollen!«

Dies deckte sich voll mit Kramers Meinung und Kramer sah, wie zu erwarten war, keinen Anlass, seine Pläne zu ändern. Und natürlich fragte der zusammen mit seiner Organisation gescheiterte Mafioso als nächstes, warum in aller Welt Kramer ausgerechnet ein Kasperlspiel aufführen wolle.

»Ich will, wenn es denn sein soll, die letzten Tage und Wochen intensiv und spontan verbringen. Selbst unter dem Zwang, unter dem ich leben muss. Und diese junge Frau hilft mir dabei. Ich kann mir nicht erklären, warum sie ausgerechnet auf mich kommt, vielleicht oder wahrscheinlich hat sie einen Vaterkomplex. Aber für mich ist das ein Geschenk und ich will es auch gar nicht wissen warum. Sie hatte einen Puppenspieler zum Vater, ich habe als Halbwüchsiger andere Kinder ebenfalls damit unterhalten. Warum also nicht?!«

Für Juri war das immer noch befremdlich, offenbar wollte er es besser verstehen und er fragte nach dem Inhalt dieser geplanten Aufführung. Für einen Mafioso und Mörder eine erstaunliche Eigenschaft. Der Exlehrer griff in seinen Schatz an pädagogischen Tricks und wollte die Information auf eine Art vermitteln, die den Betroffenen dort abholt, wo er sich auskennt:

»Stellen Sie sich vor, ein Mafioso und ein Pfarrer befreunden sich unter irgendwelchen dummen Umständen und beide merken, dass sie ihr gegenwärtiges Tun ziemlich satt haben. Und sie kommen auf die Idee, einfach für eine bestimmte Zeit Ihre Rollen zu tauschen!«

Juri blieb kurz der Mund offen. Und dann legte er los und die nächsten Stunden waren der Entführer und die Geisel mit einem riesigen Spaß dabei, diese Vorgaben auszuschmücken und eine ganze Folge von Abenteuern und Verwicklungen zu erfinden. Juri musste Tränen lachen, als er selbst auf die Idee kam, dass der Pfarrer einen Mordauftrag ausführen sollte, vorher aber dem Opfer unbedingt noch die letzte Ölung geben wollte. Weit und breit war aber kein geweihtes Öl zu finden. So beschlossen zukünftiges Opfer und zukünftiger Täter, in eine Kirche einzubrechen und werden dabei prompt erwischt. Sie kommen gemeinsam in eine Zelle … Selbst als die Kolonne auf einem kleinen abgelegenen Flugplatz in ein mittelgroßes Flugzeug umstieg und die nächsten Stunden, reduziert um drei russische Mafiosi, in der Luft verbrachte, konnte und wollte Juri nicht aufhören. Und als sie nach fast zwei Stunden in der Morgendämmerung wieder auf einem anderen abgelegenen Flugplatz landeten und alle in einer Art Baracke kurz warten mussten, bis die Maschine betankt wurde, waren die beiden ungleichen Männer noch dabei, ihre Story weiter zu entwickeln. In der Zwischenzeit erweitert um einen von Juris Leibwächtern aus der rumänischen Schleuserbande, der gut deutsch konnte. Und dann ging alles sehr schnell.

Juri wischte sich die Lachtränen aus den Augen: »So, das war unser gemeinsamer Ausflug. Sie Herr Kramer fliegen bewacht von zwei russischen Kollegen (ha, ha) wieder zurück, steigen dann unter Begleitschutz in den Mercedes-Bus, legen die letzte Strecke in einem neutralen Taxi garantiert ohne Funkverbindung zurück und werden direkt vor der bayerischen Grenze abgesetzt. Bestellen Sie doch später Ihre Polizeifreunde dorthin!«

Juri überreichte Kramer noch eine dünne Aktenmappe: »Hier haben Sie noch Ihre Geschenke für die Polizei und den Staatsanwalt. Sie finden auch 1000 Euro in der Mappe. Die geben Sie ihrer jungen Freundin, damit sie schöne Kulissen machen lässt für das Kasperltheater. Am liebsten würde ich Sie ja mitnehmen oder wenigstens die Aufführung besuchen. Hoffentlich erschießen sie den Albaner. Ich würde auf den Kopf zielen!«

Der deutsch-russische Entführer umarmte Kramer (!) und verließ mit den Rumänen die Baracke.

Nicht weit vom Ausgang entfernt geriet die Gruppe um Juri in einen Hinterhalt von drei Mitgliedern einer anderen rumänischen Schleuserbande. Offenbar wollten sie Simon entführen und wahrscheinlich als Konkurrenten ausschalten. Sie hatten allerdings nicht damit gerechnet, dass drei russische Mafiosi zu Kramers Bewachung zusätzlich auf dem Flughafengelände waren, denen die Rumänen bereits aufgefallen waren. Sie kamen mit erhobenen Waffen im Anschlag hinter einem Stapel hoffentlich leerer Benzinfässer und zwangen die Rumänen dazu, ihre Waffen auf den Boden zu legen. Kramer beobachtete eine kurze Diskussion der Mafiosi mit Juri und Simon. Die russischen Mafiosi von der Konkurrenz einigten sich offenbar mit beiden über das weitere Vorgehen. Simon erhielt von den Russen ein Kampfmesser und schnitt der Reihe nach jedem Rumänen ein Ohr ab. Danach wurden den winselnden Männern ihre abgeschnittenen Ohren in die Taschen gesteckt und einer nach dem anderen zu ihrem gemeinsamen Auto geführt. Nachdem dieses gründlich nach Waffen durchsucht worden war, wurden die drei ins Auto gestoßen und verlassen mit quietschenden Reifen das Gelände. Die Gruppe um Juri steigt in einen alten Lieferwagen und verlässt das Flughafengelände in der gegensätzlichen Richtung. Kramer am Fenster mit Würge-Reiz. Er hofft darauf, dass jetzt seiner »Heimfahrt« in die Polizeikaserne bei München nichts mehr im Wege steht. Da kommt unerwartet der alte Lieferwagen mit Juri und Simon wieder um die Ecke auf das Gelände. Juri springt heraus und gibt dem erschrockenen Kramer fuchtelnd zu verstehen, er möge das Fenster der Baracke öffnen.

»Kramer, ich habe einen schönen Schluss für unser Theater: Am Ende erschießt der Pfarrer den Mafioso, weil dieser den nächsten Mordauftrag ausführen will!«.

Kramer: »Toll! Oder der Mafioso erschießt den Pfarrer, weil der ihm mit seiner blöden Moral auf die Nerven geht und weil der Mafioso nicht arbeitslos werden will!«

Der ungeschlachte Juri mit der guten Schulbildung stutzt

und grinst dann über das breite Slawengesicht: »So kann es auch gewesen sein, so kann es auch gewesen sein! Sie verdammter Lehrerkasperl!« Und er springt wieder in den verbeulten Lieferwagen und dieser verschwindet endgültig um die Ecke.

Der Rücktransport durch die Luft und dann mit dem Mercedes-Bus, gesteuert von einem Bewacher aus der rumänischen Schleuserbande, verläuft ohne größere Probleme. Die Fahrt mit dem komfortablen Kleinbus wird wieder begleitet von einem SUV mit russischen Mafiosi der Siegerorganisation. Für die letzte Strecke vor der Grenze zu Bayern war ein normales Taxi und nur noch diskrete Mafia-Überwachung vorgesehen, »damit die Polizei nicht auf dumme Gedanken kommt« (Juri). Kaum im Bus, erhält Kramer von dem rumänischen Fahrer ein Handy und vorsichtshalber auch die Telefonnummer der Münchner Polizei, die Kramer aber wohl bis zum Ende seiner Tage auswendig wissen wird. Natürlich werden ihm nur einige Minuten Redezeit zugebilligt. Kramer erreicht den hörbar erleichterten Erwin Aichinger. Der Freund musste sich nicht nur um Kramer, sondern wieder einmal auch um seine Karriere größte Sorgen gemacht haben. Kramer gibt seine von Juri erhaltene Ankunftszeit an einem polnisch-bayerischen Grenzübergang nördlich von Passau durch und liest Aichinger auch noch kurze Auszüge des Kapitulationsvertrags aus der Hand des gerade wahrscheinlich nach Weißrussland emigrierten Konkursverwalters der alten Mafia und die wenigen wichtigen Sätze zur »Freisetzung« des Oberstaatsanwaltes und seiner Frau vor.

»Erwin, spar dir aber irgendwelche Fahndungsanstrengungen, ich werde bald in ein ganz normales Taxi gesetzt und komme mit diesem am Grenzübergang an.«

»Mensch Michael, mir fehlen gerade die Worte. Ich bin vielleicht froh! Perikles sitzt mit im Polizeihubschrauber, der dich abholen wird. Ich glaube nicht, dass die polnischen Nachbarn Probleme machen, aber wir werden alles vorbereiten. Hoffentlich sehen wir uns bald wieder!«

Diesmal ist es dann ein Bach, in dem das Handy versenkt wird. Gegessen wird wieder im Lokal mit Bordell, gerechter Weise darf diesmal der rumänische Fahrer, der bei der Hinfahrt die Autos bewachen musste, den vollen Service in Anspruch nehmen. Bis zum Eintreffen des Taxis bewacht oder beschützt den pensionierten Lehrer fürsorglich die russische Crew, die dann auch bis kurz vor dem Grenzübergang das Taxi »diskret« im Auge behält. Kramer holt zwischendurch wenigstens wieder etwas Schlaf nach. An der Grenze zu Bayern fällt ihm Perikles um den Hals. Im Hubschrauber erhält der Quotengrieche dann einen detaillierten Bericht, den der Polizist aufzeichnet. Der Hubschrauber landet direkt auf dem Kasernenhof, Kramer erhält einen herzlichen Empfang. Besonders das Ehepaar Raimers tanzt vor Freude. Kramer spürt, wie sehr ihm die Anspannung dieser letzten Tage und Stunden zugesetzt haben und wird nach einer kurzen ärztlichen Untersuchung sehr schnell Christine für eine weitere Betreuung übergeben.

»Nachdem es im Busch komische Geräusche gab, bin ich Nachschauen gegangen. Und dann wieder in der Krankenstation der Kaserne erwacht. Ich wäre bald gestorben, als ich vom Verdacht der Polizei erfuhr, du seiest in die Luft gesprengt worden. Seit du dich zum ersten Mal gemeldet hast, geht es mir wieder gut. Und ich hab dir schon vorsorglich das Bett vorgewärmt!«, war das Letzte, was der erschöpfte und vorher von Christine noch abgeduschte Kramer wahrnahm. Bevor er sich fromm wie ein Erstkommunikant in Christines Gottes liebster Rutschbahn vergrub.

~

Der Erste Kriminalhauptkommissar hatte den Polizeiarzt überzeugen können, dass Kramer offiziell für mindestens 24 Stunden nicht vernehmungsfähig sei. Bis dahin hoffte er, zusammen mit seinen Vertrauten einen gangbaren Weg gefunden zu haben, seine Vorgesetzten und die Öffentlichkeit angemessen informieren zu können. Zunächst aber meldete sich am frühen Morgen der gestörte Albaner Dr. G. wieder einmal per weltumkreisender Email zu Wort.

Na, hast wieder neue Hure. Bist ganz schön blöde. Hast auch tollen Ausflug gemacht bis an Grenze Weißrussland. Hat Polizei saudumm Fehler gemacht und lass dich vor ihrer Nase rauben. Kannst dich auf nix verlassen! Blöde neue Russenmafia macht Vertrag mit dem dummen Juri, so sie muss zusehen, wie du geklaut wirst. Kann dann nur verlangen, dass sie dein Reise schützen. Saublöd Mafiaehre. Ich hass dich, du Lehreraff. Aber muß dich auch loben. Bist brav wieder zurück gekommen muß niemand dich zwingen. Willst nicht, dass dein Huren was passiert. Der Staatsanwalt kann jetzt ausziehen. Würd nur paar Monat Leibwächter mitnehmen, man weiß nie. Auch neue Russenmafia wird allen erzählen, dass Staatsanwalt unter sein Schutz steht. Und Polizei soll auch sagen, dass keiner mehr den Staatsanwalt will machen tot und gibt nix mehr Lösegeld. Dieser Juri hat sein Flucht gut gemacht. Leider hat ihn heute Mafia von Weißrussland erschossen. War gar nicht so teuer, die sind mit wenig zufrieden. Der Mann war gefährlich und weiß viel. Hätt vielleicht neue Mafia gebaut und neuer Russenmafia von Jetzt Ärger gemacht. Kann niemand brauchen. Spiel nur schön Kasperltheater, Leben ist sowieso Kasperltheater. Damit du hast Zeit für Ausschlafen und Hure, werd erst nächst Woche Mail schicken für Antwort. Sag schon, wenn End kommt. Verlass dich drauf. Dr. G.

Kramer zu seinem Freund Aichinger, nachdem der die neue Mail weiter geleitet hatte und Kramer darüber telefonisch informiert:

»Die erledigen die Bestrafung auf ihre Weise untereinander. Nur blöd, dass keiner den Albaner abschießt. Wahrscheinlich bleibt diese Drecksarbeit an mir hängen!«

»Uns gibt es ja auch noch, wenn wir auch als Polizei aktuell nicht besonders gut aussehen!«, der EKHK.

»Komm nur nicht mit dem Vorschlag, ich soll ab jetzt nur noch in deiner Kaserne hausen. Das einzige, was ich dir versprechen kann ist, dass ich nie mehr allein hinter die Büsche zum Pinkeln gehe!«

»Du Sturschädel von einem Niederbayern!«

»Das muss ausgerechnet einer sagen, der aus Passau stammt!«

Sie vereinbaren, die neue Mail des Albaners erst in ein paar Tagen zu bearbeiten. Für heute stellen Sie sich einen Tagesplan zusammen, den der Polizist vorgedacht hat und Kramer gut findet. Und der dazu führen soll, die Medien und damit die Öffentlichkeit »angemessen« zu informieren. Nach Gruppengesprächen mit den üblichen Verdächtigen – wie dem Psychologen, dem Oberstaatsanwalt und Perikles – unter telefonischer Einbeziehung der Vorgesetzten ist für 16.00 Uhr die Besichtigung des Bunkers und danach eine Pressekonferenz in der Kaserne angesetzt. Die Vorgesetzten einschließlich des Polizeipräsidenten und des zuständigen Ministerialdirigenten stimmen zu, dass sie besser fern bleiben. Der Polizeipräsident: »Sonst wird die etwas peinliche Angelegenheit noch bedeutender eingestuft! Wir müssen unbedingt den Ertrag der Reise betonen!« Die Einladung zu dieser Pressekonferenz muss spätestens um die Mittagszeit unter anderem an die Redaktionen gemailt werden. Aichinger hat es eilig, Kramer kriecht noch einmal zu Christine ins Bett. Die junge Frau strahlt Kramer dermaßen an, dass es dem alten Lehrer fast peinlich ist. Dann aber fragt er sich streng, ob er denn blöd genug sei, dieses Geschenk nicht zu genießen. Und er erzählt ihr von dem vergangenen Erlebnis mit dem heute erschossenen Juri, der als Entführer mit ihm voller Begeisterung eine Art Kasperltheater ausgesponnen hat. Christine hat plötzlich Tränen in den Augen und klammert sich fast verzweifelt an Kramer. Kramer traut sich kaum zu atmen. Irgendwann später: »Christine komm, wir beide leben noch. Und ich habe Hunger!«

Perikles hatte in Nachtarbeit aus seiner Befragung Kramers im Helikopter eine Art Zusammenfassung gebastelt, was als Einstieg enorm hilfreich für die Gruppe war. Bei Aichinger hatte sich die Vorstellung von der Zielsetzung der Konferenz seit dem Telefonat mit Kramer und der nochmaligen Rücksprache mit seinem Chef weiter geklärt. »Verblüffende Ehrlichkeit und überraschend positiver Ertrag am Ende!«, war sein Resultat. »Eine der wenigen Veranstaltungen für die Medien, bei der das Entführungsopfer über Ton zugeschaltet ist und auch selbst Rede und Antwort steht, ist sicher schon eine kleine Sensation!«

Der Entwurf für die Medien-Verlautbarung und die Einladung stand nach einer guten Stunde, nach einer weiteren halben Stunde kam mit ein paar Ergänzungsvorschlägen versehen das O.K. des Polizeipräsidenten.

Der Text der Verlautbarung für die Medien: »Dreiste Entführung direkt vor der Polizeikaserne im Süden Münchens und ihr überraschender Ausgang«, entsprach der vereinbarten Zielsetzung.

Der Oberstaatsanwalt hatte von sich aus zugesagt, zusammen mit seiner Frau nach der Konferenz für Fotos und Filmaufnahmen zur Verfügung zu stehen. Er sah dies als günstige Gelegenheit, einer breiten Öffentlichkeit klar zu machen, dass die Zeit eines Kopfgeldes auf seine Tötung vorbei war. Damit war dann die Anregung des kranken Albaners, den es ja auch noch gab, umgesetzt. Für Kramer war es allerdings besser und eventuell zukunftssicherer, nicht in den Medien abgelichtet zu werden. So musste wieder das alte undeutliche Bild des Polizeizeichners genügen, seine Tonzuschaltung zu ergänzen.

Die Medienkonferenz: »Gut gelaufen!«, war nach ihrem Ende der einzige Kommentar Aichingers und Kramer bekam einen freundschaftlichen Schlag auf die Schulter. Auch Dr. Dr. Wagner, der wegen eines Patienten das Mittagessen bei den Raimers verpasst hatte, hob die Daumen. Perikles kümmerte sich darum, dass die etwa 80 Medienmenschen mit ihren Hilfstruppen nach dem Fotorummel um das Ehepaar Raimers wieder heil aus der Kaserne und zu ihren Autos bzw. Übertragungswagen kamen. Die Polizeischule bot ansonsten genügend lernbegieriges Personal, so dass diese Veranstaltung nicht im Chaos versank. Allein die Bunkerbesichtigung am Anfang hatte fast eine Stunde gedauert. Im Saal prasselten dann die Fragen auf den Ersten nieder, der sie stoisch zu beantworten trachtete. Kramer musste über seine Tonzuschaltung Details, so er konnte und wollte, von seinem Geiselausflug berichten. So wurde er unter anderem gefragt, was es denn genau bedeute, dass die angreifende Schleusergruppe »gedemütigt« wurde. Als Kramer die Sache mit dem Ohrabschneiden erzählte, musste Aichinger darum kämpfen, dass der rote Faden des Berichtes über die Geiselnahme nicht verloren ging. Bei der Nachbesprechung war sich die Redaktionsgruppe für die Medienverlautbarung einig, dass so gut wie keine Häme aufgekommen war über die an der Nase herumgeführte Polizei. Dagegen wurde die Einschätzung der Geiselnahme als »dreist« und der Trick der Täter als »infam« später fast in allen Medien übernommen. Selbst der Polizeipräsident rief am nächsten Tag bei Aichinger an und bedankte sich für die, wie die Resonanz in den Medien zeige, gute Arbeit. Die kurze Stellungnahme von Dr. Raimers war sehr emotional gehalten gewesen, erhielt bei der Konferenz viel Aufmerksamkeit und am nächsten Tag auch entsprechend viel Platz in der Berichterstattung. Drei renommierte Magazine riefen am nächsten Tag bei ihm an und wollten einen Exklusivertrag über das jahrelange Leben unter strengem Polizeischutz abschließen. Für die Verbreitung der Kunde von der Aufhebung des Kopfgeldes war gesorgt!

Die »Kerntruppe« der Vorbereitung, ergänzt um ihren Anhang, traf sich nach der Medienkonferenz noch einmal bei den Raimers. Christine sagte relativ wenig und suchte bei jeder Gelegenheit Kramers Hand. Der Oberstaatsanwalt und seine Frau waren ausgelassen wie kleine Kinder. Sokrates wuselte von einem zum anderen und verbreitete frohe Botschaft. Das Ehepaar Raimers plante, spätestens in drei Wochen auszuziehen und wieder ein normales Leben zu führen. Die beiden fantasierten, was sie alles tun und nicht mehr lassen würden und versprachen, ihre zweite Heimat Kaserne nicht zu vergessen. Und sie wollten unbedingt zum Kasperltheater eingeladen werden, wenn dieses erst nach ihrem Auszug stattfinden sollte. Die Raimers hatten am Ende einen Schwips, der Leitende wieder eine leichte Schlagseite und der Psychologe ein stilles Grinsen auf dem Gesicht wie ein Buddha. Kramer und Christine zogen sich als erste zurück.

Waren das auf ihre Weise wieder verrückte Tage gewesen! »Ihr habt vielleicht eine geile WG!«, meinte Christine und zeigte allein durch die Wortwahl, dass sie einer ganz anderen Generation angehörte. Der mit dem baldigen Tod bedrohte Glückspilz Kramer freute sich auf die kommenden Tage und verwuschelte das hennarote Haar der jungen Frau. Und dann fiel ihm ein, dass er noch etwas vergessen hatte – mittlerweile ein Geschenk aus dem Jenseits: Er überreichte feierlich die 1000 Euro von Juri. Christine beschloss, nach einem kleinen Freudentanz, morgen bereits für Juri in der nächstliegenden Kirche eine dicke Kerze zu spenden. Und damit es nicht die einzige blieb für den Mafioso, bekam sie von Kramer den Auftrag, noch eine zweite Kerze in seinem Namen aufzustecken.

∼

Perikles Psarras war schon als Junge Spitze gewesen im Verstecken, Anschleichen oder beim heimlichen Beobachten – damals natürlich meist von Mädchen. Und als Polizist konnte er sich nicht daran erinnern, bei diesen Tätigkeiten jemals einen größeren Fehler gemacht zu haben. Er hatte zwar gerade dienstfrei, sein Vorgesetzter und wie sich wieder einmal in der Sache Kramer herausgestellt hatte auch wohlgesonnener Freund Aichinger war allerdings über seine aktuelle Vorgehensweise informiert und damit einverstanden. Beide trieb nach dem spektakulären Verlauf der Theateraufführung die Sorge um, Christine, die neue Flamme ihres Schützlings Kramer, und ihr Umfeld vielleicht doch nicht gut genug zu kennen. Sollte das stimmen, blieb dann aber auch das eventuelle weitere Risiko dieser Verbindung, falls es überhaupt ein Weiter gab, ebenfalls im Dunkeln. Und Perikles hatte von Christine einige Hinweise erhalten, die zusätzlich seinen Jagdinstinkt angestachelt haben. Der Polizist litt natürlich noch unter dem Verlust seines Bruders. Mit seinem von den Umständen erzwungenem Verrat an seinem Vorgesetzten und Kramer aber hatte er gelernt umzugehen. Nachdem ihm beide und auch der Psychologe signalisiert hatten,, dass sie seine Motive akzeptieren konnten, fühlte er sich wieder in diesem »Verein« aufgehoben und war erneut mit Feuereifer und dankbar Polizist.

Im Augenblick beobachtete Perikles einen selbst ernannten Propheten. Diese Christine, wie der Polizei natürlich schon aus früheren Recherchen bekannt war, gehörte seit einigen Monaten einer etwas zweifelhaften Glaubensgemeinschaft aus dem Osten von München an. Vorher schon war sie bei verschiedenen fernöstlichen Gruppierungen gewesen, hatte Yoga praktiziert, bei Buddhisten meditiert und in einer anderen Gruppe begeistert Spirituals gesungen. Etwas sehr anspruchsvoll und für Perikles abgehoben nannte Kramer dieses Verhalten »Sinnfloaten«. Auf Nachfrage von Perikles übersetzte Kramer den Fachbegriff in ein anschauliches Bild: »In der angebotenen Sinnsuppe herumpaddeln und hoffen, irgendwann ein großes Fleischstück zu finden, das den Sinnhunger für alle Zeit stillen wird.« Er kenne das aus seiner Zeit als Lehrer. Besonders intelligente Mädchen seien anfällig für diese Art unruhiger und umtriebiger Sinnsuche. Sie sind in der Regel zu anspruchsvoll, um sich mit ererbten Glaubensvorstellungen zufrieden zu geben. Aber auch zu wach und zu neugierig, um zu resignieren. Sie sind aber meist zugleich auch zu kritisch, um ihre »Sinnsucht« zu schnell und zu banal zu befriedigen. »Neben Magersucht gibt es auch eine Sinnsucht!«, so der Lehrer Kramer. Er gab übrigens Christine höchstens noch wenige Monate, bis sie die oder besser den Betreiber ihrer aktuellen Gruppe durchschaut haben würde.

Und in der Tat, dieser mehr als leicht verfettete »Prophet« war Perikles alles andere als sympathisch. Angeblich war ihm bei seiner einsamen Meditation bei Vollmond am Ufer der Isar ein »engelhaftes Wesen« erschienen, das ihm den Auftrag erteilt habe, zukünftig als Prophet des Weltgeistes zu wirken. Er druckte Weissagungen, raunte von einem möglichen Ende, das es durch ein »richtiges Dasein« zu verhindern gebe, und sammelte hauptsächlich jüngere Frauen, gern Alleinerziehende mit Kindern, um sich. Einige dieser Frauen erkor er in einem geheimen Ritual zu »herausgehobenen Dienerinnen des Weltgeistes«. Es gab Einführungsrituale für die Kinder mit späterer »Geisttaufe«. Eine der jungen Frauen wurde zur »Vertrauten und obersten Dienerin des Propheten und des Weltgeistes« ernannt. Sie lebte mit dem Propheten, konnte aber auch nach einer gewissen Zeit auf Weisung eben dieses Weltgeistes durch eine neue »Obervertraute« abgelöst werden. Kramer wusste das alles von Christine und hatte das alles eher amüsiert seinem griechischen Freund erzählt. Der Exlehrer schien auch keineswegs irgendwie überrascht und fand den »Glaubensverein« wenig originell. Anders Perikles, der wie viele Griechen ein Leben lang und selbstverständlich Mitglied der orthodoxen Kirche war und damit abdecken konnte, was ein Glauben seiner Meinung nach bieten konnte und sollte. Nach Kramer war dieser Glaube »Teil der griechischen Kultur und diese Kultur Teil dieses Glaubens geworden«, was Perikles nicht ganz verstand, aber irgendwie schön ausgedrückt fand. Ein Lehrer halt, wenn auch ein besonderer!

Perikles hatte sich für seine Beobachtung ein halb fertig gebautes Haus gegenüber dem Anwesen des Propheten ausgesucht. Von dort aus wurde er Zeuge einer »Einführung« für drei Mädchen, die er alle drei etwa auf fünf Jahre schätzte. Der Tipp kam direkt von Christine. Der Polizist war sich schnell klar, dass hier Handlungen an und mit Kindern vollzogen wurden, die den Tatbestand der Pädophilie erfüllten. Der Prophet und offenbar die Obervertraute waren wie die kleinen Mädchen nackt. Die Mädchen allerdings trugen zunächst einen Kranz aus weißen Blumen auf dem Kopf. In der Mitte des Raumes stand ein niedriger Tisch, auf dem eine übergroße Torte thronte. Über dieser schwebte eine engelhafte Puppe. Natürlich gab es auch wie in der Kirche Weihrauch oder was immer den Rauch erzeugte. Zuerst fasste sich die Gruppe bei den Händen und veranstaltete eine Art in rötliches Licht getauchten Ringelreihen. Fetzen orientalischer Musik drangen ins Freie. Danach stürzten sich alle auf den Kuchen und salbten sich mit der süßen Masse gegenseitig ohne Aussparung irgendeiner Körperregion. Zuletzt gab es dann eine Art Balgerei, die dann, zum Glück, nur in einem Blitz-Geschlechtsverkehr des Propheten mit seiner Obervertrauten mündete. Danach wusch man sich hingebungsvoll und kleidete sich wieder züchtig, allesamt in Weiß. Darauf wurden die »erleuchteten« Kinder belehrt. Wahrscheinlich wurde ihnen dabei eingebläut, dass sie jetzt kleine verkappte Engel wären und sie von diesem Geheimnis niemandem, aber auch niemandem ein Wort sagen dürften. So jedenfalls hatte Christine das von früher »eingeführten« Kindern erfahren. Wenig später wurden die Mädchen von ihren gläubigen Eltern bzw. Müttern abgeholt, wobei diese alle Geschenke für ihre Kinder und den Propheten und seine Obervertraute mitbrachten. Es gab in einem anderen Raum, soviel Perikles sehen oder erraten konnte, noch ein kleines Festessen und alle freuten sich.

Perikles hatte alles gefilmt, verließ sein Versteck und fuhr angeekelt nachhause. Der Vorfall ereignete sich wenige Tage nach dem spektakulären Kasperltheater und Perikles war wie gesagt durch die Erzählung der tieftraurigen Christine auf diese Spur gesetzt worden. Bei der ersten Überprüfung kurz nachdem Christine und Kramer ein Paar geworden waren, hatte er den Propheten im Auftrag Aichingers schon einmal beschattet – und bei einem Bordellbesuch mit anschließendem Pokerspiel beobachten können. Er wollte diese Beobachtungen dem frisch vernarrten Kramer mitteilen.

Kramer aber: »Bitte Peri, sag mir nur etwas über Christine, wenn es für mich oder andere eine Gefahr vermuten lässt. Das Leben geizt mit solch schönen Momenten. Wenn du es verantworten kannst, lass mich noch ein wenig schweben oder blöd sein, was ja oft dasselbe ist!« Und der Grieche hatte damals noch verstanden.

Jetzt aber saßen der Prophet und seine aktuelle Obergetreue wenige Stunden nach der jüngsten Beschattung durch Perikles empört im Vernehmungsraum der Mordkommission 5. Allerdings verschwand diese Empörung sehr schnell, als sie mit Peris Filmaufnahmen und anderem, wesentlich härterem Bildmaterial aus ihrer eigenen Produktion konfrontiert wurden, das von einer richterlich genehmigten Hausdurchsuchung stammte. Es wurde klar, dass dieser falsche Prophet sich durch diese pseudoreligiösen Handlungen die Kinder über Jahre gefügig machte, um dann einige besonders »begabte« mit etwa Vierzehn zu seinen Sexgespielinnen zu machen. Natürlich immer noch im Namen des Weltgeistes. Die »Obervertraute«, die gerade auf Weisung des Weltgeistes durch eine Jüngere ersetzt werden sollte, hatte regelrecht Lust daran, über die Taten und Pläne des Propheten zu berichten. Dass sie sich dabei selbst belastete, schien ihr nicht in den Sinn zu kommen oder war ihr egal. Der zuständige Richter stimmte der vorläufigen Festnahme beider Personen zu. Christine, die nach dem Vorfall beim Kasperltheater schwer getroffen gewirkt und die Peri deswegen nach Hause gefahren hatte, schlug einen Deal vor: Sollte Peri innerhalb weniger Tage genug belastendes Material über den Propheten gefunden haben, werde sie eine beeidigte Zeugenaussage machen zu allem, was sie wusste.

Im Gegenzug sollte Peri einen kurzen Brief von ihr an Kramer übermitteln. Der Polizist ahnte, was dies bedeutete. Er fuhr in eine Parklücke und musste kurz nachdenken. Dann erzählte er Christine von seinem Verrat an Kramer und die Art und Weise, wie mit seiner Verfehlung von Polizei und Kramer selbst umgegangen worden war. Und dass sie trotz allem bis zum heutigen Tag Freunde geblieben sind. Christine bekam den guten Rat, es mit der Wahrheit zu versuchen. Er bot ihr Hilfe und Unterstützung an und auch kostenlose Stunden beim Polizeipsychologen.

Christine: »Danke! Ich muss erst nachdenken. Sag bitte vorerst nichts zu Michael. Ich schäme mich in Grund und Boden. Wie konnte ich nur so blöde sein! Wie konnte ich nur auf diesen fetten Gangster reinfallen! Du hast vier bis fünf Tage, um genügend Belastendes auszugraben!«

Sie wünschte sich nach diesem Gespräch plötzlich, nicht in ihre Wohnung, sondern zu einer Freundin gefahren zu werden und Peri erhielt nebst Namen und Adresse auch noch die Telefonnummer dieser Freundin. Peri führte danach ein langes Telefongespräch mit dem Ersten und durfte danach sofort mit den Ermittlungen beginnen. Der Prophet und seine »Noch-Obervertraute« blieben in Untersuchungshaft. Die eigentlich zuständige Sitte, darin waren sie sich auch mit dem Richter einig, wird erst ein paar Tage später nach der »Erhärtung« des Vorwurfes der Pädophilie eingeschaltet. Die Mordkommission wollte nämlich vorher noch ungestört den nicht auszuschließenden Zusammenhang mit der Bedrohung Kramers durch Dr. G. abklären. »Eine weise Entscheidung«, fand Peri, »schließlich besteht ja Gefahr im Verzug, oder!?«

∼

[DIE VIELEN: »Bei uns im System gab's Zoff, Entschuldigung, heftige Diskussion. Wir, die Vielen oder wie wir meinen

›Ursprünglichen‹ gegen die Wenigen, wie diese meinen die ›Zivilisatorischen‹. Wie Sie schon wissen, stellen diese Zivilisatorischen gerne den aus unserer Sicht affigen Anspruch, sie seien der Bereich im Schriftstellergehirn, der vor allem ›den Autor‹ ausmache.

Wir, die Ursprünglichen, waren zuletzt zu wenig aufmerksam. Wie kann ein Schreibersystem, bevor Sie als Kunde, also als Leser oder Leserin, wissen können, was in aller Welt bei dem sowieso etwas albernen Kaspertheater passiert ist, einfach das Danach zuerst verraten?! Noch dazu, wo es offensichtlich die wunderbare neue Beziehung des bisher bereits dauernd herumgescheuchten alten Kramers schon wieder gefährdet oder zerstört. Die Argumente für diese Experimente kennen Sie ja auch schon. Die Wenigen mit ihrer Sucht nach ›Modernität‹ haben sich durchgesetzt. Wir hoffen sehr, wir vermeiden bei der Nachholung der fehlenden Handlung nicht alles, was die Fantasie der Kunden und vor allem der Kundinnen beflügeln könnte.«]

Kramer war wie im Rausch, besser noch wie in einem bewusst angesteuerten Vollrausch. Christine war am nächsten Morgen nach dem Tag mit den vielen Besuchern in der Polizeikaserne samt Grübchen, hennafarbenem Haar, Jahrhundertpo, einer verrückt machenden Duftwolke und den 1000 Euro des seligen Juri ohne Frühstück zur Türe hinaus getanzt. Sie hatte sich einen Kleinbus mit Fahrer bestellt. Ihr Plan war: Kasperlbühne mit Figuren bei Tante Anni abholen, zu dem alten Puppendoktor fahren, der schon Geschäfte mit ihrem Vater gemacht hatte, Reparatur in Auftrag geben. Danach für einige Tage im Voraus einkaufen und sobald wie möglich mit der nächtlich begonnenen »kreativen Kuschelei« weiter machen. Bis der härtere Teil, das Durchproben einzelner Szenen, beginnen konnte. Voraussichtlicher Gewichtsverlust des schöpferischen Paares nach Christine: Minimum zwei Kilo pro Mitspieler. Wenn es denn von Interesse ist: Christine kam kurz nach ihrem Abgang wieder zurück, weil der Abschied »fast wie bei einem alten Ehepaar« verlaufen sei und sie sich nicht jetzt schon erste Nachlässigkeiten leisten wolle. Oh Augenblick verweile, wenn es denn leicht geht!

Es war ein klarer Tag im Frühherbst. Wie das scharf sich abhebende Gebirgspanorama verriet, sorgte der wärmende Föhn aus den Bergen zusätzlich zu zappeligen Schulkindern, aggressiven Autofahrern, dem Anstieg von Kreislaufproblemen vor allem bei Älteren und Labilen für den fast legendären Weitblick ins Gebirge. Im Nachbarbungalow herrschte immer noch Hochstimmung über die konkrete Chance, die Kaserne verlassen zu können. Kramer hörte die indische Prinzessin durch das gekippte Fenster singen, begleitet vom freudigen Bellen des quirligen Sokrates, der gerade eine drollige Trotzphase durchmachte. Er verweigert sich zunächst jedem Befehl und beobachtete dabei gespannt die Reaktion des Menschen – um gleich darauf mit Eifer und Lust genau diesen Befehl umzusetzen.

Noch am selben Vormittag benötigte Kramer dann die Hilfe des Oberstaatsanwalts. Der Exlehrer hatte ein Schreiben einer Münchner Kanzlei erhalten, die in Wirtschafts- und Kapitalfragen nach eigenen Angaben eng mit einem Partnerbüro in Weißrussland zusammen arbeitete. Der Inhalt des Schreibens rührte Kramer fast zu Tränen und zugleich musste er herzlich lachen. Im Laufe der nächsten Zeit wurde aus dieser Rührung eine kleine Stiftung aus Kramers Privatschatulle, die im Gedenken an die guten Seiten des russischen Mafioso Juri die nächsten fünf Jahre jede Woche täglich eine Kerze in einer russisch-orthodoxen Kirche anzünden ließ. Juri, der einst sowohl für den Oberstaatsanwalt als im Nebeneffekt auch für Kramer eine tödliche Bedrohung verkörperte, hatte »im Falle seines Ablebens« verfügt, dass der »verdammte Lehrerkasperl Michael Kramer« eine halbe Million Euro aus dem Vermögen des Verblichenen für eine Stiftung erben sollte. Der Stiftungszweck mussten soziale Maßnahmen sein. Juri empfiehlt, den Oberstaatsanwalt Dr. Raimers für diese Stiftung zu gewinnen. Ebenso den Ersten Kriminalhauptkommissar Aichinger! Das war gelinde gesagt eine Art Treppenwitz der Geschichte, was der Mafioso sich da ausgedacht hatte! Ansonsten wünschte er kurz vor seinem Tode immer noch, Kramer möge dem Albaner bei Gelegenheit in den Kopf schießen. Er hatte, wie der weitere Verlauf seines eigenen Schicksals deutlich machte, durchaus berechtigten Grund für diesen Wunsch. Kramer war jetzt für seine Verhältnisse schnell aus den Federn. Er rief bei seinen Nachbarn an und bat um Termin.

Shila fragte nach Christine. Als sie von deren Einkaufs- und Organisationstour hörte, schob sie die von Kramer sehnlichst erwartete Einladung zu einem kleinen Frühstück nach. Dafür wollte sie aber bei möglichst vielen hoffentlich stattfindenden Proben zusammen mit ihrem Manne Zuschauerin sein. Der Jurist reagierte ähnlich wie Kramer. Er wurde kaum fertig mit der absurden Situation, dass ausgerechnet der Mann, der ihn als Handlanger jahrelang mit in den »Polizeischutz« getrieben und die Anschläge auf ihn und seine Frau organisiert hatte, ihn jetzt mit dazu auserkoren hatte, nach seinem Tod zusammen mit Kramer und dem zuständigen Polizisten seine soziale Stiftung aufzubauen. Allerdings war der Zeitpunkt für Juris Wunsch, den Juristen zu gewinnen, gar nicht so ungünstig. Der Auszug des Ehepaares aus der Polizeikaserne verzögerte sich nämlich unerwartet. Vor allem, weil einer der erfahrenen Bodyguards aus früherer Zeit, der die Kurzausflüge der Raimers in die Freiheit organisiert und geleitet hatte, erst nach einigen Wochen zur Verfügung stand. Und weil Shila mit der Planung der ersten freien Wochen nach der Kasernierung nun wirklich durch war.

»Wissen Sie was, Sie sind ja mit Christine und dem Kasperltheater die nächste Zeit voll eingespannt.«

Leichtes Erröten bei Kramer, ein Anflug von hintergründigem Lächeln bei dem Juristen und ein offenes Strahlegrinsen bei Shila.

»Ich organisiere Ihnen diese kleine Stiftung, erledige Ihnen auch den Papierkram wegen der Erbschaft und meine Frau sucht mit mir zusammen Projekte aus, die wir unterstützen werden. Und ich rede mit Aichinger.«

Waren das Nachbarn in unserer WG!

Kramer hatte noch einen zweiten Wunsch:

»Wir sollten trotz meiner wichtigen Aufgaben in den nächsten Tagen und Wochen unsere Quasselrunde über das ›Richtige Leben im falschen‹ nicht aus den Augen verlieren. Ich glaube, ich hätte dazu eine wichtige Idee und Juris großzügiges Erbe bestärkt mich dabei. Ich bitte also nochmals um einen Termin für ein Vorgespräch mit einem demnächst hoffentlich freien Oberstaatsanwalt.«

»Nur immer her damit. Ich bin wirklich gierig darauf, etwas unternehmen und organisieren zu können!«

Vorerst unternahmen die drei und der begeisterte Hund einen beschützten Rundgang durch das Kasernengelände. Das Gelände war zum späten Vormittag wohltuend frei von Ansammlungen lernender oder plaudernder Polizeischülerinnen und -schüler. Kramers Teilnahme an dieser Auslüftungsaktion führte allerdings zu einer noch größeren Horde von Bewachungsschülern, verstärkt durch MP-Bewaffnete aus der Wachtruppe.

»Die legen aber großen Wert darauf, dass du ihnen nicht noch einmal geklaut wirst!«, amüsierte sich die indische Prinzessin.

Christine kam erschöpft aber zufrieden am frühen Nachmittag nachhause. Barfüßig und -busig mit einer neuen Version von Pluderhose huschte sie aus der Dusche sofort in die Küche. Neu waren die dunkelrot lackierten Zehennägel, was Kramer schon fast als gemein empfand. Er erreichte fünf Minuten Unterbrechung, um diese für ihn hocherotische Fußpflege entsprechend würdigen zu dürfen. Und nach dem Essen startete die von beiden letzte Nacht als »kreative Kuschelei« titulierte Arbeitsweise, die im Endeffekt zu einem Grobkonzept bzw. einer »Erzählung« für das geplante Kasperltheater führen sollte. Die Regeln stammten alle von Christine, Kramer widersprach nur dort, wo er sie nicht erfüllen konnte. Christine hatte verfügt, dass beide so spärlich wie möglich bekleidet auf dem breiten Bett zu liegen haben, weil: »Eine gewisse erotische Spannung fördert die Fantasie!« Sie stellte sich ein Glas Rotwein in greifbare Nähe und setzte die Kaffeemaschine in Gang. Für das Weichei Kramer wurde auf Wunsch eine Thermoskanne mit Yogitee vorbereitet. Auf dem Tisch stand ein Tablett mit lauwarmen Quiche-Schnitten auf einer Wärmeplatte – natürlich eine Spende von Shila. Gedämpftes Licht, leise Musik. Für einen guten Zweck war Kramer bereit, sich mit Inbrunst zum Narren zu machen. Alles, was beitrug zur »Erzählung«, durfte in normalem Ton verhandelt werden und wurde aufgezeichnet. Was nicht zum Kaspertheater gehörte, musste dagegen dem anderen ins Ohr geflüstert werden. Als erstes flüsterte Kramer Christine ins Ohr, dass es ihm zwar peinlich sei, aber er leide seit längerem unter kalten Füßen! Christine musste herzlich lachen, griff unter ihr Kissen und förderte Kramers warme Socken zu Tage.

»Vergiss nicht, ich habe Erfahrung auch in Altenpflege!«, flüsterte sie zurück. Und dann begann die Arbeit, unterbrochen durch das Geflüster.

Die letzte Nacht hatte Kramer mehrfach das Ergebnis der Juri-Fantastereien erzählen müssen. Danach einigten sie sich darauf, ein Kasperltheater zu entwerfen, bei dem die Figuren aus der Rolle fielen und zum Teil nach dem Vorbild von Juris Mafiosi und dem Pfarrer ihre Rollen tauschten. Bei der zweiten kreativen Kuschelei wurde sehr schnell festgelegt, dass am Anfang eine Art Aufstand stehen sollte, bei dem die Figuren gegen ihre Klischeerollen protestierten. In einem eher chaotischen Aushandlungsprozess zwischen Puppenspielern und Figuren werden dann die neuen Rollen vereinbart. Das ursprünglich geplante Spiel konnte beginnen, Shakespeare ließ aus großer Ferne grüßen. Ein zum Publikum passender Titel und im Groben auch Inhalt wurden gesucht und nach längerer sehr kreativer Kuschelei auch gefunden: »Die Abenteuer der Polizeischülerin Beate K. als Prinzessin Gretelia«

Am frühen Abend meldete sich dann noch der Puppendoktor per Telefon. Die Figuren seien repariert und die Bühne müsse morgen vormittags noch eine zweite Sicherungslasur erhalten. Ab 13 Uhr stehe alles zusammen dann zur Abholung bereit. Übrigens habe sich ein Sammler gemeldet, der die Figuren von früher kenne und von einigen gerne Fotos machen würde. Der alte Herr war selbst früher Puppenspieler gewesen. Christine gab ungefragt ihre Zustimmung und freute sich.

Die halbe Nacht wurde noch kreativ das Vorspiel und die »Meuterei« der Puppen entwickelt. Bei der versuchten Festlegung, welche der Figuren ihre Klischeerollen tauschen sollten, fielen den beiden natürlich schon viele weitere Szenen und Teile der Handlung ein. Christine notierte parallel zur Tonaufzeichnung alle wichtigen Ergebnisse in ihrem »Szenenheft«. Zum Abschluss des langen Tages gab es dann für Kramer noch eine wohltuende und entspannende Fußzonenreflexmassage. Ehrlich gesagt hatte er sich für den Tagesabschluss noch den Versuch vorgenommen, Größeres zu leisten. Er schlief aber bereits nach fünf Minuten Massage tief und fest. Christine sang ihm noch leise ein Schlaflied, suchte seine Hand und löschte das Licht. Ihr letzter bewusster Laut war für diese Nacht ein langer und zufriedener Seufzer.

Kramer war in seinem Leben meist Frauen näher begegnet, die morgens die Augen nur schwer und den Mund lange Zeit gar nicht aufbrachten. Renate Köchl war wohl die einzige Ausnahme gewesen. Christine dagegen präsentierte den Idealtyp dieser Spezies des »Morgenmuffels«, wie solche Menschen gerne genannt werden. Als sie gegen halb zwölf Uhr wieder von dem Kleintransporter abgeholt wurde, konnte sie als »halb wach« durchgehen.

Die Bühne, ihre Ausstattung und vor allem die Figuren waren für Kramer dann eine echte Überraschung. Die Bühne konnte trotz mehrfacher Modernisierung ihre Herkunft aus dem Jugendstil nicht leugnen, die Ausstattung war natürlich frei von Elektronik, trotzdem mindestens auch heute noch halbprofessionell. Donner, Blitz, Rauch und die Illusion von Regen waren möglich, ebenso standen Vogelgezwitscher, spannungsfördernde Musik, Wasserfallrauschen und anderes zur Verfügung. Christine bekam vor Aufregung und Begeisterung rote Ohren. Die Figuren hatten handgenähte Kleider, die Köpfe aus Holz waren im Verhältnis groß und die Gesichtszüge eher maskenhaft und leicht stilisiert. Bis in die Nacht hinein experimentierten und übten Kramer und Christine, zeitweise wohlwollend beobachtet und verpflegt von den Raimers mit Hund. Endlich kam auch wieder einmal der Erste Kriminalhauptkommissar vorbei. Die Nachwirkungen der Entführung Kramers hatten ihn über viele Tage nicht zur Ruhe kommen lassen. Juris Erbe und seine eigene zugedachte Rolle dabei trieben ihm ebenfalls Lachtränen in die Augen. Er fand Kramers Kerzenstiftung für den verblichenen Mafioso »ein bisschen viel für ein bisschen wenig!«.

Kramer konterte mit Jesus und dessen Aussage von der »Freude im Himmel« über jeden reuigen Sünder.

Aichinger: »Nicht schon wieder!«

Der Polizist hatte gerade keine Lust auf Welterklärung und konzentrierte sich lieber auf das Praktische. Um den Stress der letzten Tage zu verdrängen, legte er freiwillig eine Inventarliste einschließlich eines Verzeichnisses der vorhandenen Puppen an. Es gab gute aber auch unbrauchbare Ratschläge, am nächsten Tag stand bereits fast die Hälfte des Stückes fest und die Auswahl der Puppen, die zum Einsatz kommen sollten, war festgelegt. Ebenso im Groben ihre Rollen. Der Ordnungsfreak Aichinger bildete dies auf der Grundlage von Christines Szenenbuch zusammen mit Kramer in einer Zusammenfassung ab:

Da war natürlich Kasperl, der die Rolle des bösen Krokodils

übernimmt und immer böser wird. Und das Krokodil gehört jetzt zu den Guten und muss sich wie der gute Kasperl benehmen. Gretl wird zur Prinzessin Gretelia und damit zur geträumten Figur der Polizeischülerin Beate K. Die von Gretl verkörperte Prinzessin ist also auf Gretls Weise notgedrungen etwas sexbesessen. Mit dem Schlosspersonal ist sie alles andere als glücklich. Sie tauscht ihre Rolle gerne zurück. Die Prinzessin, also die Polizeischülerin, wird zunächst zur Haushälterin des (bösen) Kasperl. Auf ihre Beschwerde hin wird sie wieder zur Prinzessin und Gretl zu ihrer Beraterin in allen Fragen des Figurenlebens. Der Prinz seinerseits ist übrigens etwas doof. Er verläuft sich auf dem Weg zur Prinzessin und findet das gesamte Spiel hindurch das Schloss nicht. Der Teufel tauscht mit dem Engel und mischt den Vorhimmel auf. Er wird für den Rest des Stückes dort arrestiert und muss Manna essen. Das Harfenspiel verweigert er. Der Engel findet seine neue Wohnung in der Vorhölle maßlos überheizt und schlecht gelüftet. Ansonsten kann er einfach kein Teufel sein – und so weiter …

Selbst wenn das Kasperltheater wie geplant aufgeführt hätte werden können, wären natürlich nicht alle ausgesuchten Figuren zum Einsatz gekommen. Die Handlung geht nur mühsam voran, weil die Figuren dauernd aus der Rolle fallen. Zu erkennen ist der Rahmen: die Polizeischülerin Beate K. hat Prüfungsangst und flüchtet sich in eine Traumwelt als schöne Prinzessin. Bei dem Durcheinander der vielen getauschten Rollen landet sie als Prinzessin wie gesagt im Haushalt des bösen Kasperl, was gar nicht ihrem Traum entspricht. Sie beschwert sich und darf die Gretlrolle als Prinzessin spielen, was aufgrund der »sexuellen Erweckung« der Gretl die Träumerin ganz schön zum Schwitzen bringt. Viele Episoden, Verwechslungen, Spannung – es kann aber auch ganz anders kommen, da die Puppenspieler wild improvisieren und oft Teil der Handlung werden. Irgendwie endet das Stück damit, dass für die Figuren das Rollenspielen unbefriedigend wird und sie Sehnsucht nach ihrer alten Identität bekommen. Und die Polizeischülerin durch die Prüfungsaufsicht aus ihrem Traum gerissen wird …!

∽

[STEUERUNGSSYSTEM: EKHK Aichingers Notizbrief 5 – der erste, der abgeschickt wurde!]

Liebe Ursula,
Du hast mich bei deinem Anruf im Krankenhaus ermutigt, Dir Weiteres aus meiner aktuellen Situation in München zu schreiben. Du wolltest Dir, so Dein Wunsch, »ein Bild machen können.« Wundere dich bitte nicht, wenn neben der kurzzeitigen Entführung Kramers vor allem ein Kasperltheater im Mittelpunkt meines Berichtes steht. Es war von Kramer und seiner im zweifachen Sinn des Wortes »jüngsten« Beziehung geplant und in der Kaserne auch aufgeführt worden. Und wundere dich auch nicht, wenn du merken solltest, dass mich dieses Vorhaben begeistert hatte. Leider ist es am Ende schief gelaufen. Jetzt aber der Reihe nach:

In der Zeitung hast du sicher gelesen oder im Fernsehen gesehen, dass Kramer quasi vor unseren Augen für fast zwei Tage entführt worden war. Der letzte in Deutschland wirkende Mafioso jener Mafia, die den Oberstaatsanwalt und seine Frau in die Polizeikaserne getrieben hatte, schaffte es, sich Kramer als Schutzschild quasi auszuleihen. Und er hat damit tatsächlich erreicht, sicher nach Weißrussland zu fliehen. Der angewandte Trick dabei geht ganz bestimmt in die Polizeigeschichte ein. Für mich als zuständigen Leiter der Schutzverwahrung Kramers sicher kein Ruhmesblatt. Mein Chef allerdings hat kurz danach mehr Geld für die Überwachung angefordert und erhalten. Er macht mir in der Sache selbst keinen Vorwurf. Der Entführer übrigens ist einen Tag später auf Geheiß des verfluchten Albaners in Weißrussland von der dortigen Mafia erschossen worden. Vielleicht findet sich ja einmal Gelegenheit, dir ausführlicher davon zu erzählen.

Jedenfalls hat dieser Mafioso namens Juri »im Falle seines Ablebens« Kramer in einem Testament eine halbe Million Euro für eine soziale Stiftung vermacht. Und, halt dich fest, mich und den Oberstaatsanwalt als Mitglieder eines Beirates empfohlen. Wenn das kein Kasperltheater ist! Kramer hatte nämlich mit diesem Juri während der Entführung ein Puppentheater ausgesponnen, was diesem offenbar neue Welten aufgezeigt hat. Die Stiftung, nebenbei gesagt, könnte Fachleute wie dich in ihrem Beirat dringend brauchen! Der Oberstaatsanwalt findet das zwar alles verrückt, er und seine Frau aber haben bereits zugesagt. Ich übrigens auch.

Jetzt zum Kasperltheater von Kramer und der Physiotherapeutin, die auch mein Gehwerk in kürzester Zeit wieder hergestellt hat. Diese junge Frau kam eines Tages kurz vor Mitternacht zu Kramer in seinen Bungalow und beichtete ihm, dass sie sich in den über 70jährigen verliebt habe. Bei uns läuteten natürlich die Alarmglocken und wir fühlten der Dame nochmals gründlich auf den Zahn. Sie war etwas unstet, vor allem was ihre religiöse Orientierung angeht, aber ansonsten ohne Auffälligkeiten. Perikles entdeckte, dass der Gründer und Leiter ihrer aktuellen Erweckungsgruppe allerdings höchst zwielichtig war. Kramer, der nicht so naiv ist ohne ein gewisses Misstrauen zu glauben, eine Frau um die Dreißig könne sich urplötzlich in einen älteren Mann unsterblich verlieben, wollte aber die Situation offensichtlich auskosten. Und in der Tat, es war schön zu sehen, wie beide voneinander zunehmend begeistert waren. Christine ist Tochter eines Puppenspielers und hatte eine Kasperlbühne samt Figuren geerbt. Beide begannen, die Aufführung eines selbst erfundenen Stückes zu entwickeln – mit kräftiger Unterstützung ihrer Nachbarn. Und, bitte lach jetzt nicht, auch ich wurde von dieser Begeisterung angesteckt. Besuchte nach Möglichkeit Proben und beteiligte mich an Diskussionen. Irgendwie erging es mir auf meine Art wie dem Mafioso und mehrfachen Mörder Juri. Das Grobkonzept, um das herum das Stück entwickelt wurde, war von mir und Kramer gemeinsam protokolliert worden. Du findest eine Kopie davon im Brief. Der Oberstaatsanwalt oder ich filmten abwechselnd die Proben einzelner Szenen. »Das Team« wählte daraus die gelungensten Fassungen aus, so dass am Ende die Puppenspieler das gesamte Video mehrfach ansehen konnten. Beide weigerten sich aber, die Szenen schriftlich auszuarbeiten. Sie wollten spontan improvisieren können, was sie dann auch taten. Ich kann dir unmöglich das ganze Stück beschreiben. Aber ich werde dir verschiedene Szenen und Lösungen vorstellen und natürlich etwas ausführlicher das unrühmliche frühzeitige Ende.

Schon die Eingangsszene oder das Vorspiel finde ich richtig gut. Die Kulisse besteht aus blauem Himmel mit langsam ziehenden weißen Wolken. Eine Stimme aus dem Off verkündet, dass die Polizeischülerin Beate K. zusammen mit ihrem Jahrgang eine schwere Zwischenprüfung bestehen müsse. Die Wolken verdunkeln sich, das Licht wird fahl. Die Stimme: »Da fängt die Polizeischülerin an zu träumen. Und zwar ihren Lieblingstraum. Sie ist weit weg, eine wunderschöne Prinzessin in einem wunderbaren Schloss. Und natürlich ist der Prinz nicht weit, der zufällig Ähnlichkeiten mit ihrem Banknachbarn in der Polizeischule hat (Streicher-Musik). Und so beginnt, Freundinnen und Freunde, unser Kasperltheater über die ›Abenteuer der Polizeischülerin Beate K. als Prinzessin Gretelia‹ ...«

Szenenwechsel, dörfliche Landschaft, zunächst nichts außer Gekicher aus dem Untergrund der Bühne, Christines Stimme
»Lass das, so kann ich mich nicht konzentrieren!«
Kramer halblaut »Einmal noch, ich liebe deine roten Zehennägel«.
Auftritt eines verärgerten Kasperl, der ein Plakat schwenkt.

»Wir protestieren!« Kasperl rennt wütend von links nach rechts und von rechts nach links. »Das muss alles anders werden, das muss ...« Er stutzt, hört das Gekicher und Turteln von unten. Schreit. »Ja lässt du deine Finger von Christines Zehennägel, du Lust... du Lustfrosch! Hier oben fliegt euch alles um die Ohren und ihr habt nichts Besseres zu tun!? Zieh doch endlich Socken an Christine, sonst dreht der Alte noch vollkommen durch. Und dann hört mir und hört mir, verdammte Knackwurst, endlich einmal zu. Das ist ein Aufstand, ein Potest und eine Revolver... ah, äh eine Revolution!!!!«.

Die Puppenspieler erfahren erstaunt, dass die Puppen ihre bisherigen Rollen satt haben – und fast alle einmal andere übernehmen wollen.

»Und wie soll das gehen?«, Christine von unten.

Kasperl: »Haben wir schon in einer Nachtsitzung alles beschlossen!« Und er liest im Prinzip das Passende aus dem Protokoll von mir und Kramer vor. »Da hat uns sogar der Erste Kriminalhauptkommissar geholfen. Aber erst, nachdem ihm der Entführer seinen geklauten Kramer heil wieder zurückgeschickt hatte ...«

Natürlich Gejohle im Publikum. Die Puppenspieler lassen sich überzeugen, Kasperl zieht ein übergroßes Handy hervor und verständigt seine Kolleginnen und Kollegen. Jubel und Beifall (vom Band) aus der Tiefe der Bühne.

Ich hoffe Ursula, ich konnte dir ein wenig vermitteln, was da ablief. Wenn dich mein Stil überrascht, ich kopiere schamlos Kramer, der einige Szenen so ausgearbeitet hatte. Fast alle Polizeischülerinnen, ihre männlichen Kollegen und ihre Ausbilder waren gekommen. Unser großer Versammlungsraum war brechend voll. Und Kasperl tanzt von der Bühne:

»Ich bin das böse, böse Kasperlkrokodil und als erstes beiße ich die lahme Gretl. Ich muss mir nur noch überlegen, wohin ...!«

Und als ein verdutzter Hase vom Wegesrand aus Kasperls

Abgang verfolgt, haut ihm der einfach sein Protestschild auf den Kopf: »Ich bin das böse, böse Kasperlkrokodil …«

»Der spinnt, der Kasper!«, lispelt der Hase und entfleucht.

Auf dem Weg zur Gretl lauert dann das Krokodil und fällt gewohnheitsmäßig über den Kasperl her. Der aber beißt das Krokodil knurrend, wobei dieses Angst bekommt und sich bei den Puppenspielern beschwert. Die erklären ihm seine neue Rolle, die Szene wird wiederholt, Kasperl beißt wieder, das jetzt gute Krokodil bittet nochmals die Puppenspieler um Hilfe.

Kramer von unten: »Und was macht der Kasperl sonst immer, wenn du ihn beißt?«

»Er verhaut mich und schlägt mich in die Flucht!«

»Na also, hier hast du den Gummiknüppel des Polizisten!«

Das Krokodil schlägt den protestierenden bösen Kasperl in die Flucht. Das Krokodil: »Wenn ich wieder auf die Welt komme, werde ich Polizist!«

»Wieso das?«

»Lieb sein und die Leute mit dem Gummiknüppel schlagen, das macht so richtig Spaß!«

Zuhause trifft der böse Kasperl dann die verängstigte Prinzessin als Verkörperung der Polizeischülerin Beate K., die ja mit Gretl die Rolle getauscht hat. Als er sie beißen will, bekommt er den Besen um die Ohren und als er den Tyrannen spielen will und sie rumkommandiert, wirft ihm Fräulein Prinzessin die Teller hinterher. Beide beschweren sich lauthals bei den Puppenspielern.

»Da war es ja in der Prüfung noch schöner als hier, ich möchte in mein Schloss!«

Das Argument zog, Gretl als Vamp wurde auf die Bühne gerufen. Shila und Christine hatten lange an der Ausstattung der Gretl gebastelt, bis sie von der braven Hausfrau zur Sexkönigin wurde. Auffallend das Dekolleté und die prallen roten Botox-Lippen. Gretl musste zugeben, dass es im Schloss reichlich fade wurde. Der doofe Prinz fand anscheinend den Weg zum Schloss nicht und was sonst so rumstand, war so gar nicht ihr Geschmack. Da versprach ein böser Kasperl oder ein Räuber als Polizist schon mehr. Also wurde die Prinzessin wieder zur Prinzessin und Gretl durfte bei Lust und Laune nebenbei noch ihre Beraterin und Zofe spielen. Da die beiden Damen in Richtung Schloss abzogen und offenbar ganz schnell ein Herz und eine Seele waren, saß der böse Kasperl mit seiner aufgestauten Bosheit alleine herum. Er beschloss, sich einen bösen Kumpan zu suchen und ging zum Räuber, der früher ein Polizist war. Der war als ehemaliger Beamter irgendwie als Bösewicht nicht recht zu gebrauchen. Kasperl musste ihn lange dazu überreden, dass Böse auch Böses tun und selbst Gesetze brechen müssen und schlug einen Einbruch ins Schloss vor. Dazu vermummten sie sich. Im Schloss wurden Sie von der Zofe Gretl bemerkt und sie rief den Polizisten, der früher Räuber war. Auf diese Weise, dachte sie, würde sie endlich einen richtigen Mann kennen lernen. Der Räuberpolizist wurde ganz nervös, als er die vielen Schätze sah, die Kasperl und der Amateurräuber eingesteckt hatten. Und fast noch mehr machte ihm die aufreizende Gretl zu schaffen. Gretl bemerkte zu spät, dass ihr eigener Mann einer der maskierten Räuber war und nun zusammen mit dem Kumpan ins Gefängnis musste. In der Gefängniszelle verdrehte Gretl dann gekonnt solange dem Räuberpolizisten den Kopf, bis er sich überlisten ließ und sie ihn in eine Zelle sperren konnte. Dort drohte sie damit, den König zu holen, da sie sehr wohl gesehen hätte, wie der Räuberpolizist aus alter Gewohnheit einen Teil der Beute der Übeltäter in die eigene Tasche gesteckt hatte. So kamen der böse Kasperl und sein Kumpan wieder frei, der Polizist, der früher Räuber war, bekam dafür ein heimliches Rendezvous mit Gretl.

»Das stimmt aber alles nicht mit den Gesetzen und der polizeilichen Dienstordnung überein!«, stellte die Prinzessin, die früher Polizeischülerin war, fest.

»Tja Fräulein, so ist das mit den Träumen!«, gab die fast weise sexy Gretl zur Antwort.

Ursula, ich muss aufhören, dir das ganze Kasperltheater zu erzählen, obwohl ich dazu große Lust hätte. Zur Aufführung kam das Stück leider dann etwa nur bis zur Hälfte, denn dann passierte es. Der böse Kasperl kam wieder einmal mit dem Gesetz in Konflikt und der Polizist, der früher ein Räuber war, musste ihn wohl oder übel davon überzeugen, dass er nun wirklich ins Gefängnis musste. Leider war der böse Kasperl dem Exräuber geistig überlegen und brachte diesen mit seinen Sprüchen fast zur Weißglut. In seiner Not, gute Argumente zu finden, versuchte er den Kasperl anders fertig zu machen und prahlte mit dem heimlichen Stelldichein mit der sexy Gretl, also Kasperls Frau. Daraufhin war der ach so böse Kasperl am Boden zerstört und ging freiwillig ins Gefängnis. Und dort hielt er eine vor Selbstmitleid triefende Rede über die schlechte Welt und die noch schlechteren Frauen, die beim jungen Publikum Gejohle auslöste. Gerade als Kasperl dem lieben Gott erklärte, dass das mit der Rippe ein Kardinalfehler war, da er, Gott, vergessen habe, die neu geschaffene Frau wenigstens dümmer als die Männer zu machen, explodierte mit Stichflamme, Rauch und fürchterlichem Knall Kasperls Kopf. Christine hinter der Bühne heulte los, die Besonnenen unter dem Publikum verhinderten eine Panik und räumten ohne Verletzte den Saal. Der fast kopflose Kasperl lag noch rauchend vor der Bühne, hinter der Bühne versuchte Kramer, die hysterisch weiter heulende Christine zu beruhigen. Sie stammelte immer wieder »Dieses fette Schwein, dieses fette Schwein …« und »Ich will nachhause, ich will bitte, bitte nachhause …!!«

Zunächst kümmerten sich dann die Sanitäter um sie. Sie hatte nur unbedeutende Brandwunden ersten Grades an dem Finger, mit dem Kasperls Kopf geführt worden war. Unser Sprengstoffexperte, der unter dem Publikum war, sicherte ziemlich unbefangen den Kasperl mit seinem Restkopf.

»Das war nur Schwarzpulver und der Kopf hatte anscheinend Sollbruchstellen mit ganz dünnen Wänden, so dass kaum

Splitter durch die Gegend flogen. Den hat ein Profi präpariert!«

Kramer kam blass, aber ernst und gefasst hinter der Bühne hervor. Er kam auf mich zu und drückte mich. »Ich glaube, ich hätte keine Hemmungen mehr, diesen armseligen Albaner auf der Stelle zu erschießen, wenn ich Gelegenheit bekommen sollte!«

Kramer nahm seine Herzmedizin und besuchte Christine auf der Sanitätsstation. Er erzählte mir später, sie heulte dort immer noch vor sich hin, schüttelte nur ihren Kopf und murmelte, wie sehr sie sich schäme und wollte nur nachhause. Kramer griff zu seiner letzten »Waffe«:

»Christine, ich hab mich in dich verliebt!«

Aber sie nahm ihn anscheinend gar nicht richtig wahr. Peri kam auf die Station.

»Mein Auftrag ist, mich um Christine zu kümmern. Und der Erste wird dich bald zuhause besuchen kommen. Um die Bühne und alles andere kümmern wir uns morgen. Kollegen verhören noch den Puppendoktor, dort muss ja der Kasperlkopf irgendwie präpariert worden sein. Und jetzt geh heim, das Theater, soweit es vorgespielt werden konnte, war irre!«

Und Kramer warf, wie Peri mir ebenfalls berichtete, einen langen Blick auf Christine und ging dann zu seinem Bungalow.

Die immer noch schniefende und völlig aufgelöste Christine erzählte Peri auf der Fahrt zu ihrer Wohnung, dass sie im Auftrag ihres Propheten Abhörwanzen in Kramers Bungalow platziert habe, die sie sobald sie aus dem Bungalow ging, wieder einsteckte. So konnten die »Wanzen« unentdeckt bleiben. Der fette Sektenchef hatte dafür geworben, durch das Geld für diese Ausspähaktion mit dem Bau seines Weltgeisttempels beginnen zu können. Zu ihrem eigenen Erstaunen habe sie sich aber wirklich in Kramer verliebt und wunderbare Tage mit ihm verbracht. Damit die Abhöraktion so wenig wie möglich Erfolg bringen würde, hat sie dann bestimmte Regeln eingeführt. Zum Beispiel, dass alles über das Kaspertheater laut, alles andere geflüstert besprochen wird. Und dass sie Kramer öfter damit überredete, Liebesspiele würden im Schutzkeller noch um ein Vielfaches romantischer sein. Den Protest des Sektenchefs habe sie dabei ignoriert und den Mann, je länger sie mit Kramer zusammen war, um so mehr durchschaut. Sie gab Peri auf der Fahrt konkrete Hinweise auf pädophiles Treiben des Mannes im Namen des Weltgeistes und war bereit, für eine eventuelle Anklage des falschen Propheten ein beeidigtes Protokoll verfassen zu lassen. In der Tat konnte Peri aufgrund eines Tipps von Christine in den nächsten Tagen erdrückendes Material sammeln. Daraufhin genehmigte uns ein Richter eine Hausdurchsuchung. Was wir dort fanden, reichte für eine Festnahme des verlogenen Propheten und seiner aktuellen Lieblingsjüngerin.

Peri musste Christine im Gegenzug versprechen, ein kurzes von ihr verfasstes Schreiben an Kramer zu überbringen. Obwohl Peri alles versuchte, wird Christine, vor allem aus Scham, die Beziehung zu Kramer wohl abbrechen. Kramer hat aber auch ein bewegtes Leben! Ich werde mich die nächsten Tage so gut es geht um ihn kümmern müssen. Morgen schon haben wir unsere Quasselrunde und Kramer will mich danach alleine und »abhörsicher« sprechen. Neugierig bin ich, was er ausgebrütet hat.

Ich wünsch dir eine gute Zeit. Es ist ein gutes Gefühl, mit dir wenigstens schriftlich Kontakt zu halten. Bis demnächst!
Erwin

∽

Michael Kramer und Erwin Aichinger saßen nach dem Ende der Quasselrunde zum Schwerpunkt »Vom richtigen Leben im falschen« noch gemeinsam in Aichingers Dienstwagen. Sie waren sich einig, dass diese Diskussionsrunde die ehrlichste und offenste seit Einführung dieser Zusammenkünfte war. Auch Dr. Dr.

Wagner war mit dabei gewesen. Jeder war so frei, mit wohlwollender Unterstützung der Runde seine Vorstellung vom richtigen Leben unter seinen Bedingungen zu entwickeln. Vorher musste nochmals kurz zusammengetragen werden, was denn alles von verschiedensten Gruppen an unseren gegenwärtigen Verhältnissen als falsch angesehen werde. Der Oberstaatsanwalt als gläubiger Katholik trug kurz die Zusammenfassung einer Verlautbarung seines Papstes vor mit dem verstörenden Titel: »Diese Wirtschaft tötet!« Die Gruppe mied es vorerst, wieder eine ausführliche Diskussion über diese Aussagen zu führen. Es galt, die eigenen Lebensumstände zu schildern und die Strategien, darin subjektiv richtig zu leben.

Aichinger z.B. vermutete die Provinz langfristig als sein »artgemäßes« Umfeld. Außer ein guter Polizist zu sein, wollte er, wenn irgendwie möglich, seine Ehe wiederbeleben. Die erfolgreiche Berufstätigkeit seiner Exfrau im sozialen Bereich schien ihm dazu eine Verbesserung der Chancen auf eine glückende Zweisamkeit zu bieten. Für ihn nach wie vor das Ideal einer Lebensführung. Zugleich räumte er der Mitarbeit in der neuen Stiftung eine wichtige Rolle ein, die dazu beitragen könnte, das weitere Leben auch in anderer Weise sinnerfüllt und richtig zu gestalten.

Kramer, noch etwas gezeichnet von dem letzten Anschlag des gestörten Albaners und dem zu erwartenden Ende einer gerade aufgeblühten Beziehung zu Christine, sah seine Chancen auf die richtige Gestaltung seiner Restlebenszeit naturgemäß begrenzt. Juris Stiftung aber habe ihn darin bestärkt, alles daran zu setzen, selbst unter diesen Verhältnissen darauf hinzuarbeiten, etwas Sinnvolles und damit Richtiges zu tun oder wenigstens zu hinterlassen. Vielversprechend dafür sei, fand er im Einklang mit Aichinger, wohl die Förderung der sozialen Stiftung. Er werde den größten Teil seines Vermögens daher der neuen Stiftung vererben, was allerdings nicht unbedingt ausreiche zur Rettung der Welt. Er hätte übrigens auch einen Namensvorschlag:

»Stiftung Vom Richtigen Leben«. Und er werde sich anstrengen, die Mittel der Stiftung noch zu erhöhen.

Der einzige, der bereits konkret soziale Arbeit leistete, war zur Überraschung der anderen Dr. Dr. A. Wagner. Er war Mitglied in einem kleinen Verein von Psychiatern, Psychologen und Menschen aus meist sozialen Berufen. Der Verein habe sich zur Aufgabe gestellt, den neu eintreffenden traumatisierten Flüchtlingen aus Krisen- und Armutsgebieten dabei zu helfen, mit ihrer Situation besser fertig zu werden. Der Verein wolle mittelfristig für diesen Personenkreis eine eigene Einrichtung schaffen. Der Mann macht tatsächlich mehr, als in Afrika auf die Jagd zu gehen, freute sich Kramer über den Polizeipsychologen. Und dann setzte Dr. Dr. Wagner noch eins drauf, obwohl eingangs anders vereinbart:

»Wir müssen verdammt aufpassen, dass wir uns nicht allein auf das Lindern von Symptomen beschränken. Wir bauen Mauern und Zäune um unsere Wohlstandsinseln und verteilen notwendige Pflaster und Pillen. Ich bin gerne bereit, in die neue Stiftung einzusteigen und aus meinem letzten Erbe zwei größere Immobilien einzubringen, wenn wir auch jene unterstützen, die für Nachhaltigkeit arbeiten und – bitte nicht erschrecken – auch solche Gruppen, die Alternativen entwerfen zum jetzigen System und die Finger laut schreiend und protestierend in die Wunden legen!«

Kramer hätte den Dicken am liebsten umarmt!

Der Oberstaatsanwalt: »Herr Dr. Wagner, ich rechne mit Ihrer Mitarbeit! Auch ich als einer der Letzten meiner Generation von kinderlosen Vielschaffern kann der Stiftung Immobilien anbieten!« Ihm kam, wie er weiter sagte, Juris Erbe gerade recht. Bisher hatte er geplant, sollte er frei kommen, für Bedürftige ehrenamtlich Rechtsberatung zu leisten. »Was sich ja nicht ausschließen muss!«

Nach dieser Sitzung zogen sich Aichinger und Kramer wie

gesagt noch zu einer Besprechung zurück. Am nächsten Morgen meldete sich wie zu erwarten Dr. G. per Mail:

Hi Hi isst anders gelaufen dein Kasperltheater, du Lehreraff. Ich wollt mal hören, was du so machst. Siehst du, ich komm wenn ich will bis in dein Bungalow und in dein Bett. Und wieder hast du neue Hure und ich hab sie gezahlt. Kannst Danke sagen, kleine Spinnermaus. Aber natürlich darfst du nicht immer schön haben. Wir dürfen nicht vergessn, dass ich dich mit eigen rechte Hand bestraf will. Geb dir noch vier Wochen, zwei Woch voraus bekommst du nochmal genau Termin. Und lauf nix weg, du sitzt in Falle: Jetzt gibt es noch Hure mehr, die ich kann massakriern, wenn du nicht in Kaserne bleibst. Polizei muss nix Hose machen. Ich lass Kaserne stehn! Aber ich massakrier, glaub mir, einen nach anderen von Hure und Freund, wenn du nicht bleibst. Mir fallt ein dein alt Freundin Ursula und die Anne davor und ihre Kinder, natürlich dein Professorhure in Amerika, die Polizeihure und die Kasperlspinnerin. Aber auch dein Polizist oder sein Frau, vielleicht sogar Staatsanwalt oder sein Frau oder viel Freund in Griechenland. Wie wär blöder Bauer, der immer passt auf dein Haus oder sein süß kleine Nichte? Bleib also wo du bist und üb schießen mit dein Spielzeug für Kind. Hab selber noch viel zu tun und hab groß Angst vor Schießmaus,Ha Ha. Du kannst morgen schon Antwort sagen, hast wieder 12 Minut. Leg dich in Bett ohne Hure und wein ein bisserl. Dr. G.

»Eigentlich hätte ich diesen Drohbrief fast auch selber schreiben können!«, meinte Kramer, auffallend ruhig und entschlossen wirkend, nach der Lektüre zu Aichinger.

Dieser:»Wollten wir dich unerreichbar für den Albaner wegstecken, müssten wir allmählich ganz Bayern und Griechenland dazu unter Polizeischutz stellen. Mich auch, wie da drin steht und meine Frau. Auch meine Vorgesetzten sehen nur noch die

Möglichkeit, die Bewachung so weit wie möglich zu verstärken!«

»Einverstanden, aber du weißt schon, dass ich noch einmal für einige Stunden nach München kommen will. Ihr könnt ja auch amerikanische Präsidenten schützen! Das war nicht ganz ernst gemeint, aber den Zusatzaufwand für den Ausflug kannst du gerne aus meiner Privatkasse finanzieren!«

»Himmel, und wie stellst du dir das vor?«

»Zum Beispiel eine Stadtrundfahrt, im Konvoi wenn es sein muss. Und dann mit Peri in unser Café am Rande des Zentrums, das ich vor Monaten zusammen mit der Polizei ausgesucht und in das ich Geld für einen kleinen Umbau gesteckt habe, um die Sicherheit dort zu erhöhen. Milchkaffee und Apfelstrudel!«

»Mensch Michael, muss das sein? Ich weiß, ich habe es versprochen. Aber nach diesem Drohbrief! Ich würde, wenn ich der Albaner wäre, hier zuschlagen! Ich muss mit meinen Vorgesetzten reden, bitte habe Verständnis!«

»Natürlich, du redest mit deinen Chefs und ich bastle in der Zwischenzeit die Antwort für den Irren!«

Nach Aichinger kam Dr. Dr. Wagner, um den neuen Drohbrief zu besprechen und weil ihn Kramer darum gebeten hatte. Er war überrascht, dass Kramer unbedingt die Besprechung im Schutzkeller abhalten wollte. Ächzend im Untergeschoss angekommen verstand der Polizeipsychologe relativ schnell diese Maßnahme. Sie gingen gemeinsam den Drohbrief durch und vereinbarten, auch Kramers Antwortschreiben später gemeinsam zu besprechen. Der Psychologe definierte Dr. G.s Haltung wieder einmal als Besessenheit.

Kaum war Dr. Dr. A. Wagner weg, meldete sich Peri per Sprechanlage aus der Pforte. Er brachte den Brief von Christine, auf den Kramer mit Herzklopfen gewartet hatte. Kramer wollte allein sein, bevor er ihn öffnete. Davor aber drängte er Peri noch dazu, ihm in den Schutzkeller zu folgen. Dort die gleiche Prozedur wie mit dem Psychologen. Offenbar hatten die beiden etwas zu besprechen, was ganz im Sinne des Griechen war. Als er Kramer verließ, hatte er ein spitzbübisches Grinsen auf seinem mediterranen Gesicht. Bevor Kramer sich mit Christines Schreiben ins Bett zurückziehen konnte, um seinen Schmerz zu pflegen, war die indische Prinzessin am Telefon. Sie druckste etwas herum und kam dann zu ihrem Auftrag: Christine hatte sie telefonisch gebeten, ihre Habseligkeiten aus Kramers Bungalow zu sammeln und an die Adresse einer Freundin zu senden. Passt ja alles. Kramer stimmte zu, bat aber darum, dass der Oberstaatsanwalt danach in den Schutzkeller zu einer Besprechung kommen möchte. »Und ich mach uns in der Zwischenzeit ein schönes Frühstück!«, wie zu erwarten die kochsüchtige indische Prinzessin.

Und so verlief der Vormittag, nachdem Kramer vorher noch Christines Schal mit der verwirrenden Duftnote hoffentlich unauffindbar für Shila versteckt hatte. Die Raimers waren übrigens mit dem pensionierten Lehrer gleich nach dessen »Entführungsausflug« bei einem Glas Prosecco zum Du übergegangen. Auch der Oberstaatsanwalt kam später halb belustigt aus dem Keller zurück zum gemeinsamen Frühstück. Kramer bat bei diesem Frühstück Shila noch, Christine zu sagen, dass es wunderbare Tage gewesen waren und er ihren Schal als Andenken geklaut habe – und, wenn es interessiere, er sie trotz allem verdammt noch mal sehr gerne habe. Und er werde, weil sie mit einem alten Freund einen ebenso alten Plan verwirkliche und in eine europäische Hauptstadt ziehe, noch 2000 Euro Reisegeld zu ihren Sachen legen. Er werde sie wunschgemäß nicht suchen!

Angesagter Endkampf mit überraschendem Ausgang oder Ende gut – alles gut?!*

Nach dem ziemlich missglückten Mittagsschlaf mit Christines Schal um den Hals verfertigte Kramer dann das Antwortschreiben an seinen Bedroher. Die Endfassung ging, leicht korrigiert, pünktlich am nächsten Vormittag ins All:

Wir steuern also auf den von Ihnen gewünschten Endkampf zu. Jeder Mensch stellt sich angesichts eines baldigen Endes die Frage, ob er richtig gelebt hat und Sinnvolles hinterlässt. Ihre jämmerliche Antwort steht offenbar fest: Sie wollen sich an einem ehemaligen Lehrer rächen, der Ihnen mehr aus Zufall in die Quere kam und ihre kriminellen Geschäfte störte. Den Gedanken an eigene Schuld oder Dummheit weisen Sie weit von sich. Was für ein abgrundtief blödes Lebensziel! Sie haben es durch ihre rücksichtslose Gewalt und ihre Bedrohung von Menschen, die mir viel bedeuten, geschafft, dass ich Ihr stupides Spiel mitspielen muss. Nun entsprechen aber dieses Spiel und ein Duell mit einem Profimörder absolut nicht meiner Vorstellung von einem erfüllten Leben und einem auch nur annähernd sinnvollen Sterben. Ich selbst hätte lieber etwas hinterlassen, womit anderen Menschen geholfen ist, und sei es eine Stiftung mit entsprechenden Mitteln und einem entsprechenden Auftrag. Der Mafioso Juri hat mir übrigens genau zu diesem Zweck schon 500 000 Euro vererbt, die Stiftung ist bereits gegründet. Auch dies habe ich auf perverse Weise Ihnen zu verdanken! Beim Nachdenken darüber, was Ihnen soviel wert ist, dass Sie auf das Stiftungskonto 1,5 Millionen Euro sauberes Geld überweisen, fand ich dann eine Lösung: mein Leben! Ich scherze nicht: Wenn Sie nicht innerhalb von 5 Tagen

---

*»Ende gut – alles gut«: Sprichwort, als Urväter werden Shakespeare, Boccaccio und sogar Horaz genannt

**diese Summe auf das Stiftungskonto überweisen, begehe ich
Selbstmord. Sehr viele Möglichkeiten haben Sie nicht. Wenn
ich tot bin, verlieren Sie ihren letzten Lebenssinn und krepieren wie ein Mistkäfer … Ich habe keine Lust, mit Ihnen
noch länger irgendetwas zu besprechen. Die Entscheidung,
wie es weiter geht, liegt allein bei Ihnen. Michael Kramer**

Michael Kramers Entwurf schlug ein wie eine Bombe. Aichinger organisierte eine Versammlung, bei der die zuständigen Polizisten, der Polizeipsychologe und auch der Oberstaatsanwalt dabei waren – ansonsten Vorgesetzte Aichingers einschließlich eines hohen Ministerialbeamten. Alle wollten sie Kramer von seinen Plänen abbringen und man war sich einig, dass der Exlehrer hier zu hoch und lebensgefährlich pokere. Kramer entschuldigte sich immer wieder, dass er solche Umstände mache, er fände aber einen Selbstmord ehrenvoller als ein Sterben in einem Duell mit einem Profikiller.

»Ich habe eine tiefe Abneigung entwickelt, mich von diesem kranken Hirn bestimmen zu lassen!«

Aichinger wurde seinem Ruf als Beamter mit schnellen Entscheidungen gerecht. Nach kurzer Besprechung mit seinen Vorgesetzten verkündetet er:

»Michael, schreib dem Albaner, was du für richtig hältst. Aber wir werden dich die nächsten Tage gründlich bewachen und jeden Versuch eines Selbstmordes zu verhindern wissen!«

Und Kramer: »Ich habe genau mit dieser Entscheidung gerechnet. Ihr würdet gegen alle Regeln der Polizeiarbeit, gegen euere Aufgaben und euere Plichten verstoßen, wenn ich mich unter Polizeischutz einfach umbringen könnte. Ich akzeptiere voll diese Entscheidung!«

Nach der Sitzung nahmen der Ministerialdirigent Hanns Muggenthalheimer und Aichinger den Exlehrer beiseite.

»Wissen Sie, Herr Kramer, uns im Ministerium geht dieser albanische Schnösel genau so auf die Nerven. Mit der letzten

Drohung, er könnte ja auch den Ersten Kriminalhauptkommissar oder dessen Frau massakrieren, hat er das Fass zum Überlaufen gebracht. Sie sollen ihren Münchenbesuch haben und zwar zuerst in einem Konvoi mit Schützenpanzern, Scharfschützen auf den Dächern und all dem Klimbim, den wir auch bei Staatsbesuchen einsetzen. Und das Café wird von uns vorher zerlegt und dann wieder zusammengesetzt. Wir lassen uns doch in Bayern nicht von einem Exkommunisten und Mafioso erpressen!«

Kramer wartete darauf, dass der Ministerialdirigent die Hacken zusammenschlug, was unterblieb. Er hörte aber die Botschaft gerne und bedankte sich aufrichtig.

»Und das mit dem Selbstmord lassen Sie am besten. Für uns wäre das eine Art Niederlage!«

Aichinger ergänzte noch, ab dem nächsten Morgen werden rund um die Uhr Polizisten den Bungalow bewachen. In unregelmäßigen Abständen werden weiter, wie bei Suizidgefährdeten im Strafvollzug üblich, Kameras sich einschalten oder bei unklaren Verhältnissen Beamte die Tür aufsperren und nachsehen.

»Du kannst die Wache aber auch in dein Wohnzimmer lassen, von wo aus sie in unregelmäßigen Abständen deinen Schlaf kontrollieren!«

Kramer nickte nur, fragte aber vorsichtig nach, ob es nicht genüge, diese Maßnahme erst am vierten Tag zu starten. Vorher stünde ja die Antwort des Albaners noch gar nicht fest!

Aichinger: »Du weißt, ich vertraue dir blind. Aber in diesem Falle darf ich keine Fehler machen! Vielleicht finden wir noch eine Lösung, damit du nicht zu lange genervt wirst. Aber ohne Bewachung geht es auf keinen Fall!«

Der Ministerialdirigent schlug Kramer zum Abschied auf die Schulter.

Auf dem Weg zum Bungalow holte Kramer noch Dr. Raimers ein, der gedankenverloren vor sich hin schlenderte. Kramer erzählte ihm das Problem mit der Bewachung.

Dr. Raimers: »Was hältst du davon, wenn wir diese Tage und vor allem halbe Nächte dafür nutzten, zusammenzusitzen und Pläne zu schmieden, welche Struktur die Stiftung bekommen sollte und welche Einrichtungen oder Projekte in den Genuss von Unterstützung dieser Stiftung kommen könnten. Shila wäre sicher begeistert, wenn sie kochen dürfte und ihre Vorschläge zur Förderung vor allem von Jugendprojekten machen könnte!«

Kramer fand den Vorschlag riesig. »Für den Rest der Nacht kann danach von mir aus eine ganze Kompanie mich von meinem Wohnzimmer aus bewachen. Sprichst du bitte mit Aichinger?«

Nachdem dies geklärt war, gab es dann für Kramer Rentnerglück mit Christineschal. Und Schokoladenkuchen zum Kaffee bei Raimers.

Bereits am nächsten Tag begann die Bewachungsphase, zunächst für die Nachtstunden. Die Dreiergruppe Dr. Raimers, Dr. Dr. Wagner und Michael Kramer bastelte zuerst an dem Aufbau der Stiftung. Dabei ließ sich Dr. Raimers relativ leicht überreden, für den Vorsitz, also als Präsident zu kandidieren. Danach suchten die Herren nach »förderungswürdigen« Bewegungen oder Vereinen und Einzelprojekten. Darunter waren dann einmal so bekannte Namen wie »Ärzte ohne Grenzen«, »Oxfam«, »Amnesty International« und »Welthungerhilfe«. Daneben aber auch »attac«, »Bund Naturschutz« und andere. Man war sich einig, dass erst, wenn ein Leitungs- und ein Aufsichtsgremium gewählt worden war, hier genauere Festlegungen getroffen werden könnten. Shila brachte eine Initiative aus ihrem zukünftigen Wohnviertel ins Gespräch, von der sie gelesen hatte. Deutsche Jugendliche und junge Flüchtlinge treiben gemeinsam Sport und verwalten selbst einen Jugendtreff. Und sie kündigte an, dort wenn nötig bei der Zubereitung des Essens mitzuarbeiten. Um 2 Uhr morgens löste sich die ihrerseits bestens verpflegte Gruppe auf und in drei Schichten kam, wie die nächsten Tage auch, jeweils ein Polizist in Kramers Wohnzimmer. Kramer, der für sein Alter relativ gut und fest schlafen konnte, ließ die Schlafzimmertüre einen Spalt auf und erlaubte auch Kontrollen mit Taschenlampe. Parallel dazu nächtigten Aichinger oder Peri in der Kaserne. Weiter konnte Aichinger die Polizeiärztin, die für die Kaserne zuständig war, dafür gewinnen, wenigstens die nächsten drei Nächte in ihrem Sprechzimmer zu schlafen. So waren dann für den Ernstfall aus der Führungsebene der Mordkommission immer jeweils einer vor Ort und zugleich die ärztliche Erstversorgung falls notwendig gewährleistet. Ab dem dritten Tag konnte Aichinger einen Schulfreund verpflichten, der eine kleine aber feine Unfallklinik für Privatpatienten oder Selbstzahler leitete und zugleich dort die Intensivstation führte. Er war dem Ersten noch einen Gefallen schuldig. Aichinger führte akribisch über alles Protokoll, um im schlimmsten Falle nachweisen zu können, dass alle denkbaren Vorkehrungen getroffen worden waren.

Am vierten Tag meldete sich Dr. G. aus dem Off:
Spinnst du jetzt du blöde Lehrermaus. Untersteh dich und mach Blödsinn. Ich denk ja nicht und zahl dein Scheiß. Morgen kannst du sagen Antwort Dr. G.

In der fünften Nacht gegen vier Uhr früh gab es dann Alarm. Kramer hatte anscheinend unter der Bettdecke versucht, sich die Pulsader am linken Arm aufzustechen. Dem leitenden Hauptkommissar war klar gewesen, dass dieser nach der Antwort des Albaners, wenn überhaupt, bald reagieren würde. Er hatte in Kleidern geschlafen ebenso wie sein Schulfreund und Intensivmediziner Dr. Beck. Das Bett des Exlehrers war übel mit Blut getränkt und Kramer wirkte schon unnatürlich schläfrig. Dr. Beck erledigte die Erstversorgung und alarmierte einen Krankenwagen seiner Klinik. Mit Blaulicht und drei Polizeiautos mit Besatzung aus dem Wachpersonal wurde der pensionierte Lehrer in die kleine aber feine Unfallklinik gebracht, weiteres Wachpersonal aus einer Sondereinheit folgte. Dr. Beck stellte fest,

Kramer habe zwar gehörig Blut verloren, sein Zustand sei Dank des raschen Eingreifens der Polizei aber keineswegs bedrohlich. Wichtig sei aber vor allem eine psychologische Betreuung. Aichinger verständigte darauf Dr. Dr. Wagner, der in erstaunlich kurzer Zeit in der Klinik eintraf. Dr. Beck schlug am nächsten Tag nach einer weiteren Untersuchung Kramers vor, den Patienten noch eine Nacht hier zu behalten und bat Dr. Dr. Wagner, Kramer abhängig von dessen Verfassung intensiv zu betreuen. Dr. Dr. Wagner schlief, wie Aichinger auch, in der Klinik.

Am nächsten Tag fuhr Aichinger nach einem freundschaftlichen Gespräch mit Kramer in sein Büro. Als die Rückmelde-Mail von Dr. G. kam, beantwortete es der Erste selbst.

Herr Michael Kramer hat trotz lückenloser Überwachung durch die Polizei einen Selbstmordversuch unternommen und liegt streng bewacht in einer Unfallklinik. Die Polizei konnte allerdings das Schlimmste verhindern. Herr Kramer wird bald wieder in seinen Bungalow auf dem Kasernengelände zurückkehren. Er wird bereits jetzt intensiv psychologisch behandelt. Erwin Aichinger, Erster Kriminalhauptkommissar

Schon am nächsten Tag kam eine Rückantwort von Dr. G.:
Sagen Sie dem Lehreraff, das saubere Geld ist in drei Tag auf dem Konto von blöder Stiftung. Hab der Maus das nicht zugetraut. Dr. G.

Dr. Dr. Wagner, als er davon gehört hat: »Wenn jeder von uns einen findet, dem er erfolgreich mit Selbstmord drohen kann, dann platzt unsere Stiftung bald finanziell aus allen Nähten!«

[ANMERKUNG AUS DEM SYSTEM: »Das geschätzte Lesepublikum hat unserer Meinung nach einen kurzen und erhellenden Rückblick auf die Zeit nach der letzten Quasselrunde verdient. Von den Zivilisatorischen kam diesmal kein Widerstand. Ehrlich gesagt, die meisten von uns sind erstaunt, welch perfektes Theater der Männergeheimbund aufgeführt hatte. Vor allen Dingen der Erste Kriminalhauptkommissar Erwin Aichinger besticht im Rückblick mit seiner perfekten Show.«]

Der Dienstwagen Aichingers war an dem Tag mit der letzten Quasselrunde ausnahmsweise auf dem Innenhof der Kaserne im Schatten einer Mauer geparkt. Am Vormittag war das Auto von Spezialisten auf versteckte Abhörmikrofone durchsucht und die nachfolgenden Stunden von jeweils zwei Polizeianwärtern lückenlos bewacht worden. Aichinger fand zwar den von Kramer gewünschten Aufwand für übertrieben. Nachdem ihm Kramer aber seine neuesten Ideen unterbreitet hatte, begriff er dessen Vorsicht. Kramer wollte seinem Peiniger mit dem Einzigen unter Druck setzen, das diesem Manne anscheinend wichtig war: Mit der Drohung, sich seinem Zugriff durch Selbstmord zu entziehen. Das Denken dieses gestörten Albaners kreiste offensichtlich nur noch um das Töten des Exlehrers. Aichinger hielt Kramers Plan zunächst für eine ausgewachsene Schnapsidee. Er konnte aber, je länger beide darüber diskutierten, dem Gedanken durchaus etwas abgewinnen. Vor allem, weil er merkte, wie dringend Kramer diesen »kleinen Sieg« nötig hatte. Gemeinsam prüften und klopften sie Kramers Pläne auf ihre Umsetzbarkeit ab und beschlossen dann, wer denn eventuell noch hinzugezogen werden sollte. Die kleine Liste stand bald fest: Perikles, der Oberstaatsanwalt, Dr. Dr. A. Wagner und ein alter Schulfreund Aichingers, der die Intensivstation seiner wie er sagte »kleinen aber feinen« privaten Unfallklinik im bayerischen Oberland leitete. Alle Kandidaten bis auf den Arzt sollten von Kramer im abhörsicheren Schutzkeller in den Plan eingeweiht und dafür gewonnen werden. Um den Arzt zu überzeugen, übernahm es dann Aichinger persönlich, sich mit dem Schulfreund zu treffen. Besonders heikel werde, so die Einschätzung beider, der Umgang mit Aichingers Vorgesetzten. Beide, als gelernte Niederbayern, waren sich aber sicher, auch hier eine

Lösung zwischen Schlitzohrigkeit und Paragrafentreue zu finden. Innerlich gab Aichinger der neuen Idee seines Freundes immer noch keine große Chance auf Erfolg. Er war aber heilfroh, dass dieser sofort nach dem letzten Tiefschlag des Albaners schon wieder aktiv wurde und die geplante Unternehmung nicht gänzlich frei von Revanche-Gedanken war. Kramer lehnte es ab, seine angekündigte Auslöschung und die »psychologische Kriegsführung« des Albaners apathisch und wie die Maus angesichts der Schlange ertragen zu wollen – was Aichinger von Anfang an imponiert hatte. Und der Albaner hatte es wahrlich verdient, hinters Licht geführt zu werden! Die Männerrunde schwor sich übrigens, wie bei manch anderen Geheimbünden üblich, niemals und nirgendwo über ihren Komplott zu sprechen. Schon aus Gründen der eigenen Sicherheit.

[DIE VIELEN: »Unsere ach so kreativen und organisierten Systembereiche der Wenigen sind bislang dem geschätztem Lesepublikum noch eine weitere Erklärung schuldig geblieben.«] Noch am Abend nach dem Sprengstoff-Anschlag auf den Kasperl hatte Perikles den Puppendoktor verhört. Der erzählte mit sichtbar schlechtem Gewissen, dass der angeblich fremde Puppenspieler sich als Schwindler herausgestellt und nur den Namen eines verstorbenen Kollegen benutzt hatte. Das Manöver diente mit größter Wahrscheinlichkeit dazu, den Kopf der Figur zu präparieren. Allerdings habe der Schwindler sein Versprechen gehalten und den wunderschönen alten Kasperlkopf in 3D eingescannt und dem Puppendoktor eine Kopie der Datei zugemailt. »So wird es ein Leichtes sein, nach dieser Datei den Kopf nachfräsen zu lassen und ich werde dann für Christine eine dem Original sehr nahe kommende Kopie schaffen können. Das bin ich ihr weiß Gott schuldig!« Vorsorglich ließ Perikles auch noch – ohne Ergebnis – Wohnung und Werkstatt des Puppendoktors durchsuchen. Die Polizei fand Tage später wenigstens den kleinen Handwerksbetrieb, der im Auftrag des Schwindlers den Kasperlkopf eingescannt hatte. Später konnte von Spezialisten auch noch nachgewiesen werden, dass sich jemand am Tag der Aufführung in die Video-Übertragungsanlage des großen Saals der Kaserne eingehackt hatte. So konnte von außen ein günstiger Zeitpunkt für die Fernzündung der Explosion des Kasperlkopfes ausgewählt werden.

∼

Michael Kramer fand es an der Zeit, den in der letzten längeren Botschaft des Albaners genannten Termin seiner Hinrichtung allmählich wieder ernst zu nehmen. Warum der nach Rache dürstende Mann immer wieder neu einen Zeitraum festlegte, blieb ihm weiter rätselhaft. Vielleicht war dies, wie schon gesagt, Teil seines Unterwerfungs- und Einschüchterungsspiels. Oder, wie Dr. Dr. Wagner schon länger vermutete, der Albaner steckte selbst in irgendwelchen Schwierigkeiten. Jedenfalls wollte Kramer nach dem unerwarteten und wunderbaren »Zwischenspiel« mit Christine und dem inszenierten und für ihn befreienden Selbstmordtheater sich einfach einmal in möglichst großer Ruhe auf diese Herausforderung konzentrieren. Dazu gehörte sowohl die Regelung »der letzten Dinge« als auch soweit wie möglich die Klärung seiner Einstellung zum denkbaren baldigen Tod. Käme Christine zurück, würde er natürlich sofort alle diese Bemühungen begraben und wie schon einmal den Ausstieg aus dem Einstieg in eine ernsthafte Auseinandersetzung Gottes liebste Rutschbahn hinunter sausen lassen. Wahrscheinlich juchzend wie sein erfundener Gotteskäfer, direkt vor den Gewehrlauf des Albaners. Christine war Geschichte, also erst einmal die letzten Dinge: Patientenverfügung, Testament mit Schwerpunkt Stiftung, Verfügung zu Beerdigung oder besser Einäscherung. Liste derjenigen, die zu informieren wären, Text/Gestaltung der Traueranzeige und des Gedenkbildes – in Bayern ein Muss! Und damit war dann der Exlehrer auch schon bei einer ernsthaften Auseinandersetzung mit dem Tod.

Vor mehr als vier Jahrzehnten in einem Oberseminar an der Uni über Barocklyrik, betroffen und erstaunt über eine vom Dichter Paul Fleming für sich selbst drei Tage vor seinem Tode, also im März 1640, verfasste Grabinschrift. Selbstbewusst, souverän, ruhig. Dieses Gedicht war für Kramer über das weitere Leben hinweg immer mehr oder minder präsent. Er hatte sich schon damals vorgenommen, wenn möglich in ähnlicher Weise aus dem Leben zu scheiden. Und der Student Kramer hatte sich mit einem Rötelstift ein Bild dazu gemalt, innen auf dem Buchdeckel der Gedichtsammlung: einen entschwebenden Clown mit umgehängter Trommel. Und viel später, nach der ersten Herzattacke, kam in Erinnerung an Fleming ein Textentwurf für ein Gedenkbild dazu:

»Ich wäre gern geschwebt
und bin so oft gestolpert.
Es ist vorbei,
es hat gepasst.
Ich danke allen,
die dabei gewesen!«

In seiner Schlichtheit ein wenig eitel und stilisiert, zugegeben. Und für Kramer, der ein Leben lang ein Gefühl dafür hatte, wie sehr wir auf den Schultern unserer Vorfahren stehen und auf ihren Ideen und Taten aufbauen, eine Verbeugung vor diesem längst vermoderten Dichter. Und vor dem Leben, das eventuell demnächst zu Ende gehen würde. Fleming:

»Verzeiht mir, bin ichs wert, Gott, Vater, Liebste, Freunde,
Ich sag euch gute Nacht und trete willig ab.
Sonst alles ist getan bis an das schwarze Grab.«

Kramer versuchte, sich diese gelassene Lebensfrömmigkeit wenigstens bis zum gemeinsamen Abendessen bei den Nachbarn zusammen mit Aichinger zu bewahren. Es sollte aber nicht sein,

ein Anruf von Mister M., wie der urbayerische Ministerialdirigent Hanns Muggenthalheimer bei seinen ihm Untergeordneten hieß, führte eher wieder in die andere Richtung. Sterben wie Fleming oder ein Clown?! M. war am Telefon aufgeregt wie ein kleiner Junge:

»Mensch Kramer. Sie sind ein Sauhund!«. Was eine hohe Anerkennung unter Bayern ausdrückt. »Macht einen Selbstmordversuch, bloß um von dem Deppen von Albaner 1,5 Mio für einen guten Zweck zu erpressen. Und hat damit auch noch Erfolg! Geh weiter, lass uns Du sagen, so was hab ich noch nie erlebt! Und ich werde dir einen Münchenbesuch vom Feinsten organisieren. Wollte immer schon etwas Narrisches tun. Mit dir wird das eine Heidengaudi, versprochen! Ich komm morgen vormittags in die Kaserne und dann reden wir genauer darüber. Den Aichinger werd ich auch herbeizitieren, der wird wieder Bedenken vorbringen, mein Gott. Aber wir lassen uns unsere Gaudi nicht verderben, gell. Servus Michi! Auf den Muggi Hanns kannst du dich verlassen!« Und hängte auf.

Kramer sinnierte, ob er einen ganzen Satz zu diesem Gespräch habe beigetragen können und kam zu einem negativen Ergebnis. Dieser Mister M. versprach alles andere als eine ernsthafte Vorbereitung auf den möglichen Abgang. Aber Kramer befürchtete, dass er bei dem, was M. zu bieten versprach, schwach werden könnte. Er hatte eben auch eine Schwäche für Clowns und Kasperl.

Zum Abendessen traf er auf einen extrem verärgerten Aichinger. Shila hatte indisch gekocht, aber zum Glück war sie Anhängerin einer Regionalküche, die nicht jedes Gericht nach Kramers Empfinden bis zur Ungenießbarkeit scharf »ver«-würzte. Sie musste wieder den ganzen Tag mit Vorbereitung beschäftigt gewesen sein. Sie war in ihrem Element und sah in ihren indischen Gewändern blendend aus. Und die Tafel war eine Pracht. Der Oberstaatsanwalt war mächtig stolz auf seine hübsche Frau und ihre Kochkunst. Es fiel den Gästen nicht schwer, ihn darin zu bestärken. Allerdings kochte es in Aichinger dermaßen, sodass die 15 Minuten bis zum Abendessen mit Einwilligung der Gastgeber nicht mit Prosecco, sondern mit einer Aussprache zwischen Aichinger und Kramer im Lehrerbungalow überbrückt werden mussten.

Aichinger fand es ungeheuerlich, wie ihm der Ministerialdirigent M. in den Rücken fiel und seine polizeilich begründeten Maßnahmen untergrub.

»Es ist einfach purer Wahnsinn, was der mit dir aufführen will. Wir zerbrechen uns den Kopf, wie wir dich vor dem Zugriff dieses albanischen Mafioso bewahren können, ohne deine Freundinnen und Bekannten, einschließlich mich und meine Frau, zu gefährden. Und dieser Lederhosentrottel – bitte entschuldige – provoziert ihn mit einer idiotischen Machtdemonstration durch eine Art hochgerüsteten Faschingsumzug. Habt ihr denn vergessen, wie der Albaner vor gar nicht so langer Zeit gezeigt hat, was er alles könnte! Sollen wir jetzt auch noch wie die Griechen die Luftwaffe mobilisieren, bloß damit der Herr Muggenthalheimer es ›dem albanischen Exkommunisten‹ zeigen kann, wie wehrhaft und dümmlich unerschrocken die Bayern sind!? Und du machst da mit und bietest dem Verbrecher eine einmalige Gelegenheit, dich irgendwie bei diesem Kasperltheater zu massakrieren!!! Herrgott Michael, wir sind jetzt so lange befreundet. Ich gebe es zu, ich bin ein Fan von dir, wie du mit Fantasie, Witz und Mut dem kranken Racheengel Widerstand leistest. Willst du ihm wirklich wegen dieses Spinners von Ministerialbeamten auf den Leim gehen? Es geht um dein Leben und nicht um den Spaß von irgendwem!«

Aichinger war wirklich außer sich. Kramer selbst hatte den ganzen Nachmittag gegrübelt, wie er mit diesem Angebot des Herrn M. umgehen sollte.

»Erwin, bislang habe ich ja gar nicht zugesagt. Und ich weiß auch nur von Andeutungen des Ministerialdirigenten M., was er in etwa veranstalten will. Ich brauche schon noch Genaueres, um mich entscheiden zu können. Aber du weißt auch, wie wichtig es mir ist, mich so wenig wie es irgend geht der Macht des Albaners unterzuordnen. Und eine Aktion unter Leitung dieses Herrn M. wäre wieder eine solche Gelegenheit. Und sie hätte einen weiteren Vorteil: Du legst dich wirklich verdammt ins Zeug, um mich zu schützen. Dafür bin dir ungeheuer dankbar, auch dass du dabei für mich nicht nur einmal deine Karriere gefährdet hast! Und wenn jetzt dieser Muggenthalheimer mir etwas bieten will, was mir in den Kram passt und endlich einmal nicht dich und deine Karriere gefährdet, dann werde ich vielleicht zusagen. Du netter Mensch kannst mir nämlich höchst wahrscheinlich bis zum Tod des Albaners nie mehr eine solche Freiheit bieten ohne dich und deine Position zu gefährden. Denn würde mich der Albaner dabei erwischen, hättest du die Hölle! Ich habe nach meiner Entführung schon aus Dankbarkeit auf größere Freiheitsdemonstrationen verzichtet und darauf Rücksicht genommen. Für den Herrn Muggenthalheimer empfände ich weniger Mitleid. Dich Profi treibt Freundschaft und ihn treibt Geltungssucht, Langeweile, Larifari oder sonst was. Und jetzt sollten wir zu unseren Freunden im anderen Bungalow gehen, uns am Anblick der indischen Prinzessin erfreuen und das sicher fantastische Essen genießen. Und wenn du willst, können wir danach zusammen mit unseren Freunden die Problematik mit vollem Bauch nochmals besprechen!«

Die beiden Männer umarmten sich – und folgten dann diesem Vorschlag.

Beim gelungenen Abendessen saßen die vier friedlich zusammen. Irgendwann sah Aichinger seinen Freund Kramer lange an:

»Sag einmal, hast du denn gar keine Angst vor dem Sterben?«

»Natürlich, ich bin absolut kein Held und habe die Hosen voll. Aber seit den Millionen und der Sicherheit, nicht andere aus meinem Freundeskreis zu gefährden, fühlt sich der mögliche Tod irgendwie trotz allem natürlicher an. Und es bleibt ja immer noch ein Rest Hoffnung, dass den Albaner vorher der Blitz erschlägt, besonders, da ja Herbstgewitter so zahlreich sind!«

Aichinger übernahm es dann, die Gastgeber über Muggenthalheimers Ideen zu informieren. Shila war sofort dagegen und schlug sich voll auf die Seite Aichingers, der Oberstaatsanwalt konnte wenigstens Kramer »sehr gut verstehen!«. Die praktische Shila hatte dann zu guter Letzt einen Vorschlag, der dem Abend die Schwere nahm. Sie war bei der Vorbereitung des Auszuges aus dem Bungalow wieder über das Darts-Spiel der Raimers gestolpert. Und es wurde ein relativ lauter und für Kramer zumindest »wärmender« Abend, bis mindestens die Hälfte der Anwesenden mit den Wurfpfeilen wieder einmal die Zielscheibe nicht mehr traf.

Der Ministerialdirigent Hanns Muggenthalheimer, der »Muggi Hanns« also, kam wie angekündigt zusammen mit Aichinger am nächsten Vormittag in Kramers Bungalow. Vorher waren die Wohnräume noch auf Abhörwanzen untersucht worden, die der Spezialist und sein Team nicht ohne Anspielung »kleine Christinchen« nannten. Mister M. kam in edler Lederbundhose und Trachtenjanker.

»Grüß Gott, Michi! Schau nicht so, das ist meine Ausgehuniform, wenn es irgendwie geht. Ich seh an deiner Einrichtung, dass du sicher nicht im Trachtenanzug herumläufst. Aber dein Bauernschrank, der ist Klasse! Wir sind sozusagen vor allem Brüder im Geiste, ha, ha! Unser Erster da macht ein Gesicht, als ging's zur Hinrichtung. Vielleicht können ihn ja die Weißwürst und das süffige Bier, das ich uns mitgebracht hab, ein bisserl aufmuntern. Wo sind denn deine Töpf?«

Und der Herr Ministerialdirigent bereitete in einer Art kultischen Handlung höchstpersönlich die Weißwürste zu. Da er die Brezen und den Spezialsenf in seiner Dienstlimousine vergessen hatte, zitierte er seinen Fahrer per Handy in Kramers Bungalow mit einem der ihm eigenen humorigen Sprüchen: »Sonst frisst du mir die noch auf!« Als der gute Mann dann auch noch aus Eigeninitiative eine rot-weiß karierte Tischdecke und entsprechende Servietten anschleppte, konnte sich Aichinger eine bissige, allerdings geflüsterte, Bemerkung nicht mehr verkneifen.

»Und jetzt noch einen gemeinsamen Jodler!« Kramer hatte grundsätzlich nichts gegen Weißwürste am späten Vormittag. Mister M. konnte aber sein Entsetzen kaum verbergen, als Kramer und Aichinger darauf bestanden, ihr Bier mit Zitronenlimo aus dem Lehrerkühlschrank »zu versauen«.

Aber Kramer hatte sich in diesem Original auch nicht getäuscht. Seine Vorschläge über den Münchenausflug waren aufs Genaueste ausgearbeitet, wenn auch, für ihn wohl typisch, völlig überdimensioniert. Daher war jetzt das Entsetzen wieder bei Aichinger, der an die Absicherung dieses gigantischen Umzuges dachte. Und es war an Kramer, den Ministerialdirigenten wieder zu erden.

»Hanns, da hast du aber was Gewaltiges im Angebot. Und deine Planung, alle Achtung, du bist auch ein Hund! Aber schau, mit diesem Umzug sind wir stundenlang unterwegs und ich erfahre in einer langen Kolonne wenig von dem, was ich sehen und erleben, hören und schmecken will. Denk dran, ich muss damit rechnen, dass dies vielleicht mein letzter ›Freigang‹ werden kann, sonst geht Bayern wegen mir noch bankrott. Und noch etwas: Lass dir von dem Ersten Kriminalhauptkommissar noch einmal erzählen, was dieser Albaner vor einigen Wochen alles vorgeführt hat. Der holt dir, wenn es sein muss, auch noch deine Hubschrauber vom Himmel. Mein Wunsch ist, dass wir klein und beweglich bleiben. Wenn überhaupt höchstens einen Schützenpanzer und vielleicht einen Mannschaftswagen und oder ein paar Zivilautos. Und die gepanzerte Limousine mit dunklen Scheiben in allen Ehren, aber da sehe ich dann nur, was die Fenster freigeben. Vielleicht steckst du mich in eine Polizeiuniform und ich steh auf einem Begleitwagen oder so was Ähnliches.«

Hier holte wiederum Aichinger hörbar Luft!

»Am liebsten wäre mir, ich könnte z.B. getarnt in einer Touristengruppe mit dir, Hanns, als Reiseführer, über den Viktualienmarkt schlendern. Während die gepanzerte Limousine brav in der Kolonne durch die Innenstadt stoppselt ... Oder könnten wir nicht einen Bus für Stadtrundfahrten mieten und mit Zivilpolizisten schwach besetzen und eine Strecke der Rundfahrt damit zurücklegen. Oder ich sitz wenigstens im Beiwagen einer Motorradbegleitung. Verstehst du, als Staatsgast getarnt im Eiltempo durch die Stadt fahren, bringt mir nicht das, was ich mir noch wünsche. Damit es noch komplizierter wird: Ich brauch wirklich nicht wieder alle touristischen Höhepunkte sehen. Mich interessiert z.B. die zentrale Synagoge, das Dokumentationszentrum zum Dritten Reich in München, liebend gerne hätte ich endlich eine Moschee besucht oder eines der neuesten Hochhäuser. Olympiagelände gibt es ja auch noch und Viertel wie das Hasenbergl ... Können wir nicht zur Ablenkung einen Stadtkorso fahren lassen und ich stromere mit kleiner Besatzung durch eine Ausstellung ... Das sind jetzt viel zu viele Vorschläge. Aber vielleicht kann ich so ein wenig andeuten, in welche Richtung meine Vorstellung geht. Die Veranstaltung darf bloß nicht, wie gesagt, zu aufwendig sein und zu viel kosten und muss den Sicherheitsvorstellungen des Ministerialdirigenten und der Polizei entsprechen!«

Aichinger, der neben Kramer saß, entspannte sich spürbar.

»Und enden soll der letzte Ausflug wie besprochen in meinem Lieblingscafé zusammen mit dem deutsch-griechischen Hauptkommissar Perikles bei Milchkaffee und Apfelstrudel, wozu ich dich, Hanns, herzlich einlade. Wenn es die Sicherheitslage zulässt!« Kramer befürchtete schon, er könnte den Lederbehosten frustriert und enttäuscht haben. Aber er hatte ihn wohl in dieser Hinsicht unterschätzt.

Mister M. machte ein nachdenkliches Gesicht: »Ich glaube, wir müssen noch einmal ganz von vorne anfangen. Du bist einfach ein Bazi, gefällt mir. Ich muss jetzt in eine der nicht unbedingt wichtigen Sitzungen in die Regierung und kann morgen um die gleiche Zeit wie heute wieder da sein. Es wäre schön, wenn du und der Erste KHK euch zusammen mit Personen euerer Wahl zusammensetzen könntet und daraus, was Kramer gesagt hat und ich vorgeschlagen hatte, einen neuen Vorschlag ›ausbaldowerts‹ (d. h. bayr.: ›aushandeln, ausdiskutieren könntet‹). Und bringt den griechischen Polizisten mit, der soll ja ein richtiger Draufgänger sein! Morgen bitte keine Weißwürste, ich hab gerne Abwechslung, z.B. nichts gegen griechisches Essen!«

Sprachs, gab Kramer wieder seinen Ritterschlag mit Anerkennung aus seinem bevorzugten Tierbereich, diesmal »Hundling«, verabschiedete sich freundlich von Aichinger und wurde von seinem Fahrer abgeholt.

Aichinger schüttelte bloß noch seinen Kopf.

Kramer: »Sag jetzt bloß nicht, dass ich ein Sauhund bin, sonst fang ich noch an zu bellen!«

Danach Hektik in beiden Bungalows. Die Raimers einschließlich Sokrates waren sofort Feuer und Flamme für die neue Herausforderung. Wobei der Raimersbungalow zum Kochbungalow erklärt wurde und der Lehrerbungalow zum Sitzungsort. Perikles vermittelte für Shila den Chef eines griechischen gehobenen Party-Services, der nach längerem griechischen Gefeilsche zu einem einigermaßen vernünftigen Preis seinen »Starkoch« als Unterstützung für Shila abkommandieren wollte. Diese erhielt dessen Handynummer und war nach Aussage ihres Mannes sicher die nächsten Stunden nicht mehr ansprechbar.

Kramer: »Diese WG hat doch auch einen Schuss spätrömisch-dekadenter Verderbtheit. Vielleicht sollte ich versuchen, mich zu Tode zu fressen!«

Aichinger organisierte Freunde aus dem Spezialkommando, die als Spezialisten für Schutzmaßnahmen bei Staatsbesuchen und Ähnlichem galten. »Wir haben Zeit bis 17.30 Uhr – danach muss ich Schießübungen machen, wozu ich Michael mit abkommandiere. Ich bin nämlich im Nebenberuf noch Mordkommissionsleiter und wir haben für 20.30 Uhr einen etwas kniffligen Zugriff geplant. Mord und Bandenkriminalität! Zum Glück haben mir meine Freunde von der Spezialtruppe spontan Hilfe zugesagt. Da darf ich dann auch einmal daneben schießen. Für dich, Michael, gilt das im Ernstfall weniger.«

Natürlich wurden noch der Polizeipsychologe und dazu eine Spezialistin für Personenschutz aus dem Lehrkörper der Polizeischule hinzugezogen. Treffpunkt im Lehrerbungalow in zwei Stunden. Kramer musste bis dahin eine Liste seiner Wünsche für den geplanten »Ausflug« anfertigen, wobei Perikles nach eigenen Angaben als Nothelfer jederzeit aus dem Schießstand geholt werden durfte.

»Ein Fest der Sinne!« hatte eines der vielen Wellness-Hotels sein Angebot betitelt. Für Kramer bot die moderne Werbesprache eher Unterhaltungswert. Allerdings musste er trotzdem meist amüsiert zusehen, wie häufig ihr irgendein Zuständigkeitsbereich seines Steuerungssystems auf den Leim ging. Diesmal wählte er die Erfindung der Werbebranche aber ganz bewusst als heimliches Motto für den geplanten Ausflug in seine Geburtsstadt München unter Schirmherrschaft des Ministerialdirigenten Hanns Muggenthalheimer. Die Bomben des zweiten Weltkrieges hatten Kramer als Kleinkind zwar in das weniger bedrohte ländliche Niederbayern verpflanzt. Ab seinem 15. Lebensjahr aber war und blieb München und die nähere Umgebung trotz einzelner Unterbrechungen sein Lebensmittelpunkt.

Der zweite Planungstag unter Leitung des Parade-Oberbayern Herrn M. war bereits ein Ereignis der anderen Art gewesen. Kramer begriff, warum dieser derbe und durchaus auch alberne Mann es in der bayerischen Verwaltung, beflügelt natürlich durch ein passendes Parteibuch, so weit gebracht hatte. Er konnte führen, verlor so gut wie nie den Faden und nahm die Argumente der anderen ernst. Und seine erdige Lebenslust war durchaus ansteckend. Am Ende waren auch die Sicherheits-Fachleute aus ihrer Sicht mit dem Ergebnis zufrieden. Selbst der Erste Kriminalhauptkommissar und bekennende Kramerfreund Aichinger konnte sichtlich erleichtert zustimmen. Wenn er auch derjenige war, der mit Nachdruck auf ein klares und nachvollziehbares Protokoll besonderen Wert legte, wie Kramer anerkennend feststellte.

Das griechische Mittagessen bei den Raimers war auf seine Art bereits ein erstes Fest der Sinne gewesen. Der Nachmittag war dann einerseits den Sicherheitsfachleuten überlassen. Andererseits hatte Herr Muggenthalheimer »als Zugabe« einen kauzigen Stadthistoriker mit Rauschebart und Vornamen Johannes gesponsert. Er sollte dem Exlehrer, dem Oberstaatsanwalt und weiteren Personen, die nichts mit der Sicherheit Kramers und seiner Begleitungen zu tun hatten, die wichtigsten Ereignisse Münchner Geschichte mit Schwerpunkt auf die jüngste Vergangenheit in Erinnerung bringen. Der Ministerialdirigent pendelte zwischen den beiden Gruppen hin und her. Er musste ja die jeweiligen Pläne absegnen und hatte ohne Wenn und Aber die Verantwortung für diesen Ausflug übernommen. War er bei der Geschichtsgruppe, brachte er erstaunliche Kenntnis und durchaus auch kritische Ansätze in die Diskussionsrunde ein. Der Mann überraschte Kramer und dieser ertappte sich dabei, wie er für sich den bayerischen Beamten als »Hundling« bezeichnete und dies auch noch ernst meinte.

Schon am Vormittag hatte man sich den Kopf zerbrochen, wie zu verhindern war, dass der Albaner und seine Hilfstruppen mit ihrem vielen Geld und dem Hang zur hochdotierten Bestechungen den Tagesablauf ausspionieren könnten. Als eine Maßnahme wurde beschlossen, nur so wenig wie möglich führende Personen aus den jeweiligen Einsatzkräften über den Gesamtablauf des Tages zu informieren und jeweils andere Kräfte für einzelne Stationen und Abschnitte des Programms einzusetzen. Der besonders bedrohte Punkt des Programms war und blieb der abschließende Besuch des Cafés in der Maxvorstadt nicht weit vom Zentrum. Da Kramers Vorschlag, dann eben auf diesen Besuch zu verzichten, auf kategorische Ablehnung von Seiten des Ministerialdirigenten stieß (»Ja wo kämen wir da hin!«), wurde die Leitung und Koordination dieses letzten Abschnitts wunschgemäß Aichinger und seiner Mordkommission übertragen. Nachdem allen klar wurde, dass die systematische sicherheitstechnische Vorbereitung dieses Cafés nicht im Geheimen stattfinden konnte, wurde auf Vorschlag Aichingers die Devise ausgegeben, wo immer es ging, die Sicherungsmaßnahmen und vor allem ihren Umfang deutlich dem zahlreichen Personal des Cafés gegenüber zu betonen. Auch wurde festgelegt, der Gegenseite so wenig Vorbereitungszeit wie möglich zu bieten und das erstellte Programm so schnell wie möglich umzusetzen: Kurz nach dem Ende des Oktoberfestes mit seinen Scharen von Touristen an einem Donnerstag im Oktober. Ein Termin, der für alle Beteiligten passte.

Einige Tage nach dem Trubel um den geplanten Ausflug kam nochmals eine Mitteilung des Dr. G.:

Dein Zeit wird knapp. In spätest zwei Woche kommt der genau und kurz Termin für dein Hinrichtung. Wird Zeit. Kannst schon beten oder dein Huren vorheulen. Freu mich auf dein blöd Gesicht. Wirst sicher schöne Leich – Hui Hui. Kannst morgen letzte Mal Antwort sagen du Laus. Ich hass dich. Dr. G.

Kramer schrieb mit Unterstützung des Psychologen am nächsten Tag zurück:
Armseliger und kaputter Dr. G., Ihre Pläne werden nicht besser, wenn Sie diese wiederholen. Wie kann man nur nach einem so ›erfolgreichen‹ Leben als Topverbrecher so ein primitives Racheziel verfolgen wie ein mieser Straßenräuber!

Ihre Entscheidung. Ihr überwiesenes Geld ist in der Stiftung gut angelegt. Sie können alles unter www.stiftung-vom-richtigen-leben.de nachlesen. Ohne viel Hoffnung mache ich Ihnen noch einen letzten Vorschlag: Wenn Sie mich erlegen, überweisen Sie doch nochmals mindestens eine halbe Million Euro als ›Abschuss-Prämie Kramer‹. Wenn ich Sie töten kann, erhalte ich zwar das auf Sie ausgelobte ›Kopfgeld‹ verschiedener Regierungen. Allerdings werde ich einen großen Teil davon an das Land Bayern für den erhaltenen Polizeischutz zurückzahlen müssen. Den Rest vermache ich zuverlässig der Stiftung. Sie könnten ja für den Fall ihres Todes diesen Betrag testamentarisch durch eine letzte Spende erhöhen. Offensichtlich haben Ihnen die letzten Monate meiner Demütigung besonders Spaß gemacht, da Sie armer Mensch nichts Wertvolleres zu tun hatten. Für mich wäre es ein großes Glück, ihnen nie mehr zu begegnen. Wenn Sie einen Rest von Ehrgefühl haben, halten Sie wenigstens ihre Ankündigungen ein! Michael Kramer

Die für den Ausflug Zuständigen rätselten, ob die Kunde von dieser Veranstaltung den Albaner bereits erreicht haben mochte. Für Aichinger war das neue Schreiben noch zusätzlicher Anlass, den Abschluss im Nebenzimmer eines Cafés in Zentrumsnähe der Stadt besonders sorgfältig zu planen. Kramer seinerseits verspürte für seine Situation einen gewissen Überdruss, den er selbst als gefährlich einstufte. Wollte er wirklich mit diesem geschenkten Freiheitstag seine Würde behalten? Oder war wieder einmal wie bei seinem »Heldentum« in Griechenland eine Art Todessehnsucht mit im Spiel? Überlebte er wohl bewacht, musste er mit jahrelangem Untertauchen und wechselnder Kasernierung rechnen. Und konnte damit wirkliche die Bedrohung seines Freundeskreises verhindert werden? Er hatte aber einfach keine Lust mehr auf das Spiel, was denn wo und wie alles passieren könnte. Nach Rücksprache mit Dr. Dr. Wagner erhöhte er seine tägliche Trainingseinheit im Pistolenschießen.

Seit ihm der Psychologe einen zusätzlichen chinesischen Trainer vermittelt hatte, der mit Konzentrationstraining, Atemübungen und einer Art asiatischer Selbstoptimierung arbeitete, hatten sich seine Ergebnisse erkenntlich verbessert. Kramer hatte deswegen diesen Mr. Wong für die nächsten beiden Monate gebucht. Dieser konnte mit Zustimmung des Ministerialdirigenten Muggenthalheimer die benötigte Zeit im Gästetrakt der Kaserne wohnen. Zur Freude Kramers fand nach einer Probestunde auch sein Freund Aichinger Gefallen an dieser Schießtechnik und nahm, wann immer es ging, am Training teil. Außerdem verordnete er seiner Kerntruppe einschließlich Perikles eine Kurzausbildung bei dem Chinesen, die Kramer aus seinem Privatvermögen sponserte. Aichinger wertete es als großen Erfolg, dass er bei seinem nächsten »kniffligen Einsatz« zwei Ganoven durch präzise Schüsse kampfunfähig zu schießen vermochte und Perikles überlegter, sorgfältiger und teamtauglicher vorging.

Kramer freute sich, je näher der Tag des Ausfluges kam, dann doch wie ein Geburtstagskind auf sein »Fest der Sinne«. Als schon Tage vor dem Ereignis ein stabiles Hoch angekündigt wurde, das über den anvisierten Donnerstag hinaus schönes Herbstwetter mit guter Fernsicht versprach, schien der Erfolg gesichert. Kramer war im Verlauf der Vorbereitungstage plötzlich unsicher geworden, was er denn alles sehen wollte. Herr M. erlöste ihn mit dem Vorschlag, vor allem jene Punkte auszuwählen, die in Bezug zu seinem Leben standen.

~

Und so startete das Event im Kasernenhof mit einem dezent gepanzerten Mercedes Sprinter, der sich äußerlich als Fahrzeug eines Passauer Reisebüros ausgab. Neben dem im Freizeit-Look und auf Rotbart mit Hornbrille maskierten Kramer war ein aufgekratzter Ministerialdirigent mit seiner bayerischen Ausgehuniform einschließlich Gamsbart als »Reiseführer« mit von der Partie. Die weiteren sechs »Touristen«, vier Männer und zwei Frauen, waren ausgewählte Personenschützer, wobei eine der Frauen den Bus lenkte. Die beiden zu schützenden Personen trugen sündteuere Sicherheitswesten unter ihrem Outfit und wirkten daher etwas fülliger als in Natur. Kramer war gerührt, als sein Freund Aichinger vor dem Start noch an den Bus kam und die Reisegruppe kritisch inspizierte. Aichingers Vorgesetzter Herr Muggenthalheimer ließ sich dabei überreden, seinen prächtigen Gamsbarthut durch einen schlichten Trachtenhut mit eingearbeitetem Splitterschutz zu ersetzen. Kramer wurde väterlich überprüft, ob er seine Pistole einsatzbereit an der richtigen Stelle trug. Mit der typischen Dialektik in solchen Situationen: »Es wird schon schief gehen!«, wurde dann die Truppe losgeschickt.

Erste Station der Tour war im Stadtteil Sendling jener Ort, an dem Kramer über drei Jahre seine Feinmechanikerlehre meist hinter Schraubstock, Bohrmaschine oder Metallfräser verbracht und dann noch ganz in der Nähe als Facharbeiter bei dem Großkonzern fast zwei Jahre erstes eigenes Geld verdient hatte. Für ihn ein Ort gemischter Erinnerung an ein Gefühl, am falschen Ort gewesen zu sein. Herr M. hatte sich eingearbeitet und referierte kurz und knapp über die letzten Jahrzehnte der Umstrukturierung des Großkonzerns. Weiter ging es zum Viktualienmarkt, durch den Herr M. kundig und witzig führen konnte. Seine Dialoge vor allem mit den Marktfrauen waren druckreif und deuteten darauf hin, dass er an diesem Ort viel Zeit verbrachte. Da Kramer das letzte Jahrzehnt seiner beruflichen Laufbahn hier in der Nähe gearbeitet hatte, war es für ihn eine vertraute Umgebung. Er freute sich über die Unentwegten, die trotz des kühlen und klaren Herbstwetters den Minibiergarten bevölkerten. Kaltes Bier im Freien zu dieser Tages- und Jahreszeit war für ihn ein gruseliger Gedanke. Kramer leistete sich eine Lachssemmel und begriff, dass es auch die Gerüche waren, die ihn hierher gelockt hatten. Bei der späteren Einladung zu den obligatorischen Weißwürsten für die ganze Reisegruppe durch Herrn M. zählte Kramer in der näheren Umgebung mindestens weitere zehn Sicherheitsbeamte, davon einige in Uniform, die vorbeischlenderten. Der barockisierte »Alte Peter«, Teilansichten des alten und des neugotischen Rathauses am Marienplatz und der Turmhauben der Frauenkirche signalisierten Stadtmitte. Die Mitte einer Stadt, die trotz ihrer 1,4 Millionen Einwohner, viel Wohlstand neben größer werdender Armut, Schicki-Micki und horrenden Mietpreisen ihre provinziellen Gene nicht leugnen konnte und wollte. Wohl ein Grund, warum Kramer, das Landei, sie mochte.

Den Katzensprung zum Jakobsplatz mit der gelungenen Synagoge und dem modernen jüdischen Museum war ihm ein weiteres Anliegen gewesen. Als alternder Mann zu erleben, wie jüdisches Leben in München wieder Zukunft zu haben schien, tröstete ihn über vieles hinweg, was er und seine Generation mit sich herumschleppten. Schade nur, dass die Polizei solche Orte wieder scharf bewachen musste. Der Besuch der Moschee wurde von der zuständigen islamischen Gemeinde wegen interner Meinungsverschiedenheiten leider abgesagt. »Das machen wir, wenn wir in 20 Jahren in München endlich eine Zentralmoschee bauen dürfen!«, Muggenthalheimer, nicht ohne Seitenhieb auf die Stadtverwaltung und das politische Gezerre, bei der auch seine Partei nicht nur eine positive Rolle spielte.

Der Kleinbus nahm die Gruppe am Jakobsplatz wieder auf und fuhr in Richtung Isar und Deutsches Museum. Der kurze Umweg zur Dreifaltigkeitskirche entsprang Kramers Vorliebe für kleinere und weniger Macht fordernde Gotteshäuser. Beim nächsten Programmpunkt musste Kramer höllisch aufpassen, nicht in Sentimentalität abzugleiten. Mister M. hatte auch hier vorgesorgt. Der Bus fuhr in eine Halle der städtischen Feuerwehr. Dort wechselten die beiden Bewachten Fahrzeug und Rolle. Sie stiegen in einen Behindertentransporter. Muggenthalheimer und Kramer erhielten eine neue Haarfarbe, andere Kopfbedeckungen und Kramer eine andere Brille. Beide legten an einem Bein Pseudogipsverbände mit verdeckten Reißverschlüssen an. Der Ministerialdirigent wurde mit einer zusätzlichen Halskrause und einem leichten Kopfverband maskiert. Kramer, im Gesicht bepflastert, trug einen Arm in der Schlinge, in der sich gut die Pistole verstecken ließ! Kräftige Personenschützer in der Rolle von Pflegern schoben die Rollstühle, in die beide Schutzbefohlenen verfrachtet wurden. Jeweils zwei Personen aus dem Sicherheitsbereich spielten begleitende Verwandtschaft oder Freunde. Dem Ministerialdirigenten war die kindliche Freude über die Verkleidungsspiele ins Gesicht geschrieben, Kramer wirkte eher in sich gekehrt. Die Fahrt mit dem Transporter endete gegenüber dem Deutschen Museum auf dem Parkplatz neben dem Jugendstil-Volksbad mit Rampe zur Ludwigsbrücke. Unter dieser Brücke fließen ein höher gelegter Isarkanal und die ursprüngliche, wenn auch meist weniger Wasser führende alte Isar. Bei Hochwasserständen konnte vom vollen Kanal viel Wasser zur alten Isar hinabstürzen. Am schönsten für Kramer aber war, wenn die alte Isar bei klarem Niedrigwasser kieselschiebend am Volksbad vorbei »rollgurgelte«, er fand kein besseres Wort für diesen Klang. Das Jugendstilgebäude steht erhöht am rechten Isarufer, ein Fuß- und Fahrradweg führt am Sockel des Volksbades vorbei durch alten Baumbestand und manchmal über Brücken und weitere kleine Kanäle bis zur Maximiliansbrücke. Dies war Kramers magische Meile, dorthin war er geflüchtet, wenn ihm die Arbeit über den Kopf zu wachsen drohte, dort hatte er sich sogar vor Jahrzehnten verlobt, dort erlebte er mit Sauerstoff angereicherte herrliche normale Stunden, oft mit der Nase in Buch oder Zeitung. Diesmal fing das Laub an, sich zu verfärben, die Oktobersonne hatte es gegen Mittag geschafft, die Luft angenehm anzuwärmen, die ersten Flanierer zogen ihre wärmeren Jacken aus. Und selbst der Ministerialdirigent und die Personenschützer schienen von dieser magischen Stimmung erfasst zu werden. Unwillkürlich seufzte Kramer tief und Mister M. nickte ihm zustimmend zu. Der Höhepunkt des Tages, dachte Kramer … Im Buschwerk, auf Parkbänken und auf Fahrrädern tummelte sich weiteres Sicherheitspersonal. Im Augenblick aber störte es Kramer wenig.

Auf der Maximiliansbrücke wartete der Behindertentransporter. Es folgte – wieder auf dem Gelände der Feuerwehr – die Rückverwandlung der Beschützten in Touristen, diesmal war der Kleinbus schwarz und aus Kempten. Die Touristenschar war ergänzt worden um den kauzigen Historiker Johannes. Da er kaum wusste, wie er bei den vielen Zielen sein offenbar immenses Wissen auch nur ansatzweise loswerden konnte, lud ihn im Laufe der Fahrt Mister M. für die nächsten Tage in die Polizeikaserne ein. »Ein unverbesserlicher Optimist, aber schlimmstenfalls geht es auch ohne mich!«, das kurze gemurmelte Selbstgespräch Kramers.

Die Fahrt ging zunächst durch das Museumsviertel, das sich im Laufe von Kramers Leben grandios erweitert hatte. Sein letzter Besuch dort vor Monaten galt dem beeindruckenden Ägyptischen Museum. Wieder war er fasziniert davon gewesen, wie tief hinab in die Vergangenheit unsere Wurzeln reichen. Eine kleine Figur des Krokodilgottes, der bei einem kultischen Mahl »anwesend« war und wohl durch Essen mit den Gläubigen »vereinigt« wurde. Das 4000jährige Krokodil im Christentum!

Anschließend die Fahrt durch das ehemalige Zentrum der Nationalsozialisten um das »Braune Haus«. Gerne hätte Kramer das längst überfällige neue Dokumentationszentrum über das 3. Reich in München besucht. Der Bau erscheint gelungen, die Kritiken überwiegend positiv. Es gäbe ein spannendes Danach, wenn es denn ein Danach gäbe! Dann noch zur Universität. Kramers Wunsch wurde erfüllt und er konnte mit der Gruppe und vielen Besuchern mit Waffen in den Taschen das Audimax, den zentralen Hörsaal, besuchen. Studentenbewegung der späten 60er Jahre, rappelvoll mit diffuser Aufbruchstimmung und viel kompliziert formulierter Aufgeregtheit. Kramer mitten drin und alle Hände voll zu tun, sein – vom Bauernjungen über den Facharbeiter, den zweiten Bildungsweg und ein halbes geisteswissenschaftliches Studium desolat gewordenes – Weltbild wieder neu zu konfigurieren.

Auf dem Podium einigte man sich, unterbrochen durch unendlich viele Wortmeldungen, endlich auf ein Zwischenziel vor der Rettung der ganzen Welt »Wir teilen unsere Erkenntnisse dem Proletariat mit!« Dann aber zerfaserte sich die Versammlung und begann, sich aufzulösen. Die jungen Revolutionäre konnten sich nicht einigen, wo und wie »die Arbeiter« zu finden seien! Kramer ging ebenfalls nach Hause. Offensichtlich war er noch nicht klug genug, um hier folgen zu können. Oder den meisten der doch recht jungen Studentinnen und Studenten fehlte möglicherweise etwas die praktische Erfahrung von »da draußen«. Später erst und rückblickend kapierte er besser, wie diese bewegte Zeit die Nachkriegsrepublik verändert hatte.

Dann großer Auftritt von Johannes, dem wissensgeladenen Kauz mit Doktortitel im Café auf dem Olympiaturm. Irre Fernsicht, bei einer leichten Mahlzeit im abgeteilten und bewachten Segment des Drehcafés defilieren Stadt und Umland langsam an Kramer vorbei. Bewegend! Bewegend auch die Geste von Mister M., auf der Rückfahrt in die Innenstadt noch den Platz in Schwabing aufzusuchen, an dem einmal Kramers Geburtshaus gestanden hatte. Es wurde bei einem heftigen Bombenangriff unbewohnbar, die Familie allerdings schon in Niederbayern in Sicherheit. Johannes hatte sogar im Stadtarchiv ein altes Foto des Hauses aus der Zwischenkriegszeit aufgetrieben. Einzige Erinnerung Kramers an einen Besuch an der Hand der Mutter Jahre nach der Zerstörung: In einem oberen Stockwerk hatten die Bomben die Reste einer kleinen Küche stehen bzw. an einer Außenwand hängen lassen. Darin an einem Quadratmeter verbliebenem Putz an einem Haken die Bratpfanne der Familie.

Es war dann bereits Kaffeezeit, als der Bus die Gruppe vor Kramers Stamm-Café absetzte. Umringt von bewaffneter Sicherheit, empfing sie ein erleichterter Aichinger und ein lachender Perikles.

∼

Kramer war aufgewühlt und dankbar. Er fiel seinen Freunden um den Hals und auch der Ministerialdirigent Hanns M. bekam seine Dankesbezeugungen ab. Kramer realisierte erst jetzt, dass er trotz der sorgfältigen Absicherung durch die Polizei den ganzen bisherigen »Ausflug« über ein gewisses Bedrohungsgefühl mit sich herumgeschleppt hatte. Das versprach sich in seinem Stammcafé zu ändern. War es ihm doch vor Monaten zusammen mit anderen Cafés von der Polizei für seine monatlichen und vom Albaner ausdrücklich »genehmigten« Ausflüge nach München vorgeschlagen worden. Nicht zuletzt, weil es mit seinem für Kramer mit seinem Geld extra gestalteten Zusatzraum im ersten Stock mit kurzem Gang und WC leicht zu sichern war. Ein schmaler Aufgang von der Küche im Erdgeschoss für die Bedienung und ein Zugang für die Gäste vom Treppenaufgang des Nachbarhauses aus. Der Eingang zu diesem Treppenhaus lag im Innenhof. Da das kleine Appartement früher als Lagerraum für das Café benutzt worden war, bestand sein Eingang aus einer massiven Metalltüre. »Zwei Mann schwer bewaffnet vor der Küche, zwei ebensolche Polizisten vor der Eisentüre – und der Laden ist sicher wie ein Atombunker!«, freute sich der Ministerialdirigent. Er und Perikles waren wie vereinbart die Begleitung, die mit Kramer diesmal das Ende des Ausfluges und leider wohl auch das Ende von Kramers »Freigängen« feiern durften. Zunächst wurden der Ministerialdirigent und der Exlehrer durch einen kurzen Auftritt einer Maskenbildnerin in ihren ursprünglichen Zustand zurück versetzt. Der Raum ihres

Aufenthaltes hatte als Gewinn und zugleich als Sicherheitsschwachstelle noch ein großes Fenster auf die belebte Augustenstraße. Der Polizei war es gelungen, auch mit einer Zusatzprämie aus Kramers Schatulle, für diesen Nachmittag die gegenüberliegende Wohnung zu mieten. Aus jedem Fenster lugten Scharfschützen. Auch auf dem Dach dieses Hauses war Sicherheit postiert, zugleich ein Drohnenerfassungsgerät montiert, das an ein Warnkreuz vor ungesicherten Bahnübergängen erinnerte. Neben einem der Kamine wachte ein Maschinengewehr mit Besatzung, neben dem anderen Schornstein dann Muggenthalheimers ganzer Stolz: Eine Drohnenabschussbasis der Bundespolizei, die an einen Granatwerfer erinnerte. In beiden Straßen des Eckcafés parkten demonstrativ Polizeifahrzeuge, Doppelstreifen gingen auf und ab. Und der Innenhof war angefüllt mit einer großen Zahl Schwarzgekleideter einer Sondereinheit. Der »Hundling« von einem Ministerialdirigenten hatte in der Tat zum Abschluss nochmals geklotzt.

Irgendwie mussten die Medien Wind bekommen haben von der ungewöhnlichen Anhäufung von Ordnungsmacht und bereicherten das Straßenbild bald mit fragendem und filmendem Journalismus. Zum Glück saßen vor und im Café viele Studenten aus der nahen Technischen Universität, die verhinderten, dem Szenario den Charakter eines Polizeitreffens zu verleihen. Ein jungakademischer Spaßvogel verursachte kurzzeitig ein Menschenknäuel, indem er verkündete, im Café säße eine weltbekannte ältere amerikanische Schauspielerin mit ihrem neunten und sehr jungen Mann. Die Einsatzleitung Polizei klärte die Situation, indem sie eine »unangekündigte Übung unter möglichst echten Bedingungen« verkündete. Allen Gästen im nostalgischen Café in und an den Tischen auf den Gehsteigen wurden »als Entschädigung für die Beeinträchtigung durch die Polizeiübung« Kaffee und Kuchen spendiert. Auch das war im Vorfeld abgesprochen, die Rechnung sollte wiederum an Kramer gehen. Die drei Männer in ihrem Separee betrachteten das Treiben auf der Straße unter ihrem Fenster mit zunehmender Belustigung. Ein langer dünner Student wechselte mit unterschiedlichen Kopfbedeckungen, ausgeliehen von den Mitgliedern seiner Gruppe, mehrfach den Tisch und ergatterte drei volle Gratisportionen. Allmählich nahm dann die Zahl der Zuschauer auf der Straße wieder etwas ab. Kramer freute sich, dass die ihm längst vertraute Lisa die Treppe aus der Küche heraufstieg, die Herren und vor allem Perikles(!) freundlich begrüßte und die Bestellung aufnahm. Muggenthalheimer Hanns bestellte sich »zur Feier des Tages« einen doppelten Obstler und danach Weißbier mit Sahnetorte. Kramer und Perikles orderten »wie immer« Milchkaffee und den legendären Apfelstrudel. Perikles gab in relativ kurzen Abständen per Funk einen Situationsbericht an die Einsatzleitung, sprich Aichinger, durch. Kramer, an Überwachung gewohnt, verspürte Wärme aufsteigen. Er registrierte sein System auf dem Weg zur Tiefenentspannung und seufzte zufrieden, was ihm wieder einmal von seinem Nachbarn einen ministerialen und kumpelhaften Schlag auf die Schulter einbrachte. Über Apfelstrudel und mächtiger Sahnetorte senkte sich Frieden, diesmal über Tische und Sessel, Goldtapeten und Nippes aus den 50er Jahren.

Zunächst fantasierten Perikles und Kramer darüber, wie sie nach rechtzeitigem ewigen Abgang des Albaners, als erstes ihr gemeinsames Hobby Krähenbeobachtung ausleben würden. Perikles konnte davon berichten, dass der »Witwer« der gemeuchelten Nebelkrähe wieder eine Partnerin gewonnen hatte. Und dass dieser in einem heftigen und letztendlich blutigen Kampf mit Unterstützung seiner Neuen das Nachfolgerpaar aus seinem alten Revier auf dem Übungsplatz der Polizei vertreiben konnte. Danach versuchte Perikles, Kramer davon zu überzeugen, dass Stadtkrähen ein besonders interessantes Beobachtungsfeld darstellten. Schon allein, weil die Reviere kleiner und ihr Verhalten im Vergleich zu Flurkrähen in vielen Bereichen verändert sei. Da mischte sich Mister M. ein, der die Wirkung des doppelten

Obstlers wohl überwunden hatte und, was Wunder, die Jägerei als Hobby pflegte. Er empfinde durchaus Respekt für dieses »Grobzeug«, wie Rabenkrähen, Elstern usw. von Jägern gerne genannt werden. Sie seien für Jäger eine Herausforderung und zeigten erstaunliche Intelligenz. So würden sie sich offensichtlich Autotypen einprägen und ganze Schwärme vor auftauchenden Jägern warnen. Ob sie Gewehre als Gefahr erkannten, sei allerdings unter den Waidmännern und ebensolchen Frauen umstritten. Einer seiner Freunde, seines Zeichens Landtagsabgeordneter und Jäger, behaupte sogar, die Rabenkrähen in seinem Revier würden abwarten, bis er seinen grünen SUV verlassen habe und dann mit eindeutiger Bosheit sein neuwertiges Gefährt als Vogeltoilette benutzen.

Vertiefen aber wollte Muggenthalheimer dieses Thema nicht. Vielmehr wendete er sich mit einer gänzlich anderen und unter den gegebenen Umständen eher unsensiblen Frage an Kramer:
»Sag einmal Michael, du in deiner Situation bist doch fast so etwas wie ein Fachmann für die Theorie eines menschenwürdigen Sterbens. Welche Art von Sterben wünschst du dir? Und welche Art findest du als besonders angemessen? Seit ich dich kenne, treibt mich diese Frage wirklich um!«

Perikles rollte mit den Augen und trollte sich in Richtung Toilette. Kramer sah kurz seinen inneren Frieden bedroht. Allerdings machte ihm sein System klar, dass er angesichts des wunderschönen Tages, angesichts von Apfelstrudel und Milchkaffee, umgeben von zwei wenn auch recht unterschiedlichen Freunden und geschützt von gefühlt der Hälfte aller bayerischen Polizisten sich durchaus dieser Frage stellen konnte.

»Bis vor gar nicht so langer Zeit hätte ich am liebsten einen bewussten und beherrschten Tod bevorzugt. Ich lese dir später einmal ein Gedicht des Barockdichters Fleming vor. Der hat dies als Inschrift für seinen Grabstein auf den Punkt gebracht. In jüngster Zeit kommen mir allerdings zunehmend Zweifel. Vielleicht ist ›so einfach aus dem vollen Lauf gerissen zu werden‹

der gnädigere Tod. Wenn ich zu lange Zeit fürs Sterben hätte, so denke ich, würden mir vor allem meine Unzulänglichkeiten bewusst. Und ich möchte nicht gehen mit dem Gefühl, irgendwie versagt zu haben ...«

Hier gab es urplötzlich eine krachende Explosion in der Toilette, Schüsse fielen. Die Tür zu Toilette und Gang flog auf, drei vermummte Männer in Schwarz stürmten mit angelegten Waffen in das Separee. Einer hielt die beiden völlig überraschten Männer in Schach, der andere warf eine Art Netz über den Treppenaufgang, verriegelte es mit irgendwelchen Schnellverschlüssen am Geländer und warf hintereinander zwei Blendgranaten in die Tiefe. Ein vierter Mann mit einer spinnenartigen großen Eisenkralle in Händen stürzte aus der Tür zum Toilettengang, entfaltete das Eisengestell und trieb es mit einem großen Hammer vor der Eisentür in den alten Holzboden. Die schwere Tür in den Treppenaufgang des Nachbarhauses war verriegelt! Und dann kam, nein wankte der Albaner höchst persönlich aus dem Toilettengang.

Kramer war wie vom Blitz getroffen. Und trotzdem registrierte er: Was für ein Anblick! Der Mann war tief gezeichnet und ohne Zweifel todkrank. In tiefen Höhlen liegende Augen, rasselnder Atem, nur einzelne Büschel von Haaren auf den Kopf. Er hatte über einen Schlafanzug ein überdimensionales Sacco gezogen, ein medizinischer Auffangbeutel, halb mit Urin und Blut gefüllt, hing daraus hervor. An den Füßen trug er Hausschuhe und verströmte wie schon vor Jahren einen unangenehmen, scharffauligen Geruch. Auch er trug oder besser schleppte eine jener kurzen Schnellfeuerwaffen, deren Lauf allerdings zitterte. Er krächzte sein schepperndes Lachen:

»Wird ernst du Laus!«, brachte er hervor und zu dem Ministerialdirigenten: »Unter den Tisch auf Bauch legen – und kein Scheiß, sonst tot!«

Mit vor Schrecken geweiteten Augen rutschte Muggenthalheimer unter den Tisch, rollte auf den Bauch und verbarg sein Gesicht in seinen Armen. Das Wrack von Albaner scheuchte seine Männer aus dem Raum, den sie fluchtartig in Richtung Toilette verließen. Kramer fiel zu seiner eigenen Überraschung in den vom chinesischen Schießlehrer eingebläuten »Kampfmodus« und war ganz und gar auf den Albaner fixiert. Seine uralten Hirnteile übernahmen.

»Soviel zu Ihrer Ehre, Sie Großmaul«, hörte er sich sagen.

»Mein Krebs wollt nicht mehr warten!«, der Albaner.

»Ich schieß aber nicht gerne auf Halbleichen!«

»Wirst du tun müssen!« Wieder das grässliche kurzatmige Lachen.

Da schlug die angelehnte Tür zur Toilette auf und ein blutüberströmter Perikles stolperte mit gezogener Waffe herein. Er hatte sich vor der Übermacht auf der Toilette versteckt und war von Schüssen durch die WC-Tür verletzt worden. Eine blitzschnelle winzige Bewegung des Albaners und fast gleichzeitig schossen beide aufeinander, wobei der Albaner sich seitlich zu Boden fallen ließ und dabei seine Waffe fast einen halben Meter aus seiner Reichweite flog. Aus den Augenwinkeln sah Kramer, wie Perikles an der Wand entlang langsam zu Boden rutschte. Wie immer wieder geübt hatte Kramer in diesen Sekunden seinen Sessel nach hinten gestoßen und seine Pistole gezogen, während der Albaner keuchend und aus der Schulter blutend durch eine Art schwimmende Bewegung versuchte, seine Waffe zu erreichen.

»Hören Sie auf, Sie blöder Mensch! Ihre Chancen sind gleich null!«, schrie Kramer. »Sobald Sie Ihre Waffe auch nur berühren, schieße ich!«

»Ich werd dich mit eigener rechter Hand umbringen!« Der halbtote Albaner am Boden lacht japsend sein krächzendes teuflisches Lachen. Und dann versucht er, den Unterkörper zu heben und nach vorne zu schnellen. Da hebt Kramer seine Waffe, zielt ohne zu denken auf den Kopf des offenbar Irren und die eingestellten sechs Schuss lassen diesen Kopf regelrecht zerplatzen.

»Wie eine Wassermelone, die von einem Laster überfahren wird!«, schießt es Kramer durch den Kopf – und dann fängt er an zu würgen.

Aber da war noch Perikles! Kramer warf angeekelt seine Waffe in Richtung der zerschossenen schleimig-blutigen Überreste des Albaners, dessen Beine noch zappelten. Sein weiteres Handeln erlebte er wie das eines Roboters. Er zog einen zitternden und kreidebleichen Muggenthalheimer an den Füßen unter dem Tisch hervor. Sie stellten kurz fest, dass Perikles viel Blut verloren hatte, aber noch lebte. Gemeinsam rissen sie, auch mit Hilfe des zurückgelassenen großen Hammers, die Metallklammer vor der Eisentür aus dem Boden. Gute Schwarzvermummte stürzten sichernd in den Raum. Ein Sanitäter folgte und kümmerte sich sofort um Perikles, während die Truppe Vorraum und Toilette erstürmte. Sie waren leer! Ein großes Loch gähnte in der Mauer zwischen Gang und nächster Wohnung, die eine Baustelle war. Fünf Mann folgten dem Fluchtweg der Albanertruppe, während die Flure und der Innenhof abgeriegelt wurden. Die Sturmtruppe der Polizei fand in der leeren Wohnung einen weiteren Durchschlupf zu der Wohnung im nächsten Haus. Da sich vor Haustür und Kelleraufgang bereits Polizei postierte, waren die Gangster über das Treppenhaus auf den Dachboden geflüchtet. Von da wollten sie auf das Dach, wurden aber von dem MG auf dem gegenüberliegenden Haus unter Feuer genommen. Zurück auf den Dachboden kam es dann zur Konfrontation. Einer der Flüchtigen wurde getötet, einer schwer verwundet und zwei ergaben sich. Sie verrieten die Position des bereitgestellten Fluchtautos in einer Nebenstraße, das ebenfalls zusammen mit seinem Fahrer zur Beute der vielen Polizei wurde.

Kramer und Muggenthalheimer waren durch den Polizeiarzt erstversorgt worden. Der Ministerialdirigent wünschte einen weiteren Obstler, Kramer schluckte seine Herztropfen. Kramer erhielt noch eine Spritze zur Beruhigung und auf Wunsch später einen heißen süßen Tee. Beide lagen und nach einiger Zeit saßen sie in einem streng abgeschirmten und bewachten Sanitätsbus der Polizei. Der Erste Kriminalhauptkommissar traf ein und hätte Kramer bald zerquetscht. Er war sichtlich betroffen, dass unter seiner Zuständigkeit der letzte Teil des Ausfluges so böse enden konnte.

Und was brachte der zähneklappernde Muggenthalheimer mühsam hervor: »Der Kramer ist vielleicht ein Hund!«

Aichinger wurde noch für Stunden gebraucht, um den Tathergang zu rekonstruieren und die Spurensicherung zu überwachen. Er versprach Kramer, ihn so bald wie möglich in der Polizeikaserne aufzusuchen. Kramer und Muggenthalheimer wurden danach noch ausführlich über den Hergang befragt.

Kramer verspürte nach etwa einer Stunde das heftige Verlangen, einige Zeit allein zu sein und zu begreifen, was da gerade abgegangen war. Perikles, der inzwischen in ein großes Krankenhaus eingeliefert worden war, befand sich außer Lebensgefahr. Er hatte, wie immer bei solchen Ausflügen nach München, Kramers Auto in der Nähe des Cafés auf dem von Kramer angemieteten Parkplatz bereitgestellt. So konnte der pensionierte Lehrer wenigstens auf der Heimfahrt, wenn auch unter polizeilicher Begleitung, diese Art von Freiheit einige Kilometer lang genießen. Automatisch hatte er auch diesmal im Separee Kramer den Schlüssel übergeben. Die Einsatzleitung unter Aichinger erfüllte nach einiger Diskussion Kramers Begehr. Eskortiert von zahlreichen Polizisten wurde Kramer also die knappen 40 Meter innerhalb der Absperrung zu dem angemieteten Parkplatz gebracht. Kramer stieg wacklig aber maßlos erleichtert in sein Auto, die Polizisten zogen sich rücksichtsvoll etwas zurück. Nach wenigen Minuten schlief Kramer tief und fest. Ob er von der heftigen Explosion, die zehn Minuten später ihn und sein Auto zerfetzte, etwas mitbekommen hatte, ist eher unwahrscheinlich.

Nur einen Bruchteil von Sekunden nach der Explosion wurde

ein unbekannter Mann von einem jugendlichen Privatdetektiv aus Südtirol mit einem Elektroschocker so lange attackiert, bis er fast bewusstlos war. Danach fesselte er ihn mit Hilfe herbeigestürzter Polizisten. Die Fernbedienung, die bei dem Gefassten gefunden wurde, hatte mit größter Sicherheit die Bombe unter Kramers Auto gezündet. Der Auftragsmörder Kramers – und wie sich später herausstellte, die »rechte Hand!!« des hinterhältigen Dr. G. – war in die Hände der Polizei geraten. Die letzte Szene in Kramers ziemlich ungewöhnlichem Pensionistenleben aber war gespielt.

∼

Ich muss mit dieser Niederlage fertig werden. Der Albaner war besessen und hat die letzten Monate offenbar nur noch seine Rache gelebt und geplant. Und er besaß offensichtlich unbegrenzte Mittel und ein Netzwerk von Zuarbeitern und Helfern. Ich könnte natürlich Muggenthalheimer die Schuld geben für den Tod meines Freundes. Er war es ja, der den blöden Ausflug organisiert und inszeniert hat. Oder Michael selbst, da dieser unbedingt noch diese letzte Freiheit erleben wollte. Die eingeleitete Untersuchung allerdings fand keine Schuldigen außer den weltweit gesuchten Verbrecher und seine Helfershelfer. Der Albaner konnte es nicht lassen, sich selbst nach seinem Tod noch einmal zu melden und in Szene zu setzen:

Hallo ihr Anfänger von Polizei, ihr habt doch sicher gesehn, dass ich kein Fluchtweg für mich gemacht. Laut Doktor hab ich nur noch wenig Tag. Also macht ich Plan A. Tut mir leid, dass früher als gesagt. Aber war nicht mehr Zeit. Wann dieser Email kommt hat Plan A funktioniert. Mein letzte Freud auf Weltkasperltheater. Und mein Rach an Kramer. Er hilft mir bei Tod und stirbt selber durch mein rechte Hand. Rechte Hand ist mein alt Kamerad, der immer alles gemacht, was ich hab geplant. Schau, wir haben schon lange Wohnung

neben Kramer sein klein Kaffehaus im ersten Stock gemietet. Wir haben Baustelle gemacht und zweimal Wand dünn für Loch gemacht. Einmal ich und Schießmänner kommen von Opawohnung in Umbauwohnung und dann in klein Bad von Kramer und dann zu Kramer. Einmal Schießmänner können durch Loch weglaufen und dann durch Loch zu alt Opa und dann weg. Der Opa spinnt a bisserl, aber hat Spaß mit uns. Weißt du wie ich komm in Wohnung von Opa? Wir geben Altopafreund Schlaftablette, unser Krankenauto holt Opa und bringt mich dabei in sein Wohnung. Ein oder zwei Tag vorher. Opa passiert nix, wohnt bei Freund von uns und wird nach Tod Kramer und mir in Krankenhaus bei Barmherzige Brüder abgestellt. Polizei kann abholen und heim bringen. Und wie soll nun meine recht Hand Kramer unbedingt machen tot? Der freut sich sicher wie Aff das er hat geschossen mich tot. Das wird er hoffentlich zusammenbringen, die Laus. Aber hat sich gebrannt der Zwerg. Wir haben gemacht fünf Plan für Totmachen. Wir haben schon lange Bombe auf Parkplatz bei Kaffeehaus vergraben. Hat niemand gemerkt, weil Baustelle war. Rechte Hand oder sein Kameraden können von bis 50 Meter mit Fernbedienung Bombe einschalten. Auch eine andere Bombe direkt hinter Zaun vor Kramers Parkplatz auf Polizeikaserne. So groß kann Haus wegreißen. Wenn Griechisch Polizist fliegt mit in Luft, macht nix. Ich mag nicht Mann wo verrat seine Kameraden. Wenn Kramer tot, Polizei kann Bombe ausgraben passiert nix. Haben noch anderen gut Plan. Von oben kommt klein Bach aus Wald, läuft als Rohr unter Kaserne und an Bungalow Kramer vorbei und dann in Wald wieder ohne Rohr hin zu groß Bach. Rechte Hand lassen Schwimmbombe vor Kaserne abschwimmen. Wir wissen, wann ist neben Kramerbungalow. Fliegt mit Kramer in Luft. Die beiden andere Plan kommen von Luft. Werden wir aber nicht brauchen. Stiftung bekommt noch sein Geld dazu für Abschuss Kramer. Damit ist Sach erledigt und von mir oder

rechte Hand ist nix mehr gefährlich. Ist gut gelaufen, Polizei hat wieder Ruh und kann weiter schlafen. Dr. G.

Mich hat der Tod von Michael Kramer enorm getroffen. Dieser Mann hat mir gut getan und mich ganz bestimmt auch verändert. Ich habe noch am nächsten Tag meiner Exfrau per Email einen Heiratsantrag gemacht. In einer Stunde kam die Antwort. Sie bestand aus einem Wort: »Ja!« Danach habe ich sofort meine Bewerbung für Passau geschrieben und zwei Tage später bereits die informelle Zusage erhalten. So kann ich jetzt in Ruhe den Fall Kramer abschließen und dann meinen Abgang vorbereiten. Perikles ist wieder ansprechbar. Als ich ihm bei einem Besuch meinen Beschluss mitgeteilt habe, war er überhaupt nicht überrascht. Er hat mich gebeten, ihm bei seiner eigenen Bewerbung nach Passau zu helfen. Ich hatte darauf gehofft – der Grieche ist mit seiner Art für mich und meine Arbeit sehr wichtig. Muggenthalheimer hat mir versprochen, dass Kriminalhauptkommissar Perikles wenn irgendwie möglich in Passau bald mein Stellvertreter werden wird. Ich musste übrigens den Ministerialdirigenten dringend davor warnen, Henrich Weißhaupt zu meinem Nachfolger zu ernennen. Muggenthalheimer: »Ich bin doch nicht blind!«

Schon bevor die Email des Albaners bei uns eintraf, hatten wir mit Hilfe der Spurensicherung und des Polizeipsychologen das systematische Vorgehen des Albaners am Tag des »Endkampfes« leidlich begriffen. Vor allen Dingen, als sich herausstellte, dass der Schusswechsel zwischen Perikles und Albaner ohne Treffer geblieben war. Perikles war durch die Schüsse der Eindringlinge durch die WC-Tür so schwer verletzt worden, dass er sich nur noch mit letzter Kraft in den größeren Raum schleppen konnte. Ohne Sicht war er nur noch fähig abzudrücken, um dann ohnmächtig auf den Boden zu sinken. Wir fanden seine Kugel in der Zimmerdecke. Der Albaner hatte das wahrscheinlich begriffen, seine Verletzung an der Schulter entstand wohl beim Schlüpfen durch das gesprengte Loch. Aufgrund der Lage seiner Waffe mussten wir sogar annehmen, dass er beim Niedersinken seine Waffe absichtlich außer Reichweite gestoßen hatte. Er wollte also von Kramer erschossen werden, wie er in seiner Email ja auch bestätigt. Warum das alles? Wir kamen überein, dass er seine Macht über Kramer und dessen Steuerung auch in diesem letzten Moment noch beweisen wollte. Und, so der Psychologe, er wollte wohl die gefühlte moralische Überlegenheit Kramers wenigsten am Ende noch zerstören, indem er ihn zum Töten zwang. Die Kugel des Albaners fanden wir übrigens zwei Meter neben dem Standort des Griechen in der Wand. Welch ein Aufwand! Und er wollte natürlich seine Macht und sein Genie sicher auch dadurch zeigen, dass er sein Ziel trotz größten Polizeiaufgebotes erreichen konnte.

Ich bin neben meiner Trauer um Michael heilfroh um das Ende dieses Falles. Es war trotz unserer Anstrengungen ein Katz und Mausspiel, wie er uns »schmatzend«, so Dr. Dr. A. Wagner, in seiner letzten Mail mit dem Aufzeigen seiner Alternativpläne vor Augen hielt. Und dann bewies er uns auch noch seine »Größe« durch eine Spende von knapp zwei Million Euro für die Stiftung. Es war ihm offenbar entgangen, wie sehr ihn Michael mit seinem vorgetäuschten Selbstmord und seiner letzten Mail gesteuert hatte. Dieser Schachzug von Michael war genial und freut mich heute noch!

Übrigens, einige Tage nach dem Tod des Albaners und Michaels erreichte ein Schreiben des Verbrechers das Heim, in dem seine schwer traumatisierte Tochter lebt. Darin schildert er die Gräuel, die diese mit drei Jahren durch ihren rasenden Erzeuger durchlebt hatte. Laut Aussage der Ärzte ein kaum zu ertragendes Geständnis, aber sicher hilfreich für die Therapie. Kramer hat übrigens tatsächlich durch die Erschießung des Albaners weitere beachtliche Summen »Belohnung« für seinen Haupterben, unsere Stiftung »Vom Richtigen Leben«, erwirkt.

Da ich sofort nach Michaels Tod eine rigorose Überprüfung aller vor dem Café erreichbaren Personen angeordnet hatte, gingen uns nebst der »rechten Hand« eine Reihe von beteiligten Kriminellen ins Netz. Für diesen Schachzug wurde ich von meinem Vorgesetzten belobigt. Vielleicht wollte er mich damit trösten! Unter diesen Kriminellen war auch ein Untergebener der »Rechten Hand«, der seinen Chef in der Hoffnung auf Strafmilderung bei dem ersten Verhör sogleich verriet. Dieser Untergebene hatte bei »Stabsbesprechungen« bei seinem Vorgesetzten »Rechte Hand« einen für uns sehr hilfreichen Einblick in die Arbeitsweise dieser »Agenten Informationsbeschaffung« erhalten. Er selber hatte die Rolle eines »Führungsoffiziers« gespielt für etwa 12 Personen. Der albanische Geheimdienst lässt grüßen! Und er hatte von mindestens fünf weiteren Parallelgruppen zu seiner eigenen gehört. Endlich erhielt die Polizei erste Hinweise, warum fast alle unsere Maßnahmen beinahe zeitgleich mit ihrer Planung dem Albaner bekannt geworden waren.

Unter den Angeworbenen der Gruppe des Gefassten befanden sich, kaum zu glauben, ein zuständiger Bezirkskaminkehrer und sein Obergeselle. Diese platzierten vom Dach aus unter anderem in den zwei Lüftungskaminen, die sich in den Wänden unseres »abhörsicheren« Besprechungsraumes befanden, hochempfindliche Lauschgeräte. Weitere Personen stammten aus unserem Archiv und vor alle dem EDV-Bereich. Hier wurde nicht nur unser Emailverkehr mit einer bislang unbekannten Spähsoftware gehackt, auch das Büro des Ministerialdirigenten wurde ausgespäht. Wie uns der gefasste Mitarbeiter der »Rechten Hand« berichtete, gab es Gerüchte über eine an einem unbekannten Ort arbeitende »Auswertungs-Abteilung«. Dort sollen Spezialisten rund um die Uhr die ausgespähten Daten auf für den Albaner Verwertbares gesichtet und die Ergebnisse an »die Zentrale«, also an den Albaner, weiterleitet haben. Lieber Gott, welcher Wahnsinn!

Sogar unter unseren Lehrkräften befand sich eine Trojanerin. Unser Lehrpersonal hatte zwar auf der Suche nach aktuellem Unterrichtsmaterial auf Anfrage begrenzten Zugang zu den Büros der Leitung. Allerdings nannte der aussagewillige Verbrecher die Lehrerin seine »erfolgreichste Agentin« und damit »Spitzenverdienerin«. Sie müsse unbedingt noch Zuarbeiter gehabt haben. Bislang aber schweigt die Festgenommene eisern. Ich bin überzeugt, die für die Aufarbeitung eingesetzte Soko wird sie irgendwann zum Reden bringen. Durch Zufall haben wir dann entdeckt, dass die Dame ein Verhältnis mit unserem stellvertretenden Sicherheitschef hatte. Die beiden lebten auf großem Fuß und hatten sogar über Strohmänner eine Wohnung in St. Moritz gekauft. Vor zwei Tagen brachte unsere sofort eingeleitete Fahndung Erfolg. Der Beamte wurde am Flughafen verhaftet. Er hatte unter falschem Namen und mit gefälschten Papieren ein Ticket nach Argentinien gelöst.

Besonders effektiv erwies sich offenbar die Ausspähung des Kriminalkommissariats 4, das offiziell für das Staatsanwaltsehepaar Raimers zuständig war. Da dies verwaltungstechnisch ein Unding war, hatte mit Segen des Innenministeriums das Kommissariat 5 die konkrete Arbeit übernommen. Allerdings fanden auf abwechselnden Ebenen wöchentlich bis zu zwei gemeinsame Sitzungen der beiden Kriminalkommissariate statt. Kopien der Protokolle dieser Sitzungen, aber auch Notizen von sonst geführten Gesprächen gelangten über bisher bekannte zwei Mitarbeiter vollständig in die Hände der »Agenten-Informationsbeschaffung«. Da dieses Kommissariat nicht mit einer Ausspähung gerechnet hatte, waren die Sicherheitsmaßnahmen leider entsprechend gering. Das Ausmaß der dort betriebenen »Spionage« ist noch gar nicht abzuschätzen.

Wir sind sehr enttäuscht und stehen hier sicher erst am Anfang. Ich befürchte, die Arbeit der neuen Sonderkommission wird für uns noch weitere böse Überraschungen aufdecken!

Wir haben übrigens Michael, wie ich finde, eine würdige Abschiedsfeier organisiert. Da er ja auch Ehrenpolizist von Passau war, erschien dazu eine Ehrenformation und schoss Salut – ausgerechnet für Michael! Dass der Ministerialdirigent für diese Feier auch noch böllernde Gebirgsschützen stellte, deren Hauptmann er war, hätte Michael sicher amüsiert. Der Oberstaatsanwalt hielt eine kluge und ergreifende Rede. Es waren für Kramer wichtige Frauen gekommen, von der Soziologin bis zur jungen Physiotherapeutin, und eine ganze Reihe längst erwachsener ehemaliger Schülerinnen. Das Medieninteresse war, nach Entführung und dem Vorfall im Münchner Café, gewaltig. Am meisten heulten der junge Privatdetektiv aus Südtirol und die indische Prinzessin. Michaels »Schwebender Clown« und sein kurzer Text zieren die Abdeckung in der Urnenwand. Perikles setzte durch, dass ein Grafiker auch noch eine stilisierte Krähe in das Bild integrierte.

Von Christine, die ja auch meine Physiotherapeutin war, erhielt ich nach der Beerdigung eine tolle Würdigung Kramers, die meinen Freund sicher begeistert hätte: »Der netteste alte Mann, mit dem ich je zusammen war. Und ich hab's versaut! Sollte ich je einem begegnen, der meine Achselhöhlen und meinen ›Jahrhundertpo‹ so schön besingt, werde ich ihn heiraten. Oder wenigstens länger bei ihm bleiben!«

Wer von uns wünschte sich nicht so einen Nachruf?!

Ein etwas seltsamer Nachklapp. Schuld sind die Hirnforschung, die Buddhisten und der Geist eines toten Mafioso

[STEUERUNGSSYSTEM, DIE WENIGEN: »Wir konnten mit den letzten Abschnitten die etwas ausufernde Erzählung einigermaßen glücklich zu Ende bringen. Trotzdem wollte sich die erhoffte Erleichterung über getane Arbeit nicht so recht einstellen. Im Gegenteil, es gab, die Leserinnen und Leser mögen es uns zum wiederholten Male verzeihen, wieder Hader in unserem System. Übrigens, die Hirnforscher werden in der Überschrift des Kapitels deswegen mit für diesen Nachklapp als Verursacher genannt, weil sie es sind und waren, die erst einen Streit zwischen Gehirnregionen vorstellbar gemacht haben. Und Streit herrschte nach Abschluss der Kramererzählung wieder wie gehabt zwischen uns, den Wenigen oder auch Zivilisatorischen, und den Vielen, die sich als die Ursprünglichen empfinden! Die Vielen gaben sich zu tiefst enttäuscht über den von uns gewählten Schluss. Argumente oder besser Anklagen fielen wie ›Typisch für unsere ach so scharfgeistigen Kritikaster!‹, ›Im Wohlstand leben und Pessimismus verbreiten!‹, ›Leser schockieren als billige und ausgeleierte Methode!‹ und so fort. Als ihnen dann selbst die dünnen Argumente ausgingen, zogen sie ihren letzten Trumpf aus der Tasche oder besser aus ihren Gehirnregionen: ›Was würde der ebenfalls sehr ungerecht aus dem Verkehr gezogene Mafioso Juri zu diesem Schluss wohl sagen?‹ Wir besetzten zunächst bis an die Grenzen unserer Einflussmöglichkeit die Lachmuskeln-Nerven des Autorensystems. Aber wir hatten die Rechnung ohne den Wirt oder besser den Geist des verblichenen Mafioso Juri gemacht. Es gab so lange Tumult im Steuerungssystem, bis wir uns endlich dazu herabließen und in Verhandlungen mit den Vielen traten. Allerdings formulierten wir eine knallharte Vorbedingung für diese Verhandlungen: ›Der bisherige Schluss wird nicht angetastet!‹ Und – eigentlich unter unserem Niveau: ›tot ist tot!‹

Die Vielen, geschockt von so viel Entschlossenheit auf unserer Seite, schlugen eilig einen Kompromiss vor. ›Warum nicht einfach die Geschichte über den Tod der Hauptfiguren hinaus verlängern?!‹ Und weil die Antike, das Christentum und der Islam mit ihren Vorstellungen über das Leben nach dem Tode sich dafür als völlig ungeeignet herausstellten, blieb für den danach gefundenen Kompromiss wieder nur die Vorstellung von der Wiedergeburt. Die war dem Autorensystem seit seiner Beschäftigung mit dem Buddhismus vertraut. Originell war das aber leider nicht!

Die Leserinnen und Leser, die sich auch das noch antun wollen, mögen sich vor allem bei dem hinterhältigen Juri bedanken. Wir alle versprechen Ihnen aber, diesen merkwürdigen Nachklapp zu der bisher doch sehr erdverbundenen Geschichte so schnell und so straff wie möglich und ohne größere Experimente über die Bühne zu bringen.«]

Das, was von Michael Kramer nach seinem gewaltsamen Tode wiedergeboren wurde, saß sozusagen verborgen in einem Prachtkerl auf dem Wipfel einer einem oberbayerischen Wald vorgelagerten einzelnen Buche. Dieser Baum diente dem Geschöpf als Aussichtspunkt. Von dort konnte es jenen Teil seines Reviers überblicken, den es und seine Partnerin für die Futtersuche beanspruchten. Und den sie, nur wenn anderer Paare ihnen zu nahe kamen, entschieden verteidigten. Tiefer im Wald auf einer hohen Fichte hatten sie ihr Nest. Das nähere Umfeld dieses Wohn-, Schlaf- und Brutplatzes war für andere Rabenkrähen um diese Jahreszeit, es war später Frühling, tabu. Und wurde im Ernstfall bis aufs Blut verteidigt. Michael Kramer fand sich also, wen wundert es, als Rabenkrähe wieder. Wobei das ungenau beschrieben ist. Das, was in diesem »Rabi«, Erklärung folgt noch, von Michael Kramer stammte, war diesem Vogel auf seinem Aussichtsbaum nicht als Rest von Michael Kramer bewusst. Es verwirrte ihn und störte zunächst jedenfalls sein ansonsten überbordendes Selbstbewusstsein. Auf gewisse Weise erging es ihm auf abgesenktem Niveau wie Kramer zu seiner Zeit als Mensch. Er konnte Gedanken fassen, und zwar in einer Kramer-Restsprache. Er wusste von seiner Existenz, verstand aber letztlich nicht den Sinn des Ganzen. Wobei man sich diesen Vogel aber als alles andere als einen Grübler vorstellen muss. Von Anfang an hatte er jeden Kampf gewonnen, die partnerlosen Rabenkrähenweibchen hatten ihn regelrecht bedrängt und während seiner Zeit in einem Winterschwarm musste er sich zusammenreißen, um nicht alle Alphamännchen oder besser Alpha-Hähne in die Flucht zu schlagen und die Führung zu übernehmen. Auch als Single hatte er im Frühling kein großes Defizit an Sex. Obwohl die Paare oft ein Leben lang zusammen blieben, war es üblich, die Abwesenheit der Gatten bis in die Brutzeit hinein für teilweise heftige Seitensprünge zu nutzen. Über den Rabensex sollen hier nicht allzu viele Worte verloren werden. Nur ein, wenn auch hoffentlich nicht zu schiefer Vergleich: die Beteiligten erlebten sich wie gemeinsam explodierende Handgranaten, wobei sie hinterher allerdings nicht zerstört waren. Und doch verblieb dieser Prachtkerl von »Rabi« trotz glänzender Chancen auf eine gute Partie und allen Voraussetzungen dafür, ein Revier zu besetzen, im ersten Jahr unverpartnert. Instinktiv konnte er sich zu diesem in einem Rabenkrähenleben normalen Schritt nicht durchringen.

Der Grund erschloss sich ihm nach einem unschönen Erlebnis, auf das er gerne verzichtet hätte. Er frönte gerade mit unbändiger Lust seiner Fliegerei. Hatte, gefolgt von einem Kumpel, einen Raubvogel gereizt, attackiert und verfolgte diesen Eindringling in das Krähengebiet, bis dieser entnervt aufgab. War eigentlich Sache der Revierinhaber. Aber »Rabi« hatte seine Freude daran und probierte unter anderem verschiedene Angriffsarten an diesem unfreiwilligen Sparringspartner aus. Danach entdeckte er einen starken, geeigneten Aufwind, ließ sich weit nach oben mitnehmen und schoss dann mit einer Art innerlichem Juchzen in Schrauben, Spiralen und anderen Kunstflugdarbietungen nach unten. Er fing sich über den Bäumen des Krähenreviers ab und landete hart am Rande des Reviers neben seinem Kumpel auf einer hohen Fichte.

Und dort traf es ihn wie mit einer Keule. Er vernahm in sich eine Art Funkspruch:

»Du Stinkrabi, ich hass dich!« Der Kramervogel hatte keinerlei Erklärung dafür, was danach mit ihm vorging. Er war Wut, Angriff, Vernichtungswille. Er schoss in Höchstgeschwindigkeit zwischen den Bäumen des Reviers hindurch und erblickte einen aufgeplusterten Revierinhaber vor seinem Nest.

Er wurde angefunkt: »Du bist Aff...!« und stürzte sich voller Ingrimm auf diesen. Er merkte sofort, dieser ältere Hahn war ihm eindeutig unterlegen. Schon nach der zweiten Attacke und den ersten heftigen und gezielten Schnabelhieben versuchte der Gegner sein Heil in der Flucht. Der Kramervogel trieb ihn über die Wipfel hinaus und tat dann etwas, was die Menschen gerade den Krähen nicht zutrauen: Er hackte ihm beim nächsten Angriff im Flug gezielt ein Auge aus, was den Gegner regelrecht zum Absturz zwischen die Bäume ins Unterholz brachte.

»Verreck du Sauschwein!«, empfing Kramer noch und dann brach der Funkkontakt ab.

Der Kramervogel war heftig verwirrt und ließ sich zum Sammeln erst einmal außerhalb des Reviers auf seinem Hochsitz nieder. Der alternde Gegner war kein Problem, aber seine Funksprüche trafen ihn völlig unvorbereitet. Er war also doch nicht allein der einzige unter den Rabenkrähen, der sich anders als durch urtümliche Rabenlaute und Rabengesten verständigen konnte!

Er versuchte sein Glück. »Hat dich erwischt?«

»Hass dich ... hass dich ...«, kam es aus dem Wald zurück.

Da war es wieder, dieses Nixkapieren. Selbst der Geruch dieses Revierinhabers kam dem Kramervogel bekannt vor. Und er empfand den Vogel als große Bedrohung, obwohl er leicht zu besiegen war. In »Rabi«, dem Kramervogel, reifte ein spontaner Entschluss. Er flog zu dem Ort im Revier, wo der wild gewordene Revierinhaber abgestürzt war. Irgendwie wollte er die Sache zu Ende bringen. Er fand den Gegner auf einem niedrigen Ast in der Nähe seines Nestes und dessen Partnerin war dabei, ihn zu trösten. Sie kraulte ihn an Kopf und Nacken und hatte offenbar extra für ihn eine dicke Heuschrecke gesucht, die sie ihm anbot. Diese Handlung unter Rabenkrähen ist übrigens keine Erfindung des Autorensystems, sondern von Verhaltensforschern mehrfach belegt. Die Szene wirkte auf den Kramervogel jedenfalls wie eine Beißhemmung, die die meisten Hunde haben, wenn sich der gegnerische Hund auf den Rücken legt. »Rabi« hatte die Lust auf Tötung des Gegners verloren.

»Viel Besserung«, funkte er noch und zurück kam
»Ich hass dich!«

Und dann flog der Kramervogel los. Und zu allen Rabenkrähen, denen er begegnete, funkte er »Hallo, wie geht dir?«, aber er erhielt keine Antwort.

∾

Der Kramervogel war instinktiv zur nahen Großstadt unterwegs. Er hatte diese Anhäufung von »Flügellosen«, wie er die Menschen für sich benannte, schon auf seinen früheren Orientierungsflügen ausgemacht. Er empfand eine gewisse Sympathie für diese Wesen, wobei ihn aber aktuell die vielen Seinesgleichen wesentlich mehr interessierten. Von weit oben entdeckte er den Fluss, der fast durchgehend von Bäumen gesäumt war. Es war nicht schwer, darin einen Schwarm der Revierlosen zu finden, in dessen Nähe er landete. Natürlich ging das nicht ohne Gezeter und Krähenrabatz. Und natürlich plusterte sich ein Alpha-Hahn auf und kam angriffsbereit näher um zu testen, ob hier gefährliche Konkurrenz eingeflogen war. Der Kramervogel war zwar innerlich erheitert, hatte aber keinerlei Lust auf irgendwelches

Rangordnungsgetue. Also ging er in Unterwerfungsposition und flugs war das Interesse der Oberkrähe erloschen. Hatte noch einen anderen Vorteil. Ab jetzt konnte »Rabi« bei Bedarf ohne Probleme in der Nähe dieses durchaus stattlichen Exemplares mit einer kurzen Andeutung seiner Unterwerfungsbereitschaft landen, ohne von anderen behelligt zu werden. Diese Schwärme sind übrigens wesentlich weniger geordnet und es gibt bei weitem nicht eine so wirksame Rangordnung wie bei den immer im Schwarm lebenden verwandten Dohlen oder wahrscheinlich auch den Saatkrähen. Damit waren z.B. Rabenkrähenpaare viel stärker auf sich selbst gestellt. Ausnahmen allerdings gab es während der Brut- und ersten Aufzuchtzeit der Jungen, wie wir noch sehen werden. Aber selbst im Rabenkrähenschwarm warnt man sich vor Gefahren und macht schon einmal, aber selten, auf entdeckte Futterquellen aufmerksam. Das alles wusste der Kramervogel sehr genau, hatte er doch, wie gesagt, seinen ersten Winter in einem ebensolchen lockeren Schwarm verbracht.

Im Augenblick allerdings war Rabi, wie ihn der blöde Gegner vom Vormittag genannt hatte und wie er sich ab diesem Zeitpunkt selbst titulierte, nur auf ein Ziel fixiert. Es war Frühling, seine Hormone spielten verrückt und er wollte eine Braut. Er hatte jetzt eine Vorstellung entwickelt, wonach er suchte. Es dauerte auch gar nicht lange, und er bekam die ersten ziemlich eindeutigen Angebote von unverpartnerten Weibchen oder besser Hennen aus dem Schwarm. Rabi musste sich auf seinem Ast regelmäßig festkrallen, damit er nicht darauf einging. Aber sein Gefunke blieb ohne Reaktion, und in kurzer Zeit hatte er den ganzen Schwarm und darin alle in Frage kommenden potenziellen Partnerinnen durchgescannt. Deprimierend! Allerdings war in dem vor Kraft strotzenden Kramervogel wenig Platz für solche Gefühle. Er entleerte in einer vielsagenden Geste seinen Darm, startete zu einer Runde Kunstflug den Fluss hinauf und befunkte nebenbei alle ihm begegnenden Artgenossen. Wieder ohne Ergebnis. Und dann meldete sich der Hunger. Letztendlich landete er im städtischen Zoo, wo an Futterresten jeglicher Art kein Mangel herrschte. Allerdings musste er vorher noch einen Platzhirsch von Krähenhahn kurz verdreschen, um zugelassen zu werden.

Nach einiger Suche fand er danach auf dem Zoo-Areal einen Schwarm, der friedlich die Außengehege von Huftieren bis hin zu den Kamelen absuchte. Von den eigentlichen vierbeinigen Bewohnern war nichts mehr zu sehen. Sie waren in ihren Ställen verschwunden. Offensichtlich hatte man sich hier an Durchziehende gewöhnt, nahm wenig Notiz von dem Neuen und speiste ruhig und gemeinsam. Nur der Kramervogel war plötzlich alles andere als ruhig. Im Schwarm befanden sich nämlich fünf ungewöhnliche Exemplare. Sie waren nicht einfarbig dunkel, sondern der größte Teil ihres Körpers schimmerte im hellen Grau. Es waren Nebelkrähen. Diese sind so eng mit den Rabenkrähen verwandt, dass sie sich verpaaren können! Rabi registrierte zwei Paare, davon eines aus zwei dieser fremdartig gefärbten Vögel. Das zweite Paar war gemischt, der Hahn war einfarbig dunkel wie Rabi selbst. Und dann gab es da noch zwei weibliche Singles in diesem exotischen Outfit. Und eine davon war der Grund für die urplötzliche Unruhe des Kramervogels. Seine Hormone kochten schlagartig über, sein Herz schlug schneller und so weiter … Die Leserinnen und Leser haben das alles schon gelesen und hoffentlich auch schon erlebt.

Rabi fing ohne Hemmungen an, um die Dame zu werben. Er umkreiste sie, schüttelte Gefieder und vor allem die Schwanzfedern, rollte mit den Augen und krächzte höchst merkwürdig. Wie es eben männliche Rabenkrähen bei ihrer Balz zu tun pflegen. Und die Auserwählte? Die Dame ignorierte ihn einfach. Als er ihr immer mehr auf die Federn rückte, flog sie auf und davon in Richtung einer kleinen Baumgruppe. Und der Kramervogel hinterher. Und dann glasklar in feiner hochdeutschen Aussprache mit kleinen Grammatikfehlern:

»Zieh Lein, Einfallpinsel!«

Entgeistert funkte er hinterher: »Wart! Bitte wart! Kannst du auch red?«

Die Halbgraue landete abrupt auf der obersten Stange einer Gehegeumfriedung.

»Nein«, funkte sie zurück, »nur husten! Hab ich gesucht nach anderen wo kann reden!«

Und Rabi im gesteigerten Balzmodus. »Hab auch gesucht. War viel allein. Nix sonst red!«

Und von da an erwiderte die Halbgraue seine Werbung und noch auf der Stange wurden sie ein Paar. Und Rabi schrie seine Lust und seine Freude so laut in die einsetzende Dämmerung, dass die Kamele in ihren Ställen unruhig wurden. Die beiden Vögel paarten sich nach Rabenart noch mehrere Male und flogen dann kurz vor der Dunkelheit zu dem Schlafbaum der Halbgrauen. Der Kramervogel war froh, dass seine neue Partnerin einen sicheren Schlafplatz besaß. Rabenvögel sehen nachts so gut wie nichts und werden daher oft Opfer vor allem von Baummardern. Und die Jungvermählten wärmten sich aneinander, redeten und erzählten und fragten und erzählten und waren erleichtert und froh. Adam und Eva oder besser Tarzan und Jane oder sonst wer. Beide in einer für sie unerklärlichen Welt und in einem unerklärlichen Zustand, aber nicht mehr allein und mit der Fähigkeit, sich auszutauschen. Und wenn es nicht zu kitschig wird, lassen wir noch einen Vollmond aufziehen, der die Szene in silbriges Licht taucht. Und in der Ferne trompetet ein Elefant.

[KURZE DRINGENDE MITTEILUNG VOM AUTORENSYSTEM: »Wer von unserem Lesepublikum Wert auf eine schönen und versöhnlichen Schluss legt, möge hier bitte nicht mehr weiter lesen. Schöner wird es bestimmt nicht mehr!«]

~

Rabenkrähen sind wie die meisten Vögel Frühaufsteher. Die

beiden aber blieben noch sitzen, redeten, paarten sich wieder. Wobei der Kramervogel zwischendurch seinen Kopf unter den Flügel seiner Partnerin steckte (!). Rabi hatte, was Wunder bei dieser eingeschränkten Sprachfähigkeit, Mühe, seinen Gefühlen Ausdruck zu verleihen.

»Rabi.... Rabi mög dich!«

Und die Partnerin: »Rabi meint ›mag‹ dich!«

Da beide unterschiedliche Wörter beherrschten und die Dame wohl als Norddeutsche schon zu Menschzeiten klarer sprechen konnte als der süddeutsche Nuschler Kramer, ergänzten sie sich und kamen im Laufe der Zeit immer besser damit zurecht. Auf dem Liebesast allerdings führte der Sprachpatzer Rabis zu Lösung eines Problems aus der neuen Beziehungskiste:

»Rabi mag ›mög‹! Heißt du bitte ›Mögi‹?«

Da die Partnerin als Antwort sich an ihn drückte, war auch die Namensfrage gelöst. Mögi und Rabi. So ähnlich mag sich Sprache am Steinzeitfeuer oder morgens im Fellbett weiter entwickelt haben ...

Nach einem ausgedehnten Frühstück zwischen Esel-, Kamel-, Antilopen- und Elefantenbeinen und vor allem in einem Schweinegehege – und zugegeben auf einem Misthaufen – brachen die beiden auf in eine gemeinsamen Zukunft. Beide verspürten den Drang zur Existenzgründung, sprich Revierbesetzung und Nestbau.

Mögi: »Hast du Haus?«

Und Rabi, locker: »Kein Problem!«

Auf ihrem Flug aus der Stadt folgte Mögi ihrem neuen Mann offenbar ohne nachzudenken.

[STEUERUNGSSYSTEM: »Vor allem die Leserinnen mögen enttäuscht sein von diesem rückständigen Patriarchat. Zum Trost: Es gibt viele Rabenkrähenehen, bei denen später die Frauen die Hosen anhaben. Gut abzulesen am Flugbild, wenn immer sie die Richtung vorgibt und voraus fliegt.«]

Solange sie noch in der Stadt unterwegs waren, legte Rabi immer wieder eine Pause ein, weil er Neues entdeckte. Vor allem wunderte er sich über eine größere Anzahl von Artgenossinnen und Artgenossen in Bäumen vor einer großen Kreuzung. Alle hatten sie übrig gebliebene Nüsse aus ihrem Wintervorrat im Schnabel und starrten wie gebannt auf die Straße. Und dann stoppte das Rennen der Flügellosen in ihren lärmenden Kisten und der kleine Schwarm flog quer über die Straße, die Vögel legten dabei vor den brummenden Kisten ihre Nüsse ab – und kehrten zurück in ihre Bäume. Die Autos fuhren los, Ampel war grün, die Krähen warteten gebannt. Die Autos stoppten bei Rot, die Krähen ernteten ihre zerdrückten und geknackten Nüsse. Wer eine Reise macht, kann etwas lernen! Rabi kannte bisher schon einen Schwarm, der aus großer Höhe solche Früchte auf Teerstraßen fallen ließ. Mit wesentlich geringerer Erfolgsquote. Er hatte gerade mit schief gelegtem Kopf eine neue Kulturtechnik erlernt! Die Städterin Mögi nutzte das Studium ihres provinziellen Partners zur Festigung der Beziehung. Sie kraulte ihm liebevoll das Gefieder am Kopf dort, wo auch eine gelenkige Rabenkrähe selbst nicht hinkommt.

Auf dem Weiterflug legten Rabi und Mögi mehrere Schmusepausen ein. Sie ließen sich treiben vom Rausch des Neuanfangs. Dabei erzählte erst Rabi sein Erlebnis mit dem hasserfüllten sprechenden Gegner aus der Revierkolonie. Und dann berichtete Mögi, sie habe ihrerseits vor einiger Zeit einen »Großvogel« [STEUERUNGSSYSTEM: »Wahrscheinlich einen Habicht!«] getroffen, der ebenfalls sprechen konnte und sie unbedingt vernichten wollte. Sie war die wendigere Fliegerin, die Verfolgungsjagd auf geringer Höhe ging über Hausdächer, um Schornsteine und Türme. Mögi ließ den Raubvogel absichtlich näher kommen, beschleunigte dann und schoss durch hohe Zinnen, die sie kannte und die so eng waren, dass sie dabei die Flügel anlegen musste. Der hasserfüllte wesentlich größere Verfolger konnte nicht mehr ausweichen und brach sich das Genick. Und das alles in dieser verstümmelten Sprache erzählt, es dauerte. Und auch ihr kam wie Rabi der hasserfüllte Angreifer irgendwie bekannt vor. Rabi legte den Kopf schief und dachte nach, was da mit ihnen geschah. Und dann das hilflose Ergebnis:

»Kasperltheater!«

Mögi, belustigt: »Woher Wort?!«

Rabi ohne zu denken: »Von Juri«.

»Wer Juri?«

Rabi: »Weiß nix!« Und entsprechend seiner ungrüblerischen Art entleerte der Kramervogel in einer vielsagenden Geste seinen Darm und ermunterte seine Partnerin zu einer Runde Kunstflug. Worin sie übrigens extrem begabt war.

Rabi hatte die letzten Monate in und am Rande eines losen Schwarms gelebt, der sich meistens rund um ein oberbayerisches Dorf im Osten von München aufhielt. Mehrere Bauernhöfe, ein größerer Reiterhof, Kompostanlage und weite Wiesen und Felder stellten eine gute Lebensgrundlage dar. Zudem bot der nahe und weitläufige Wald Raum für zahlreiche Reviere von Paaren. Jetzt in der Zeit des Übergangs vom Spätfrühling zum Frühsommer herrschte in Schwarm und Revierkolonie Unruhe. Es war Paarungszeit und die Brutzeit stand unmittelbar bevor. Auch im Schwarm verpaarten sich geschlechtsreife Rabenkrähen und manche der Frischvermählten machten eingesessenen Paaren ihr Nest und ihr Revier streitig. Auch Paare, die früher einmal ein Revier besessen hatten, versuchten erneut ihr Glück. Es gab Lärm und Gezänk, es gab Tote und Verletzte, Sieger und Besiegte. Und in diesen turbulenten Zeiten landeten Rabi und seine exotische Mögi in den reviernahen Schlafbäumen des Schwarms rund um den ausgelagerten Dorffriedhof. Zunächst musste Rabi zwei junge Flegel von seinem angestammten Schlaf-Ast vertreiben, was unproblematisch verlief. Anstrengender war, dass auf die hormongefüllten Singlemännchen des Schwarms Mögis Reize ihre Wirkung nicht verfehlten. Insgesamt musste Rabi der Reihe nach gegen fünf Balzhähne seine frische Ehe verteidigen. Bei vieren war das relativ schnell erledigt, der fünfte meinte es bitter ernst und verlor ein Auge. Rabi stellte erfreut fest, dass seine junge Frau durchaus bereit war, in die Kämpfe mit einzugreifen. Das versprach für die Zukunft größere Chancen, ein einmal gewonnenes Revier auch behalten zu können. Ab der Dämmerung saß dann das junge Paar, bereits rundum als solches anerkannt, aneinander gekuschelt auf seinem Schlaf-Ast.

Mögi: »Ein schön Tag!«

Rabi: »Morgen noch schöne vielleicht!«

~

Der nächste frühe Morgen sollte zumindest einen wichtigen Tag für das junge Paar einläuten. Er musste entscheiden, ob es Nest und damit Revier erobern und damit eine »bürgerliche« Existenz begründen konnte. Rabi wusste, dass sie dabei auf erbitterten Widerstand stoßen würden. Auch Mögi, wie ihre entschlossene Haltung ausstrahlte, war darauf vorbereitet. Nach einem kurzen morgendlichen Begrüßungsritual flogen sie gemeinsam ein paar Aufwärm- und Lockerungsrunden. Und dann ging es auf Wohnungssuche, wobei Mögi, wie sich herausstellte, ziemlich genaue Vorstellungen hatte. Rabi kapierte, dass die Residenz nicht direkt am Rande des Reviers gelegen sein durfte. Der Baum musste einen langen glatten Stamm haben, um Mardern und ähnlichen Bedrohern einen Überfall zu erschweren. Und ein zusätzlicher Aussichtsbaum für den Überblick über eine Futterwiese gehörte dazu. Möglichst nicht zu weit vom Nest entfernt, damit das Paar den zu erwartenden Nachwuchs nicht zu lange aus den Augen lassen musste. Und nach Möglichkeit sollte das Nest in einem passablen Zustand sein. Einen Teil dieser Ansprüche bekam er mit ihrer gemeinsamen Rumpfsprache erklärt, der Rest war eindeutig Kräheninstinkt. Was dazu führt, dass solche Idealplätze von den stärksten und aggressivsten Paaren besetzt und verteidigt werden. Und so war es mit Einschränkungen auch in ihrem Fall. Als sie sich auf einen erwünschten Nistplatz geeinigt hatten, beäugten sie zuerst einmal aus der Entfernung die Bewohner. Ergebnis: ein kräftiger, vor Selbstbewusstsein strotzender Hahn und eine eher harmlose und unerfahrene sehr junge Partnerin.

Die Strategie der Angreifer ergab sich fast von selbst: Rabi reizte den Hahn zu seiner Verfolgung und Mögi vertrieb nach Möglichkeit die junge Nestbesitzerin. Rabi wurde in den heftigsten Luftkampf seines Lebens verwickelt. Der erfahrene, fintenreiche Hahn fiel auf keinen seiner Tricks herein und zwang ihn letztlich zu einem Bodenkampf, den Rabi möglichst vermeiden wollte. Bei dem Versuch, dem Riesen programmgemäß ein Auge auszuhacken, erwischte ihn dieser am Hals und hielt ihn eisern mit seinem mächtigen Schnabel fest. Dazu gelang es ihm, Rabis Füße und damit Krallen mit seinen großen Füßen zu blockieren. Rabi ahnte, dass der Gegner ihn als nächstes auf den Rücken drehen wollte, um ihm dann in dieser Position den empfindlichen Hals todbringend zerhacken zu können. Und in der Tat bekam Rabi in diesem Würgegriff ganz schnell Probleme mit der Atmung, alle Befreiungsversuche scheiterten und er drohte bewusstlos zu werden. Im letzten Moment ward Rettung aus der Luft. Mögi kam von hinten angeschossen und hackte dem durch die Blockierung Rabis selbst blockierten Nestbesitzer ohne viel Federlesens ein Auge aus. Der verwirrte und abgelenkte Angreifer ließ locker und Rabi konnte ihm mit letzter Kraft das zweite Auge zerstören. Der nun blinde Nestbesitzer drehte sich erst wie irr im Kreis, flog dann orientierungslos auf und gegen den nächsten Baum. Er würde wohl bald Opfer irgendeines Raubtieres. Besonders Dachse, Füchse und natürlich Marder fressen als erwünschte Abwechslung gerne einmal verletzte und flugunfähige Vögel. Und selbst Artgenossen im Reviergebiet stürzten sich häufig auf fluchtunfähige und hilflose Nachbarn. Beweggründe unbekannt.

Mögi ordnete Rabis Brustfedern, die Blutung am Hals war nur gering. Sie flogen auf den gewünschten Aussichtsbaum und Rabi strahlte seine Mögi an. Und es fiel ihm nichts Besseres ein als das Modewort aus fernen Tagen: »Cool!« Das Nest war dann wie zu erwarten in Topform. Sie entfernten die Überreste ihrer Vorgänger, sammelten Material für die Auspolsterung und dann gings ans Probewohnen. Als ein Nachbar sich näherte und sichtlich von der exotischen neuen Bewohnerin eingenommen war, wurde er von Rabi derart heftig angedroht, dass er erschrocken das Weite suchte.

[STEUERUNGSSYSTEM: »Wir könnten jetzt so weitermachen. Von dem Brutgeschäft der beiden und jeder einzelnen Attacke durch einen Marder erzählen. Ihre süßen Küken beschreiben und über den Verlust eines Nachwuchses durch eine Elster berichten. Oder über das Elternglück und über den ersten Fehltritt der heißblütigen jungen Rabendame räsonieren und so fort. Aber wir haben versprochen, diesen Nachklapp so schnell und so straff wie möglich zu bewältigen. Also nur noch das, was für den Ausgang der Geschichte von Bedeutung ist.«]

Da war der nochmalige, von dem hasserfüllten jetzt Einäugigen inszenierte Überfall auf das Paar. Rabi war auf Futtersuche unterwegs, Mögi bewachte und huderte – das heißt unter die aufgeschüttelten Federn nehmen – die drei noch federlosen Küken. Natürlich war ein Einäugiger mit einer sanften Partnerin in Gefahr gewesen, bald sein am Rande der Kolonie liegendes Revier zu verlieren. Der Hasser war aber schlau genug und überließ sein Revier einem Sohn aus dem Vorjahr. Er selbst und seine Partnerin zogen sich außerhalb der Revier- und der Koloniegrenze auf einen Baum zurück. Der stand am Rande einer Schneise mit einer Stromleitung. Diese Schneise bot Futter, aber auch Orientierung für den Halbblinden und wurde kaum von anderen Krähen besucht. Und der unerfahrene Sohn mit seiner noch unerfahreneren Partnerin war von dieser Position aus, wenn überhaupt, vielleicht doch im Sinne des Einäugigen zu manipulieren. Es entzieht sich unserer Kenntnis, wie der auf Rache sinnende Vater dies angestellt hatte. Aber der Sohn startete völlig unerwartet eine Attacke auf Mögi mit ihren Küken. Mögi, lauthals schreiend, wehrte den Angriff ab. Und ging ihrerseits zum Angriff auf den unerfahrenen Sohn über. Und sie hackte ihm, der mit dieser Gegenwehr wohl überhaupt nicht gerechnet hatte, nach dem Vorbild ihres Partners ein Auge aus. Da um die Brutzeit die Wachsamkeit der anderen Revierinhaber in der Kolonie besonders groß war und jede Störung als Bedrohung empfunden wurde, erhob sich ein kollektives Gezeter, das alle abwesenden Hähne einschließlich Rabi veranlasste, sofort ihr eigenes Nest zu kontrollieren. Und so verlor der Einäugige an diesem Tag seinen Sohn und seinen Einfluss.

Rabi aber, der nach dem gescheiterten Überfall per Funk grässlich beschimpft und geschmäht wurde, entschloss sich, dem Treiben dieser dubiosen Figur ein Ende zu bereiten. Er hatte das Paar und ihre Gewohnheiten schon länger immer wieder beobachtet, um zu verhindern, dass der Hasser weiteren Schaden anrichten konnte. Dabei stellte er fest, dass beide das Ritual hatten, nach der Futtersuche in der Schneise die letzten ein bis zwei hellen Stunden in der Nähe ihres Baumes auf dem untersten der drei Drahtseile der Stromleitung zu sitzen. Rabi, den seine Ausspähungen langweilten, hatte am Fuße eines Strommasten einen Hügel aus gleich langen Drahtstücken entdeckt und damit zum Zeitvertreib herum gespielt. Am späten Nachmittag nach dem Überfall startete er sein Programm: Zuerst einmal ärgern und verunsichern des Störenfrieds. Mögi hatte sich in der Zwischenzeit beruhigt und er war wieder einmal voller Stolz auf diese Partnerin. So flog er zur Schneise und sah schon von Weitem die beiden auf ihrer Leitung sitzen. Er lud vier der Drahtstücke in seinen Schnabel, überflog den Hochsitz der beiden und ließ den Draht auf sie herunterfallen. Das Ergebnis jagte ihm zunächst einen gehörigen Schrecken ein, löste aber mit einem Knall und einer meterhohen Stichflamme sein Problem. Der Draht hatte nicht nur wie beabsichtigt das Paar irritiert, sondern auch einen Kurzschluss verursacht! Die beiden waren sofort tot, fielen als Fackeln in das Gras. Es loderte kurz auf, dann brach das Feuer in sich zusammen und glimmte und rauchte danach nur noch vor sich hin. Und im nächsten Dorf gingen die Lichter aus und die Elektrogeräte verweigerten ihren Dienst! Rabi aber fing eine große fette Heuschrecke und belohnte seine Partnerin nachträglich für ihren Beitrag zum Erhalt der Familie.

[STEUERUNGSSYSTEM, DIE WENIGEN: »Und wenn sie nicht gestorben sind, dann ... Das gilt bitte nur im Märchen. Eine heile Welt will sich diesmal bei uns einfach nicht einstellen. Denken Sie daran, auch bei griechischen Tragödien geht es immer blöd aus. Und die gelten heute noch als Weltliteratur! Wir rechnen wieder mit Protest, zumindest im System, wo die sattsam bekannten Hirnbereiche sich wieder betrogen fühlen werden!«]

Wenig später löste Rabi, auch mit Hilfe der Nachbarn, noch ein weiteres bedrohliches Problem. Seit das Paar Nachwuchs hatte, versuchte der im Umfeld hausende Baummarder verstärkt, das Nest zu erreichen. Besonders in der Dämmerung und nachts. Der lange glatte Stamm des Nistbaumes war für diesen Räuber zwar schwer zu erklimmen, aber kein wirkliches Problem. Und es war nur noch eine Frage der Zeit, bis er das Nest erreicht hatte. Nur wenn er seine Versuche bei Tageslicht startete, löste er in der Kolonie Alarm aus und wie bei eindringenden Raubvögeln in den kolonialen Luftraum so auch hier ungewöhnliche gemeinsame Aktionen. Zumindest in der Brut- und Aufzuchtzeit, bis die Jungen flügge waren. Der glatte Stamm hatte etwa fünf Meter unter der eigentlichen Krone mit Sitz des Nestes bereits einige aus Lichtmangel allein stehende eher mickrige Äste ausgebildet. Not macht erfinderisch! So wie japanische Stadtkrähen aus Mangel an biologischem Material ihre Nester aus dem Draht von billigen Kleiderbügeln und Plastiktüten gestalten, baute Rabi in diesen Ästen mit seinen Drahtstücken eine stachelige Barriere gegen den Marder. Tagelang schleppte er in seiner Freizeit aus der Schneise Draht an und verbaute ihn möglichst so, dass Anfang und Ende stachelig herausragten. Er erschloss also Krähenneuland, wobei sein Hybridgehirn aus viel Krähe und wenig Mensch wohl dabei sehr hilfreich war. Er war enorm begeistert und vertieft in seine Bastelei. Lieb aber bestimmt wurde er deswegen mehrere Male von Mögi darauf aufmerksam gemacht, das Futter für die Restfamilie nicht zu vergessen. »Bitte Hupfer und Kriech!« von oben und Rabi ließ alles fallen und sauste schuldbewusst los. Bei der nächsten Marderattacke am helllichten Tag sollte sich der Aufwand allerdings lohnen.

Wie schon bei den letzten Angriffen kamen sofort nach Rabis und Mögis Gefahrenmeldung einige Nachbarn zu Hilfe. Gemeinsam zeterten und schrien sie und flogen Scheinangriffe. Allerdings war die Verteidigung diesmal sehr vorsichtig. Bei der letzten Abwehr war einer der Nachbarn zu dreist gewesen und der Marder hatte ihm mit einer blitzschnellen Wendung den Kopf abgebissen. Trotzdem war der Aufstieg in Richtung Nest für den Marder mühsam. Bei jedem Scheinangriff musste er stoppen und fauchend in den Drohmodus wechseln. Angekommen an der Drahtbarriere verstärkten die Verteidiger nochmals ihre Scheinangriffe. Und da beging der Marder einen für ihn verhängnisvollen Fehler. Er versuchte, dauernd durch Abwehr der Krähen abgelenkt, das Draht- und Ästegewirr zu unterkriechen – und verheddrete sich und steckte fest. Rabi war der erste, der die Chancen für die Verteidiger erfasste. Er landete auf einem der mickrigen Äste und hackte von dort aus dem Angreifer, der sich bereits bei seinem Befreiungsversuch eine der Drahtspitzen in den Hals gerammt hatte, die Augen aus. Und dann erlitt der Marder das Martyrium des heiligen Sebastians. Nur an Stelle der Pfeile spitze Rabenschnäbel. Am Ende hingen fast nur noch das Fell, Pfotenreste und der buschige Schwanz in dem Drahtgewirr. Mitglieder fast aller Nester der Kolonie hatten sich an dieser Aufräumarbeit beteiligt. Es dauerte lange, bis das aufgeregte Gezeter und vermutlich auch Triumphgeschrei in der Kolonie abebbte und verstummte. Und was sagte die lernfähige Mögi: »Cool!«

∼

Und dann kam der Tag der Katastrophe. Rabi war schon ganz früh am Morgen unterwegs auf Futtersuche. Die beiden quicklebendigen Kinder entwickelten einen gewaltigen Appetit. Und auch Mögi musste in der Bewachung des Nestes abgelöst werden, um ihren eigenen Hunger zu stillen. Da war aus Richtung der Kolonie ein Knall zu hören und viele der Koloniebewohner flogen erschrocken und kreischend auf und flatterten über den Bäumen. In Hochgeschwindigkeit sauste Rabi zurück zu Kolonie und Nest. Am Fuße ihres Aussichtsbaumes registrierte er nebenbei einen brummenden Fahrkasten der Flügellosen. Am Nest angekommen, stockte ihm fast der Atem. Das Nest war zerstört, die Reste der Behausung hingen in der Marderbarriere neben den Fellresten oder lagen auf dem Waldboden. Und dort fand er zu seinem Entsetzen auch die blutigen Überreste der Küken und jede Menge Schwanzfedern und hellgraue Federreste von Mögi. Der Kramervogel schrie vor Schmerz und Wut, flog zwischen den Bäumen hindurch aus der Kolonie. Und unter dem Aussichtsbaum entdeckte er einen flügellosen Zweibeiner, der die zerfetzten Überreste Mögis gerade in seiner Brummkiste (als Trophäe!) verstauen wollte. Ohne zu überlegen raste Rabi in das Gesicht des Mannes, verkrallte sich in Mund und Nase und hackte wie verrückt in ein Auge des Jägers. Bericht in der Abendpresse:

»Krähenattacke. Jäger zerstört mit einem Schuss ein Krähennest und tötet zwei Jungvögel und einen der Altvögel. Der übrig gebliebene Altvogel greift den Jäger an, verletzt ihn schwer im Gesicht und vor allem an einem Auge. Trotz einer Operation in einer Fachklinik war dieses Auge nicht mehr zu retten. Der bayerische Jagdverein: ›Keines unserer Mitglieder kann sich an eine solch heftige Attacke durch eine Krähe auf einen Jäger mit so schweren Folgen erinnern!‹ Weitere ausführliche Berichte in der nächsten Ausgabe.«

Rabi flog nach dieser Attacke so hoch wie noch nie. »Kasperltheater, Kasperltheater …« rotierte es in seinem Kopf. In größter Höhe drehte er mehrmals riesige Kreise und dabei nahm er wahr, wie in der Ferne ein Auto, es war ein Porsche Cabrio, auf der Landstraße in Richtung Dorf fuhr. Und für alle, die einen schön-tragischen Schluss wollen: Auf dem Beifahrersitz saß mit modischem Kopftuch und Sonnenbrille die niederbayerische Soziologin Helga aus den USA, am Steuer ihr immer noch blond gefärbter Verlobter und Kollege in Lederjacke und ebenfalls mit Sonnenbrille. Die Bedingung der Soziologin für die Einwilligung in die Verlobung war eine gemeinsame »Michael-Kramer-Gedächtnisfahrt« an die letzten Orte seines Lebens gewesen. Sie wollte sich damit endgültig von Kramer verabschieden. Und Rabi flog seine liebsten Kunstflugfiguren, fing sich ab und raste auf das Auto zu – in dem so gut wie chancenlosen Versuch, unter dem niedrigen Sportwagen hindurch zu fliegen … Wäre es ein Film, hieße diese Szene »Rabenkrähe die letzte«!

Buch I der Reihe Michael-Kramer-Kriminalromane:

Dietmar Gschrey
Number One in Niederbayern
Ein Michael-Kramer-Kriminalroman
Books on Demand, Norderstedt 2007
Neuauflage 2016
ISBN: 9783743115347

Mit Nora am Weiher, mit Monika im Bett und mit Helga den Plan, nach Griechenland zu flüchten – drei Frauen, vier Leichen und dazu reichlich Niederbayern. Im Zentrum des Buches steht ein fiktiver »Rottaler Skandal«. Michael Kramer, ein pensionierter pazifistischer Lehrer mit Wurzeln in Niederbayern, wird von einem ehemaligen Schulkameraden mit viel Geld dazu verlockt, Ermittlungen in einem sieben Jahre alten ungeklärten Mordfall aufzunehmen. Er gerät dabei in einen Strudel von Täuschung und Gewalt, dem er mit Einfallsreichtum, Glück, einfühlsamer Haltung und freundschaftlicher Beziehung zur Polizei zu entkommen trachtet. Dabei lässt der Autor sich die Handlung seines Erstlingsromans mit einem aberwitzigen Reichtum an Fantasie und Poesie und immer in spürbarer Liebe zu Land und Leuten seiner Heimat entfalten.

PRESSESTIMMEN:
»Als Erstlingswerk ist [der Roman] erstaunlich! ... Was an dem Buch besonders besticht, ist die liebevolle Charakterisierung der Personen ...: alles in allem ein spannender Lesestoff!«
Edith Rabenstein in Passauer Neue Presse vom 9. Februar 2008

»Der frei erfundene ›Rottaler Skandal‹ wird über viele Umwege aufgeklärt. Und zwar so gekonnt, als hätte Lehrer Gschrey schon immer Krimis geschrieben ... Ganz ohne Zweifel: ›Number One in Niederbayern‹ macht Appetit auf mehr.«
Hanns Mutzbauer in Münchner Merkur/Ebersberger Zeitung vom 24. Juni 2008

»Dietmar Gschrey hat ›Number One in Niederbayern‹ nicht einfach hingeklatscht. Er hat ein komplexes Gebilde aus illegalen Machenschaften und verschrobenen, behutsam arrangierten Charakteren geflochten. Ein bisschen Sex ist auch dabei ... ein Genuss, der Appetit macht auf mehr.«
Nicole Werner in Süddeutsche Zeitung/Ebersberger SZ vom 12./13. Juli 2008

Buch II der Reihe Michael-Kramer-Kriminalromane:

Dietmar Gschrey
Wunderbares Griechenland
Ein Michael-Kramer-Kriminalroman
Books on Demand, Norderstedt 2009
Neuauflage 2016
ISBN: 9783743115590

Der pensionierte Lehrer Michael Kramer will nach den turbulenten Ereignissen in Niederbayern – die im ersten Band der Reihe erzählt werden – zusammen mit seiner neuen Partnerin in seinem griechischen Ferienhaus ein normales und friedliches Leben führen. Bis die Beteiligung an einem Schutzprojekt für die bedrohte Meeresschildkröte Caretta caretta durch einen Anschlag auf Helgas Leben zum Beginn einer Welle von Gewalt und mysteriösen, hässlichen Vorfällen wird. Kramer gewinnt zwar unter anderem aus den Reihen der griechischen Polizei neue Freunde und wird immer enger in die Ermittlungen einbezogen – aber die Ereignisse überschlagen sich. Zunächst folgt eine Reihe von zum Teil heftigen „Nadelstichen" mit dem Ansinnen, die beiden aus Griechenland zu vertreiben. Helga übernimmt darauf erleichtert einen Lehrauftrag an einer amerikanischen Universität. Und kurz nachdem Kramer in einem Zentrum für fernöstliche Meditation Zuflucht erhoffte, stolpert er auch schon verletzt und in Panik durchs griechische Gebirge. Bis er nach einem abenteuerlichen Abschluss dieser Odyssee endlich in Sicherheit ist …

AUSZÜGE AUS EINER BESPRECHUNG IN EINEM LITERATURBLOG
»… Dietmar Gschrey hat einen wunderbaren Griechenland-Krimi geschrieben. Schnell wird klar, da schreibt einer, der sich auskennt mit dem Land. Die Charaktere sind treffend dargestellt und es lassen sich durchaus Parallelen zu real existierenden Personen finden, wenn man will.
In manchen Teilen für meinen Geschmack vielleicht mit etwas zu viel Action ausgestattet, hat mich das Buch trotzdem in seinen Bann gezogen. Die Geschichte ist aktuell, spannend und nicht ohne einen gewissen Humor. Ich hoffe also, der pensionierte Münchner Lehrer Kramer wird auch weiterhin in Griechenland (seiner Wahlheimat) ermitteln …«
https://mixalaki.wordpress.com/2011/03/01/wunderbares-griechenland/